粤
名家文丛
粤派批评丛书

本项目受广东省宣传文化发展
专项资金资助出版

广东省作家协会
广东人民出版社
组编

宋剑华集

宋剑华 著

SPM
南方出版传媒
广东人民出版社
·广州·

图书在版编目（CIP）数据

宋剑华集 / 宋剑华著. —广州：广东人民出版社，2021.1
（粤派批评丛书）
ISBN 978-7-218-14442-9

Ⅰ. ①宋… Ⅱ. ①宋… Ⅲ. ①中国文学—文学史研究—文集 Ⅳ. ①I209-53

中国版本图书馆CIP数据核字（2020）第154243号

SONG JIANHUA JI
宋剑华集　宋剑华　著　　　　　　　　　　　版权所有　翻印必究

出 版 人：肖风华

责任编辑：钱飞遥
装帧设计：河马设计
排　　版：广州市奔流文化传播有限公司
责任技编：吴彦斌　周星奎

出版发行：广东人民出版社
地　　址：广州市海珠区新港西路204号2号楼（邮政编号510300）
电　　话：（020）85716809（总编室）
传　　真：（020）85716872
网　　址：http://www.gdpph.com
印　　刷：恒美印务（广州）有限公司
开　　本：787毫米×1092毫米　1/16
印　　张：19.5　　　字　　数：306千
版　　次：2021年1月第1版
印　　次：2021年1月第1次印刷
定　　价：88.00元

如发现印装质量问题，影响阅读，请与出版社（020-85716849）联系调换。
售书热线：（020）85716826

"粤派批评"丛书编辑委员会

学术顾问：陈思和　温儒敏
总 主 编：张培忠　蒋述卓
执行主编：陈剑晖　林　岗　贺仲明
编　　委（按姓氏音序排列）：

　　　陈剑晖　陈平原　陈桥生　陈思和　陈小奇
　　　程国赋　范英妍　古远清　郭小东　贺仲明
　　　洪子诚　黄树森　黄天骥　黄伟宗　黄修己
　　　黄子平　纪德君　江　冰　蒋述卓　金　岱
　　　李钟声　林　岗　刘斯奋　彭玉平　饶芃子
　　　宋剑华　苏　毅　温儒敏　吴承学　肖风华
　　　谢望新　谢有顺　徐肖楠　许钦松　杨　义
　　　张培忠

总　序

在近百年来的中国文坛，"京派批评""海派批评"以及20世纪80年代崛起的"闽派批评"已是大家公认的文学现象，但"粤派批评"却极少被人提起。其实，不论从地域精神文化气质，从文脉的历史传承，还是从批评的影响力来看，"粤派批评"都有着自己的精神气质和文化品格，有它的优势和辉煌。只不过，由于历史、现实、文化和地域的诸多原因，"粤派批评"一直被低估、忽视乃至遮蔽。正是有鉴于此，我们认为，以百年"粤派"文学以及美术、音乐、戏剧、影视等评论为切入点，出版一套"粤派批评"丛书，挖掘被历史和某种文化偏见所遮蔽的"粤派批评"的价值，彰显"粤派"文学与文化的独特内涵和深厚底蕴，这不仅能更好地展示广东文艺批评的力量，让"粤派批评"发出更响亮的声音，而且有助于增强广东文化的自信，提升广东文化的影响力，促进区域文化发展，从而在当前打造广东"文化强省"的进程中发挥积极的文化效应。

出版"粤派批评"丛书，有厚实的、充分的历史、现实、文化和地域等方面的依据。

1．传统文化的影响。岭南文化明显不同于北方文化。如汉代以降以陈钦、陈元为代表的"经学"注释，便明显不同于北方"经学"的严密深邃与繁复，呈现出轻灵简易的特点，因此被称为"简易之学"。六祖惠能则为佛学禅宗注进了日常化、世俗化的内涵。明代大儒陈白沙主张"学贵知疑"，强调独立思考，提倡较为自由开放的学风，逐渐形成一个有"粤派"特点的哲学学派。这种不同于北方的文化传统，势必对"粤派批评"的形成起到潜移默化的作用。

2．文论传统的依据。"粤派批评"的起源可追溯到晚清，黄遵宪的"诗界革命"，梁启超的"小说界革命"的倡导，开创了一个时代的风潮，在全国产生了普泛的影响。20世纪二三十年代，黄药眠在《创造周刊》发表大量文艺大众化、诗歌民族化文章，产生了很大影响。钟敬文则研究民间文学，被视为中国民间文学的创始人。中华人民共和国成立后的十七年，"粤派批评"的代表人物是黄秋耘、萧殷和梁宗岱。黄秋耘在"百花时代"勇猛向上，慷慨悲歌，疾恶如仇，高举着"写真实"与"干预生活"两面旗帜，大声呼吁"不要在人民疾苦面前闭上眼睛"。在中国当代文学理论批评史上，萧殷也许不是一流的评论家，但却是一流的编辑家。王蒙曾说过："我的第一个恩师是萧殷，是萧殷发现了我。"而梁宗岱通过中西诗学的贯通，建立起了现代性与本土经验相融汇的诗歌理论批评体系。新时期以来，"粤派批评"也涌现出不少在全国有一定知名度的批评家。如在广东本土，"30后"的有饶芃子、黄树森、黄修己、黄伟宗；"40后"的有刘斯奋、谢望新、李钟声；"50后"的有蒋述卓、程文超、林岗、陈剑晖、郭小东、金岱、宋剑华、徐肖楠、江冰；"60后""70后"的有彭玉平、谢有顺、贺仲明、钟晓毅、申霞艳、胡传吉、纪德君、陈希、杨汤琛；"80后"的有李德南、陈培浩、唐诗人；等等。在北京、上海、武汉及香港等地生活的"粤派批评"家的有杨义、洪子诚、温儒敏、陈平原、陈思和、吴亮、程德培、黄子平、古远清等，其阵容和影响力虽不及"京派批评"和"海派批评"，但其深厚力量堪比"闽派批评"，超越国内大多数地域的文学批评。如果将视野和范围再开放拓展，加上饶宗颐、王起、黄天骥等老一辈学者的纯学术研究，"粤派批评"更是蔚为壮观。

3. 地理环境的优势。从地理上看，广东占有沿海之利，在沟通世界方面具有得天独厚的优势；同时，广东处于边缘，这既是劣势也是优势。近现代以来，粤派学者在中西文化交汇的背景下，感受并接受多种文明带来的思想启迪。他们视野开阔，思维活跃，不安现状，积极进取，敢为人先，因此能走在时代变革的前列。黄遵宪、康有为、梁启超、孙中山等是这方面的代表人物。他们秉承中国学术的传统，开创了"粤派批评"的先河。这种地缘、文化土壤的内在培植作用，在"粤派批评"的发展过程中是显而易见的。

"粤派批评"有属于自己的鲜明特点。

1. 从总体看，除发生期的梁启超、黄遵宪外，"粤派批评"家不像北京的批评家那样关注现代性、全球化、后殖民等宏观问题，也不似"闽派批评"那样积极参与到"朦胧诗""方法论""主体性"的论争中。"粤派批评"家有自己的批评立场、批评观念，亦有自己的学术立足点和生长点。他们师承的是梁启超、黄遵宪、黄药眠、钟敬文这些大家的治学批评理路。他们既面向时代和生活，感受文艺风潮的脉动，又高度重视审美中的文化积累和文化传承；既追求批评的理论性、学理性和体系建构，注重文学史的梳理阐释，又强调批评的实践性，注重感性与诗性的个性呈现。比如，古远清的港台文学研究，饶芃子的海外华文文学研究，郭小东的中国知青研究，陈剑晖的散文研究，蒋述卓的文化诗学研究，宋剑华对经典的阐释重构，都各有专攻，各擅胜场，且处于国内领先地位。

2. 中国现当代文学史写作，是"粤派批评"最为鲜亮的一道风景线。在这方面，"粤派批评"几乎占了文学史写作的半壁江山，而且处于前沿位置，有的甚至成为中国现当代文学史写作的高地。比如20世纪80年代，钱理群、陈平原、黄子平联合发表的著名论文《论"二十世纪中国文学"》，其中的陈平原、黄子平均为粤人。洪子诚的《中国当代文学史》以方法先进、富于问题意识、善于整合中西传统资源和吸纳同时代前沿研究成果著称，它与陈思和的《中国当代文学史教程》被学界誉为中国现当代文学史的"南北双璧"。杨义的三卷本《中国现代小说史》是将比较方法运用于文学史写作的有效实践，该著材料扎实，眼光独到，文本分析有血有肉，堪与夏志清的《中国现代小说史》比肩。此外，温儒敏的《中国现代文学批评史》、黄修己的《中国现代文学发展史》、古远清的港台文学史写作也都各具特色，体现出自己的史观、史识和史德。

3. "粤派批评"还有一个亮点，即注重文学批评的日常化、本土经验和实践性。"粤派批评"家追求发现创新，但不拒绝深刻宽厚；追求实证内敛，而不喜凌空高蹈；追求灵动圆融，而厌恶哗众取宠。这就是前瞻视野与务实批评结合，经济文化与文学批评合流，全球眼光与岭南乡土文化挖掘齐头并进，灵活敏锐与学问学理相得益彰，多元开放与独立的文化人格互为表里。这既是广东本土批评家的批评践行，也是他们的共性和个性特征，是广东文化研究和文学批评的可贵品格。

"粤派批评"的这种特色，可以用八个字来概括：创新、实证、内敛、精致。

创新。从六祖慧能到陈白沙心学标榜"贵疑""自得"，再到康、梁，粤地便一直有创新的传统。这种创新精神在百年的"粤派批评"中也得到充分的践行和展示，这一点在当下应受到特别的重视。

实证。康有为的老师朱九江，其著述被称为"实学"，他倡导经世致用的实证研究，这一批评立场和方法，在后来的许多粤派批评家身上也清晰可见。

内敛。"粤派批评"虽注重创新，强调质疑批判精神，但它不事张扬作秀，它的总体基调是低调务实，是内敛型的。正是因此，它往往容易被忽视，被低估，甚至在某些时段被边缘化。

精致。"粤派批评"比较个人化，偏重民间的立场和姿态，也不热衷于宏观问题的发声和庞大理论体系的建构，但粤派批评家的批评实践具有"博"与"精"并举，"广"与"深"兼备，"奇"与"正"互补的特点，这形成了"粤派批评"细微却精致的特色。

建构"粤派批评"，不能沿袭传统的流派范畴与标准，而需要有一面旗帜、一个领袖、一套共同或相近的文学理论主张、一批作品或论著来证明、体现这些理论主张。事实上，在当今中国的文学语境下，纯粹的、传统意义上的文学流派或学派是不存在的。因此，"粤派批评"更多地是描述一个客观的文学事实，即"粤派批评"作为一个实践在先、命名在后的批评范畴，并非主观臆想、闭门造车的结果。它不是一个具有特定文学立场、主张和追求趋向一致性和自觉结社的理论阐释行动。它只是一个松散的、没有理论宣言与主张的群体。因此，没有必要纠结"粤派批评"究竟是一个学派，还是一个地域性的概念，但有一点可以肯定："粤派批评"已是一个特色鲜明的客观存在，即虽具有地方身份标志，却不是局限于一地之见的文艺理论家批评家群体。

"粤派批评"丛书不仅要具备相当规模，而且应做成一个开放、可持续发展的产品链，这样才能产生较大的规模效应，发出自己强有力的声音，并将这种声音辐射到全国。为此，丛书分为"文选"和"专题"两大版块。文选共38本，分"大家文存""名家文丛""中坚文汇""新锐文综"四个层次。

专题共12本。两大版块加起来共50本,计划在3年内完成。以后视情况再陆续补充,使之成为广东一张打得响,并在全国的文艺版图中占有一席之地的文化名片。

党的十九大报告指出:"发展中国特色社会主义文化,就是以马克思主义为指导,坚守中华文化立场,立足当代中国现实,结合当今时代条件,发展面向现代化、面向世界、面向未来的,民族的科学的大众的社会主义文化,推动社会主义精神文明和物质文明协调发展。"在广东省委宣传部的指导支持下,广东省作家协会和广东人民出版社联合编纂出版"粤派批评"丛书,是贯彻落实十九大关于文化建设发展精神和习近平总书记关于文艺工作的重要指示的一项重要举措,是讲好中国故事、传播中国声音、阐发中国精神、展现中国风貌的一次文化实践。我们坚信,扎根广东、辐射全国的"粤派批评"必将成为新时代坚定文化自信、实现中华民族伟大复兴路上其中一块稳固的基石。

"粤派批评"丛书编辑委员会

2020年5月15日

作者照

作者简介：

宋剑华，男，1954年12月25日出生，辽宁丹东人。1981年7月，毕业于四川涪陵师范专科学校（现长江师范学院）中文系；1988年7月，毕业于徐州师范大学（现江苏师范大学）中文系中国现代文学专业，获文学硕士学位；2000年毕业于武汉大学文学院中国现当代文学专业，获文学博士学位。从1993年开始，享受国务院政府特殊津贴。中国现代文学研究会理事、中国话剧研究会常务理事、广东省中国现代作家研究会副会长。曾任海南师范大学中文系教授、海南省重点学科责任教授，湖南师范大学文学院教授、博士生导师，现任暨南大学文学院二级教授、博士生导师。2007年9月至2008年2月，作为台湾佛光大学中文系客座教授，为本科生、硕士生和博士生开设课程一学期。2018年被评为广东省"南粤优秀教师"。

出版学术著作有：《胡适与中国文化的现代转型》《基督精神与曹禺戏剧》《百年文学与主流意识形态》《生命阅读与神话解构》《"娜拉现象"的中国言说》《"红色经典"的真实与传奇》《围城中的巨人：理解鲁迅的寂寞与悲哀》等13部；在《中国社会科学》《文学评论》《文艺研究》《民族文学研究》《中国现代文学研究丛刊》《文艺理论研究》《中国比较文学》等学术刊物发表论文200多篇；承担国家社科基金重点项目1项、一般项目1项、后期资助项目1项，教育部人文社科项目2项，省社科项目2项；曾获省部级优秀社科成果奖一等奖2项、二等奖2项、三等奖2项。

目 录

代序——我与"粤派批评" / 1

上 编 新文学史的宏观论述

第一章 新文学对传统文化的批判与坚守 / 2

    一、儒学进城与新文学培育期的文化背景 / 3

    二、爱恨交织与新文学反传统的矛盾呈现 / 13

    三、思想启蒙与新文学现代性的自我释义 / 24

第二章 "言志"诗学对新文学的内在影响 / 39

    导言:"志"与"道"辩:从周作人与朱自清之争谈起 / 40

    一、"言志"与"诗教":中国现代启蒙文学的理论与实践 / 44

    二、"缘情"与"性灵":中国现代唯美文学的理论与实践 / 49

    三、"见意"与"明道":中国现代左翼文学的理论与实践 / 55

第三章 "娜拉"现象的中国言说 / 61

    导言:误读《易卜生主义》:中国"娜拉"的解放宣言 / 62

    一、"出走"与"私奔":中国"娜拉"的反抗模式 / 66

二、"迷失"与"彷徨":中国"娜拉"的思维困惑 / 70

三、"沉思"与"反省":中国"娜拉"的社会评说 / 75

第四章 "赵树理现象"的现代文学史意义 / 81

一、现代文学理念的形成与"赵树理现象"的历史必然性 / 81

二、农民话语写作与赵树理小说艺术风格的形成 / 87

三、时代政治风云变换与"赵树理神话"的历史沉浮 / 93

第五章 新文学中的"西方"与"传统" / 99

一、"西方"崇拜:一种狂热时代的盲目情绪 / 100

二、"传统"批判:一种虚无主义的叛逆姿态 / 106

三、"狂欢"之后:一种不堪回首的悲凉心境 / 112

第六章 精英话语的另类言说 / 119

导言:"精英意识"与"民间立场"的错位对话 / 119

一、"五四"新文学的"民间立场"与"平民"意识 / 122

二、左翼革命文学的"民间立场"与"大众"想象 / 126

三、"解放区"文学的"民间立场"与"民族"形式 / 129

四、中国当代文学中的"民间立场"与"民间价值" / 133

第七章 现代主义的中国化阐释与运作 / 137

一、现代主义:国内学界的自我定义 / 138

二、现代主义:西方文学的表现征候 / 141

三、现代主义:中国文学的具体实践 / 145

下 编 文学经典的微观分析

第八章 "未庄"为何难容"阿Q"? / 152

一、"阿Q"作为个体文化符号的象征意义 / 153

二、"未庄"作为集体文化符号的象征意义 / 158

三、《阿Q正传》与鲁迅早期思想的一致性 / 164

第九章　《林家铺子》的政治经济学 / 169

一、《林家铺子》里的"乌镇"政治学 / 170

二、《林家铺子》里的"乌镇"经济学 / 175

三、《林家铺子》里的"乌镇"辩证法 / 180

第十章　巴金为什么要反复地修改《家》？/ 185

一、《家》的时间叙事与修改 / 187

二、《家》的思想叙事与修改 / 195

三、《家》的人物叙事与修改 / 202

第十一章　《骆驼祥子》的经典化历程 / 211

楔子：文学经典概念的理论困惑 / 211

一、曾经被冷落的《骆驼祥子》/ 214

二、逐渐经典化的《骆驼祥子》/ 221

结语：新文学经典化的历史启示 / 229

第十二章　《呼兰河传》与萧红的生命绝唱 / 234

一、时间的定格——刻骨铭心的小城记忆 / 236

二、思想的沉淀——回归理性的故乡叙事 / 241

三、精神的守望——无地彷徨的文化寻根 / 247

第十三章　重识《死水微澜》的艺术价值 / 254

一、《死水微澜》空间叙事的典型性问题 / 255

二、《死水微澜》人物叙事的典型性问题 / 261

三、《死水微澜》历史叙事的典型性问题 / 266

第十四章 《围城》与现代知识精英的神话破灭 / 273

　　一、《围城》：留洋文化的真相还原 / 274

　　二、《围城》：高等教育的内幕揭秘 / 278

　　三、《围城》：现代女性的灵魂剖析 / 282

后　记 / 288

代序——我与"粤派批评"

我被纳入"粤派批评"丛书，实在感到有点惊讶。当初我与剑晖兄策划这套丛书时，我个人的主要想法是应该集中精力，把近百年来"岭南"批评家的学术思想做一个全面的总结，以突显"粤派批评"的独特风格。这种想法，我和剑晖兄讨论过很久。因为在中国近现代社会的发展史上，广东是一个举足轻重的省份，它曾以三次"北伐"的雄壮之举，引领着中国现代化的历史进程。第一次是晚清时期，康有为和梁启超联袂北上，用他们所主张的"新学"思想，拉开了思想启蒙的悲壮序幕。第二次是民国初期，国民革命军以广东为根据地，用武力北伐结束了军阀割据的混乱状态，基本实现了全国上下的政令统一。第三次是改革开放时期，邓小平以广东为试验区，大力推动经济体制变革，最终实现了四个现代化的宏伟目标。既然近现代中国的思想、军事以及经济都与广东有着密不可分的直接关系，那么置身于其中的"粤派批评"当然就会具有与众不同的地域特色。所以关注"粤派批评"这一现象，无疑是一个非常有意义的理论命题。但后来"丛书"编委会又决定，把在广东工作十年以上的非粤籍的学者和批评家也都纳入到"粤派批评"的研究范畴，认为这样更能体现广东这一沿海省份"海纳百川"的心胸与气魄，故我本人也便顺理成章地变成了"粤派批评家"。

我个人在中国现当代文学研究方面，起步较晚且担当不起一个"家"字。1985年我在读研究生时，硕士论文写的是"胡适与中国现代文学"，大约有17万字之多，后来经过扩充成了一本书：《胡适与中国文化转型》（黑龙江教育出版社1996年）。但是，我的胡适研究却影响不大，真正引起国内学界重视的，竟是一篇有关曹禺研究的课余作业，这真有点"无心插柳柳成荫"的意味。说起这件事情来，倒是十分的有趣：我的硕士论文在两年时间就完成了。记得那时，悠闲自得、无所事事，除了看些小说，便端着个茶杯到处聊天。我的两个师弟和师妹感到压力非常大，于是他们跑到吴奔星师那里去"告状"，说我每天"闲晃"，搞得他们心烦意乱，静不下心来写毕业论文。因此，吴奔星师给我专门布置了一个作业，说你去找一个名家的代表作，写一篇万字以上的论文吧，省得让他们心烦。到底写什么呢？我心里一点谱都没有。我到图书馆去瞎转悠，在旧图书架上随便抽出一本书来，一看竟是巴金主编的《文学季刊》1934年合订本，随手翻了翻"秋季号"，发现载有曹禺的话剧《雷雨》，心想就是它了，反正是作业，写谁都一样。未曾想，读完了《文学季刊》本的《雷雨》，使我感到非常的震撼，作品"序幕"与"尾声"里的教会场景以及老年周朴园的精神颓唐，完全颠覆了改写本和教材给我留下的记忆印象。我立刻意识到《雷雨》的创作应该与基督教文化有关。我连忙跑到一所教堂，想去借一本《圣经》来看，可牧师却说《圣经》只给信徒，故我只好撒谎说我也准备入教，想先了解一下，就这样"骗"得了一本《圣经》。《圣经》里的教义令我豁然开朗，我发现《雷雨》中的故事情节，几乎都能够与《圣经》对上号，于是我便写了一篇《论〈雷雨〉的基督教色彩》的长篇论文，并画了一幅《雷雨》中的人物关系图，颇为自鸣得意地交给了吴奔星师。然而，吴奔星师看完之后，不但没有表扬我，反倒把我训斥了一通："《雷雨》是暴露大家庭罪恶的一部名著，你怎么能说它与基督教有关系呢？不行，重写！"我知道吴奔星师的思想忧虑，从"反右"到"文革"，他当年那种现代诗人的叛逆性格早已被现实生活打磨掉了棱角，他是不希望我再犯什么政治性错误。我理解吴奔星师的苦衷，但又有点不服气。我私下瞒着吴奔星师，把论文誊写了三份，分别寄给了曹禺先生、田本相先生和钱谷融先生。让我受宠若惊的是，他们都充分肯定了我论文的突破性意义：田先生和钱先生不约而同地把论文推荐给了《中国现代文学研究丛刊》，并在1988年第一期上发了出来；曹禺先生还把我的论文转给了一个名叫牧阳一的日本学者，我们后来也成为了好朋友。文章发表以后，学界的反响很大，钱理群先生在他的《大小舞台之间》一书里，专门用了两千余字的篇幅，去评价这一曹禺研究的重大突破。后来，温儒敏先生在他主编的《中国现当代文学学科概要》一书中，还把我作

代序——我与"粤派批评"

为新时期曹禺研究的代表性人物做了重点介绍。那时我才30多岁。

研究生毕业以后，我分到海南师范大学中文系。在海南的11年时间里，我的学术研究主要有两个方向：一是把基督教精神与曹禺戏剧系统化，变成了一本专著出版；二是关注20世纪中国文学的现代性问题，在国内发起了一场颇具声势的学术大讨论。关于"现代性"问题，我想多说两句。1995年，我和剑晖兄主持原国家教委的社科项目"20世纪中国文学批评史"，绪论部分究竟应该怎样写，剑晖兄让我主笔。当时我提出了一个概念，认为20世纪中国文学的现代性不同于世界文学的现代性，用"近代性"恐怕更为妥当。由于剑晖兄当时很忙，故我把这一想法同著名文艺理论家杨春时先生谈了，于是我俩一拍即合，联名写了一篇《论二十世纪中国文学的近代性》，发表在《学术月刊》1996年第12期，《新华文摘》也做了全文转载。文章发表后，在国内引起了长达数年的激烈争鸣，而"现代性"一词，也逐渐成了研究者们熟练使用的时髦词汇。1999年，我调往湖南师范大学文学院工作，研究兴趣也发生了转向，并出过一本书，名为《百年文学与主流意识形态》（湖南教育出版社2002年），社会反响还算不错。

2004年，我又来到广州暨南大学文学院工作，至今已有14年之久，同时也就变成了所谓的"粤派批评家"。我粗略检点了这14年的研究成果，发表论文有120篇左右，出版学术著作有7部，承担国家社科重点项目1项、一般项目1项、教育部人文社科项目1项，并在广东省获得优秀社科成果一等奖2次、二等奖1次，其成就已远远超过了以前的20多年，因此被选入"粤派批评丛书"，心里多少有了一点安慰。在广东的14年时间里，我的学术研究重心是探讨新文学与传统文化之间的渊源关系，其中包括有三方面的主要内容：其一，怎样理解新文学与传统文化之间的辩证关系，先后在《中国社会科学》杂志发表过4篇长文，对学界的"西化说"冲击比较大，引用率和转载率也不错，下载量均在两千次以上。著名文艺理论界朱立元先生在其文章中说，完全赞同我的观点。我对这一问题的思考，都已体现在《传统文化与新文学》一书中（广东人民出版社即将出版）。其二，中国现代文学女性叙事的历史脉络，先后在《文学评论》《中国现代文学研究丛刊》等杂志发表过10多篇文章，主要论述中国新女性形象与传统而非西方的对接关系，由于南开大学乔以钢先生的推崇和垂爱,有一段时间学界竟认为我转向了女性文学研究,其实我的关注点还是传统与现代的关系问题。我对这一问题的思考,则体现在《"娜拉现象"的中国言说》一书中(人民文学出版社2016年)。其三,鲁迅与传统文化的思想探源,立意是纠正学界的一种误解,即认为鲁迅思想的主体就是"反传统",先后在《文艺研究》《鲁迅研究月刊》等杂志发表过10余篇论文,引用率和下载量都较高,现已结集出版名为《围城中的巨人:理解鲁迅的"寂寞"与"悲哀"》(华南理工大学出版社2018年)。目前,我的研究重心已转向"巴金小说的经典化研究",并正在主编一套"中国现代文学名著的经典化研究"丛书。

在广东生活了14年,我深深地爱上了这片土地,它是那样的开放与宽容,难怪中国近现代史上才会出现那么多的奇迹。所以,我对自己能够有幸成为一名"粤派批评家"而感到自豪。同时也为了对得起这一光荣称号,本集选编的文章都是我在广州工作以后所写的,以前那些论文均未收入该集当中。特此说明。

2018年春节前于暨南大学明湖苑

上 编

新文学史的宏观论述

第一章　新文学对传统文化的批判与坚守

　　早在"五四"文学革命初期，陈独秀就曾公开声言，《新青年》杂志发动文学革命的思想宗旨，就是要用西方的"科学"与"民主"精神，去"反对孔教、礼法、贞节、旧伦理、旧政治"①。陈独秀与胡适都把文学革命定性为"反传统"，这一论断几乎得到了后来学界的一致认同。比如李泽厚在总结新文化与新文学运动的历史意义时，便以一种不容置疑的肯定性语气这样写道："《新青年》以披荆斩棘之姿，雷霆万钧之势，陆续发表了易白沙、高一涵、胡适、吴虞、刘半农、鲁迅、李大钊、钱玄同、沈尹默、周作人等人的各种论说和白话诗文，第一次全面地、猛烈地、直接地抨击了孔子和传统道德，第一次大规模地、公开地、激烈地反对传统文艺……这在中国数千年的文化史上是划时代的。"②美籍华人学者林毓生则更是标新立异，他不仅认为新文化与新文学运动是"反传统"，而且还认为整个"20世纪中国思想史的最显著特征之一，是对中国传统文化遗产坚决地全盘否定的态度的出现与持续"③。对于上述种种"反传统"说，我个人始终都不敢苟同。

　　若要弄清楚"五四"以来，新文学究竟是彻底地"反传统"，还是"批判"与"承续"并存，我们首先要去厘清一个最基本的名词概念——即什么是"传统"。所谓"传统"者，《新华词典》里早已有过明确的释义："过去传下来具有一定特点的某种思想、作风、信仰、风俗、习惯等。"④如果按照《新华词典》的定义或表述，那么我们将直接面临着两大难题：其一，既然

---

①　陈独秀：《本志罪案之答辩书》，《新青年》1919年第6卷第1号。
②　李泽厚：《中国现代思想史论》，安徽文艺出版社1994年版，第12页。
③　林毓生：《中国意识的危机》，贵州人民出版社1988年版，第2页。
④　《新华词典》，商务印书馆1980年版，第119页。

"传统"是指一个民族的历史与过去,那么"反传统"无疑就是在反我们民族的历史与过去;由于我们与民族文化的不可分割性,因此否定传统也就意味着同时否定了我们自己。试问"皮之不存,毛将焉附",没有了传统我们又是"谁"?其二,"传统"中确有"精华"与"糟粕"两种成分,但是我们依据何种价值尺度去加以区分?新文化与新文学运动一方面倡导科学理性精神,可另一方面却又以民间庸俗等同于儒学礼教,完全歪曲了孔子作《论语》而正"民风"的原初本意,这难道就是知识精英们所理解的科学理性吗?我们还必须注意到这样一种真实的历史倾向性:即先驱者们绝非是在全面地扬弃传统文化(他们不可能做到),只不过是打着"西化"的旗号去重新负载传统(实际情形则是如此);无论是陈独秀、胡适、钱玄同还是鲁迅、郭沫若、巴金,在他们那种思想启蒙的激烈言辞背后,其实都隐藏着一个弘扬民族传统文化的真实意图。比如"西化派"的领军人物胡适就曾明确地指出,"五四"以来对于传统儒学的猛烈攻击完全是一种民族文化的自救行为,而不是简单地以"西化"去替代传统。故他非常自信地向世人宣称:这场"文化大变动的结晶品,当然是一个中国本位的文化"①。因此,重新认识与理解"五四"反传统的历史成因以及文学表现,科学地评价新文化与新文学运动的自身意义与运作模式,这对于我们深入了解传统文化的现代转型,无疑是具有极其重要的现实意义。

一、儒学进城与新文学培育期的文化背景

研究中国现代思想史的人都知道,发生于"五四"时期的新文化运动,是晚清思想启蒙运动的历史延续;经过康有为、梁启超、胡适、陈独秀等两代知识精英的共同努力,终于实现了中国传统文化的现代转型。而这两次思想革命之所以能够取得成功,又与儒学进城有着十分密切的逻辑关系。长期以来,学界一直都将20世纪中国文化的巨大变革归功于西方近现代文明的直接移植,我个人对此说法却并不赞同。因为无论是康有为、梁启超、章太炎,还是

---

① 胡适:《试评所谓"中国本位的文化建设"》,载《独立评论》1935年第145号。

胡适、陈独秀、鲁迅等，他们都是典型的中国知识分子，用鲁迅自己的话来说，他们都是"从旧垒中来"①，对于传统文化的沉重负载，使他们的灵魂深处充满了"毒气和鬼气"②。尽管那时候"求进步的中国人，只要是西方的新道理，什么书也看"③，"不过并非将自己变得合于新事物，乃是将新事物变得合于自己而已"④。故梁启超后来曾无限感慨地回忆道："那时候我们的思想真'浪漫'得可惊……当时认为，中国自汉以后的学问全要不得的，外来的学问都是好的……既然外国学问都好，却是不懂外国话，不能读外国书，只好拿几部教会的译书当宝贝，再加上些我们主观的理想——似宗教非宗教、似哲学非哲学、似科学非科学、似文学非文学的奇怪而幼稚的理想，我们所标榜的'新学'就是这三种元素混合构成。"⑤梁启超的追述的确值得我们后人去认真思考，但他们能够把"新学"搞得令全国上下热血沸腾，并构成了"五四"知识精英救亡图存的精神支柱，这就是我所要展开论述的一个全新概念：儒学进城与思想启蒙的历史真相。

儒学进城是指近代中国由于大量乡绅和学子进城，最终导致以现代大都市为中心，中国传统文化的自我转型。众所周知，清末民初中国社会的思想重镇是新兴的城市上海而不是古老的皇城北京；后来帝制被废学人又联袂北上，这才形成了以北大为中心的启蒙阵营。目前国内学人仍抱有这样一种偏见，他们认为"十九世纪下半叶，上海租界出现了精英文化真空的情形，在传统社会中扮演精英文化对平民文化控制角色的中国绅士在租界不存在，不是说作为个体，而是作为社会集团不存在。"⑥这种说法完全有违客观事实，因为法国汉学家白吉尔就曾对此有过专门的研究，她根据历史资料考证告诉我们，晚清时代"在这个城市（上海）社会里，居领导地位的是来源于传统士绅和商人阶级

---

① 鲁迅：《鲁迅全集》第1卷，人民文学出版社1981年版，第286页。
② 同上，第11卷，第431页。
③ 毛泽东：《毛泽东选集》第4卷，人民出版社1991年版，第1469页。
④ 鲁迅：《鲁迅全集》第3卷，人民文学出版社1981年版，第102页。
⑤ 梁启超：《亡友夏穗卿先生》，《饮冰室合集》第5册，中华书局1989年版，第20—22页。
⑥ 叶晓青：《上海洋场文人的格调》，载《二十一世纪》1992年第2期。

的城市精英阶层"①。租界文化当然也不能例外,比如康有为、梁启超、章太炎、蔡元培、吴稚晖等人,其早期身份无疑都是属于乡绅阶层,他们都是以上海租界为栖身之地,并以报刊杂志或办班讲学等途径去发动思想启蒙运动,同样也扮演着"精英文化对平民文化"进行控制的社会角色。在这里,我们有必要对"乡绅"概念去做一简单解释。所谓"乡绅"者,即"乡间的绅士"②也,专指"乡里中的官吏或读书人"③。如果按照这些权威定义去推演,康有为与梁启超等晚清学人,毫无疑问都是些开明"乡绅"而已。因为他们在科考中举之后,都没有直接进入仕途,而是兴教办学造福乡梓,向青年学子传授儒家思想。比如,康有为在广州开办"长兴学舍",纳梁启超等人为徒;吴稚晖到同乡家里做塾师,为其子讲授"四书五经"要义等。我个人认为康有为等开明"乡绅"最终将他们思想传播的阵地由乡间转向了大都市,甚至于还转移到了国外去讲授"国学"(章太炎先生在东京办学讲经便是如此),这都是对儒学进城乃至其现代转型的很好注解。

正确判断晚清与"五四"思想启蒙的西化色彩,我们首先应去分析传统"乡绅"向现代知识精英转化的历史过程。我们不妨先来看看康有为的文化功底以及他后来思想的华丽转身。康有为出身于"诗书世家",6岁便入私塾跟随先生攻读《大学》《中庸》《论语》等儒学经典。少年时代他跟随祖父"日夜摩导以儒先高义、文学条理,始览《纲鉴》而知古今,次观《大清会典》《东华录》而知掌故,遂读《明史》《三国志》"④。青年时代他又到"礼山草堂"苦读三年,这些国学知识的雄厚储备,都为他后来振兴今文经学打下了良好的理论基础。1884年中法"马尾之战"后,康有为意识到大清政权已摇摇欲坠,只有"及时变法,犹可支持,过此不治,后欲为之,外患日逼,势无及矣"⑤。因此他开始办学授课,与梁启超等"诸子日夕讲业,大发求仁之义,

---

① 白吉尔:《中国资产阶级的黄金时代(1911—1937年)》,上海人民出版社1994年版,第61页。

② 《汉语大词典》第10卷,汉语大词典出版社1992年版,第660页。

③ 《大辞典》,台北三民书局股份有限公司1985年版,第4841页。

④ 康有为:《康南海自编年谱》,载《中国近代史资料丛刊·戊戌变法4》,上海人民出版社1957年版,第110页。

⑤ 康有为:《康南海自编年谱(外二种)》,中华书局1992年版,第15页。

而讲中外之故，救中国之法"①。这无疑是康有为变法维新思想的产生动因。1891年完成的《新学伪经考》与1892年开写的《孔子改制考》，则应是他变法维新思想的理论支撑，尤其是他在《孔子改制考》中把孔子说成是"托古改制"的先驱者，所以就为其倡导变法维新找到了令旧派人士难以攻击的堂皇借口。在1888至1898的十年时间里，康有为曾七次上书光绪皇帝，以中国知识分子"天下兴亡匹夫有责"的忧患意识，力陈国之弊端以及变法维新的现实意义，终于感动了光绪并使其成为了"百日维新"的领军人物。我们今天再去阅读当时康有为所撰写的书籍和文章，尽管学界认为康有为的许多学说都留有西方近代思想影响的明显痕迹，但是我个人以为这只不过是一种错觉误判，康有为虽然游历过欧美且对其繁荣昌盛感触颇深，但是不懂外语的他始终都没有同西方近代人文哲学发生过直接的思想碰撞，所以从他那些鼓吹变法维新的言辞高论中，我们所得到的深刻印象就是他对传统儒学思想的重新释义。例如有人说康有为对于物资的崇拜，"显然属于唯物反映论范畴"②。可康有为本人所讲的"物资"概念，却并不是哲学意义上的"物资"概念，而是对物资生活本身的一种理解。他强调"美国之富强也，非其民国得之，而物质为之也。"③此言明显与西方唯物论哲学无关，倒是反映了中国人实用功利主义的文化心态。还有康有为最著名的《大同书》，更是与西方空想社会主义理论风马牛不相及——他所说的"大同"社会"民为主而君为仆"的国家观，则是来自于《孟子·尽心下》中的"民为贵，社稷次之，君为轻"④。他所说的"大同"社会"仁以博施"的人文理想，也与《礼记·礼运》中"大道之行，天下为公"的"仁治"思想一脉相通。作为康有为的得意门生，梁启超对其思想的理解恐怕要比我们透彻得多，他认为康有为的思想"无一不本于仁"，"先生之

---

① 康有为：《康南海自编年谱（外二种）》，中华书局1992年版，第19页。
② 马洪林：《康有为评传》，南京大学出版社1998年版，第211页。
③ 康有为：《共和平议》第2卷，《不忍》杂志第9、10册合刊，上海广智书局1917年版，第43页。
④ 康有为在《孟子微·礼运注·中庸注》里，就曾专门对此做过解释，可参见该书中华书局1987年版，第21页。

论理，以'仁字'为惟一之宗旨"①。梁启超此言真可谓是一语道破了天机，康有为晚年全力提倡尊孔保教，最终回归传统儒学的思想规范，恰恰反映了晚清"新学"的基本性质，就是一种重新振兴儒学的自救行为。"乡绅"并没有因其"新学"之言而成为具有现代西方人文精神的知识精英，他们只不过是一群寄居在物资生活高度繁荣的大都市、骨子里却负载着传统文化精神的"城绅"罢了。

梁启超是晚清思想界的另一大儒，他11岁考中秀才，16岁考中举人，小小年纪便能有如此成绩，可见其国学根基之扎实。后来他到"万木草堂"，师从康有为学习今文经学，这对他成为维新志士起到了至关重要的启蒙作用。尽管他最终还是与康有为分道扬镳，但他自己却不得不承认，"启超之学，实无一字不出于南海"②。梁启超同康有为一样，原本也是抱着走科举之路的传统思想，渴望通过发奋读书金榜题名步入仕途，然而屡试不第使他对现行社会制度产生了不满，于是便在上海开办报纸宣传自己的变革主张。梁启超一生著述繁多，涉及面也十分宽泛，从经济到法律、从政治到伦理、从文学到历史，可以说没有他所不指染的研究领域。然而归纳起来，梁启超的"新学"理论主要又体现为两大方面：一是对传统文化的批判与声讨。他认为"中国数千年之腐败，其祸及于今日，推其大原，皆必自奴隶性来。不除此性，中国万不能立于世界万国之间"。梁启超毕竟比康有为年轻气盛，其叛逆精神也显得异常强烈，比如他鼓吹绝对自由意志，"不受三纲之压制"与"不受古人之束缚"，③这在当时西风日盛的环境下，很容易被理解为是西方人道主义的中国阐释。梁启超虽然反叛意识强烈，但他却对孔子本人毫无恶意，面对当时社会一些青年主张"欲支那人之进于幸福，必先以孔丘之革命"时④，梁启超则辩解说孔子与孔子之徒不同，"孔子之所以为孔子，正以其思想之自由也。而

---

① 梁启超：《南海康先生传》，《饮冰室合集》第1册，中华书局1989年版，第71页。
② 梁启超：《梁启超全集》第10册，北京出版社1999年版，第6091页。
③ 同上，第5932页。
④ 绝圣：《排孔征言》，《辛亥革命前十年间时论选集》第3卷，生活·读书·新知三联书店1977年版，第208页。

自命为孔子徒者,乃反其精神而用之,此岂孔子之罪也"①。这是今文经学最典型的思维方式,与西方思辨哲学没有丝毫关系。二是"新民"思想的言说与传播。胡适曾说梁启超对他思想的最大影响,就是"要把这老大的病夫民族,改造成一个新鲜活泼的民族"的"新民说"。②梁启超指出:"新民云者,非欲吾民尽弃其旧以从人也。新之义有二:一曰淬厉其所本有而新之,二曰采补其所本无而新之。"③由"新民说"再推演到"少年中国说",并希望未来中国"少年雄于地球则国雄于地球",这多少都有点西方进化论的理论色彩,但可惜梁启超所言说的进化论思想,是源自他对"公羊三世说"的变通解释——梁启超认为"上下千岁,无时不变,无事不变",这是中国传统文化中的至理名言。④实际上梁启超谈"变"之说时,严复翻译的《天演论》还没有问世,所以我们也很难在两者之间,寻找出什么必然性的连带关系。梁启超非常清楚他们那一代人西学知识的严重匮乏,所以他后来才会不无遗憾地追忆道:"晚清西洋思想之运动,最大不幸者一事焉,盖西洋留学生殆全体未尝参加于此运动。运动之原动力及其中坚,乃在不通西洋语言文字之人。坐此为能力所限,而稗贩、破碎、笼统、肤浅、错误诸弊,皆不能免。故运动垂二十年,卒不能得一健实之基础,旋起旋落,为社会所轻。"⑤

晚清思想界与康、梁一样具有社会影响力,并与中国新文学关系密切的历史人物,还有人称"章疯子"的国学泰斗章太炎以及后来任北大校长的鸿儒蔡元培等饱学之士。章太炎早年曾师从儒学大师俞樾读经,使其"驰骋百家,掎摭子史"受益匪浅;⑥后来他加入同盟会积极参与"反满"革命,因其言辞犀利笔无藏锋而又遭受过牢狱之苦;从狱中出来他东渡日本开班讲学,吸引了

---

① 梁启超:《保教非所以尊孔论》,《辛亥革命前十年间时论选集》第1卷(上册),生活·读书·新知三联书店1960年版,第168页。
② 胡适:《四十自述》,《胡适文集》第1卷,北京大学出版社1998年版,第71页。
③ 梁启超:《新民说》,《辛亥革命前十年间时论选集》第1卷(上册),生活·读书·新知三联书店1960年版,第122页。
④ 梁启超:《变法通议》,《饮冰室合集》第1册,中华书局1989年版,第1页。
⑤ 梁启超:《梁启超论清学史二种》,复旦大学出版社1985年版,第80页。
⑥ 梁启超:《致汪康年》,转引自姜义华著《章太炎评传》,百花洲文艺出版社2010年版,第14页。

包括周氏兄弟在内的一大批中国留学生。综观章太炎一生的理论著述，可以说他的思想是比较复杂的：一方面推崇孔子的仁学思想，一方面又极力主张"种族革命之志为复仇"；[1]一方面抨击传统儒学弊端丛生，一方面又充分肯定儒家礼教对于稳定社会秩序具有不可替代的积极作用；[2]一方面号召国人不要去"崇信孔教"，一方面又鼓励国人"爱惜我们汉种的历史"[3]；一方面赞美斯宾塞尔的进化论思想，一方面又把它纳入到老子"一生万物"的宇宙观去加以阐释。[4]章太炎思想上的内在矛盾，很具有一种时代性的象征意义——用"国学"去诠释"西学"，再通过现代报刊杂志等传播媒介去推广这种所谓的"新学"知识，进而以期达到思想启蒙的社会效果。这就是我常常谈到的"化西"行为。蔡元培的情况也大致是如此，恐怕没有人会怀疑这位晚清翰林院进士的国学水准，其一生对儒家伦理以及哲学美育等方面的研究成果，早已得到了国内学界的一致认可。由于蔡元培曾到德国留学四年，故有学者便称其为"学界的'通人'"。[5]这种说法未免有点夸张。德语是世界上比较难学的一种语种，蔡元培自写年谱中曾这样记载："在柏林一年，每日若干时习德语，若干时教国学，若干时为商务编书，若干时应酬同学，实苦应接不暇。德语进步甚缓，若长此因循，一无所得而归国，岂不可惜！"[6]三年之后他又记载道："来此已愈三年，拾取零星知识，如于满屋散钱中，暗摸一二，而无从连贯。"[7]蔡元培留学德国时已是不惑之年，让其在短时间内熟练地掌握德语，并达到"贯通"西学的惊人地步，无疑是我们后人在强人所难。语言方面客观存在的交流障碍，使蔡元培更多是以直观性的了解，去揣摩西方古老文化的魅力和神韵，比如欣赏古希腊壁画与感受莱茵河畔的民俗民风，聆听西方音乐和

---

[1] 章太炎：《定复仇之是非》，《辛亥革命前十年间时论选集》第2卷（下册），生活·读书·新知三联书店1963年版，第767页。
[2] 斯宾塞：《论礼仪》，《昌言报》1898年第6册，第3页B面。
[3] 章太炎：《东京留学生欢迎会演说辞》，《民报》1906年第6号，第8—9页。
[4] 斯宾塞：《论进境之理》，《昌言报》1898年第3册，第1页B面。
[5] 高平叔：《蔡元培评传·序》，见《蔡元培评传》，百花洲文艺出版社2010年版，第3页。
[6] 蔡元培：《自写年谱》，《蔡元培全集》第7卷，中华书局1989年版，第298页。
[7] 蔡元培：《致吴敬恒函》，《蔡元培全集》第2卷，中华书局1984年版，第114页。

观看西方的歌剧与话剧等。这种汲取异域文化养分的直观方式,并没有使蔡元培对西方文化产生认同感,而是使他更加自觉地回归了传统,比如他认为儒家伦理是中国文化不可或缺的重要因素,儒学礼教"教凡民""礼节奢""乐易俗",实为"吾族伦理界不祧之宗",在中国"极右派与极左派,均与中华民族性不适宜,只有儒家的中庸之道,最为契合,所以沿用至二千年"①。由此我们不难看出,后来蔡元培主政北大,能够包容新旧两派学人,且允许各种思想观点自由碰撞,绝不是什么西方人文精神的宽容意识,而是儒家文化不偏不倚的中庸思想。

如果说康有为与梁启超等"乡绅"进城,并以今文经学为基础去酿造"新学",最终构成了新文学发育成长的直接土壤;那么胡适与鲁迅等新文学的关键人物,他们离乡"进城"的目的与过程,则明显要比他们的前辈复杂得多。胡适、陈独秀、鲁迅、郭沫若等"五四"文学革命主将,青少年时代也都是在乡间私塾接受教育,他们对于经史子集等方面的国学训练其实也并不比康、梁那一辈人差多少。比如郭沫若在《我的童年》一文里,就曾讲述过他接触国学的那段经历。他说"蒙学"阶段背《唐诗三百首》《千家诗》以及《易经》《书经》《周礼》《仪礼》等国学经典,由于他的记忆力极好,往往他哥哥还在那里反复地朗读,"我倒可以成诵了"。后来他又跟随先生研读《古文尚书》《春秋》《史记》与《礼记》,这些扎扎实实的国学训练,无疑为他后来研究中国古代历史和文学提供了强有力的知识储备。②胡适也说他在"蒙学"期间,"读过《诗经》《书经》《礼记》"③,可见"五四"时期他在历史与文学方面所做的那些考据,也是得益于他早年接受过的国学训练。胡适等新文学主将发奋读书研读国学,其最初目的仍旧是抱着走科举之路的功利目的,只不过是1905年科举制度被废除以后,这才彻底打破了他们继续走传统仕途之路的最后梦想。胡适在1910年写给他母亲的信中,便这样去阐述他出国留

---

① 蔡元培:《蔡元培全集》第5卷,中华书局1988年版,第488页。
② 郭沫若:《我的童年》,《郭沫若选集》第3卷,人民文学出版社1997年版,第30—37页。
③ 胡适:《四十自述》,《胡适文集》第1卷,北京大学出版社1998年版,第66页。

洋的真实想法："现在时势，科举既停，上进之阶惟有出洋留学一途。"①我并不无视清末民初大量青年学子出洋留学的爱国热情，但是胡适此言应该说在当时社会还是具有一定代表性意义的——将留洋当做"上进之阶"，然后再重新回归社会权力中心，尽管他们同康、梁所走的不是同一条路子，但是殊途同归的目的性却是完全一致的。在科举废除前途一片茫然之际，胡适等新文学代表性人物都经历过一个从传统国学向"新学"转变的思想过程，而梁启超对他们的影响又是至关重要的。胡适说"梁先生的文章，明白晓畅之中，带着浓挚的热情，使读的人不能不跟着他走，不能不跟着他想。"②郭沫若也说梁启超的文章浅显易懂，"二十年前的青少年——无论是赞成或反对，可以说没有一个没有受过他的思想或文字的洗礼的"③。我个人所感兴趣的一点，是胡适与郭沫若两人都谈到了梁启超文章的通俗易懂性，至少我们可以从中得出这样一种结论："五四"文学革命最初的白话文运动，其精神动力正是源自梁启超的文风与思想。除此之外，鲁迅"五四"时期"幼者本位"的思想信仰，表面观之是西方进化论的中国阐释，而实际上倒是与梁启超的"新民说"和"少年中国说"有着一脉相传的师承关系。我并不否认"五四"新文学的重要人物，后来都有过留洋求学的特殊经历，但是他们从国外所学到的那点人文知识，远不及他们对传统国学与"新学"的热衷程度。余英时先生对此看得十分清楚，他指出"虽然他们之中，许多人都出国留学（美国或者日本），直接间接地受到了西方思想的冲击，但他们即使在国外的时期也不曾完全与旧学绝缘。最显著的，如胡适在美国写'先秦名学史'的博士论文，鲁迅与钱玄同则同时在东京向章太炎问学"④。因此，我们必须正视这样一个客观事实：新文学作家青少年时代所接受的文化教育，对其一生的思想发展都具有至关重要的决定性意义。比如沈从文说他在"私塾"授业的一年时间里，就已经"形成了我一生性

---

① 转引自许纪霖主编：《20世纪中国知识分子史论》，新星出版社2005年版，第133页。
② 胡适：《四十自述》，《胡适文集》第1卷，北京大学出版社1998年版，第71页。
③ 郭沫若：《我的童年》，《郭沫若选集》第3卷，人民文学出版社1997年版，第97页。
④ 余英时：《现代危机与思想人物》，生活·读书·新知三联书店2005年版，第60页。

格与感情的基础"①。而鲁迅自己也说由于"从旧垒中来",所以"却正苦于背了这些古老的鬼魂"。"从旧垒中来"固然使其对传统文化的历史弊端,"情形看得较为分明,反戈一击,易制强敌的死命";同时也使他们十分清楚地意识到,"积习当然也不能顿然荡除",②对传统文化的依恋与坚守,同样是他们发自内心的自觉行为。然而新文学主将们哪一个又不是"从旧垒中来"呢?闻一多的文化寻根就是一个典型事例。闻一多曾迫切渴望出国留洋,而一旦到了美国学习西洋美术,他却发现自己真正的兴趣还是中国文学,故他一度想中断学业,"巴不得立即回到中国来进行我的中国文学的研究"。③

"五四"新文学作家这种传统文化情结与康有为、梁启超、章太炎、蔡元培等人的情形并无本质区别,无论他们如何热衷于西方文化,都不可能违背人类文化的内在规律:每一个民族的文化都具有其"巨大的历史连续性",任何人都"不可能轻易清除这种基本的人类特质"。④由于文化个体与文化传统之间的不可分割性,新文学作家的所谓反传统,绝不可能是对传统的"彻底"否定,而只能是"去其糟粕取其精华"。批判不过是一种手段,坚守才是其最终目的。实际上,鲁迅早在小说《狂人日记》中就以"狂人"的盲目反叛与理性回归,形象化地阐述了文化个体与文化母体的辩证关系。"狂人"借助"月亮"发出的微弱之光(我们不妨将其视为外来文化的影响),立刻从几千年的思想混沌中幡然觉醒。他无师自通地从历史中发现了中国文化的"吃人"本质,并因其与"狼子村"村民(中国人的暗喻或象征)的思想对立而变得异常孤立。但随着"狂人"启蒙言说的逐步展开,他又遭遇到了一种前所未有过的绝望困境:同样作为"狼子村"文化的历史负载者,他自身就具有"吃人"文化的血统和经历,由此,他本人所自诩的启蒙者身份也将受到人们的强烈质疑。所以,他不敢再继续地"想下去",而是赶快"病愈"前去"候补"。《狂人日记》具有极为深刻的时代寓意性,透过它那象征主义色彩浓重的故事

---

① 沈从文:《沈从文全集》第13卷,北岳文艺出版社2002年版,第251页。
② 鲁迅:《鲁迅全集》第1卷,人民文学出版社1981年版,第285—286页。
③ 转引自刘烜:《致家人》,《闻一多评传》,北京大学出版社1983年版,第54页。
④ 露丝·本尼迪克:《文化模式》,华夏出版社1987年版,第6页。

叙事，我们可以感受到鲁迅对"五四"文化虚无主义倾向的质疑否定态度以及他对中国传统文化复杂性构成因素既批判又包容的科学理性精神。鲁迅明确地向主张"西化"启蒙的精英群体表达了截然不同的文化理念：没有传统文化，也就没有中华民族的历史存在。然而，新文学在其诞生伊始，并没有真正理解《狂人日记》的创作本意，而是伴随着全社会"西化"热情的逐步降温，才开始认真思考传统文化的现实价值。鲁迅所开启的新文学传统，并非只是简单的文化批判与否定，而是有其自身背景的文化坚守与继承，这既是新文学发生和发展的历史本源，更是新文学借鉴西方而又不同于西方的本质所在。

二、爱恨交织与新文学反传统的矛盾呈现

从新文学作家的文化背景，我们再去看看他们"反传统"的具体表现。

反传统与反封建作为中国新文学的创作母题，这是国内学界早已达成的思想共识。然而自觉负重传统文化的现代作家，他们究竟又是怎样去反传统与反封建的呢？综观新文学创作的具体实践，无非就是对"礼教吃人"的强烈控诉。"五四"期间，吴虞这位被胡适誉为"只手打倒孔家店"的老英雄，最先发出了"吃人的就是讲礼教的，讲礼教的就是吃人的"[①]愤怒呐喊，他这种蔑视传统目空一切的叛逆情绪，很快便在新文学创作中蔓延开来，比如像家长专制与"节烈"等诸问题，都被视为是封建"礼教"的千古之罪，成为了新文学反传统的攻击对象。问题是新文学对于所谓封建"礼教"的百般诘难，却是在对"礼教"概念懵懂无知的情况下发生的，即便是到了21世纪的当今时代，学界仍没有对什么是"礼教"做出过明确的释义。比如我们翻阅那些权威词典，几乎都找不到有关"礼教"的专属词条；唯一有所解释的《汉语大辞典》，也只是将其定义为"礼仪教化"。[②]这一诠释应该说比较符合历史事实，因为孔子当年做《论语》而修《春秋》，其真正目的就是要以礼仪之教，去正"民风"而纠"庸俗"，以达到提升民族文化素质的最终目的。可为什么新文学却

---

① 吴虞：《吃人与礼教》，《新青年》1919年第6卷第6号。
② 《汉语大辞典》，上海汉语大辞典出版社1991年版，第962页。

紧紧咬住"礼教"不放，且非要置其于死地而后快才肯罢休呢？李长之对此就曾深感困惑不解，他甚至质疑新文学"对于孔子的真精神有认识么"①。我们究竟应该怎样去评判新文学反传统的历史意义？又该怎样去看待新文学所罗织的那些"礼教"罪名？我个人认为必须回归历史"现场"，只有通过对作品文本的客观分析，而不是凭借研究者的主观想象，我们才会得出科学而公允的评判结论。

反对家庭专制作为反封建礼教最重要的内容之一，无疑是中国新文学向世人展示其现代性因素的显著标志；而新文学最具有时代影响力的创作主题，又理所当然是现代青年的"离家出走"。为什么"离家"之举会颇受青睐，并能够达成社会各界的广泛共识？这是因为"'家族'是中国文化一个最主要的柱石，我们几乎可以说，中国文化，全部都从家族观念上筑起，先有家族观念乃有人道观念，先有人道观念乃有其他的一切"②。所以将"离家"理解为是反封建与反传统的理由或借口，很容易引发年轻一代的心灵共鸣。故郁达夫说新文学"最大的成功，第一要算'个人'的发见。从前的人，是为君而存在，为道而存在，为父母而存在的，现在的人才晓得为自我而存在了"③。把"离家出走"作为新文学反封建与反传统的思想坚守，它又具体表现为"恶父""恶母"以及"大家庭罪恶"等三个方面。

"父亲"批判是"五四"以来新文学创作所致力最深的一个表现题材，无论是小说还是话剧几乎可以说俯首可拾比比皆是。一谈到"父亲"批判，我们首先会想到曹禺话剧《雷雨》中，周萍所说过的一句话：他"恨"自己的父亲，"就是犯了灭伦的罪也干"④。而更富有戏剧性的是，曹禺本人他也"恨"自己的父亲。⑤毫无疑问，"恨"父亲在中国现代社会思想启蒙时期，并不被认为是一种复杂的心理学现象，而被理解为是一种反封建与反传统

---

① 李长之：《五四运动之文化的意义及其评价》，《李长之批评文集》，珠海出版社1998年版，第329页。
② 钱穆：《中国文化史导论》（修订本），商务印书馆1994年版，第51页。
③ 郁达夫：《〈中国新文学大系·散文二集〉导言》，见《中国新文学大系·散文二集》，上海文艺出版社2003年影印版，第5页。
④ 曹禺：《雷雨》第二幕，人民文学出版社1994年版，第65页。
⑤ 田本相：《曹禺传》，北京十月文艺出版社1988年版，第16页。

的精神动力;所以在新文学创作的具体实践当中,父子矛盾完全被描写成了水火不容的敌对关系,甚至还被演绎为是被压迫者对压迫者的血泪控诉。重新回顾新文学的"父亲"批判,无非是要揭示"父亲"的"专制"人格,即:自私冷漠与蛮横无情——而这种"专制"人格,往往又被集中表现为是"父亲"剥夺子女婚姻大事的支配权力,最终在父亲威严之下,酿成无可挽回的命运悲剧。话剧《幽兰女士》(陈大悲)与《获虎之夜》(田汉),都是讲述父亲"自私冷漠"的经典作品。《幽兰女士》中的丁葆元是个封建遗老式的人物,他墨守成规笃信礼教,为了巴结社会权贵,他一心要将女儿幽兰嫁给田四爷的大公子,以便在这种结亲过程中去巩固自己的政治地位。当丁葆元听说幽兰正与汪裁缝的侄子热恋,他立刻神情紧张勃然大怒,一定要拆散这对苦命鸳鸯。因为在他看来如果女儿嫁给了一个穷裁缝的侄子,那么自己所苦心经营的计划就完全失败了,所以他不能容忍女儿的任性胡来,结果导致幽兰抗争无望只能自杀殉情。《获虎之夜》中的魏福生是一个富有的大户主人,其女莲姑原本就与黄大傻青梅竹马两小无猜,只不过是因为黄家后来经济破产势力衰落,所以魏福生才会拼命地反对这门亲事;即便是黄大傻中枪已经奄奄一息,再加上莲姑向其父亲苦苦求情,可魏福生却泰然处之无动于衷,结果硬是逼得黄大傻举刀自刎命归黄泉。魏福生反对女儿婚事的唯一理由,就是莲姑与黄大傻两人门不当户不对,而作者设计这一故事情节的原始初衷也是明确具有反封建与反传统的主观意图。老舍的小说《骆驼祥子》也为我们塑造了一个"蛮横无情"的"父亲"形象。刘四爷是京城车行的老板,自然是属于有钱人之列;但不幸他养了一个丑闺女,"长得虎头虎脑,因此吓住了男人";虎妞好不容易才设计把"臭拉车的"祥子拴住,可刘四爷却压根没有看上这个穷女婿;在"要他没我,要我没他"的父女争执中,刘四爷自知已无法改变女儿的出嫁决定,于是他便当着众人之面宣布,终结了他与虎妞之间的父女关系。新文学这种"父亲"批判的社会倾向,很快又波及"母亲"批判的层面上来,就像男性作家"恨"父亲一样,女性作家也滋生出了一种"恨"母亲的极端情绪。新文学的"母亲"批判,大致可以分为两种类别:一是基于"男主外而女主内"的认知视角,尽显"母系家长"的绝对权威,像谢冰莹的纪传体小说《一个女兵的自传》就是这一类别作品中的代表性文本。在"母亲"强势而父亲"弱势"的谢家，由母亲替谢冰莹许下了一桩婚事，男方不仅家庭殷实富甲一方，而且未来夫婿还是一个大学生；可是对于追求个性解放的谢冰莹而言，她却并不把母亲的一番好意看作一种母爱意识的表现，相反还当作封建观念加以拒之。我个人所感兴趣的一点，是谢冰莹对其"恶母"形象的如此塑造："这东西简直不是人，父母大于天，岂敢和我们作对！送你读书，原望你懂得孝、悌、忠、信、礼、义、廉、耻；谁知你变成了畜生，连父母都不要了！婚约是父母在你吃奶的时候替你订下来的，你反对婚约，就等于反对父母！"[①]在谢冰莹的笔下，"慈母"概念遭到了彻底颠覆，"母爱"意识更是荡然无存，"母亲"与"父亲"被捆绑在一起，成为了反"家长专制"的否定性对象。二是专指由于"父亲"的缺席，"母亲"便自觉地承担起"家长"的职责，像张爱玲的小说《金锁记》则是这一类别作品的代表性文本。凡是读过《金锁记》的人，恐怕都忘不了曹七巧这一"恶母"形象，她驾驭儿子管控女儿，把一个原本应是正常的家庭搞得乌烟瘴气众叛亲离，其对子女的"恶"之程度，也绝对算得上是令人发指。张爱玲之所以会把曹七巧作为"母系"家长制的象征性人物，这是由新文学积极参与中国现代思想启蒙运动所决定的，人们无须怀疑张爱玲本人对于反封建思想启蒙的高度热情，但是她以否定"母爱"去敌视"母性"本能的做法却是值得商榷的。

长期以来，由于受反封建与反传统启蒙话语的深刻影响，新文学作家在其高呼猛进的时代大潮中，也一直都存在着这样一种思想困扰："父亲"和"母亲"究竟何罪之有？我们到底为什么要去反对"父亲"和"母亲"？难道将"父亲"与"母亲"推上了历史审判台，中国社会与文化就获得了现代性了吗？需要作一说明的是，将反"家长专制"视为是反封建与反传统的主要内容，这一见解最早是出自于清末民初的无政府主义者之口。他们认为"盖家也者，为万恶之首"，故"欲开社会革命之幕者，必自破家始矣"[②]。中国近现代知识精英将无政府主义思想作为西方现代人文精神在国内广为传播，无疑是表现出了他们对于西方近现代主流哲学的认知错位，因为无政府主义即使是在

---

① 谢冰莹：《一个女兵的自传》，华夏出版社2009年版，第105页。
② 汉一：《毁家论》，《辛亥革命前十年间时论选集》第2卷，生活·读书·新知三联书店1977年版，第916页。

西方也不具有普遍性意义。西方学者在考察中国的无政府主义思潮时,他们就曾明确地指出:"中国知识分子20世纪初对西方无政府主义发生兴趣",完全是出于一种"为我所用"的实用功利主义目的,他们以"去政府"和"毁家"为时尚口号,无非就是要"与当时中国的革命问题建立起联系"。与此同时他们还惊奇地发现,中国知识分子所宣传的无政府主义思想与西方的无政府主义并无直接关系,其"形式不折不扣地是道家思想。"[①]新文学创作受中国式的无政府主义思潮影响已不再是什么秘密,我个人所要关注的焦点问题则是新文学作家们的"毁家"态度,到底有多么决绝与执着。尤其是鲁迅与巴金这两位新文学巨匠,历来都被学界当作反"家长专制"的思想重镇,而《狂人日记》与《家》的创作主题,更是被视为反封建与反传统的经典之作,难道客观事实果真是如此吗?我个人始终是心存疑虑的。《狂人日记》与《家》这两部作品给读者最为深刻的阅读印象,就是"父亲"与"母亲"的全部缺席;既然创作主题是反"家长专制",那么为何却让被批判的主体对象退场,并以"大哥"或"爷爷"取而代之呢?学界对此所给出的一致答案,是认为鲁迅与巴金的真实意图无外乎要将"家"之批判扩展到"家族"批判,进而提升反封建与反传统的思想深度。这种见解不能说没有一点道理,但却遮蔽了研究对象的问题本质。因为一个缺失了"父母"的家庭,已不再具有"家"的实体意义。在《狂人日记》里,"大哥"的确扮演着"长兄如父"的家长角色,同赵贵翁等人对叛逆之"我",组成了"吃人"社会的牢固联盟;《家》中的"高老太爷"更是九五之尊,他高高在上掌控一切,甚至随意一个想法,就能改变高家年轻人的前途和命运。问题在于鲁迅与巴金笔下的这些艺术符号,只不过仅仅是形而上的艺术符号罢了,在他们形而下的真实情感生活当中,无论是"大哥"还是"爷爷",都是他们难以割舍的亲情对象。鲁迅一篇《风筝》将兄弟之间的手足之情,写得是那样的感人至深;而巴金也说父亲死后爷爷"很爱我",在他走到生命尽头时还眼含泪水深情地看着"我"。[②]也许我们现在应该揭开谜底了:鲁迅与巴金都将"父母"(尤其是"父亲")剔除出反封建的批判对象,

---

[①] 田辰山:《中国辩证法:从〈易经〉到马克思主义》,中国人民大学出版社2008年版,第5页。

[②] 巴金:《巴金选集》第10卷,四川人民出版社1996年版,第58页。

而以"大哥"或"爷爷"成为一种思想启蒙的牺牲品,这是因为在他们的潜意识里都有一个心理阴影——他们都是明天的"父亲"和明天的"家长",如果将"父亲"推上历史的审判席,那么也就意味着自己早晚也将会成为被下一代所批判的否定对象。鲁迅在其《我们现在怎样做父亲》一文里,尽管表达了他对"父亲"职责的深刻理解,但同时也使他意识到自己终将成为"父亲"的严酷现实。

所以,新文学从其一发动"父亲"批判开始,就深深埋下了强烈自责的矛盾心理。我们读朱自清先生的散文《背影》,都说它是一篇歌颂"父爱"的上乘之作,但究竟有多少学者从作品文本出发,去注意到朱自清先生的真实用意呢?望着"父亲"为"我"买橘子而穿越铁路攀爬站台的笨拙背影,"我的眼泪很快地流下来了"。"我"之所以不再厌恶"父亲"而被"父爱"所感动,最直接的理由是朱自清写此文时自己也已经做了"父亲",青春期叛逆心理过后的理性回归,使他对"可怜天下父母心"的古训又有了重新的认识。许钦文的散文《父亲的花园》也与"五四"反"家庭专制"的激情主义相违背,作者通过对"家"和"父亲"的美好记忆,率直地表达了他对曾经反抗过的那个"家"的无限怀念。张天翼的小说《包氏父子》虽然讽刺与调侃了老包对于儿子的教育失败,但是谁也不能否认老包对于小包的挚爱亲情,恰恰是在张扬中国"家"文化的固有底蕴。还有老舍先生长篇小说的《四世同堂》,更是一反他在《骆驼祥子》里的反"父"倾向,并以祁家这个大家庭为叙述背景,竭力去表现中国"大家庭"文化的亲和力与凝聚力。有学者曾认为新文学作家这种自身矛盾,是他们思想还未彻底摆脱传统文化制约的一种表现,[①]试问难道通过反"父母"以实现反"家长专制",就是所谓西方现代意识的集中体现吗?这是始于"五四"思想启蒙的一个逻辑怪圈——将青春叛逆的生理现象直观地理解为社会变革的文化现象,进而把父子(母女)之间理性与感性的矛盾对立,直接升华为新旧两种势力之间的殊死搏击;当自己也成为了"父亲"(母亲)之后,再去反思自己年轻时代的荒唐举动,这种周而复始从未间断

---

① 曹书文在其著作《家族文化与中国现代文学》一书中,曾多次谈到这一问题,可参见该书第343页总结部分,中国社会科学出版社2002年版。

过的历史轮回,究竟属不属于反封建,很值得我们去认真地反思。至少老舍先生说出了他自己的真心话:"那是我的家,我生在那里,长在那里,那里的一草一砖都是我的生活标记。"①老舍不再把"家"看作是一种"梦魇",而是看作一种情感归宿的温馨港湾,并自觉地去维护和认同家庭内部的稳定秩序,可以说这是新文学对于儒家文化的皈依而不是反抗。正是由于新文学作家先后都度过了他们生理上的青春期,所以他们都不再是那么的思想幼稚和盲动,即便是像巴金那样立场坚定的"毁家"斗士,也在《寒夜》的结尾处让曾树生感到了无家可归的心灵悲凉——"夜的确太冷了。她需要温暖。"因为无论新文学作家怎样去通过反"家长专制"去反传统,他们都必须直接去面对一个最简单的基本命题:没有了"家"我们将栖身何处?没有"父母"我们又从哪里而来?故将"父母"作为封建专制文化的抽象符号,让他们去承担本不应该由他们去承担的历史罪名,新文学这种反封建与反传统的伟大壮举,恐怕其负面影响更应引起我们的理性反思。

反"节烈"思想作为反封建礼教的另一重要内容,它更是反映着中国人同传统文化彻底决裂的一种姿态;体现在新文学创作的具体实践上,则无疑又是以女性解放为其表现特征。早在"五四"思想启蒙运动之初,"节烈"与"贞操"等社会问题,就已经被先驱者视为是儒学礼教的头号罪名,受到了来自各方面知识精英的猛烈攻击。胡适在《贞操问题》一文中便公开斥责说:"中国的男子要他们的妻子替他们守贞守节,他们自己却公然嫖妓,公然纳妾,公然'吊膀子'。再嫁的妇人在社会上几乎没有社交的资格;再婚的男子,多妻的男子,却一毫不损失他们的身份。这不是最不公平的事吗?"②而鲁迅也以充满着讽刺意味的文字调侃道:"我可以说,可惜男的孝子和忠臣也不多的,只有节烈的妇女的名册却大抵有一大卷以至几卷。孔子之徒的经,真不知读到那里去了;倒是不识字的妇女们能实践。"③新文学作家很快便将"五四"时期的"节烈"批判思想忠实地贯彻到了他们文学创作的艺术实践当

---

① 老舍:《小人物自述》,《老舍全集》第8卷,人民文学出版社1999年版,第290页。

② 胡适:《胡适文集》第2卷,北京大学出版社1998年版,第505页。

③ 鲁迅:《鲁迅全集》第3卷,人民文学出版社1981年版,第127页。

中，并以替传统女性申冤叫屈的代言人身份，为后世读者留下了大量血泪控诉的故事样本。鲁迅的小说《祝福》历来都被认为是新文学反封建"礼教"的经典之作，寡妇祥林嫂因为两次嫁人，被鲁镇人视为是不贞之妇，所以除夕之夜被鲁四老爷赶出了大门，最后活活饿死与冻死在鲁镇的街头。杨振声的小说《贞女》讲述少女阿娇还未成亲，未来丈夫就因病死亡，由于受封建"礼教"的影响很深，她自愿选择了自杀殉情，以自己年轻的生命为代价，去博得一个"贞女"的社会名声。彭家煌的小说《节妇》更是一篇堪称反"礼教"的奇妙之作：少女阿银嫁给70岁的"候补道大人"做填房，两年后她就成了寡妇，于是"候补道大人"家里要其守节不能改嫁，可"候补道大人"的儿子却偷偷将其霸占为己有，后来"候补道大人"的孙子也将其霸占为己有，使阿银变成了"候补道大人"一家三代男人的共同"玩物"。张天翼的小说《脊背与奶子》则揭示了封建"礼教"的虚伪本质，任三嫂为了追求自己的人生幸福与人私奔，被族长长太爷派人抓了回来，长太爷命人将任三嫂捆绑起来严刑拷打，表面上是为了维护"礼教"以儆效尤，但实际上却是长太爷自己在那里泄私愤——长太爷自己曾多次调戏任三嫂不成，于是便借此机会堂而皇之地去整治她一下。新文学创作无一例外都把节操问题归罪于封建"礼教"，并且对其展开了顽强而猛烈的全面攻击，但是它所批判的矛头所指，究竟是不是属于"礼教"的范畴？这无疑是事关我们去评判新文学价值观的首要问题。在中国古代的典章法律中并没有要求妇女夫死殉情之说，而且还明令规定寡妇可以再嫁。比如《宋刑统·户婚律》就明明白白地写着寡妇可以再嫁，当然执政者也附加有一定的前提条件，即"夫丧百日外""贫苦不能存者"以及"不能更占前夫屋业"等。宋朝法律不但允许寡妇再嫁，而且还可以带走前夫之子，由此可见作为知识精英的上层统治者，他们的思想要比我们想象的更加开明。[①]另外，新文学关于"节烈"问题的理论溯源，都无一例外指向了宋代大儒"二程"。不错，程颐的确有过"饿死事极小，失节事极大"之言，但是程老夫子这句话的起因与原文究竟是怎样？我们恐怕有必要对此做一完整的还原。《程氏遗书》卷二十二里这样记载——"问：'孀妇于理似不可取，如何？'曰：

---

① 张希坡：《中国婚姻立法史》，人民出版社2004年版，第58—65页。

'然。凡取,以配身也。若取失节者以配身,是已失节也。'又问:'或有孤孀贫穷无托者,可再嫁否?'曰:'只是后世怕寒饿死,故有是说。然饿死事极小,失节事极大。'"仅就这段话来分析,程颐所说的守"节",是对于男女双方而言,寡妇再嫁是"失节",而男子娶寡妇也是"失节",并无什么性别歧视的意思。程颐提出"饿死事极小,失节事极大"的道德观念,有一个十分重要的理论前提,却被我们后人人为地忽视了,即对爱情忠贞不渝的坚定信念。程颐说"凡人为夫妇时,岂有一人先死,一人再娶,一人再嫁之约?只约终身夫妇也"①。如果我们将程颐"只约终身夫妇"之言,与西方教堂婚约的爱你一生一世相比较,无非都是在强调爱情永恒的人文理想,而这种爱情信念对于社会稳定又具有极其重要的现实意义。因此将程颐的原话断章取义,并通过文学叙事的形象演绎,进而构成新文学"礼教"批判的攻击对象,多少都有点"欲加之罪何患无辞"的味道。既然所谓"节烈"与"礼教"无关,那么我们就应该注意到它的"庸俗"本质。其实鲁迅在小说《祝福》里就已经意识到了这一问题,他并没有将祥林嫂之死归罪于"礼教",而是归罪于鲁镇人长期信奉的那些"庸俗"——卫老婆子对参与绑架贩卖祥林嫂的不以为然,柳妈对祥林嫂竟肯"依了"贺老六的困惑不解,庙祝视祥林嫂为不"洁"之人的轻蔑态度,这些因素才是导致祥林嫂悲剧的直接原因。毫无疑问,新文学作家对于所谓"节烈"的攻击与批判,应被视为对社会"庸俗"的攻击与批判,这不仅不是站在儒家"礼教"的对立面上,相反却与"礼教"的宗旨是完全一致的。《礼记》对于"礼教"节制"庸俗"之作用,早已有过十分明确的意义阐释:"是故圣人作,为礼以教人,使人以有礼,知自别于禽兽。"②说的是"礼教"之目的,就是要让国人懂得做人之道理,即"礼也者,理也"③。对此"学衡派"的人士邵祖平在"五四"时期,就曾对新文学所罗列出的那些"礼教"罪名发出过质疑,他说"女子贞洁诸问题,不过为破除风俗之一

---

① 程颢、程颐撰,朱熹编:《二程遗书》,上海古籍出版社2000年版,第356—359页。
② 杨天宇:《礼记译注》(上册),上海古籍出版社2004年版,第3页。
③ 杨天宇:《礼记译注》(下册),上海古籍出版社2004年版,第666页。

端",与儒家"礼教"有何相干?①只可惜这一正确判断,并没有引起新文学作家的足够重视。其他诸如"纳妾"与"典妻"等新文学所反映的社会问题,同样也是属于"庸俗"之孽而不属于"礼教"之罪。比如在"理学"盛行的明朝时期,《大明律》就曾明文规定凡因钱财而将妻子"典雇与人为妻妾者,杖八十"②;同时规定男子"四十以上无子者,方许娶妾,违者,笞四十"③。由于中国各朝各代的法律法规都是出自儒学精英之手,故他们对于社会"庸俗"的强烈抵制,实际上其思想源头还是与"礼教"教义有关。可见古今知识精英对于民间文化的"庸俗"现象,其思想见解基本相同并无两样;只不过是出于思想启蒙的实际需求,新文学作家把"庸俗"和"礼教"进行了概念置换而已。

　　新文学创作的"礼教"批判,作为颠覆传统旧秩序的一种手段,它与"婚姻自主""恋爱自由""个性解放"的启蒙口号相呼应,几乎构成了中国传统文化现代变革的唯一性诉求。因为在"五四"启蒙精英的主观意识里,早已形成了这样一种简单的逻辑思维:若要建立起现代中国文化的全新秩序,就必须去铲除民族传统文化的儒学根基。所以胡适才会不无自信地向社会宣称,"假使有人问:'何以要拥护德先生和赛先生便不能不反对国粹和旧文学呢?'答案自然是:'因为国粹和旧文学是同德、赛两位先生反对的。'"④然而新文学从其发难伊始,就将其所效法的西方文学样本——易卜生的《玩偶之家》,完全做了中国式的阐释与解读。娜拉离开丈夫走上社会的真正目的,是要堂堂正正地去做一个"独立的人";而新文学鼓励青年反抗的真正目的,则是要去争取婚姻自主的神圣权力。故"节烈"批判与婚恋自由相辅相成,的确推动了中国现代思想解放运动的快速发展。但是我们也必须注意到这样两个问题:首先,新文学所倡导的婚恋自由,其本身就是中国古典文学的固有主题,从《莺莺传》到《西厢记》,可以说中国人对于婚恋自由的理想与追求,从古至今都没有间断过;因此,新文学虽然借用西方理论话语去重新演绎古老

---

① 邵祖平:《论新旧道德与文艺》,载《学衡》杂志1922年第7期。
② 顾鉴塘、顾鸣塘:《中国历代婚姻与家庭》,商务印书馆1996年版,第111页。
③ 张希坡:《中国婚姻立法史》,人民出版社2004年版,第57页。
④ 胡适:《胡适文集》第2卷,北京大学出版社1998年版,第551页。

而传统的爱情故事，但它却始终没有走出以传统去反传统的叙事套路，对此我们研究者应该具有自己的理性判断力。其次，也是最为关键的一点，新文学主张打破传统文化的道德秩序，彻底解放人的情感欲望与行为方式，那么这种社会新思潮所造成的实际后果，究竟又是一种什么样的精神状态呢？用苏雪林自己的话来讲，就是"自由恋爱"变成了"自由乱爱"，她说那时候社会躁动得十分厉害，"男女学生随意乱来，班上女同学，多大肚罗汉现身，也无人以为耻"①。而石评梅在其小说《弃妇》里更是毫不客气地写道：在"自由恋爱的招牌底下，有多少可怜的怨女弃妇被践踏着！""五四"以后中国社会道德秩序曾一度混乱，婚外恋与姨太太现象也十分风行，不仅蔡元培与胡适等人纷纷谴责，新文学作家自身也开始了认真地反思。曹禺的《雷雨》和巴金的《寒夜》，就是两个很好的例子。对于曹禺《雷雨》的研究，学界至今仍停留在反封建的理论层面，不厌其烦地去探讨它揭露所谓大家庭罪恶的创作主题；并把周蘩漪看作一个敢于追求个性解放的新女性，甚至就连她和周萍之间的乱伦行为，也被理解成是反"礼教"的叛逆之举。学界这种呆板与教条的思维模式，在很大程度上割断了文学与生活之间的必然联系，人们只注重形而上的理论表述，而忽略了形而下的生命体验，故一部充满着思想活力的优秀作品，被学界理解得枯燥无味如同嚼蜡。理解《雷雨》我们似乎用不着去费那么大力气，因为曹禺让周蘩漪疯狂放纵最后精神失常，这一结局显然是寓意着曹禺本人的道德评判——周蘩漪与周萍偷情，完全与报复周朴园的家长作风无关，而是一种挑战人类良知底线的"玩火"行为，所以在故事结局作者只能让其从"疯狂"变成"疯子"。《雷雨》的"序幕"和"尾声"更是一种隐喻叙事，作者让周朴园面对着两个都"疯了"的妻子去深深忏悔其青年时代的荒唐与罪过，这难道不是曹禺对于自由恋爱新秩序的自我反省吗？巴金的《寒夜》也是属于这种类型的作品文本。早已告别了青春躁动期的无政府主义者的巴金，他对中国家庭问题与婚恋问题的思想理解，也逐渐地变得成熟与稳重起来。他一方面同情曾树生作为一个健康女性的合理诉求，同时也意识到了理性与现实之间存在着客观的巨大差异，他将曾树生这一新女性置于自我与道德之间进行灵魂拷问，

---

① 苏雪林：《苏雪林自传》，江苏文艺出版社1996年版，第43页。

明显带有道德反省的理性色彩。比如他让曾树生跟随陈主任出走兰州，却又让其背负着沉重的良心自责，汪文宣死后她矗立于空旷的原野，面对着亡夫的孤坟而强烈自责，那份难以言说的精神痛苦，就很能代表婚后巴金的生命体验——爱既是一种责任，更是一种坚守。说到新文学作家对于"五四"新秩序的切身感受，我们更应去倾听一下新女性的心灵呼声。黄庐隐和沉樱等人都曾是打出封建家庭"幽灵塔"的"精神界之战士"，但是没过多久她们就遍体鳞伤一片哀鸿，并向社会发出了"何处是归程"的凄楚悲鸣。何为"归程"？无非就是回家之路。新文学刚刚扬帆启程，她们却要打道回府，这一看似与时代潮流相悖的有趣现象，很值得我们去认真地思考。

三、思想启蒙与新文学现代性的自我释义

新文学作家对于传统文化的历史负重，使他们在参与思想启蒙的过程当中，必然都会产生一种十分纠结的复杂心态；尤其是那种"剪不断理还乱"的传统思绪，更是使他们对于新文学现代性的思想认知，表现出了异常强烈的民族自尊感。比如无论是蔡元培还是胡适，他们在20世纪30年代再去谈论新文学运动的起因时，都将其视为是"中国的文艺复兴"，而不是西方文艺复兴的中国"翻版"。蔡元培在《中国新文学大系·建设理论集·总序》中，尽管对"五四"文学革命与西方文艺复兴做了十分宽泛的广义比较，同时也指出了两者之间的确存在有诸多的相似之处，但是蔡元培自己心里却非常地清楚，"欧洲复兴时期以人文主义为标榜，由神的世界而渡到人的世界"，中国的"五四"文学革命则是"反对文言提倡白话的运动，可以说是弃鬼话而取人话了"。由于"神的世界"与"鬼话"并不属于概念相同的文化特性，那么"人的世界"与"人话"也就难以构成对等关系。故蔡元培并不敢断言新文学是在全盘照搬西方文艺复兴的运作模式，他所期待的也只不过是中国的"拉飞尔"与"莎士比亚"的出现。[①]胡适也一直都把"五四"文学革命视为中国的"文

[①] 胡适编：《中国新文学大系·建设理论集》，上海文艺出版社2003年影印版，第10页。

艺复兴"，然而他却异常坦率地告诉人们，"新文学之运动，并不是由外国来的，也不是几个人几年来提倡出来的，白话文学之趋势，在二千年来是在继续不断的，我们运动的人，不过是把二千年之趋势，把由自然变化之路，加上了人工，使得快点而已"。因此他说新文学运动就是中华民族的"文艺复兴"，"我们对之，应当表示相当的敬爱"①。由此可见，把新文学运动看成是"西化"的产物，并不是出自于先驱者和当事人之口，而是后来理论界形而上学的思想高论。我们还可以换一个角度，去分析与理解这一问题。当胡适等人用中国的"文艺复兴"去概括新文学运动的基本性质时，李长之便率先发难提出了质疑。李长之不同意将新文学运动比作是西方的文艺复兴，他指出西方文艺复兴是"一个古代文化的再生"，"可是中国的五四呢？试问复兴了什么？不但对于中国自己的古典文化没有了解，对于西洋的古典文化也没有认识。"李长之论点最吸引我的地方，是他一再强调"'五四'时代没有深奥的哲学"基础，更没有康德、黑格尔等哲学大师作为精神支撑，进而才会使新文学呈现出"有破坏而无建设，有现实而无理想"的思想贫乏。②在这里我并不想去评价李长之见解本身的正确与否，只是想说他其实完全误解了蔡元培与胡适的真实用意，在对新文学运动民族文化特性的认知方面，他与蔡元培和胡适之间并无什么严重的分歧。

将新文学运动的基本性质，认定为中国文学乃至中国文化的自我变革，并不等于说它拒绝接受西方文化因素的外来影响，但是我们也必须去正视这样一个客观事实：胡适等人对于西方文化与文学的那种阐释，很有点像他们的老师康有为和梁启超一样，完全是以今文经学的治学经验与治学方法，去重新诠释西方近现代人文哲学的价值理念。虽然他们所诠释的客体对象，已经由中国古代的传统"经学"转变成了从外部输入的西方"人学"，但是"为我所用"的功利态度，却是一个不可忽视的客观事实——即以传统去"化西"的运作策略。

---

① 胡适：《新文学运动之意义》，《胡适文集》第12卷，北京大学出版社1998年版，第26页。

② 李长之：《五四运动之文化的意义及其评价》一文，《李长之批评文集》，珠海出版社1998年版，第335页。

新文学第一次利用今文经学的运作技巧去全面阐释西方文学观念的历史变革,无疑是先驱者们从欧洲文艺复兴运动里,找到了发起"文白"之争的理论依据。众所周知,"文白"之争是新文学运动的历史起点,胡适首先从历史进化论的切入角度,把文学之变视为其自身运动的常态过程,他说"文学乃是人类生活状态的一种记载,人类生活随时代变迁,故文学也随时代变迁。"[①]文学之变为什么要先从语言之变开始呢?胡适对此所给出的合理解释,即语言是表达思维方式的工具利器,"有了新工具,我们方才谈得到新思想和新精神等等其他方面"[②]。在胡适本人的主观意识里,他早已将文言判定为是"死文字",完全失去了现代人"表情达意"的实际功能,他甚至还信誓旦旦地向社会断言:"用死了的文言决不能做出有生命有价值的文学来。"[③]胡适是一位非常聪明的现代智者,他知道"文白"之争必然会引起非议和遭到攻击,因此在"五四"这一崇拜西方文化的特殊时代里,他巧妙地把欧洲文艺复兴的语言变革作为举证实例,并在"文言文"与"拉丁文"之间建立起一种同构关系,故才会使人误判胡适文学革命理论的精神资源,完全是在照搬人类文化转型的西方模式。不错,胡适的确说过,"意大利国语成立的历史,最可供我们中国人的研究。为什么呢?因为欧洲西部北部的新国,如英吉利、法兰西、德意志,他们的方言和拉丁文相差太远了,所以他们渐渐的用国语著作文学,还不算希奇,只有意大利是当年罗马帝国的京畿近地,在拉丁文的故乡;各处的方言又和拉丁文最近。在意大利提倡用白话代拉丁文,真正和在中国提倡用白话代汉文,有同样的艰难"[④]。胡适之所以要祭出欧洲文艺复兴这面大旗去作为他辩护"文白"之争合法性的护身符,一方面是为了顺应中国现代思想界渴望"西化"的历史潮流,另一方面也是为了减少来自反对者对于推行白话文的社会阻力——"文白"之间的胜负对决,在"五四"时期似乎并无什么悬念,仅用了短短三年时间,便实现了白话文对于文言文的全面取代。但是问题远没有

---

① 胡适:《胡适文集》第2卷,北京大学出版社1998年版,第116页。
② 胡适:《逼上梁山》,见《中国新文学大系·建设理论集》,上海文艺出版社2003年影印版,第20页。
③ 胡适:《胡适文集》第2卷,北京大学出版社1998年版,第46页。
④ 同上,第49页。

人们想象的那样简单，白话文运动的最初目的，还隐藏着一个更大的野心，即想通过"废汉字、废汉语、汉字罗马化以及后来世界语"的便捷途径，[1]去实现中西方文化一体化的幼稚想法。比如钱玄同就曾这样认为："欲废孔学，不可不先废汉文；欲驱除一般人之幼稚的野蛮的顽固的思想，尤不可不先废汉文。"[2]而任鸿隽则更是口无遮拦地宣称："吾国的历史、文字、思想，无论如何昏乱，总是这一种不长进的民族造成功了留下来的。此种昏乱种子，不但存在文字历史上，且存在现在及将来子孙的心脑中。所以我敢大胆宣言，若要中国好，除非把中国人种先行灭绝！"[3]我们从钱玄同、任鸿隽等人"废汉语"的激烈言辞中，感受到他们对于中国传统文化现代变革的热切愿望，同时也感受到了"五四"时期文化虚无主义的浓厚氛围。另外，我们更能从先驱者们在"文白"之争期间的种种表现，去发现他们启蒙言说的思想困顿与逻辑错误。

什么是语言和文字？中西方现代哲学界和语言学界，对此早已做出过概念明确的理论定义："语言与思想是不可分割的"[4]，"语言就是思维……当选择了某种语言的时候就意味着选择了某种思维方式……语言则规定了思维方式"[5]。而文字则是语言的记忆符号，它将语言从"听觉"转变成"视觉"，并最终实现了语言通过文字这种记忆符号，使思维具有了世代相承的历史延续性。从这一认知基点出发，我们发现"五四"时期胡适等人所倡导的白话文理论，明显存在着两大漏洞，可是他们自己却并没有发觉：首先，他们将"文言"视为是一种"语言"，同"白话"构成两种不同语言形式的矛盾对立，这完全是属于一种常识性的低级错误（而学界至今仍未能意识到这种错误的严重性）。因为"文言"不是一种"语言"，它只不过是一种古代官方文体的书写

---

[1] 胡明：《正误交织陈独秀——思想的诠释与文化的评判》，人民文学出版社2004年版，第116页。

[2] 钱玄同：《中国今后之文字问题》，见《中国新文学大系·建设理论集》，上海文艺出版社2003年影印版，第141页。

[3] 胡适：《胡适文集》第2卷，北京大学出版社1998年版，第76页。

[4] 恩斯特·卡西尔著：《人论》，上海译文出版社2004年版，第153页。

[5] 张岱年、成中英等著：《中国思维偏向》，中国社会科学出版社1991年版，第193页。

形式，恐怕没有人会相信在中国古代社会里，人们在社会交际领域使用"之乎者也"式的"文言"，而在其家庭日常生活里则使用通俗易懂的"白话"。由于无论是"文言文"还是"白话文"，它们都是以"汉字"作为其文体书写的文字基础，故"汉语言"两种不同书写方式之间的差异性，并不代表着中华民族具有两种思维方式。由此我们不难推断，胡适等人在"文白"之争中，用民间流行的"白话"文体去取代上层社会的"文言"文体，其本质并不是一场改变中国人思维方式的语言革命，而是一场改变中国人书写方式的文体革命罢了。这也恰好说明了一个关键问题，五四时期以白话文为主导的文学革命，完全是因其自身文化结构的内部运动，最终导致了它固有秩序的重新排列，西方外来因素只是"推动"而绝非是"参与"。胡适后来一再强调说"新文学之运动，并不是由外国来的"，目的就是要去告诫那些高呼猛进的启蒙精英，一定要理性地认清这场运动的民族性质。其次，不管胡适本人如何去进行申辩，他在五四"文白"之争中，毕竟引入了欧洲文艺复兴作比较，客观上给人造成了两者属于同质同构的外在假象。况且胡适在谈到欧洲各民族废"拉丁文"而兴"民族语"时，同样也是在犯了一个语言学方面的常识性错误——"拉丁文"只不过是中世纪欧洲上流社会所使用的语言文字，而不是中世纪欧洲各民族所通用的语言文字，对于那些不同民族的普通百姓而言，他们在日常生活中一直都在使用本民族的传统语言。另外，由"拉丁文"变成"英文""法文""德文""意大利文"等不同文字，更是直接导致了"拉丁文"这种"文字"的废除与消亡。换言之，欧洲各民族的语言变革，是一种"文字"符号对另一种"文字"符号的切实取代。而"五四"期间的"文白"之争，却并不涉及汉字本身的废除或变革，尽管他们也已经意识到了"中国字的难学，实在在世界上独一无二"[①]，甚至于提出过废除汉字的极端主张，但是就连汉字简化这一基本步骤他们都没有提到，这不能不说是一种历史性的遗憾。所以胡适用欧洲文艺复兴时的语言变革来形容"文白"之争的现代性意义，就是今文经学十分典型的阐释方式；它除了会让人误解"文白"之争的西方色彩以及能够起到缓

---

① 傅斯年：《汉语改用拼音文字的初步谈》，见《中国新文学大系·建设理论集》，上海文艺出版社2003年影印版，第148页。

解社会的抵触情绪之外，却并不能真正导通两者之间的必然性联系。因为"文白"之争所有的理论阐释，都是用"汉语"这一书写符号完成的；既然新文学仍然没有放弃使用汉语符号，那么它的思维方式也就不可能发生历史性的根本转变。我并不否认，胡适将"拉丁文"与"文言文"扯在一起，是在借力"造势"，为顺利引进现代西方的语法结构做好必要的舆论准备。以现代西方语法结构为基础的现代汉语体系，固然要比以文言为基础的古代汉语体系具有更大的自由度和表现力，但这仍是汉字表意符号的"形变"，而不是汉语思维方式的"质变"。

新文学对于西方现实主义创作理念的阐释与接受，更是体现着先驱者们今文经学式的聪明智慧。在展开论述这一问题之前，我们必须去正视一个现象：为新文学制定游戏规则者，并不是新文学作家自己，而是胡适与陈独秀等人。他们从"五四"文学革命运动刚一起步，就已经意识到了"无规矩不成方圆"，因此他们最早将"写实主义"视为新文学现代性的唯一标准，进而牢固地奠定了现实主义在新文学创作中的统领地位。比如"五四"文学革命初期，胡适就认为"西洋的文学方法，比我们的文学，实在完备得多，高明得多，不可不取例"[1]。那么究竟哪种"西洋的文学方法"才会有益于中国新文学的健康发展呢？陈独秀所给出的结论性答案，则是"以文学自身而论……非趋重写实主义无以救之"[2]。"今后当趋向写实主义……庶足挽今日浮华颓败之恶风。"[3]"五四"时期以从事文学批评为己任的沈雁冰，也是西方现实主义的积极倡导者，他刚接手《小说月报》便发表"改革宣言"，明确表示"写实主义在今日尚有切实介绍之必要"，[4]并以他对西方现实主义的独特心解，深刻地阐述了新文学写实主义的重要意义。作为新文学的"旗手"和"主将"，鲁迅在《我怎么做起小说来》一文里，也说写实主义曾是他的创作信念，"以为必须是'为人生'，而且要改良这人生"[5]。可见新文学以张扬写

---

[1] 胡适：《胡适文集》第2卷，北京大学出版社1998年版，第56页。
[2] 陈独秀：《答程师葛》，载《新青年》1916年第2卷第1号。
[3] 陈独秀：《答张永言》，载《新青年》1916年第1卷第6号。
[4] 沈雁冰：《小说月报》"改革宣言"，载1921年1月《小说月报》第12卷第1号。
[5] 鲁迅：《鲁迅全集》第4卷，人民文学出版社1981年版，第512页。

实主义创作原则为其时代特征，一开始便表现出了要与西方现代文学进行接轨的强劲势头。所以梁实秋在总结新文学运动的历史经验时，才敢断言新文学的最大收获，就是写实主义等"外国文学观念之输入"；写实主义使新文学作家明确了创作目的，"把文学当作艺术"而不再是"文以载道"，这无疑是标志着中国传统文学观念的彻底转变。①尽管写实主义这一概念在新文学的运动当中有着一个持续演化和不断更新的流变过程，但是它作为新文学创作的理论支撑，一直都备受广大新文学作家的拥护和青睐，这也是一个不以人们意志为转移的历史现象。

问题恰恰就出在新文学对现实主义的理解上。现实主义是发生于19世纪西方的一种文学思潮，它并不是一场有组织的文学运动，更不是一场文化意识形态领域的革命，它只是由作家自发生成的一种审美观念，进而演变成一些作家所坚守的创作态度。歌德说"这个概念起源于席勒和我两人。我主张诗应采取从客观世界出发的原则，认为只有这种创作方法才可取。但是席勒却用完全主观的方法去写作，认为只有他那种创作方法才是正确的"②。歌德虽然强调文学创作与客观世界之间的关系重要性，然而他却并没有把文学看作客观世界的影子，更没有把文学看作对现实人生的直接模仿，这是因为西方现实主义作家都非常明白，"现实必不可免地浸染着主观色彩，因而也呈现出了不确定的状态"③。所以他们认为现实主义概念中的"现实"，绝不是作家对客观物质世界的精确再现，而是对客观物质世界更高层次的"创造"④。新文学对于现实主义的认识与理解，其实从一开始就存在着巨大的思想误差。首先，胡适最早在《文学改良刍议》中，直接用"实写"等于"真"的理论公式，为新文学制定了写实主义的创作规范，而这种创作规范又要求新文学作家必须把视角放在"今日的贫民社会，如工厂之男女工人，人力车夫，内地农家，各处大负贩

---

① 梁实秋：《现代中国文学之浪漫的趋势》，《梁实秋批评文集》，珠海出版社1998年版，第38页。
② 爱克曼：《歌德谈话录》，人民文学出版社1978年版，第216页。
③ 达米安·格兰特著：《现实主义》，昆仑出版社1989年版，第9页。
④ 同上，第3页。

及小店铺,一切痛苦情形"都应"在文学上占一位置"。①而郑振铎与鲁迅则更是大声呼唤:"我们现在需要血的文学和泪的文学",②写出这个黑暗社会"血和肉来的时候早到了!"③毫无疑问,写实主义使新文学从其一开始就变成了思想启蒙的舆论工具,文学创作也不再是作家个人的情感体验,而是变成为了一种道德良知的思想传达。新文学忽视其自身的审美功能,特别强调它的社会责任感,这是儒家"观民风"而"风其上"的伦理观,在新文学创作中的一种反映,与西方现实主义文学观却并无直接关系,我们不能被其冠以写实主义的名号所迷惑。其次,新文学价值观的核心部分是它"指导人生"的"功能说"。从"经世致用"到"指导人生",它所反映的是中国人对于文学认识的一贯态度,这与西方近现代文学的审美价值论,也不是属于同一个思想文化体系。海明威就曾说过:"一件真正的艺术品是经久不衰的,不管它的政治观点如何。"④因为在海明威看来,文学艺术本身并不应该被附加上太多的社会功能,它具有"美"的影响力就已经足够了,除此之外其它"一切与文学无关,文学终归是文学"。⑤新文学虽然也强调其文学自身的审美价值,但却被视为必须依附它的社会价值才能得以实现。换言之,新文学如果失去了"指导人生"的积极意义,那么它与中国古代那些附庸风雅的"美文",也就没有什么本质差别了。沈雁冰即持这种观点,他认为新文学的目的就是要彻底摆脱古典文学的"美文"规范,自觉去负载"表现人生、指导人生的能力";⑥"尤其在我们这时代,我们希望文学能够担当唤醒民众而给他们力量的重大责任。"⑦沈雁冰视中国古典文学为"风花雪月"之类的"美文",这种看法究竟对不对我们可以姑且不论,但他主张新文学应"载"启蒙之"道",却是立场坚定态度鲜明的。难得同为"文学研究会"成员的周作人,对新文学"为人

---

① 胡适:《胡适文集》第2卷,北京大学出版社1998年版,第53页。
② 郑振铎:《郑振铎全集》第3卷,花山文艺出版社1998年版,第490页。
③ 鲁迅:《鲁迅全集》第1卷,人民文学出版社1981年版,第241页。
④ 董衡巽编选:《海明威谈创作》,三联书店1985年版,第111页。
⑤ 同上,第109页。
⑥ 沈雁冰:《新旧文学平议之评议》,载《小说月报》1920年1月第11卷第1号。
⑦ 沈雁冰:《"大转变时期"何时来呢?》,载《时事新报》附刊《文学》周报1923年第103期。

生"的功利意识还保持着一份清醒的头脑,他说如果新文学"必得于人生和社会有好处的才行,而这样则又是'载道'的了。"①郭沫若对于新文学的"载道"之举,不仅表示理解而且说得更为透彻,他认为"古人说'文以载道',在文学革命的当时虽曾尽力地加以抨击,其实这个公式倒是一点也不错的。道就是时代的社会意识"②。强调"载道"必然就会重视"诗教",故他又指出文学"有大用焉","它是唤醒社会的警钟,它是招返迷羊的圣箓"。③应该说沈雁冰与郭沫若都具有雄厚的国学功底,他们不可能不知道"功能说"与"载道说"之间的渊源关系。因此新文学以反"文以载道"为起点,又以强调其"指导人生的能力"为归宿,表面上被贴上了现实主义的西方标签,实际上却是反映了新文学对中国传统文化的自觉负载。

如果说"文白"之争实现了中国文体形式的现代转型,倡导"写实主义"又实现了中国文学观念的现代转型;那么关于"民族形式"的大讨论,则更是毫无悬念地反映了新文学的文化寻根意识。"五四"时期,新文学的写实主义曾提出两大响亮口号:一是"人的文学";一是"平民文学"。"人的文学"是新文学的高远理想;"平民文学"则是新文学的现实任务。新文学强调写实主义的真正意图,就是要实现其"为人生"的启蒙目的。然而,无论是"五四"时期的"平民文学"还是"左翼"时期的"大众文学","平民化"的推进过程并不理想。瞿秋白曾讽刺"五四"以来的白话文学是一种"非驴非马"的东西,"绝对不能够达到群众里去"。④鲁迅也认为,"有些人说:'中国已有平民文学',其实这是不对的";新文学虽以平民作为表现对象,但"其实这不是平民文学",因为它并不被平民读者所接受。⑤其实,"左联"时期就曾开展过多次有关文艺大众化的集体讨论,涉及的问题面也十分宽泛,从以"话"为"文"到民间艺术形式的充分利用,都是参与讨论者所

---

① 周作人:《中国新文学的源流》,江苏文艺出版社2007年版,第58页。
② 郭沫若:《文学革命之回顾》,《中国新文学大系(1927—1937)》第一集,上海文艺出版社1987年版,第217页。
③ 郭沫若:《郭沫若选集》,人民文学出版社2004年版,第401页。
④ 瞿秋白:《瞿秋白文集》第1册,人民文学出版社1985年版,第467页。
⑤ 鲁迅:《鲁迅全集》第3卷,人民文学出版社1981年版,第422页。

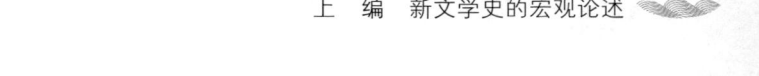

关心的热门话题。但真正引起全社会重视并影响新文学后期的发展走向,还是"民族形式"大讨论的深刻影响。论争起源于向林冰的一系列文章,他以"新质发生于旧质的胎内"为核心论点,提出了新文学应充分利用民族形式去创作"中国老百姓所习见常闻的自己作风与自己气派"的文学作品。[1]这就是当时最著名的"旧瓶装新酒"理论。在向林冰本人看来,新文学若想真正克服形式上的"西化"缺点"而成为中国老百姓所喜闻乐见的新鲜活泼的中国作风与中国气派,那就不得不向民间文艺学习,也就是说,不得不以民间文艺形式为其中心源泉"[2]。向林冰的论点一出,立刻在国统区和解放区引起了强烈的反响。反对者以茅盾、罗荪、葛一红等人为代表,他们认为提出"民族形式"问题"那是求进而反倒退,成为复古派的俘虏"[3],完全"抹杀了在中国新文化运动上起着伟大的思想领导作用的新文艺"[4]。他们认为在新文学已经取得了决定性的胜利之后,再提什么"民族形式"问题这样的荒唐说法,实在是"已濒于没落文化的垂亡时的回光返照"[5]。赞同者则为叶以群、艾思奇、何其芳等人,他们认为"新文学是中国文学底正常的发展,是与'五四'以前的旧文学脉络相承,绝非从天而降的怪物",故利用民族形式不仅不是对新文学的彻底背叛,相反还是对新文学精神的自觉坚守。[6]他们还指出由于新文学一味地玩弄西方文学的表现技巧,远远偏离了"民族气派和民族作风",因此提出"民族形式"这一口号,有助于"把现实主义归还给我们的民族文艺传

---

[1] 向林冰:《论"民族形式"的中心源泉》,载重庆《大公报》副刊《战线》1940年3月24日。

[2] 向林冰:《文艺的民族形式问题座谈会(纪要)》,载《文学月报》1940年第1卷第5期。

[3] 参见茅盾:《旧形式·民间形式·与民族形式》,见《中国新文学大系(1937—1949)文学理论卷二》,上海文艺出版社1990年版。

[4] 参见罗荪:《论争中的民族形式"中心源泉"问题》,同上书。

[5] 葛一红:《民族形式的中心源泉是在所谓"民间形式"吗?》,载重庆《新蜀报》副刊《蜀道》1940年4月10日。

[6] 何林冰:《文艺的民族形式问题座谈会(纪要)》,载《文学月报》1940年第1卷第5期。

统"①，并坚信民族形式问题的本质，就是"新文学向前发展的方向"②。民族形式问题的大讨论，时间长达两年之久，最终因毛泽东《在延安文艺座谈会上的讲话》的发表而尘埃落定，宣告结束。毛泽东在其《在延安文艺座谈会上的讲话》中所发表的理论见解，明显是支持向林冰等人的"民族形式"立场，他不仅沿用了向林冰有关"中国作风与中国气派"的这句名言，同时也赞同新文学应该被人民大众所喜闻乐见。我个人更关注《在延安文艺座谈会上的讲话》里的这样一句话："资产阶级领导的东西，不可能属于人民大众。"③众所周知，"五四"新文学在政治意识形态话语中，历来都被视为是资产阶级的思想产物，那么按照毛泽东《在延安文艺座谈会上的讲话》的这种推理，它当然是不属于"人民大众"的，不属于"人民大众"便不属于"民族"的，这是一个相辅相成的必然性逻辑。所以毛泽东以其《在延安文艺座谈会上的讲话》精神，极大地推动了民族形式的具体实践，并最终使新文学逐渐摆脱了形式上那点少得可怜的"西化"制约，义无反顾地踏上了走向民族文化认同的历史归程。

我们必须注意到在民族形式大讨论过程中，客观存在有这样一种群体倾向性，即对如何去建设新文学的原则性问题，逐渐有了比较统一的思想认识。他们认为"最浓厚的中国气派，正被保留、发展在中国多数的老百姓中"，存在于与人民大众关系最密切的民族文艺形式中。④新文学虽然自我标榜其西方色彩，但"事实上也可以说是中国旧有的两种形式——民间形式与士大夫形式——的综合统一，从民间形式取其通俗性，从士大夫形式取其艺术性"，无非就是如此而已。⑤重新回顾民族形式问题的大讨论，我个人感觉它就是一种新文学的纠偏行为，因为当时所有的参与讨论者，几乎都同时意识到了一个哲学命题——"形式"即"内容"，两者具有不可分割性。比如胡风就明

---

① 艾思奇：《旧形式运用的基本原则》，载《文艺战线》1939年4月第1卷第3号。
② 何其芳：《论文学上的民族形式》，载《文艺战线》1939年11月第1卷第5号。
③ 毛泽东：《毛泽东选集》第3卷，人民出版社1991年版，第855页。
④ 柯仲平：《谈中国气派》，见《延安文艺丛书·文艺理论卷》，湖南人民出版社1984年版，第601页。
⑤ 郭沫若：《"民族形式"商兑》，载重庆《大公报》1940年6月9、10日。

确指出说"形式,是内容的本质的要素"①。尽管胡风的主观意图,是想维护"五四"新文学的现代性意义,但是民族形式讨论一边倒的最终结局,又恰恰使这一哲学命题直接变成了新文学自我否定的重要原因。由于民族形式讨论并不仅仅是停留在理论层面上,而且很快便波及了新文学创作的具体行动上,它首先在解放区文学实践中全面展开,然后又在新中国成立之后迅速推广,这一至今仍存有争议的文学现象,非常值得我们去加以关注和研究。过去我们谈论解放区文学的通俗化问题,往往并不把它视为是新文学的主流方向,现在看来这种见解不仅幼稚可笑,同时还有点目光短见和思想肤浅。其实解放区文学与"十七年文学",都是民族形式重新回归的必然产物。"赵树理现象"的本质意义就是他对民族形式的熟练运用,一篇《小二黑结婚》之所以能够引起轰动效应,也是因为它具有"中国作风和中国气派",才能为广大普通民众读者所"喜闻乐见"。《小二黑结婚》以中国小说"讲故事"的民间传统,完全运用老百姓的生活语言,这是他对民族形式的继承和发扬;《小二黑结婚》以青年男女的恋爱问题去讲述一个现代社会的"清官"故事,又是他对传统题材创造性的继承和发扬。到了新中国成立以后,"红色经典"更是在民族形式方面大展身手,古代侠客传奇转变成了革命英雄传奇,"诗教"传统也演绎成了爱国主义传统教育,新文学对于传统文化的历史负载,也已从隐形特征转变为了显性特征。"红色经典"强调"寓教于乐"的实用价值,主张用共产主义的政治理想,对人民群众进行爱国主义的传统教育。这个"爱国"与"传统"不仅是指"革命",也包括中华民族的"历史"和"文化"。无论当前学界对于"十七年文学"中的"红色经典"抱有什么样的思想偏见且不屑一顾,但是有一个客观事实,却不容我们人为地忽视——小说《林海雪原》的发行量达450万册,小说《铁道游击队》的发行量达400多万册,小说《青春之歌》的发行量达500多万册,而小说《红岩》的发行量更是高达近千万册。"红色经典"的高发行量是那一时代读者的自觉行为,这种"自觉"除了人们的革命热情以外,符合民族审美习惯也是一个关键性因素。这正是新文学"平民化"与"大

---

① 胡风:《论民族形式问题》,《胡风全集》第2卷,湖北人民出版社1999年版,第727页。

众化"的现代性追求，依靠"传统"而非"西方"所得出的历史必然结果。新时期的改革开放为中西方文学提供了更广阔、更自由的交流空间，新文学对西方文学有更多的借鉴，同时又自觉强化对中国传统文化的坚守意识。例如，20世纪80年代"寻根文学"兴起之际，作家韩少功就曾呼吁："文学有根，文学之根应深植于民族传统文化的土壤里。"他认为在"万端变化中，中国还是中国，尤其是在文学艺术方面，在民族的深厚精神和文化物质方面，我们有民族的自我"①。"寻根"使新时期文学对于中国传统文化认同感更加强烈。可以认为：从"五四"新文学以反传统为起点，到新时期文学以文化寻根为归宿，经过几代作家的共同努力，中国新文学已逐渐走向思想上与艺术上的成熟。无论是《红高粱》追求个性意识与民族意识的完美统一，还是《白鹿原》热衷于对中国"家"文化传统的重新释义，文学主体性话语背后所积淀的文化厚重感，都使世界真正感受到了中国新文学的艺术魅力及中华民族自强不息的进取精神。

综观中国新文学近百年来的发展历程，有很多经验教训值得我们认真思考。长期以来，学界往往把新文学反传统的价值取向归结为一种自觉的"西化"，用西方文化尺度衡量新文学的诸多现象。实际上，与其说新文学追求"西化"，不如说它是在追求"化西"。每一个民族都有自己的语言文化，而不同民族文化之间的相互影响又必须经过语言的转换。在这一过程中，一切外来文化因素必须符合受体文化的思维习惯，才能进入受体文化并产生影响、发挥作用，否则就会受到受体文化所强烈排斥（基督教的中国化过程就很能够说明问题）。这种文化交流方式在中国新文学中格外突出。新文学作家将拿来的西方概念运用于自身的理论与实践，而这些能在中国流行的西方概念，其背后都有与之相对应的中国文化概念。比如"人道主义"与"仁者爱人"、"无政府主义"与"无为而治"、"为人生"与"经世致用"、"现实主义"与"求真务实"等，一些西方概念因其与汉语文化思维的关联性，才会受到新文学作家的高度重视。这表明，新文学自始便是以"化西"的态度，接受"西化"的影响。新文学的"化西"倾向，具有正反两方面的意义：一方面，"化

---

① 韩少功：《文学的"根"》，载《作家》1985年4月号。

西"为中国新文学的反传统提供了一种强大的理论支撑。例如,个性解放作为新文学乃至新文化运动的精神动力之一,是一个从西方"舶来"的文化概念,它对推动中国传统文化的现代转型起到了无可替代的重要作用。然而,新文学对西方个性解放的理解与认识,受到汉语文化思维方式的重要影响。作为新文学创作的仿效对象,《玩偶之家》一引入中国,其个性解放意义就被作了中国式的解读——西方娜拉离家出走的真实目的,是要到社会上做一个"独立的人";而新文学作家笔下新女性离家出走的真实目的,则是要去做一个"幸福的女人"。以离家出走反对封建家长专制,对颠覆封建专制文化意义重大,但实际上,离家出走与中国古典文学中的"私奔"现象颇有相似之处,新文学作家赋予其个性解放的现代意识,是要把中国"古已有之"的自由理想,从民间的非主流意识提升到全社会的主流意识。因此,用"激活"而非"移植"解释新文学的个性解放现象更为贴切。又如,新文学之所以要坚持现实主义的创作原则,只要我们对"现实主义"作一字面分析,就会思维开朗恍然大悟了:"现"是指时间的当下性,"实"是指内容的务实性;强调文学的实效性与务实性,这是中国古典文学的审美传统,只不过被赋予了思想启蒙的现代性意义,进而强化了新文学救亡图存的使命意识。由此可见,无论是个性解放还是现实主义,其"化西"的积极作用毋庸置疑。另一方面,我们也应看到,新文学过分"化西"的主观倾向,客观上存在一种文化"倒流"的巨大风险。例如,沈从文对西方文化了解不多,可他一再申明自己对文学的唯一祈求,就是"只想造希腊小庙","这神庙供奉的是'人性'"①。按照沈从文本人的说法,他是在以西方的人文精神建构其人性美的审美理想,但事实上,他的诸多作品所讴歌的人性美,却并不是西方以主体自我为内涵的人性美。卢梭当年提倡个体回归自然,其意图是通过自然与上帝直接对话;而沈从文则主张群体回归自然,其意图是无为而治与道家直接对话。用道家的避世哲学取代儒家的入世哲学,这显然不是一种社会进步的思想表现。百年来,新文学以这种"化西"的特殊方式,保持着与西方文化的对话姿态,并由此形成了中国新文学现代性的民族风格。近年来,学界一直在探讨新文学的未来走向,而毛泽东所提

---

① 沈从文:《沈从文全集》第9卷,北岳文艺出版社2002年版,第2页。

出的"古为今用、洋为中用"的八字方针，至今仍有其现实意义。新时期的"寻根文学"曾主张回归到方言和乡俗，寻找中国文化的历史感觉，但在精神上守住民族文化之根，这个"根"应是中国传统文化的核心价值观，可以说是以人格培养为宗旨的道德理念。至于用什么方式表现这一核心价值观，则应是作家个人的权利与自由。

正是基于对新文学"化西"而非"西化"本质的认识，我一直都抱有这样一种坚定的信念：起源于五四的中国新文学，既不是西方近现代文学的简单移植，也绝非是传统文学观念的简单轮回，而是民族文化体系自我变革的历史产物。这种变革固然会夹杂有某些外来的文化因素，但它却是经过了中国文化精神的稀释与分解，才有可能被新文学所消化和吸收，并最终成为我们民族审美价值观的有机成分。2009年5月，我曾在北京大学中文系"纪念'五四'运动90年学术研讨会"上，做过这样一个发言："五四"是中国的"五四"，而不是西方的"五四"；中国现代文学是"中国"的现代文学，而不是"西方"的现代文学。我至今仍坚持认为，这也应是我们认识新文学性质的基本出发点。

（原文刊发于《中国社会科学》2014年第11期）

第二章 "言志"诗学对新文学的内在影响

　　中国现代文学的诗学建构，究竟是偏离"传统"而师从"西方"，还是借助于"西方"来言说"传统"？这既是一个被学界所人为忽略了的重大课题，也是一个值得我们去重新思考的严肃命题。"五四"文学革命将"新"与"旧"的概念对立，直接理解为是"西方"与"传统"的观念冲突；先驱者们也正是基于这样的逻辑推论，他们才会不无自信地乐观断言："新"对"旧"的全然取代与"西方"对"传统"的全面置换，是中国现代文学最为显著的本质特征。[①]然而，我个人却对此说法深表异议——那些曾饱读过"经书"并精通于"国学"的新文学大师们[②]，他们在西方文化与文学知识都极其贫乏的启

---

　　① 比如蔡元培就认为"五四"新文学，是"以十年的工作抵欧洲各国的百年"（《中国新文学大系·建设理论集·总序》，上海文艺出版社2003年影印本，第11页）；周扬也把"五四"新文学"比之于欧洲的文艺复兴"（周扬：《从民族解放运动中来看新文学的发展》，《新文学运动史料选》第4册，上海教育出版社1979年版，第99—100页）；而许杰在《周作人论》一文中甚至说："中国的新文学运动，完全是因为接受西洋的学术思想而起来的"（见《中国新文学大系（1927—1937）·文学理论集》上海文艺出版社1987年版，第663页）。

　　② 根据已出版的史料记载，"五四"新文学的核心人物，他们童年时代全都受过良好的"塾学"教育，中学时代又全都受过系统化的"国学"训练，所以他们"经学"知识扎实、"史学"功底深厚，而"西学"知识对于他们来说，只不过是一种后来的"附加"因素。所以"西学"虽然也曾对他们产生过一定的思想影响，但终究却难以抵御传统文化魅力的巨大诱惑。这就是为什么"五四"退潮以后，除少数人热心政治投身革命之外，大多数人都回归"国学"而非"西学"的真正原因。

蒙时代①，究竟是如何轻而易举地"实现"了中国文学由"古典"到"现代"的"成功"转型？他们文章中对于西方文学价值观只言片语的空泛阐释，是否就意味着他们全面了解西方"主体论"诗学的真正精髓？实际上，历史早已经给出了否定性的客观答案——中国文学并没有因"移植"西方而发生了所谓的自身"断裂"；由于"五四"时期所坚守的"西学"理念，都是通过传统思维的意义转换，故西方诗学的"中国化"诠释，其本身就是一种"传统"诗学的"现代"言说。其实对于这一理论命题，早就有人发出过强烈质疑，比如曾被学界视为"西化"倾向十分明显的诗人何其芳，就非常反感中国现代文学的"西化说"。他说"我认为'五四'运动以来的新文学是旧文学的正当的发展"，它虽然"大量地接受了欧洲文学的影响，它并不是斩钉截铁地和旧文学毫无血统关系的承继者"。何其芳还特别地强调指出，形式上的"欧化"与内容上的"中国化"，才是中国现代文学的真实状态②。何其芳的论点无疑是高屋建瓴一语中的，中国现代文学表现形式上的"西化"色彩并不意味着是中国现代文学审美原则上的"西学"盲从；如果我们能以公正而理性的科学态度去重新审视历史，便可以清晰地发现"五四"以来的文学主张与创作实践，都与中国"言志"诗学传统有着难以割舍的血缘关系。这是一个任何人都不能加以否定的客观事实！

导言："志"与"道"辩：从周作人与朱自清之争谈起

本文写作的最初缘由，是与周作人、朱自清两人之间的那场"志"与"道"辩有着灵感联想上的直接关系，因为它不仅涉及了中国现代文学的文化属性，同时也涉及了当今学界思维困惑的认识问题。

---

① 晚清与"五四"时期，国内对于西方文学的翻译与传播，不仅数量有限而且质量也不高，"林译"小说完全是以汉语文化思维去诠释西洋文明，而"文学研究会"的译介也只注意俄罗斯与东欧。据孟昭毅与李载道主编的《中国翻译文学史》（北京大学出版社2005年出版）统计，这一时期所翻译出版的文学作品，名气最大的作品就是托尔斯泰的《复活》，而有关西方经典文论的译介成果则几乎为零。

② 见《论文学上的民族形式》，载《文艺战线》1939年第1卷第5号。

1932年，周作人在辅仁大学的授课讲义，由北京人文书店结集出版，取名为《中国新文学的源流》。该书之所以会引起极大的社会反响，就在于周作人以其博古通今的一番论述，对"五四"新文学的精神资源，做了极为深刻的自我反省。《中国新文学的源流》一书所要表达的主要思想，就是对新文学由"言志"转向"载道"的强烈不满。他认为"五四"文学与晚清文学的本质区别，是个人"言志"与群体"载道"的不同追求。因为新文学"要言志，所以用白话"；而严复和林纾"有载道的观念"，"所以怕极了便出面反对"。但周作人对新文学的"功利主义"，显然也是深感忧虑耿耿于怀。他说新文学起初"虽是走言志的路子"，可后来却越来越强调"于社会和人生有好处才行"，这无疑又回到了"言志"始而"载道"终的传统老路。在周作人本人看来，"言志"与"载道"自然是两个内涵不同的概念范畴，他认为"言他人之志即是载道，载自己的道亦是言志"；"言志"是"兴的文学"（抒发个人情感），"载道"是"赋的文学"（替他者言说）。由于"文学只有感情没有目的"，而新文学则主张其必须"为人生"；这种意图鲜明的"目的"性，显然已不再是"言志文学"而变成了"遵命文学"。周作人还将几千年来中国文学运动的历史演变，归纳为是"言志"与"载道"两大诗学体系的轮流交替："言志"与"载道"因时代不同而彼此消长，"有如一条河，只要遇到阻力，其水流的方向即起变化，再遇到即再变"[1]。众所周知，周作人是"五四"时期提倡"人生派文学"的理论巨擘，然而他在《中国新文学的源流》一书中，不仅全然不提西方现代诗学的外来影响，反而却极力去说明新文学与古典诗学的渊源关系。周作人强调"言志"与"载道"的历史轮回，才是"五四"新文学精神的真正"源流"，此说恰恰印证了我近几年来一直都在关注的研究课题："五四"新文学并非是以"西方"来反"传统"，而是以"传统"去反"传统"的自救行为。[2]西方"主体论"诗学概念的大量使用，只不过是对传统"言志"诗学观念的重新释义，根本就不是什么文化"断裂"后的全面"移植"！

---

[1] 参见周作人：《中国新文学的源流》，江苏文艺出版社2007年版。
[2] 可参见拙文：《五四文学精神资源新论》，载《中国社会科学》2006年第1期。

事隔十五年（1947）之后，当年"人生派文学"的另一员大将朱自清，也将自己在大学里的授课讲义，由开明书局结集出版，取名为《诗言志辨》。朱自清在其自"序"中暗示说，此书是对周作人观点的正面回应。他指出："现代有人用'言志'和'载道'标明中国文学的主流，说这两个主流的起伏造成了中国文学史。'言志'的本义原跟'载道'差不多，两者并不冲突；现时却变得对立起来"。朱自清以一个严肃学者的审慎态度，通过对中国文学发展史的全面考察，提出了"志"与"道"同的个人看法。他认为所谓的"志"，其实就是指人的思想抱负，"志"从古到今都是"与政教分不开的"。"言志"本身就包含有"诗教"之意，"经夫妇、成敬孝、厚人伦、美教化、移风俗"，即表明"诗教"与"载道"内涵相似、概念相通。故他十分推崇黄庭坚的判断之语："'文以载道''诗以言志'，其原实一。"在朱自清的论述当中，有两大特点值得注意：一是他在书中分辩说："志"与"情""原可以是同义词"，但由于后人过于强化诗歌"以风其上"的"教化"功能，因此"志"便开始与"情"分而与"道"和，这就决定了"'言志'与'缘情'到底两样，是不能混为一谈的"。简而言之，"志"是指内容方面的道德负载，而非指情感方面的自由意志，这与周作人的"志"为"情"说是大相径庭的。二是他在自"序"中直言道："西方文化的输入改变了我们的'史'的意念，也改变了我们的'文学'的意念"，"五四"新文学正是因其接受了西方文学的现代观念，才"加强了新的文学意念的发展"。换言之，当年"文艺为人生"的创作理念，已不再是传统诗学意义上的"言志"或"载道"，而是西方文学"人"的观念的复制与吸纳①。用他在《中国新文学大系·诗歌卷》"导言"中的话来说，新文学"最大的影响是外国的影响"。这也同周作人的"新"缘于"旧"说构成了截然对立。

应该说周作人与朱自清两人，都是"五四"新文学的领军人物，又同是学识渊博的顶尖学者，但他们在论述"言志"与"载道"的问题上，却也因其各自言说观点的过于泥古，而充分暴露出了中国传统学术思维的"从众"心理。周作人把"志"简单归结为"情"，固然是一种思想见解上的"偏

---

① 参见朱自清：《诗言志辨》，广西师范大学出版社2004年版。

颇"；而朱自清把"情"从"志"中完全剔除，同样也是一种思想见解上的"偏执"。"志"既是指"情感"同时也是指"思想"，它是儒家"中庸"文化的文学反映。"诗言志"一语出自《今文尚书·尧典》，汉人郑玄在其《礼记·檀弓》中对其释义说："志，意也"。"意"指的当然是"人"的志向与抱负，它既包括"情"也包括"思"，是"心志"一体"情思"相容的辩证统一。"诗言志"其本义是在说：借助于"诗"的表现方式，去传达"人"的思想感情。《诗大序》对此已经说得非常清楚："情动于中而形于言"，"情"（感觉）"在心为志"（思维），而"发言为诗"（情感与思想的艺术呈现）；"情"与"志"都必须通过"诗"，才能实现其"动天地、感鬼神"的"诗教"功能，三者之间互为依存、相得益彰，缺一不可。实际上，"诗言志"是中国古代智士先贤对于文学本体论的重大命题，所做出的最为深刻也最为精辟的理解与阐释。周作人视"言志"为"抒情"，主张中国现代文学应回归其传统；朱自清则视"言志"为"载道"，认为"和现在所谓'抒情'并不一样"[①]。两者分歧严重看法不一，这其中都涉及一个对"道"的认识问题。"文以载道"之说始于宋代诗人周敦颐，他在《文辞第二十八章》中说："文所以载道也。轮辕饰而人弗庸，徒饰也，况虚车乎！"此话之义旨在强调内容对于文学的重要性，无"道"之文即使是"徒饰"言辞，也没有任何影响读者的实际意义。周敦颐还指出："文辞，艺也；道德，实也。笃其实而艺者书之，美则爱，爱则传焉。贤者得以学而至之，是为教。故曰：'言之无文，行之不远'。"[②]如果我们不带有任何偏见去加以分析，周敦颐之所言自然是文学本体论的美学命题，即：强调"表现形式""思想内涵"与"社会功能"的完美统一。"五四"新文学反对"文以载道"的唯一理由，则是"道"对儒家思想的历史负载。然而，"道"在唐代诗人韩愈的言说里，只是被定义为"博爱"："博爱之谓仁，行而宜之之谓义，由是而之焉之谓道"[③]，可见韩愈只是把"道"概括为"博爱"，并不是儒家全部的伦理思想。"博爱"指的是"人"的道德情操与人格修养，即以"老吾老"与"幼吾幼"的个人体验，去

[①] 朱自清：《〈诗经〉第四》，《朱自清集》，花城出版社2005年版，第515页。
[②] 周敦颐：《周敦颐集》，岳麓书社2002年版，第46页。
[③] 韩愈：《原道》，见《韩昌黎文集注释》，三秦出版社版2004年版，第15页。

推及"人之老"与"人之幼"的普遍意义,这完全是一种符合于现代人文精神的价值体现,虽然它的基于伦理的内涵与西方基于信仰的内涵并不完全相同,但毕竟不是什么封建传统观念的历史糟粕。从韩昌黎到周敦颐,他们其实都是在谈文学应该具有健康向上的思想内容,并以这种思想内容去影响读者净化社会,进而达到启迪民智惩恶扬善的"教化"目的。"五四"新文学运动以其"彻底"反传统的激进态度,把"文以载道"中原本是属于文学内容之"道",刻意地理解为是封建意识之"道",将其说得一无是处甚至于全盘否定;但只要我们稍加留意便可以发现,新文学仍旧在"言志"与"载道",中华民族传统诗学的理性精神,不仅没有因其"过时"而自动地退出历史舞台,相反却以"西化"言说的遮蔽方式,顽强而韧性地向前拓展和自然延伸!

一、"言志"与"诗教":中国现代启蒙文学的理论与实践

重新审视"五四"新文学的发端理论,我们应该注意到这样一个奇特现象:胡适在其《文学改良刍议》所提出的第一要义,就是文学首先"须言之有物":"吾所谓'物'非古人所谓'文以载道'之说也"。他把"物"理解为是情感与思想"二事",并以《诗序》之说去诠释文学"情感"的重要性,又以周敦颐之说去诠释文学"思想"的重要性;尤其是他认为"思想之在文学,犹脑筋之在人身。人不能思想,则虽面目姣好,虽能笑啼感觉,亦何足取哉?"这番话几乎就是对"言之无文,行之不远"的古典诗学理念的肯定与效仿。胡适作为"五四"新文学的始作俑者,他以西方进化论思想去倡导白话文运动,又以传统诗学精神去制定新文学的创作规范,尤其是他对"道"与"志"的主观理解,明显与周作人有着颇多的相似之处。但出于启蒙主义的时代需求,胡适既注重文学的"情感"因素,却又极力排斥文学的"情感"因素——比如,他认为"对落日而思暮年,对秋风而思零落,春来则惟恐其速去,花发又惟恐其早谢",都是无病呻吟的"亡国之哀音",主张新文学作家应全力去抵制这种不健康的灰色情绪,并断言说"惟实写今日社会之情

状,故能成真正文学"①。胡适开篇便对陆机《文赋》中"遵四时以叹逝,瞻万物而思纷,悲落叶于劲秋,喜柔条于芳春"的"缘情说",发起了直接而猛烈的全面攻击。胡适重"思想"而轻"情感",是中国儒学传统的典型思维。强调"文学"之"脑筋"而不是"面目"之"姣好",推崇"道"大于"志"而"思"重于"情",这种表面上批判"载道"但骨子里却心仪"载道",无疑才是胡适提出"八不主义"的原初本义。郑振铎在解释"情"字时曾说:只要是作家"生的呼声,不管他是哭的,是微笑的,是愤慨的,是送远行——口唱情歌的,便都是好的文学"②。按照郑振铎的说法文学之情只求其"真",无论是"蹉跎""寥落""飘零"还是"寒窗""斜阳""芳草"(胡适语),如果其真正做到了"情真意切",都属于文学情感的表现范畴,根本用不着以道德尺度去妄加指责。胡适借反对"滥情主义"而轻视文学自身的"情感"作用,进而牢固地奠定了新文学乃至于整个中国现代文学,思想意义大于审美意义的价值取向。问题还在于留学西洋时间长达七年之久又是学习西方人文哲学知识的胡适博士,为什么不直接去传播西方本体论的文学观念,反倒热衷于对传统"言志"诗学的反复阐释呢?其实原因非常简单,"国学"功底远大于"西学"知识促其使然——"西学"知识之不足,当然只能用"国学"功底来弥补。仔细浏览一下胡适"五四"时期的文学论述,基本上都是在以传统诗学观念的现代演绎,去精心营造"五四"新文学的理论体系,像"达意表情"(《建设的文学革命论》)、"达时代之意"(《文学进化观念与戏剧改良》)、"言近而旨远"(《寄沈尹默论诗》)等见解,几乎都呈现出"言志"诗学的精神气质(周作人在《中国新文学的源流》一书中,就曾把胡适"五四"时期有关文学革命的理论言说,看作"公安派的思想和主张")。另外,出于思想启蒙的客观需要,大力提倡积极向上的文化导向,也是促使胡适反对"滥情主义"(他把陆机《文赋》中的"情感"理念看作是"滥情主义"的历史靶子,应该说这是一种符合于那个时代启蒙需求的主观"误读"),强调"思"大于"情"的根因所在。胡适自己恐怕也并没有意识到,他要求新文

---

① 原文载于1917年1月《新青年》杂志第2卷第5号。
② 郑振铎:《杂谈·十八》,《郑振铎全集》第3卷,花山文艺出版社1998年版,第497页。

学"思"大于"情"的价值取向，原本就是中国"言志"诗学的思维方式，而一旦文学涉及了"言志"问题，那么也就难免回归"文以载道"的传统老路。

当然，"言志"并非是胡适个人的一己之见，而是新文学启蒙主义的共同要求。无论是改造传统文化的劣根性，还是传播西方文化的新思想，强化"言志"与"诗教"的现代意义，都集中反映出了启蒙文学的功利主义。我们充分注意到从"五四"新文学开始，传统"言志"诗学的"诗教"意识，明显被"为人生"的文学口号所取代。由于"为人生而艺术"的倡导者，将其理解为是西方诗学的固有观念，因此也就造成了现代文论与传统诗学的"断裂"假象。检索"为人生"一词的出处来源，最贴近其词义内涵的相似说法，应是沈泽民当年所译介车尔尼雪夫斯基的几句话："艺术自身不是目的；人生是高于艺术的；艺术的目的是解释人生，是批评人生，是对于人生发表意见"①。将俄罗斯的"人生文学"视为西方文学的共同经验，这本身就是"误读"西方的认识错位；因为俄罗斯文学甚至于文化，都与西方存在着巨大差异②。我个人所感兴趣的问题焦点，则是"为人生"的文学主张，与其说是根源于俄罗斯，还不如说是根源于传统诗学。因为强调文学创作的社会功能，其本身就是中国传统诗学的理性精神。《礼记·经解》中的"温柔敦厚，诗教也"，与《论语·阳货》中的"兴、观、群、怨"说，实际上都是在致力于阐释文学艺术的人生效应。故傅斯年指出："文学既与政治、社会、风俗、学术等同探本于一源，即文学必与政治、社会、风俗、学术等交互之间有相联之关系"，这是"精神出产品"最为突出的表现特征③。罗家伦则认为，既然文学艺术与社会生活密切相关，那么"文学的生命，是附于人生的；文学的用处，是切于人生的"④。沈雁冰说得更为直率：新文学应具有自觉的使命意识，"注重表现

---

① 沈泽民：《俄国的批评文学》，载《小说月报》1921年第12卷号外"俄罗斯研究"。

② 尼·别尔嘉耶夫在《俄罗斯思想》（生活·读书·新知三联书店2004年版）一书中，就曾对俄罗斯文化与西方文化之间的本质差异，做了全面而细致的理论探讨。

③ 参见傅斯年：《文学革新申议》，《傅斯年全集》第1卷，湖南教育出版社2003年版。

④ 《驳胡先骕君的中国文学改良论》，载《新潮》1919年5月第1卷第5号。

人生，指导人生"，"所以我们要注重思想，不重格式"①；它"决不可仅仅是一面镜子，应该是一个指南针"②；"尤其在我们这时代，我们希望文学能够担当起唤醒民众而给他们力量的重大责任"③。鲁迅在追忆其当年从事文学创作的动机时也曾坦言："仍抱着十多年前的'启蒙主义'，以为必须是'为人生'，而且要改良这人生。我深恶先前的称小说为'闲书'，而且将'为艺术而艺术'，看作不过'消闲'的新式的别号。"④我们也不妨去听听巴金本人的心灵之声："我的文章是直接诉于读者的，我愿意它们广泛地被人阅读，引起人对光明爱惜，对黑暗憎恨……我永远说着我自己想说的话，我永远尽我在暗夜里呼号的人的职责。"⑤从"五四"到20世纪三四十年代，"为人生"以"言志"诗学的"诗教"传统为底蕴，构成了现代启蒙文学理论的中心话语，一直维系着中国作家救亡图存的战斗精神。"为人生"与"诗教"都追求文学创作的功利思想，但在"五四"文学革命的初始阶段，人们对于"功利主义"的历史源头却存在着两种截然相反的思想认识。有人陈言曰："吾国自与西洋文明相接触，其最占势力者，厥惟功利主义。"⑥这是"西方说"的代表论点。也有人反驳道："仆以为文以载道之道即理，既今之所谓思想，特不过古人之所谓道，比于思想。"⑦这是"传统说"的经典之言。以我个人之见，"传统说"更符合新文学的实际情况。因为"志"与"道"，都是指作家对社会人生的感悟和体验，那么"言志"或"载道"作为文学作品的思想内容，也就集中反映了"教化"社会与"感化"人生的功利目的，这是中国"言志"诗学的最大特点。"为人生"的"功利主义"，同"诗教"的"功利主义"，在"文学功能论"方面并无什么区别，但却与西方现实主义文学存有质差。西方

---

① 沈雁冰：《新旧文学平议之评议》，载《小说月报》1920年第11卷第1期。
② 沈雁冰：《文学者的新使命》，载《时事新报》附刊《文学周报》1925年第190期。
③ 沈雁冰：《"大转变时期"何时来呢？》，载《时事新报》附刊《文学》（周刊）1923年第103期。
④ 鲁迅：《鲁迅全集》第4卷，人民文学出版社1981年版，第512页。
⑤ 巴金：《巴金论创作》，上海文艺出版社1983年版，第27—28页。
⑥ 钱智修：《功利主义与学术》，载《东方杂志》1918年第15卷第6号。
⑦ 曾毅：《与陈独秀书》，载《新青年》1917年第3卷第2号。

现实主义文学只提倡"复制"与"再现"的"真实性",但却并不强调"参与"或"救世"的"目的性"[①];而中国现代启蒙文学始终都在高扬思想工具论的实用价值,这就是"为人生"对"言志"诗学而非"西方"诗学一脉相承的有力说明。

以鲁迅和巴金为代表的启蒙文学,既是20世纪中国文学的创作主潮,也是现代人文精神的最高体现。但鲁迅却从不讳言他是"听将令"而入文坛,写小说的目的也是为了要"揭出病苦,引起疗救的注意"[②]。这使我突然意识到他在《呐喊·自序》中,那种"寂寞"与"悲哀"的凄凉叙述,实际上正暗示着他对于"言志"诗学"诗教"传统的自觉承载——用"文艺"去改变国民"精神"[③]!在《狂人日记》《药》《风波》《阿Q正传》《故乡》《祝福》等作品文本中,鲁迅以其比俄罗斯作家更为明显的"忧愤深广",毫无顾忌地向传统文化的历史弊端发起了具有颠覆性意义的猛烈攻击。鲁迅小说主题鲜明、目的明确,无论是"礼教"吃人还是"愚民"困顿,都是些思想深刻振聋发聩的"有所为"之作,其"先天下之忧而忧"的"救世"意图,恰恰是中国传统文人忧患意识的现代表现。巴金对中国封建"家"文化的批判与否定,是中国现代启蒙文学继鲁迅之后的又一高峰。巴金是"为人生而艺术"的坚守者,他声言自己的创作就是要"打击黑暗"与"带来光明"[④],而"生活在这世界上,是为着来征服生活"[⑤]。以"战士"与"诗人"的高调姿态亮相于30年代的中国文坛,这使我们不难发现巴金作为黑夜"呼号者"的心灵轨迹——从"爱情三部曲"到"激流三部曲","摧毁"现实"不合理的制度"[⑥]的意志与恒心。巴金主观上对于传统与社会的"攻击"意识,同样也是中国传统文人的忧患意识,他以文学创作去"表"其"言"而"传"其"志",无论人们如何辩

---

① 达米安·格兰特在《现实主义》(昆仑出版社1989年版)的小册子里,只谈"现实主义"的艺术真实性,根本就不提"现实主义"的功利目的性,原因就在于西方文学的"现实主义"只不过是一种创作方法论而不是一种思想工具论。
② 鲁迅:《鲁迅全集》第4卷,人民文学出版社1981年版,第512页。
③ 同上,第1卷第417页。
④ 参见巴金:《〈电椅〉代序》,《电椅》,新中国书局1933年版。
⑤ 参见巴金:《〈激流〉总序》,《家》,上海开明书店1933年版。
⑥ 巴金:《巴金选集》第6卷,四川人民出版社1996年版,第445页。

解都是属于"诗教"传统的审美认识论。在此我们还应该特别提及钱钟书，20世纪40年代一部《围城》的轰动效应，使这位学者型的现代作家一下子便受到了国人的由衷青睐。留学西洋又饱读经书的钱钟书本人，他也坦承创作《围城》是"有为"而发，"在这本书里，我想写现代中国某一部分社会、某一类人物"，其用意也还没有脱离"忧世伤生"的创作理念①。钱钟书以中国近现代"出国留洋"现象为分析样本，艺术化地还原了中国现代启蒙精英的真实面目，读后令读者拍案叫绝唏嘘不已。《围城》故事对于"留洋"精英的无情揭秘，无疑预示着作者本人对于"启蒙"主体的重新认识——因"忧世伤生"而"言志"，钱钟书无非也是在追求一种达于"诗教"的客观效果。当然，鲁迅与钱钟书等人，在文学表现形式上或受俄罗斯的象征主义影响，或借鉴克尔凯郭尔的反讽修辞手法，都使其作品沾染上了浓厚的"西方"文学色彩。但我们也必须注意到表现形式的层面变化，却并不意味是他们对"言志"诗学的彻底放弃，现代知识精英拯救"他者"的"启蒙"理想，更符合中国传统文化的"诗教"意识，而不是西方人文精神的"自我"救赎。这应是中国现代文学民族特色的典型特征。

二、"缘情"与"性灵"：中国现代唯美文学的理论与实践

中国现代启蒙文学提倡"为人生而艺术"的创作理念，虽然得到了广大作家普遍而一致的社会响应，但其重"思想"而轻"情感"的功利倾向，却也不断地受到了来自各种流派的强烈质疑。早在"五四"时期，呼唤"血"与"泪"文学的郑振铎便一再想矫正胡适等人的思想偏见，他强调"文学以真挚的情绪为他的生命，为他的灵魂"，新文学与旧文学的根本区别，"就在于通人类的感情之邮"②。而力主"人的文学"的周作人也对沈雁冰等人的"工具"理论，发出了他十分中肯的善意警告："人生派说艺术要与人生相关，不承认有与人生脱离关系的艺术。这派的流弊，是容易讲到功利里边去，以文艺

---

① 参见钱钟书：《〈围城〉序》，《钱钟书文集》，江西高校出版社1999年版。
② 郑振铎：《新文学的建设》，《郑振铎全集》第3卷，花山文艺出版社1998年版，第435页。

为伦理的工具，变成一种坛上的说教。"他认为文学的唯一目的，除了"作者的感情的表现"，别无他者承载义务可言①。我们惊奇地发现，周作人等重"情感"而轻"思想"之说，其引证资料同样也是《诗序》中的"情动于中而形于言"，却并不是西方近现代"主体论"诗学的审美意识，这足以说明周作人等"五四"时期的文学见解，主要还是来自中国传统的"言志"诗学——只不过是他将"志"理解为"情"，赞成"缘情"而反对"诗教"，进而与陆机和袁枚的古典唯美主义文论，发生了超越时空的内在联系。陆机与袁枚都是中国文学"主情"派的代表性人物，他们分别以"缘情说"和"性灵说"，将中国"言志"诗学进行了人文分割：陆机认为"诗缘情而绮靡"，但却又强调"志"乃"情"也；显"情"而隐"志"以求含蓄表意，这是陆机对于诗歌文体特征的本质认识②。袁枚在其《随园诗话》中，则更是以"写景易，言情难"的切身感受，推导出了"文以情生，未有无情而有文者"的深刻道理③。袁枚所言之"情"，自然是指人的真情实感，它与"志向"相通且并不排除思想"抱负"，也就是我们今天所说的人文理想，这是中国古典诗学"缘情说"与"性灵说"的内在矛盾——无"思"者何以"情"动？周作人等以"言志"诗学中的"主情"传统，去反对"言志"诗学中的"主思"传统，这不仅没有使他们的文学观念走向西方，相反则令他们重新陷入到了"言志"诗学的传统之争。不过有一点却值得引起我们的高度关注，"京派"作家废名对于周作人等"主情"说的真实目的，便曾了如指掌并一语道破了其中的玄机：他们只不过是在借助于"历史上中国文艺的声援"，把古今文学彻底"沟通了"罢了④。我个人对于废名所言是如此理解的：因为如果说胡适等是沿袭着"言志"诗学的"功利说"，并借助于所谓西方"为人生"的文学观念，堂而皇之

---

① 周作人：《新文学的要求》，见《中国新文学大系·文学论争集》，上海文艺出版社2003年影印本，第141页。

② 李善对"诗缘情而绮靡"的自我心解，便是"诗以言志，故曰言情"，见陆机著、张少康集释：《文赋集释》，人民文学出版社2002年版，第107页。

③ 袁枚著，王英志校点：《随园诗话》，江苏古籍出版社2000年版，第138、559页。

④ 废名：《小河及其他》，《废名集》第4卷，北京大学出版社2009年版，第1688页。

地使中国新文学回归了古典文学的传统规范；那么周作人等则是沿袭着"言志"诗学的"缘情说"，再加上他对西方"主体论"诗学的肤浅认识，同样也是堂而皇之地要把中国新文学引回到"以情达意"的传统窠臼。而这种由传统之"情"演变为西方之"情"的概念置换，往往又被人们看作是中国现代文学"西化说"的最重要的理论依据。

周作人"五四"时期的文艺主张，显然是呈现出了一种自相矛盾的价值倾向。我个人认为，这恰恰集中体现了新文学理论建构的混沌状态。比如，被傅斯年认为是当时最有影响力之一的《人的文学》[①]，周作人一方面因反封建的客观需求，人为地将中国古典文学统统斥为"非人的文学"；另一方面又以传播西方人道主义思想为借口，去重新阐释传统诗学之"情"（"灵的文学"是源自"性灵"之说）与儒家仁学之"爱"（"长幼相爱"则是源自孟子之语）。最终他得出的结论则是："人的文学，当以人的道德为本。"[②]我们固然可以将周作人所说的"人"之"道德"，同儒家传统学说的伦理"道德"加以区分；但是"道德文章"其提法本身，就明显体现着传统诗学的"载道"意味。到了《平民文学》一文，周作人的文学思想开始发生了悄然转变，他不再突出去强调抽象的"人性"与"道德"，而是全力提倡文学应"记载世间普通男女的悲欢成败"和作家本人的"真意实感"；他要求文学"只须有真为主，美即在其中。这便是人生的艺术派的主张"[③]。从"道德为本"到"以真为主"，周作人对文学本体论的主观认识也从"思想"层面转向了"情感"层面，只不过这种"有真为主"的"男女"之"情"，并不拒绝"悲欢成败"的"世间"之"思"，此后他一直都坚守着这一立场毫不动摇。郑振铎也是"人生派"文学中"主情"说的积极拥护者，他认为新文学理论建设的首要

---

① 傅斯年：《白话与文学心理的改革》，见《中国新文学大系·建设理论集》，上海文艺出版社2003年影印本，第206页。

② 周作人：《人的文学》，见《中国新文学大系·建设理论集》，上海文艺出版社2003年影印本，第197页。

③ 周作人：《平民文学》，《中国新文学大系·建设理论集》，上海文艺出版社2003年影印本，第211页。

条件，就是"必须根本的把《毛诗序》打倒"①；郑振铎力主"打倒"《毛诗序》，是因为他视《毛诗序》为"载道"之源（在这一问题的认识上他与周作人和胡适都有所不同）；"如以文学为传道（其中包括"宣传"与"教训"）之用，则一切文学作品都要消灭了"②。当然，新文学不以"载道"为目的，它就应成为"最美丽的情绪文学"；他甚至还以英国诗人华兹华斯之口吻，激情地演绎了袁枚"诗"是"性灵"产物的"主情"思想③。以"创造社"为代表的"艺术派"，从其成立伊始便是"主情"说的坚定信仰者，他们认为"文学是直诉于我们的感情，而不是刺激我们的理智的创造；文艺的玩赏是感情与感情的融洽，而不是理智与理智的折冲；文学的目的是对于一种心或物的现象之情感的传达，而不是关于他的理智的报告……文学始终是以情感为生命的，情感便是他的终结"④。有趣的是他们谈论文学艺术的"主情说"，虽然大量使用外文词汇和理论概念，但归根结底却又回到《毛诗序》的"言志说"，把"志"当作"情感"而把"言"比作"表现"，并最终在"性灵说"的基础上，将"真诗"或"好诗"看成是"生底颤动"与"灵底喊叫"，看成是诗人"直觉"和"灵感"的内在冲动⑤。中国现代唯美主义文学思潮的"主情"理论，到了20世纪三四十年代变得更为成熟与稳重。以梁实秋等为代表的西洋"主情派"，受白璧德新人文主义文艺思想的直接影响，他们从西方古典主义美学的认识论出发，强调"文学家不接受任谁的命令，除了他自己的内心的命令；文学家没有任何使命，除了他自己内心对于真善美的要求使命"⑥。"艺术世界可以说完全是人为的，是人的意愿、欲望，以及观察所创造的"，它是

---

① 郑振铎：《新文学的建设》，《郑振铎全集》第3卷，花山文艺出版社1998年版，第438页。
② 同上，第436页。
③ 同上，第460页。
④ 成仿吾：《诗之防御战》，见《中国新文学大系·文学论争集》，上海文艺出版社2003年影印本，第318页。
⑤ 郭沫若：《论诗三札》，《郭沫若选集》第4卷，人民文学出版社1997年版，第378—382页。
⑥ 梁实秋：《文学与革命》，《梁实秋批评文集》，珠海出版社1998年版，第133页。

"人类心灵（The human mind）的流露"①。梁实秋等西洋"主情派"的理论观点，同样反对文学创作上的"滥情主义"，他们强调以"理性"去节制"情欲"，执著于去表达内心世界的真情实感；尽管其论点"西化"色彩甚为浓重，但在对文学之"情"的深度理解上，却仍然是在以儒学传统的"理智"精神，去对西方现代文论进行意义对应上的主观阐释，这也是他们的观点之所以能够被国人所接受的重要原因。以周作人等为代表的传统"主情派"，则干脆直接祭起中国古代"言志"诗学的鲜明旗帜，回归传统并弘扬古典文学的"情说"理念，他们推崇"六朝"盛赞"明代"提倡"闲适"务求"性灵"，认为文学只是个人"情感"与"趣味"的客观表现，"直抒所感"而不必在乎什么崇高的"思想"或远大的"志向"②。他们甚至还将"五四"以来的中国新文学运动直接视为"是四百年前公安派新文学运动的复兴"，其理论源头根本就不是什么"西方"而是"传统"③。由此可见，中国现代唯美主义文学思潮，虽然极力反对"言志"诗学的"载道"倾向，但却又极力地推崇"言志"诗学的"主情"之说，这一内在矛盾所要告诉我们的历史真相，就是中国现代文学的精神资源，不是效法于西方而是源自于传统。

周作人在谈及"五四"散文唯美主义的创作倾向时曾指出，胡适、冰心、徐志摩的作品"很像公安派"，而俞平伯与废名的作品"和竟陵派相似"④。废名在论及他对"五四"新诗的审美观感时也说，沈尹默与冰心等人的新诗都是秉承"古风"的样板典范⑤。也许有人会认为周作人与废名的雷同见解未免过于武断，但是以我们现今人的眼光来看，"五四"新文学的散文与诗歌，玲珑剔透词义委婉意韵含蓄清新淡雅，与明代小品"明心见性"的艺术风格颇为近似。散文如像朱自清的《荷塘月色》、周作人的《乌篷船》、冰心的《红莲》，诗歌如郭沫若的《天上的街市》、闻一多的《红烛》、徐志摩的

---

① 叶公超：《现实世界与艺术世界》，《叶公超批评文集》，珠海出版社1998年版，第32页。
② 周作人：《〈燕之草〉跋》，《周作人散文》第2集，中国广播电视出版社1992年版，第285页。
③ 废名：《废名集》第3卷，北京大学出版社2009年版，第1277—1278页。
④ 周作人：《中国新文学的源流》，江苏文艺出版社2007年版，第27页。
⑤ 废名：《废名集》第3卷，北京大学出版社2009年版，第1653页。

《再别康桥》，或寓情于景意境悠远，或直抒胸臆传情达意，都是以其对古典诗意美的价值追求，显现着新文学创作的民族认同感。到了三四十年代，"小品文"之风甚嚣尘上，林语堂与周作人遥相呼应，以《论语》和《人间世》为营垒，鼓吹"性灵"倡导"率真"，力主复兴"古人之精神"①，进而去维系中国唯美主义文学的历史传统。"小品文"回归"性灵说"的"复古"之举，受到了包括鲁迅在内的左翼批评家们的质疑和反对。不过，这些谦谦君子却置若罔闻我行我素，以不失乎"情"也不缺乎"礼"的"儒家"风范②，艰难地推进着中国现代唯美主义文学的向前发展。小说一派自"五四"时期废名的《竹林的故事》始，就与鲁迅等人思想负重的启蒙小说风格不同。《竹林的故事》中所收入的几十篇作品，都表现出了完全一致的审美趣味：淡化故事情节，追求空灵意境，表现田园风光，抒发诗性感悟，用周作人的评语来说，"其文章之美"，"悉本于'诗言志'的主张"，"在现代中国小说界"必将有其独特价值③。而20世纪30年代沈从文的"湘西"叙事，则更是在此基础上，把中国现代唯美主义小说推向了巅峰状态。沈从文青少年时代所接触的主要是古典文学作品，这种特殊经历无疑使他更趋于"传统"而不是"西方"。所以尽管他声言要"造希腊小庙"去供奉"人性"，但其向往"优美，健康，自然，而又不悖乎人性的人生形式"④，主要还是体现为他小说创作的"自然"人性美和"田园"诗意美。其代表作《边城》的艺术魅力，便是以"自然真趣，文情相生"⑤的神思独运，由"缘情"而"空灵"再达于"人性"，最终成就了他在中国现代文学史上的显赫地位！不过，无论是废名还是沈从文，我们从他们作品的"空灵"背后，都能读出一种中国文人式的情感焦虑；尤其是沈从文《边城》中所表现出的悲剧意识，更是使我们强烈地感受到了中国文人骨子里的"救世"意识——自然而自由的"边城"已经消失了，那么中国

---

① 林语堂：《给玄同先生的信》，见《剪拂集·大荒集》，人民文学出版社1988年版，第13页。
② 废名：《废名集》第3卷，北京大学出版社2009年版，第1308页。
③ 废名：《〈枣〉和〈桥〉的序》，见《竹林的故事》，广西师范大学出版社2003年版，第108—109页。
④ 沈从文：《沈从文全集》第9卷，北岳文艺出版社2002年版，第2页。
⑤ 同上书，第16卷，第285页。

文人的精神家园将在何处？因此为重建"神话"而去抒情"言志"，则必然又会成为他们不可推卸的历史责任！故中国现代唯美主义文学思潮的淡雅文风，或多或少都带有中国古代"山林文学"的凄凉格调——不是因"信仰"而"出世"，而是因"无奈"而"避世"！

三、"见意"与"明道"：中国现代左翼文学的理论与实践

左翼文学是20世纪中国文学思潮的重要现象，从"五四"时期沈泽民等人的最初倡导，到"革命文学"蒋光慈等人的群体发难，它以"宣传工具论"为文学认识论的思想基础，以意识形态价值观为文学创作的唯一目的，并逐渐统一了中国现代文学的审美规范。左翼文学的最大特点，是"现代"与"传统"的巧妙融合：其现实主义理论来自于苏俄体系，但其"工具论"口号则是来自于传统诗学。比如，郭沫若本人就曾把革命文学视为是"载道"文学，他说古人"文以载道"思想尽可"加以抨击，其实这个公式倒是一点也不错的。道就是时代的社会意识"[①]。在郭沫若看来，一切文学都是"载道"，只不过是所"载"之"道"不同而已。强调"载道"自然重视"诗教"，所以郭沫若认为文学"有大用焉"，"它是唤醒社会的警钟，它是招返迷羊的圣篆"[②]。毫无疑问，郭沫若乃至所有左翼文学作家，他们对中国"诗教"传统的理解与承载，更趋于曹丕与韩愈等人的"道统论"思想。曹丕在其《典论·论文》中将文学升华为"经国之大业，不朽之盛事"，是作者"寄身于翰墨，见意于篇籍"的意志体现；而韩愈则在《原道》中力主文学应"修其辞以明其道"，进而"得其道，不敢独善其身，而必以兼济天下也"。曹丕与韩愈都极为重视文学艺术的社会学意义，他们无一例外都全力推崇文学艺术的主观"功能论"，这种儒家"言志"诗学的美学精神，显然被左翼作家以"革命"话语的遮蔽方式，不仅全面继承并且做了发扬光大。

左翼文学思潮以进化论为其理论支点，对原有的文学观念几乎都做了

---

① 参见郭沫若：《文学革命之回顾》，见《文艺讲座》第一册，上海神州国光社1930年版。

② 郭沫若：《郭沫若选集》，人民文学出版社2004年版，第401页。

自己独特的思想解释。他们指出："人的表象，见解，概念，简单地说，人的意识，是随着他的生活关系，他的社会联络，他的社会的存在而变化的。"①"艺术如果以人类之悲喜哀乐为内容，我们的艺术不能不以无产阶级在黑暗的阶级社会中'中世纪'里面所感觉的感情为内容。"②他们还认为，阶级社会中的文学艺术，"政治倾向"是首要因素，"政治的正确就是文学的正确"③；"革命文艺的作家，既负有政治的使命，这就是说他们既对革命进展负有相当的职任"④。因此，出于现代政治革命的实际需求，左翼文学在"言志"诗学"诗教"传统的基础之上，大肆提倡文学艺术是"政治留声机"的"工具论"思想，"文艺——广泛的说起来——都是煽动与宣传。有意的无意的都是宣传。文艺也永远是、到处是政治的'留声机'。问题是在于做哪一个阶级的'留声机'"⑤。革命文学当然不仅只是政治上的"留声机"，更重要的它还是"工农大众的教科书"⑥，而"教科书"的主要功能，自然也就是体现为启蒙他者的"教化"作用。综观左翼文学运动的理论主张，尽管其众声喧哗颇为热闹，但却说法相似意思相同，用苏汶的戏谑之言来说，"真令人不得不佩服现在左翼文坛理论之一致，不象从前似地零零落落"⑦。左翼文学公开表明自己的政治立场，人为强化文学艺术的功利意识，当时就有人斥责他们是"载道派"，其文学主张和政治信仰，也"是表现着十足的八股精神"⑧。他们甚至不无嘲讽地抨击道："着重文艺与文化思想的密切关联，并不一定走到'文以载道'的窄路。"⑨我个人并不想去对左翼文学的功过是非妄下断言，但有一个问题我们必须去充分地加以注意：左翼文学讲求理论与创作的艺

---

① 李初梨：《怎样地建设革命文学》，载《创造月刊》1928年第1卷第10期。
② 《中国左翼作家联盟的成立》，载《拓荒者》1930年第1卷第3期。
③ 周起应：《文学的真实性》，载《现代》1933年第3卷第1期。
④ 钱杏邨：《批评的建设》，载《太阳月刊》1928年第1期。
⑤ 易嘉：《文学的自由与文学家的不自由》，载《现代》1932年第1卷第6期。
⑥ 施华洛：《中国苏维埃革命与普罗文学之建设》，载《文学导报》1931年第1卷第8期。
⑦ 苏汶：《"第三种人"的出路》，载《现代》1932年第1卷第6期。
⑧ 废名：《废名集》第3卷，北京大学出版社2009年版，第1279页。
⑨ 朱光潜：《我们对于思想文化运动的基本态度》，载《文学杂志》1937年5月创刊号。

术规范性，与西方古典主义文学思潮的艺术规范性，很有点无师自通似曾相识的"类同"感觉；可是西方古典主义文学思潮只局限于文学创作领域，而左翼古典主义文学思潮则更注重于意识形态领域，两者之间虽不能一概而论，却有着十分惊人的审美诉求——那就是对于文学创作人为干预的规范力量。左翼文学规范不仅要求作家端正创作态度，"要在此斗争的生活中，表现出群众的力量，暗示人们以集体主义的倾向"①；同时还对左翼文学的创作题材，进行了非常严格的硬性规定：（1）"作家必须抓取反帝的题材"；（2）"作家必须抓取反对军阀地主资本家政权以及军阀混战的题材"；（3）"作家必须抓取苏维埃运动、土地革命、苏维埃治下的民众生活、红军及工农群众的英勇的战斗的伟大题材"；（4）"作家必须描写白色军队'剿共'的杀人放火、飞机轰炸、毒瓦斯、到处不留一鸡一犬的大屠杀"；（5）"作家还必须描写农村经济的动摇和变化，描写民族资产阶级的形成和没落"。②如果我们把解放区文学现象联系起来加以考察，我们可以发现左翼文学与解放区文学几乎就是一个完整而统一的思想体系——强调文学的政治负载，高扬文学的"功利"目的，青睐文学的明德作用，规范文学的创作模式，诸如此类的条理约束，使我们完全有理由去相信：古典主义文学思潮在中国现代文学史上，的的确确是一种不可否认的客观存在！尤其是毛泽东《在延安文艺座谈会上的讲话》中，不仅全面继承了左翼文学运动的理论主张，而且还以无产阶级的主观意志，充分肯定了文学艺术的"载道"功能（为什么人服务），并对革命文学的内容（阶级斗争）与形式（喜闻乐见）、对象（工农兵群众）与手法（光明礼赞），都做出了十分具体的详细规定。如此严格而系统的条律约束，由于有政治意识形态的强大支撑，同欧洲古典主义文学思潮（"三一律"）相比较，明显是一种有过之而无不及的具有中国特色的古典主义文学思潮！

左翼文学创作是左翼文学主张的直接产物，它不像"五四"时期"人生派"或"艺术派"那样自由松散各自为战，而是在政治信仰与美学追求两个方面都表现出了较为一致的高度自觉。如果我们能够冷静而理智地去看待左翼

---

① 蒋光慈：《关于革命文学》，载《太阳月刊》1928年第2期。
② 冯雪峰：《中国无产阶级革命文学的新任务》，载《文学导报》1931年第1卷第8期。

文学的创作实践，便不难发现从1928年以后，无论是"革命+恋爱"小说还是"红色鼓动诗"，"红色文学经典"的叙事模式已经以政治理想主义为其精神支撑，逐渐形成了一种风格独特的艺术规范：激情言说无产阶级政治革命的宏图远景（《到莫斯科去》），热情高歌苏维埃政权"治下"的全新生活（《同居》），深刻揭示中国社会不可调和的阶级矛盾（《子夜》），生动描述农民阶级革命暴动的壮阔场面（《丰收》），艺术再现无产阶级英雄人物的高大形象（《女囚》），主观营造知识分子思想改造的精神炼狱（《咆哮了的土地》），几乎所有左翼文学创作的革命叙事，都是紧紧围绕着左翼文学的理论条律而展开的。在这里，我特别要强调一下蒋光慈的《咆哮了的土地》对左翼文学乃至"红色经典"的巨大影响。《咆哮了的土地》于1930年在《拓荒者》杂志开始连载，这部长篇小说作为"红色经典"的历史源头，不仅忠实地贯彻了左翼文学的创作理念，而且还奠定了"红色经典"故事叙事的诸多模式：比如，农民革命者通过"出走"与"归来"完成其自身向无产阶级过渡的身份转换，我们能从"朱老忠"（《红旗谱》）身上清晰地看到模仿"张进德"的明显痕迹；又如，知识分子革命者通过自我人格的彻底否定来重新确立自己在中国现代革命中的从属地位，我们也能从"林道静"（《青春之歌》）身上清晰地看到仿效"李杰"的精神自戕。尤其是新旧两代农民思想分野的表现方式，更是从左翼文学到解放区文学再到新中国文学，几乎成为了革命文学必不可少的基本元素——"王荣发"的愚昧落后演绎出"老通宝""云普叔""二诸葛""梁三老汉"等传统农民形象，而"王贵才"的躁动反抗则演绎出"多多头""立秋""小二黑""梁生宝"等现代农民形象——无产阶级政治革命与中国现代农民内在要求的一致性，又恰恰反映出了革命文学艺术审美倾向的统一性。其他如发动农民"斗地主"的火热场面，"美人"爱"英雄"的细节插曲，实际上也都被后人加以传承并不断地强化，最终使"红色经典"形成了一种源远流长的历史链条。左翼文学因其自觉地去承载社会革命的使命意识，而直接表达自己的政治"见意"公开"明道"；但由于过分追求文学创作的规范化原则，难免会堕入"公式化"与"程式化"的教条陷阱。所以早在20世纪30年代，有评论家就毫不客气地指责说："至于这派中的写实倾向的作品，则都自命为'新写实主义'。'新'者所以别旧而言，而其所以'新'，则在

'题材必须具有积极性'。积极性就是要暗示一条解决现实的路。解决现实的路就是'反抗',就是'斗争'。例如以农村为题材,便写农民如何受苛捐杂税地主土豪的压迫和鱼肉,但若单单这么写,那就是无分新旧了,于是他们一定还要给挂上一条'新'的尾巴。在这条尾巴里面,必须写农民如何的愤激,如何的在田野里鸣锣开会,如何的有一位青年的农民站到山岗上去激昂慷慨地演说一番,然后一致决议抗税,或是暴动,以作收结。"这是典型的"公式主义"[①]。

毫无疑问,中国现代文学是中国文学自身现代化的历史过程,它属于民族文学的自我延伸而非西方文学的简单移植。正是由于中国现代文学与传统文化之间,客观存在着一种无法割舍的血缘联系,因此"言志"诗学对其所造成的潜在影响,我们也绝不能低估。废名曾在20世纪30年代发出过这样一种疑问:"汉字既然有它的历史,它形成中国几千年的文学(尤其是诗的文学),能够没有一个必然性在这里头?"[②]废名所提"汉字"的"必然性",实际上涉及一个汉字思维的科学命题,即任何西方文化观念与文学观念的翻译介绍,实际上都必然要通过汉字思维的意义转换。这就值得引起我们学界同仁的高度关注:由于不同民族文化思维的大相径庭造就了人类文明多元化的存在方式,故各民族文化与文学之间的相互影响也就充分体现着同化"外来"而非放弃"本土"的本质特征。仅以20世纪中国文学为例,外来因素虽然大量地涌入,但是国人对于西方审美观念的吸收与接纳,都不是以抛弃"传统"走向"西方"为己任,而是以同化"西方"为我所用为目的!如果诚如学界所言20世纪中国文学是西方舶来的艺术形态,试问中国现代文学的文化根脉是否发生了"断裂"或"位移"?恐怕没有任何人敢如此定论、狂妄断言。20世纪中国文学之所以能够敞开胸怀去拥抱世界,那是因为它具有足以自信的强大内功和文化底蕴,西方文学思潮的每一次猛烈进攻都能够被人为地化解,西方文学观念的每一次成功引入都能够被人为地释义——我们从儒家"仁学"中找到了西方

[①] 参见傅东华:《十年来的中国文艺》,见《十年来的中国》,商务印书馆1937年版。

[②] 废名:《废名集》第3卷,北京大学出版社2009年版,第1276页。

"主体论"诗学的对应话语,我们又从"缘情说"中发现了西方"移情说"的理论精髓,我们还从"风骨说"中悟到了西方"风格说"的等同意义,我们更是从"言志说"中获得了"为人生"的现代意识!"西学"的输入只是促使了"中学"重新去认识自己和面对世界,而"中学"的崛起又促使"西学"必须去重新正视一个伟大民族的文化复兴。"西学"知识的民族化释义无疑是个极其复杂的文化交流现象,它直接关系到中国现代文学的精神资源问题。正是基于这样一种思想认识,我才以"言志"诗学作为突破口,去探索中国文学现代转型的内在机制,并且期待着广大学界同仁的共同参与。

(原文刊发于《中国社会科学》2010年第6期)

第三章 "娜拉"现象的中国言说

研究中国现代文学发展史,挪威剧作家易卜生及其《娜拉》是一个难以逾越的时代符号:因为在"那时候,易卜生这名儿,萦绕于青年的胸中,传述于青年的口头,不亚于今日之下的马克思和列宁"①。综观"五四"以后中国文学的创作实践,恐怕没有哪一位声名显赫的外国作家能够取代易卜生在中国所发生的巨大影响,"特别是《娜拉》,在当时的妇女解放运动中,是起了决定性作用的"②。应该说中国人是通过《娜拉》认识了易卜生,同时也是通过易卜生了解了"西方"社会。正是基于这样一条十分清晰的历史线索,我们可以去高度概括中国现代文学的审美理想:离家"出走"就等于"个性解放",而"个性解放"就等于"现代意识"!即使是现在的学界精英,仍盲目乐观地断言宣称:作为思想启蒙的重要元素,"娜拉超越了伦理的意义而成为中国现代的象征"③。然而,中国的"娜拉"与西方的"娜拉",毕竟是两种文化价值观的不同概念:西方"娜拉"的离家出走是要摆脱传统"夫权"的性别歧视,去追求人格独立的自由意志;而中国"娜拉"的离家出走则是要摆脱传统"父权"的道德制约,去寻求自由婚配的择偶权利!"出走"固然是一种反抗封建的大胆叛逆,但从"父家"走向"夫家"的创作模式,绝不是"易卜生主义"式的人文理想,而是中国文学"私奔"现象的现代演绎!所以,借助"娜拉"去诠释"现代",借助"离家"去言说"个性",借助"出走"去昭示"解放",中西方文学之间的错位对话,直接导致了"传统"对于"西方"的

---

① 沈雁冰:《谈谈〈傀儡之家〉》,载《文学周报》1925年3月第176期。
② 阿英:《易卜生的作品在中国》,《阿英文集》,香港三联书店1979年版,第671页。
③ 李欧梵:《现代性的追求》,台北麦田出版社1996年版,第95页。

悄然消解，这就是中国现代文学民族性的固有品格！

导言：误读《易卜生主义》：中国"娜拉"的解放宣言

根据现有历史资料记载，鲁迅1908年在《河南》月刊上发表的《文化偏至论》与《摩罗诗力说》，是国内最早介绍易卜生其人其作的两篇文章。鲁迅在文中这样写道："其后有显理伊勃生（Henrik Ibsen）见于文界，瑰才卓识，以契开迦尔之诠释者称。""伊氏生于近世，愤世俗之昏迷，悲真理之匿耀，假《社会之敌》以立言，使医士斯托克曼为全书之主者，死守真理，以拒庸愚，终获群敌之谥。"①而"新剧同志会"的陆镜若等人，也曾于1914年上演过《娜拉》剧本。②但是，易卜生与其作品真正被国人所接受，并直接影响到中国社会的历史变革，则应是在"五四"文学革命运动的发难期。1918年6月，《新青年》杂志出版了"易卜生号"专刊，内容包括有胡适撰写的《易卜生主义》、胡适与罗家伦合译的《娜拉》、胡适与陶履恭合译的《国民公敌》、胡适与吴弱男合译的《小爱友夫》以及袁振英撰写的《易卜生传》。其中胡适的《易卜生主义》具有划时代的重要意义，它被傅斯年誉为"文学革命的宣言书"之一③，直接开启了中国现代文学的思想源头。

《易卜生主义》一文共分六节，第一节是对"易卜生主义"的总体描述，第二、三节是分析《娜拉》与《群鬼》的文本意义，第四节是谈《国民公敌》和其他作品，第五、六节是对"易卜生主义"的概括总结。重新去阅读胡适的《易卜生主义》，有两个问题必须引起我们的高度关注：首先，它绝不是一般意义上的文学评论，而是倡导个性解放的思想檄文；其启蒙价值远大于艺术价值的理论导向，深深地影响着中国现代文学的审美理想。其次，它从"家庭"与"社会"两个方面，猛烈抨击了传统文化的道德秩序；虽然也涉及了"性别歧视"问题，但却并非论者本人的主观意图。《易卜生主义》一文逻辑

---

① 鲁迅：《鲁迅全集》第1卷，人民文学出版社1981年版，第51、79页。
② 欧阳予倩：《自我演剧以来》，上海神州国光社1939年版，第79页。
③ 参见傅斯年：《白话与文学心理的改革》，见《中国新文学大系·建设理论集》，上海文艺出版社2003年影印版。

思维的鲜明特点,是突出"家庭"与"社会"矛盾同构的立论原则:"易卜生所写的家庭,是极不堪的。家庭里面,有四种大恶德:一是自私自利;二是倚赖性、奴隶性;三是假道德,装腔做戏;四是懦怯没有胆子。"家庭"恶德"自然是社会"恶德"的生动反映,故胡适认为娜拉与郝尔茂夫妻之间的家庭冲突,同斯铎曼医生与市民公众(《国民公敌》)之间的社会冲突,都集中体现着新旧文化观念的矛盾对立——世俗道德通过束缚人的个性意识,严重制约着人类文明的发展进步!胡适清醒地意识到,所谓的世俗道德其实就是一种潜藏于"家庭"和"社会"的习惯势力,它早已在"法律"与"宗教"的庇护之下,变成了绞杀个性阻挠历史的最大障碍:"合于社会习惯的,便是道德;不合于社会习惯的,便是不道德。正如我们中国的老辈人看见少年男女实行自由结婚,便说'不道德'。为什么呢?因为这事不合于'父母之命,媒妁之言'的社会习惯。但是这班老辈人自己讨许多小老婆,却以为是很平常的事,没有什么不道德。为什么呢?因为习惯如此。"毫无疑问,胡适在这里是借"娜拉"与"婚姻"来说事,其本意则是要超越社会存在的性别意识,去深刻揭示"奴性"泛化的普遍现象,进而把批判理性的思想锋芒直指强大无比的传统势力!当然,出于反封建思想启蒙的社会需求,胡适以实用主义哲学的思维方式,一再去强调"个人"与"社会"的矛盾法则,的确表现出了自我中心主义的某种偏执;但是,为了确立以人本位的现代意识,他把"个体"与"社会"的永恒对峙视为亘古不变的客观真理,却又极大地震撼了中国人的麻木神经:"社会最爱专制,往往用强力摧折个人的个性,压制个人自由独立的精神;等到个人的个性都消灭了,等到自由独立的精神都完了,社会自身也没有生气了,也不会进步了。"正是基于他对西方现代人文精神的透彻感悟,所以胡适才会毅然决然地向国人大声疾呼:"社会最大的罪恶莫过于摧折个人的个性,不使他自由发展。"由此我们可以推断:《易卜生主义》一文的核心论点是倡导"个性解放"而非主张"女性解放";胡适用娜拉"救出自己"的那句台词清晰地道出他写《易卜生主义》的原初本意!无论学界怎样加以辩解,我们都难以回避这样一个历史事实——《易卜生主义》并没有刻意去提倡什么"女性解放"的时髦口号,胡适也并没有向中国女性发出离家"出走"的主观暗示;他只是在以自己对异域文明不同凡响的独特理解去理性化地诠释着个性解放与社会变革的时代意义——"把家庭社会的实在情形都写了出来，叫人看了动心，叫人看了觉得我们的家庭社会原来是如此黑暗腐败，叫人看了觉得家庭社会真正不得不维新革命：——这就是'易卜生主义'"①。应该说胡适对于易卜生作品文本的理解与阐释，还是比较符合于易卜生本人思想实际的；至于中国"娜拉"集体出走的壮观景象，则绝不是胡适《易卜生主义》所惹的祸！

鲁迅对于胡适的《易卜生主义》曾经有过比较清醒的思想认识，他认为胡适之所以要介绍"易卜生主义"，其意在倡导"敢于攻击社会，敢于独战多数"的反抗精神。②然而从"五四"文学革命开始，学界却多是在误读胡适的《易卜生主义》，他们一方面惊呼其对"青年人抛弃家庭以及妇女解放的影响甚大"③，另一方面又直接将其等同于中国现代妇女运动的"娜拉主义"④。毋庸置疑，从"易卜生主义"到"娜拉主义"，这是中国人以传统"内功"去消解现代"西学"的典型思维：因为人们一旦把这两者意义不同的文化概念混为一谈，娜拉便被孤立地推向了"攻击家庭制度"的历史前台，成为了争取"妇女之地位"与"发展女子之责任"的新女性形象，⑤进而完全曲解了易卜生《娜拉》"个人"挑战"社会"的创作理念。中国思想界与学术界在易卜生的众多剧本当中，唯独选择了《娜拉》"来做模范的'觉醒的妇人'"⑥，以期能够给予"我国妇女以一个有力的启示"，⑦其目的无非是要鼓励女性"弃去家庭而谋人间的独立自由"⑧。将"个性解放"直接演绎为"女性解放"，将"离家出走"直接理解为"现代意识"，这对几千年来中国封建社会的宗法制度无疑会产生具有颠覆性的巨大冲击。但问题的关键却在于，先驱者们由于

---

①　参见胡适：《易卜生主义》，见《中国新文学大系·建设理论集》，上海文艺出版社2003年影印版。
②　鲁迅：《鲁迅全集》第7卷，人民文学出版社1989年版，第163页。
③　李璜：《学钝室回忆录》，台北传记文学出版社1973年版，第24页。
④　沈雁冰：《从〈娜拉〉说起——为〈珠江日报·妇女周刊作〉》，《茅盾全集》第16卷，人民文学出版社1988年版，第142页。
⑤　袁振英：《易卜生传》，载《新青年》1918年6月第4卷第6号。
⑥　曾琦：《妇女问题与现代社会》，载《妇女杂志》1922年1月第8卷第1号。
⑦　昌树：《娜拉何处去》，载《女子月刊》1934年10月第2卷第10期。
⑧　仲云：《最近的妇女运动》，载《妇女周报》1924年11月15日。

其误读了胡适的《易卜生主义》，而把苦大仇深的妇女阶层置身于历史变革的风口浪尖；同时又因为他们误读了胡适的《终身大事》，而让女性去替代男性扮演了时代先锋的英雄角色——我们必须充分注意到这两次"误读"所造成的严重后果：第一次"误读"是导致了中国人对西方文化观念的价值偏离，第二次"误读"是导致了中国人对西方文学观念的价值偏离！众所周知，为了强化《易卜生主义》的国内影响，胡适于1919年3月在《新青年》杂志第6卷第3号上发表了由他本人所撰写的独幕话剧《终身大事》。尽管胡适本人的主观立意是想把《终身大事》当作《易卜生主义》的思想延续，然而婚恋自由的表现题材却又使其难以摆脱反抗传统"父权"的伦理意识！因为婚恋自由的人文理想，是中国古代民间文学创作的永恒主题；所以中国现代"娜拉"的"出走"反抗，显然不是源于西方而是根于传统。仅就这一意义而言，无论人们怎样去误读胡适的《易卜生主义》，但当新文学作家们按照《终身大事》的创作套路，引领着中国现代女性打破了封建婚姻的"幽灵塔"，并使她们敢于向家族文化去"提出男女对等"权利的合理要求，①最终造就了一场轰轰烈烈可歌可泣的"易卜生运动"时，②那么人们将《易卜生主义》视为中国"娜拉"的解放宣言，也还算是一个说得过去的适中理由！

综上所述，我们完全可以这样去结论：胡适的《易卜生主义》既精解了易卜生作品的思想本质，也误导了新文学创作的未来走向；它所产生的社会影响，不是直接地引进了西方文学的人文精神，而是极大地激活了中国文学的民族情绪！如果说胡适的《文学改良刍议》直接推动了中国文学表现形式的历史变革，那么胡适的《易卜生主义》则直接推动了中国文学表现内容的现代转型！我个人认为，《易卜生主义》的真正价值，即使国人因《娜拉》而认识了"西方"，又使启蒙因误读《娜拉》而偏离了"西方"，这其中《终身大事》所起到的中介作用，则最应引起我们学界的高度重视！

---

① 洪深：《中国新文学大系·戏剧集（导言）》，见《中国新文学大系·戏剧集》，上海文艺出版社2003年影印版，第49页。

② 同上，第75页。

一、"出走"与"私奔":中国"娜拉"的反抗模式

胡适的《易卜生主义》与《终身大事》开创了中国现代文学"娜拉"出走的井喷时代,而敢于冲破家庭牢笼去追求婚姻幸福的自主权利,也因此成为了中国现代社会"新女性"形象的身份特征。"新女性"是相对于"旧女性"而言的概念称谓,其在中国现代文学实践中最为耀眼的思想亮点,则恰如茅盾所曾形象指出过的那样:"就是发现恋爱"![1]但"新女性"绝非仅仅是知识女性的代名词,而是泛指那些具有反抗意识的叛逆女性,故像潘金莲(《潘金莲》)、吴大姐(《同居》)、梅春姐(《星》)、任三嫂(《脊背与奶子》)、花金子(《原野》)、邓幺姑(《死水微澜》)等农村妇女形象,她们反抗夫权自主命运同样也反映出了"新女性"咄咄逼人的精神气质。然而,"离家出走"是中国文学中早已有之的创作现象,像古代"才子佳人"两情相悦私订终身之类的故事叙事,虽然从"五四"开始便受到新文学作家的猛烈批判甚至全盘否定,但是他们用"出走"去取代"私奔"再贴上西方"娜拉"的现代文明标签,却并没有彻底改变中国"新女性"花前月下倾诉衷肠的传统叙事模式,这是任何人都无法加以改变的客观事实。

重新去阅读那些有关现代爱情题材的文学作品,我们发现有几个完全是隶属于"中国"而不是"西方"的表现特征,非常值得引起研究者们的深切关注与理性反思:一是"闺怨"叙事,二是"红娘"角色,三是"私奔"情结。

"闺怨"叙事是中国古典文学的一大奇观,它以"庭院深深深几许"与"浓香吹尽有谁知"的悲凉氛围,深刻揭示了传统女性在封建伦理道德的制约之下,向往婚姻自由但又难以摆脱家庭羁绊的内心痛苦。毫无疑问,"闺怨"叙事是具有中国特色妇女解放的历史先声,它以"为谁憔悴损芳姿"和"玉瘦檀轻无限恨"(李清照)的审美特征,生动地反映了高墙深院内年轻生命的愤懑情绪与爱情渴望。"闺怨"叙事最早只是局限于"闺怨诗",唐代以后又逐渐扩展到了戏剧和小说,像《牡丹亭》与《红楼梦》等经典之作,都是以"凄凄惨惨戚戚"的艺术风格,一直延续着中国文学"哀"而"怨"的悠久传统。

---

[1] 沈雁冰:《解放与恋爱》,载《民国日报·妇女评论》1922年3月29日。

如果我们稍加辨析便可以发现，中国现代文学作品的爱情悲剧不仅没有淡化"哀"而"怨"的历史成分，相反还增加了"悲"与"怜"的现实因素——像《海滨故人》（黄庐隐）、《获虎之夜》（田汉）、《幽兰女士》（陈大悲）、《绣枕》（凌叔华）、《妩君》（沉樱）、《西风吹到了枕边》（冯沅君）、《伤逝》（鲁迅）、《银杏之果》（腾固）、《落叶无限愁》（赵清阁）、《生长》（杨刚）、《莎菲女士的日记》（丁玲）、《暮春之夜》（沈祖棻）等等，其"哀"而"凄婉"、"怨"而不"怒"的抒情模式，实际上都是中国古代文学"闺怨"叙事的现代翻版。比如《海滨故人》是讲述"新女性"追求幸福与自由的爱情故事，她们向往自由却又深感"白云阻其去路"，她们渴望爱情却又"恐颓岩而踟躇"，最终都在时代启蒙大潮的裹挟之下，发出着"伤孤舟之无依"的生命叹息。《海滨故人》对于现代女性解放的内在体验，无疑是具有振聋发聩的启示作用；但其刻意去渲染悲凉气氛并以"赋体诗"入文的表现手法，显然是对古典文学曲笔达意含蓄表情叙事风格的仿效与师承。又如《绣枕》描写了一个新时代的"大小姐"，她面对墙外世界的种种诱惑，独自一人困守闺阁精心"绣枕"，苦苦等待着心目中理想爱人的悄然到来。作者虽然是意在表现"新女性"的复杂心理，但却清晰地流露着"人比黄花瘦"的"闺怨"情绪，其哀婉凄凉古风古韵的艺术格调，则更是彰显出了"娜拉"式的"新女性"，与"高门钜族的精魂"[①]之间的血脉关系。其他还有冯沅君的《潜悼》，用现代小说形式去敷陈曹植的《洛神赋》；凌叔华的《花之寺》，开篇便以《词选》与"绣工"导入情节等——中国文学精神正是由于现代作家的自觉意识才能超越时间的障碍而得以合理延续！

物质与道德上"高墙深院"的双重阻隔，使中国传统女性失去了选择配偶的自由权利；然而在那个极其压抑令人窒息的黑暗世界里，她们又将如何去实现其自主"择婿"的主观意志呢？"红娘"角色的及时问世，便自然而然地化解了这一矛盾。"红娘"形象始见于唐代元稹的小说《莺莺传》，但却扬名于元代王实甫的戏剧《西厢记》。"红娘"原本只是崔相国府上的一名丫鬟，

---

① 参见鲁迅：《〈中国新文学大系·小说二集〉导言》，见《中国新文学大系·小说二集》，上海文艺出版社2003年影印版。

奉崔老妇人之命去防范张生与莺莺的越轨行为，但她却辜负了崔老妇人的殷切希望，不仅替"有情人"穿针引线并促使他们"终成眷属"。因此，"红娘"也就变成了中国古代文学中倡导自由婚恋的象征性人物。"红娘"是中国人难以磨灭的情绪记忆，故她重新投射于现代文学也并不足以称奇。当然，由于现代社会环境的巨大变化，"红娘"角色则多由"时代"精神所取代；由"红娘"促成婚姻幸福转变为由"时代"推动恋爱自由。这无疑是一个民族文化的历史进步！但我们却看到这样一种文学景观：现代作家似乎并不满足于对"时代"精神的抽象叙事，他们同时还塑造了众多丫鬟婢女的艺术形象对其加以补充——尤其是当这些丫鬟婢女重新扮演起了"红娘"搭桥的牵线角色，并且义无反顾地去充当男女主人公情感交流的联系纽带时，这就又从创作题材与价值理念两大方面，直接导通了"传统"与"现代"之间的文化根脉。比如郭沫若《卓文君》中的丫鬟"红箫"，便是一个典型"红娘"式的灵魂人物，她不仅替卓文君与司马相如传递信函，启发卓文君反抗父母去开拓"自己的命运"，甚至还公然宣称："我的命运要我自己做主，要永远永远由我自己做主。""红箫"以牺牲自己年轻的生命为代价，促成了卓文君与司马相如的私奔出走，而"我的灵魂，永远伴随着你"的谢恩感言，无疑则是"红娘"忠诚于主人"莺莺"的现实回声。又如吴祖光《风雪夜归人》中的婢女"兰儿"，她虽然不像"红箫"那样性格外向个性张扬，但我们同样也能从她的身上发现历史"红娘"的现实身影：她装疯卖傻去试探四姨太玉春的真实想法，她不露声色地安排魏莲生潜入苏公馆的深闺内室，她机智灵活地为玉春与魏莲生私下会面进行掩护，她极力帮助女主人去实现离家出走的自由愿望——"兰儿"与"红娘"都是为主尽忠不遗余力，除去时间背景上的差异性，其故事内涵却并无什么本质区别。另外像陈大悲《幽兰女士》中的"珍儿"以及沈祖棻《暮春之夜》中的"阿红"等使女形象，她们也都在不同程度上扮演了现代"红娘"的重要角色。以"红娘"为配角去衬托女性主人公的解放诉求，进而去间接表达作品文本深刻主题的叙事策略，这是中国传统思维中最具有民族特色的审美意识。由于"中国现代文学"是"中国"的"现代文学"，而"中国"一词又是文化概念的明确定义，所以"红娘"角色的历史重现，无形之中便成为了一个连接"过去"与"现在"的艺术符号！

"红娘"角色的闪亮登场,直接催生了女性"私奔"的文学现象。"私奔"叙事最早始见于《史记·司马相如列传第五十七》:"卓王孙有女文君新寡,好音,故相如缪与令相重,而以琴心挑之……文君窃从户窥之,心悦而好之,恐不得当也。既罢,相如乃使人重赐文君侍者通殷勤。文君夜亡奔相如,相如乃与驰归成都。"①然而"私奔"文学现象的日渐昌盛,则是发达于明代时期的戏剧与小说,尤其是冯梦龙的"三言"和凌濛初的"两拍",可以说开启了中国文学女性解放的全新时代。"私奔"在中国文学发展史上,是个词义曾两度转换的复杂概念:从传统道德理念的角度出发,古人习惯于将其称之为"淫奔";而从现代思想启蒙的角度出发,今人又习惯于将其称之为"出走"——但无论是"淫奔"还是"出走","私奔"情结都是作为中国现代文学创作中的重要现象,被作家们冠以"娜拉"式的社会"反抗",直接推动了妇女解放运动的蓬勃发展。如果我们对于中国现代文学当中那些因情而"出走"的作品文本逐一分析,便不难发现剥去其光彩夺目的"西化"伪装,最终裸露于读者眼前的故事情节,恰恰正是古典文学"私奔"叙事的两种形态:一是为"情"而"奔",主要源自《史记·司马相如列传》,此类作品以卓文君为范本,如胡适的《终身大事》、鲁迅的《伤逝》、田汉的《获虎之夜》、冯沅君的《隔绝》、郭沫若的《卓文君》、沉樱的《某少女》、郁达夫的《她是一个弱女子》、梅娘的《鱼》等;二是为"欲"而"奔",主要源自《蒋兴哥重会珍珠衫》,此类作品以王三巧为范本,如欧阳予倩的《潘金莲》、黄庐隐的《女人的心》、沉樱的《欲》、杨振声的《玉君》、张天翼的《脊背与奶子》、李劼人的《死水微澜》、曹禺的《原野》、巴金的《寒夜》等。冯沅君《隔绝》的创作主题是要表现"新女性"反抗社会的铮铮誓言:"身命可以牺牲,意志自由不可以牺牲,不得自由我宁死。"当然女主人公"我"的反抗只有一个目的,那就是她要以自己与"有情人"的月夜"私奔"去迎合"恋爱自由"的时代精神,又去张扬"离家出走"的解放信念。其实明眼人一看便知道,这与卓文君的为"情"而"出走",几乎就是完全相同的叙事套路。而曹禺《原野》中的花金子,则应是为"欲"而"私奔"的代表形象。花金子与仇

---

① 司马迁:《史记》,中华书局2006年版,第672页。

虎"偷情"并且"私奔",理由其实十分的简单,就是要去争取合理释放欲望的正当权利!我们必须读懂花金子对仇虎所说的那句台词:"我一辈子只有跟着你,才真像活了十天"——因为是仇虎用男人的雄性力量,使她重新意识到了自己是个"女人";从女性气味十足的焦大星那里,她永远也得不到这种畅快淋漓的生命体验——尽管花金子的"越轨"行为,也被人们赋予女性解放的意义诠释,但是只要我们比较一下花金子与王三巧的"私奔"动机,两者之间明显都呈现出了一种欲望叙事的共性特征!

中国"新女性"以"恋爱自由"为口号、以"幸福婚姻"为归宿,精彩地演绎了少女"思春"、"闺怨"情愁、"红娘"牵线、出走"私奔"的反抗程序,最终使现代"才子佳人"在传统"家"文化的体制之内,实现了她们符合于时代思想启蒙要求的"个性解放"!但是,中国"娜拉"却并没有通过现代版的婚恋叙事,真正获得西方"娜拉"那种人格独立与自由意志;而"被西化"了的中国现代文学,则根本就无法遮蔽其"民族性"的内在品格!这是我个人对中国"娜拉"的出走现象,一种貌似偏颇实则理性的基本看法。

二、"迷失"与"彷徨":中国"娜拉"的思维困惑

从胡适的《终身大事》开始,到"新体写实小说中,浪漫的剧本和电影编制中,动人视听的社会新闻中,以及一般青年男女所爱读的杂志材料中,几乎没有脱得了恋爱问题的"①。故"为恋爱而生存"②的理想追求,也几乎成为了中国"娜拉"的人生写照。然而,以出走"私奔"的"解放"方式去实现由"父家"到"夫家"的叛逆壮举,"新女性"不仅没有因此而欢欣鼓舞,相反却使她们全都陷入了精神苦闷,这是一个值得我们去关注的文学现象。黄庐隐"何处是归程"与沉樱"何处是归宿"的灵魂哀叹,自然是中国现代女作家内心孤独的情感流露,但也暗示着在经历了时代"出走"的狂热之后,中国"娜拉"对于自身"出走"行为的深刻反省。渴望"爱情"而又恐惧"爱情"

---

① 沈雁冰:《解放与恋爱》,载《民国日报·妇女评论》1922年3月29日。
② 仲华:《嫁前与嫁后的恋爱问题》,载《妇女杂志》1929年第15卷第10号。

的二元对立,这是中国现代女性文学创作的最大特色;而"问苍茫大地,谁主沉浮"的思维困惑,则又集中反映了中国"娜拉"压抑愤懑的悲剧意识。缺乏自信与"迷失"自我作为中国"娜拉"的人格特征,它生动传达了中国现代女作家的"天问"质疑——女性为何而"出走"?"出走"是否等于"解放"?"解放"究竟谁在受益?

  女性为何而"出走"?回答当然是为了"恋爱自由"与"婚姻自主"!"五四"在中国"娜拉"们的主观意识里,被理解为一个"热烈追求两性恋爱的时代",故她们"所沉醉的无非是玫瑰的芬芳,夜莺的歌声;所梦想的无非是月下花前的喁喁细语和香艳的情书的传递。"(苏雪林《母亲的南归》)她们大声疾呼爱情高于一切:"爱是人们的宇宙,爱是人们的空气、食料……一切圆满的生活,必须建筑于爱的圆满上。"(冯沅君《误点》)而"新女性"群体也由衷地感叹道,"社会潮流变了……觉得这风气也得学学。"(凌叔华《吃茶》)少女"思春"自古而然,原本并不是件稀奇之事,但是由于"五四"思想启蒙的强力介入,"思春"叙事被赋予了个性解放的现代意识。如果我们不带有任何偏见去加以分析,少女"思春"作为一种自然生理现象,其由古代"闺房"话语转变为现代社会话语,并不意味着中国"娜拉"的思想骤变——比如,为了爱"我宁作礼教叛徒"之类的反抗呐喊,其实不过就是祝英台"化蝶"誓言的远古余音!中国"娜拉"为了"爱"甚至不惜以身"殉情",全力张扬其"生不同衾、死要同穴"的爱情理想,这种"剪不断、理还乱"的人文情怀,无疑又使她们自觉地回到了传统反抗的历史规范。比如沈祖棻的小说《茂陵的雨夜》,虽然是借古说今重写卓文君的爱情故事,但作者却完全消弭了古今之间的时空隔阂,极力去表现女性对于爱情的忠贞与执着,进而深刻揭示中国女性的人格共性!可是,在经历了短暂而激越的精神狂欢之后,中国"娜拉"终于从梦中醒来并且发现,"女人,真也难怪被人轻视,什么自命不凡的新女性,结果仍是嫁人完事,什么解放,什么奋斗,好像恋爱自由,便是唯一目的,结婚以后,便什么理想也没有了。"(沉樱《旧雨》)[1]曾几何,黄庐隐以"只要我们有爱情,你有妻子也不要紧"的叛逆姿

---

[1] 庐隐:《庐隐自传》,上海第一出版社1934年版,第377页。

态,①率先迈出了中国"娜拉"为"情"私奔的第一步;但她很快便在《海滨故人》中,流露出了消沉颓废的灰色情绪:"青春时互相爱恋,爱恋以后怎么样?……不是和演剧般,到结局无论悲喜,总是空的呵!"当中国"娜拉"感悟到"自由恋爱"的金字"招牌"只不过是大量制造"怨女弃妇"的"遮羞布"(石评梅《弃妇》),于是她们再也不相信神圣"爱情"的拯救力量,而是从灵魂深处发出了"一次痛苦已经够受了,何堪二次"的绝望哭泣!(冯沅君《春痕》)

"出走"并不等于"解放",这是中国现代女性作家的思想共识。阅读现代女性小说的爱情叙事,其痛苦远大于喜悦的审美感受,使我们对于中国"娜拉"的真实境况不得不去重新认真地加以审视:"我叛逆了我的家,自以为是获得了新生"(梅娘《鱼》),可是实际结果呢?"同居牺牲了学业,牺牲了一切"(沉樱《爱情的开始》),到头来却"用剑扎伤我自己,我喝自己的鲜血"!(黄庐隐《归雁》)不相信这"世间有纯粹精神的男女之爱"(冯沅君《春痕》),认为"靠爱情来维持生活真是一种可怜而且危险不过的事情",②这既是中国"娜拉"的生命体验,也是她们不堪回首的伤心往事。渴望爱情并向往婚姻原本是女性精神生活的本能需求,但黄庐隐却通过《海滨故人》告诉读者一种截然不同的切身感受:五位"新女性"在大学校园里,遭遇了爱情同时也遭遇了悲剧——她们一方面幻想着"情是滋润草木的甘露,要想开美丽的花,必定要用情汁来灌溉";可另一方面她们又深陷情感上的矛盾困惑,因为用"情汁"所精心"灌溉"出来的希望之果,不是什么爱情的"美丽"而是无限烦恼的"愁海":露沙被梓青所苦苦追求,宗莹被师旭猛烈进攻,云青被蔚然纠缠不休,玲玉被剑青拖入爱河,而莲裳也爱上了一个张姓青年——按理说这些寻找到了人生归宿的中国"娜拉",着实应该为自己的"出走"与"解放"深感庆幸才是,为何她们却都一个个精神萎靡内心感伤呢?回答则是"使君有妇"而"罗敷"无"夫"!"婚外恋"是现代女性小说中最为常见的叙事题材,它不是在提倡一种有悖于公德的社会行为,而是反映了一种

---

① 刘大杰:《黄庐隐》,载《人间世》1934年6月第5期。
② 参见冰心:《〈关于女人〉后记》,宁夏人民出版社1999年版。

不平等对话的社会现象。如果说冯沅君在其小说《旅行》中，把"婚外恋"视为由"旧礼教旧习惯"造成的社会弊端，沉樱在其小说《旧雨》中，把"婚外恋"视为不满足于短暂狂欢后的再次冲动，那么黄庐隐在其《象牙戒指》中的艺术表述，则更能够代表中国"娜拉"的自省意识："新女性"受男性蛊惑而介入"婚外恋"的情感泥潭，实际上就是在介入一场女人之间相互厮杀的残酷战争——无论是"新女性"还是"旧女性"，她们都不可能是这场战争的最后胜利者！苏雪林曾这样去评说"五四""自由恋爱"的混乱景象：无论是已婚还是未婚，"男女同学随意乱来，班上女同学，多大肚罗汉现身，也无人以为耻"①。从"自由恋爱"到"自由乱爱"，中国"娜拉"自己将自己逼上了两条绝路：或"因生活的鞭挞，使她们的意志没落、颓废"，或"陷入姨太太、舞女、娼妓……的苦笑生涯"，②其他似乎别无出路可以选择。

　　中国"娜拉"离家"出走"去寻求"解放"，但最终却是"解放"了男性而不是"解放"了自己，这也是中国现代女性文学创作当中，一种带有普遍倾向性的情绪传达。"女性解放"是由男性社会所提出的启蒙话语，它在一定程度上反映了尊重女性人格的时代精神。仅以1926至1928年天津市所发生的92起离婚案件来看，其中就有72起是由女性主动提出离婚的法律诉讼③，可见受"五四"妇女解放口号的巨大影响，中国女权意识的确是呈现出了一种逐渐升温的发展态势。但是对于男权话语所提倡的性别"解放"，中国"娜拉"却始终都保持着高度警觉的戒备心理。心气高傲且天资聪颖的黄庐隐，最早发现了男性社会"利用妇女解放'冠冕堂皇'名目，施行阴险狡诈伎俩"的不良动机，④指出他们的真实目的"恐怕是醉翁之意不在酒"，并嘲讽说"其实中国的事情，那一件不是耍猴戏"？⑤与她同样敏感和焦虑的女作家石评梅，也从男性"弃了自己家里的妻子，向外边饿鸦似的，猎捉女性"的疯狂欲望里，

---

①　苏雪林：《浮生九四：雪林回忆录》，台北三民书局1991年版，第45页。
②　凌强：《读了娜拉之后》，载《女子月刊》1934年第2卷第11期。
③　数字来自于天津《大公报》1929年2月10—12日刊载的《天津最近三年间离婚案件之统计》一文。
④　参见《"女子成美会"希望于妇女》一文，见钱虹编：《庐隐选集》上册，福建人民出版社1985年版。
⑤　参见《中国的妇女运动问题》，同上。

深深感受到了"虚伪"社会与"荆棘"人生的"悲哀"与"苍凉"。(《弃妇》)中国"娜拉"肉体解放而非精神解放的严酷事实,使她们终于认识到男性在经历过热恋之后,"对自己是连普通的夫妇的情感都没有"了,"男人近来正向别的女性追求"着性欲"解放"的无穷乐趣,而妻子却只能独守空房,"就是旧式的丈夫对待也不过这样了吧!"(沉樱《喜筵之后》)所以中国"娜拉"心灵痛楚地质疑道:"我就不明白你们男人的思想,为什么同外边女子讲恋爱,就觉得有意思,对自己的夫人讲,便没意思了?"(凌叔华《花之寺》)可是当男性告诉她们"什么是自由恋爱?自由恋爱就是吊膀子,轧姘头"时,(冯沅君《慈母》)她们终于领略到被抛弃与被玩弄奇耻大辱:"所有男人一样,他们只不过是玩女人,玩女人消遣生命",在她们看来,现代男性与传统男性的最大区别,就是"披了张新派的外壳"。(梅娘《蟹》)"知道了男人潇洒体贴面貌下藏着一颗怎样污秽的心",中国"娜拉"开始愤愤不平地走向了绝望:"我流浪在人世间,曾度过几个沉醉的时代,有时我沉醉于恋爱,恋爱死亡以后,我又沉醉于酸泪的回忆,回忆疲倦后,我又沉醉于毒酒,毒酒清醒之后,我又走进了金迷沉醉五光十色的滑稽舞台"!(石评梅《噩梦中的扮演》)

"新女性"的颓废情绪使我突然联想到黄庐隐在《海滨故人》中,曾反复强调"知识误我"那句话的深层含义——"知识误我"实际上是"恋爱误我"的另类表述,它集中体现出了中国"娜拉"思想上的双重矛盾:既认同"五四"思想启蒙又抵触这场思想启蒙!当我们从鲁迅《伤逝》中了解到"五四"启蒙知识的全部内涵,就是涓生对子君所讲的那些外国文学中令人陶醉的爱情故事;"新女性"从"自愿为争恋爱而牺牲"(冯沅君《隔绝之后》)的时代冲动中醒来,发觉自己仍旧没有彻底摆脱"结婚后便管家抱孩子"(沉樱《旧雨》)的传统命运——中国"娜拉"真正意识到了"恋爱自由"与"婚姻自主"的"解放"假象,极为深刻地反省了男权社会启蒙话语的自我性质,并通过女子"痛切的自觉"去理解"女权运动的真意义",[①]这才是中国"娜拉"的觉醒开始与曙光来临!

---

① 梁启超:《人权与女权》,载《晨报副刊》1922年11月16日。

三、"沉思"与"反省":中国"娜拉"的社会评说

张爱玲曾在其《走!走到楼上去!》一文中,强烈反讽了中国"娜拉"离家出走的盲目与冲动,她说:"中国人从《娜拉》一剧中学会了出走。无疑地,这潇洒苍凉的手势给予一般中国青年极深的印象。"①这是一种耐人寻味的调侃性语言——"潇洒"自然是意指"情绪热度",而"苍凉"则是意指"悲剧意识"。因为在张爱玲本人看来,热情"出走"与狼狈"归来"的悖论逻辑,恰恰反映了中国"娜拉"精神生活的真实状态。实际上从"五四"时期开始,人们便对现代女性解放运动深表忧虑。他们一针见血地指出:"我们平常所看到的新女子,少有不是新思想旧道德的"矛盾组合,"她们会剪发,会穿旗袍,会着长统丝袜和高跟皮鞋,她们也会谈妇女解放,男女平权,乃至最时髦的国民革命。然而你如果一考察她们的道德观念,她们却依旧崇拜孝亲敬长之风,勤俭贞淑之德,夫唱妇随之乐"②。由于中国"新女性"仅从《娜拉》剧中学到了离家"出走",而没有从易卜生那里学到人格独立的现代意识,所以她们"到了末了还不是从一个'家'钻到另一个'家'"里去了!③

鲁迅对于中国"娜拉"的未来前景,从不抱有任何乐观主义的空洞幻想,他不仅撰写过《娜拉走后怎样》,而且还创作了短篇小说《伤逝》,分别从理论探讨与形象叙事两个层面,深刻表达了他对女性解放的悲观认识。学界历来将"经济独立说"的务实主张,看成是《娜拉走后怎样》一文的核心内容,这种说法固然具有一定的道理,因为鲁迅的确曾在文中强调过:"为娜拉计,钱,——高雅的说罢,就是经济,是最要紧的了。自由固不是钱所能买到的,但能够为钱而卖掉。"不过只要我们细心去阅读便不难发现,该文随后却又以"在经济方面得到自由,就不是傀儡了么?也还是傀儡"的否定句式,仍旧把女性解放问题归结到文化制约的主要根源:"人生最痛苦的是梦醒了无路可以走",这说明鲁迅并不相信在现有社会体制之下,中国"娜拉"们能够真正觉醒并获得解放,所以他才会戏谑道"倘若没有看出可以走的路,最要紧

---

① 张爱玲:《张爱玲文集》第4卷,安徽文艺出版社1992年版,第73页。
② 章锡琛:《新思想旧道德的新女子》,载《新女性》1928年第3卷第6号。
③ 参见沈子复译:《玩偶夫人·后记》,上海永祥印书馆1948年版。

的是不要去惊醒他"。与此同时,鲁迅更是万般无奈地喟叹道:"可惜中国太难改变了,即使搬动一张桌子,改装一个火炉,几乎也要血;而且即使有了血,也未必能搬动,能改装。"鲁迅这段话讲得十分明白,如果中国文化传统不发生质变,中国"娜拉"即使争得了"较为切近的经济权",她们能否最终解放"我也是不能确切地知道"①。而《伤逝》文本的创作意图,就是要通过涓生与子君的爱情故事,去全面反思"五四"启蒙无效的社会悲剧。涓生与子君从顺应时代潮流自由同居,到后来因生计困顿而难以为继,经济因素无疑是造成他们潸然分手的重要诱因,但却并非是造成他们情感破裂的直接原因。首先我们必须充分意识到涓生与子君,他们是一对互为依存的矛盾共同体:涓生试图借助于子君去摆脱自己内心世界的"寂静"与"空虚",而子君则希望借助于涓生去实现自己幸福婚姻的美好理想,两者无一例外都是属于依赖对方逃避自我,进而去消解苦闷的人格结构。"谈家庭专制,谈打破旧习惯,谈男女平等,谈伊孛生,谈泰戈尔,谈雪莱"等,这就是涓生对于西方现代人文精神的全部理解(通过西方文学去认识西方文化,这是"五四"作家误读西方的时代通病);"她总是微笑点头,两眼里弥漫着稚气的好奇的光泽",崇拜并虔诚地去聆听着涓生侃侃而谈的人生教诲,这就是子君所接受现代人文洗礼的动人场面!涓生与子君都是在通过外国文学的浪漫故事,去赋予他们自身爱情以"现代性"的时代意义;然而这种用传统去替代西方的爱情想象,却在中国文化土壤上遭受了空前的重创——涓生因叛逆而失去了经济来源,子君也因叛逆而失去了家庭亲情——不再相信爱情梦幻,无论是对于涓生还是子君而言,都意味着他们不再相信"五四"时代的启蒙神话!因为"破屋里渐渐充满了我的语声",不仅没有使"我"走出"空虚"与"困惑",而是感到了更加的"孤独"与"寂寞";高喊着"我是我自己的,他们谁也没有干涉我的权利"的无畏子君,非但没有从"自由恋爱"中解放自己,相反还付出了最为宝贵的生命代价!尤其是子君作为中国"娜拉"的艺术写真,更寓意着鲁迅对于中国女性的透彻感悟——她在作品文本中没有一句属于自己的完整语言,几乎完全是在倾听涓生个人喋喋不休的激情言说;中国女性夫唱妇随一成不变的文化心理,

---

① 鲁迅:《鲁迅全集》第1卷,人民文学出版社1981年版,第159—164页。

强烈反映出了鲁迅本人的绝望意识：子君最终回归到传统樊笼并且抑郁而死的悲惨结局，其实就是他对中国"娜拉"盲目出走行为的无情否定与理性批判！

时间进入到20世纪30年代以后，中国思想界与文学界对于现代女性的社会解放，也逐渐形成了一种日趋强大的质疑之声。他们强调说现在"大家都认为妇女有了职业，经济能够独立了，便什么都不成问题了"；①但"事实报告着，娜拉做了'花瓶'！……所谓知识，不过是抬高价格的一种装饰罢了。这些近代的知识女性，每天在办公室里点缀着，不是娜拉的出路吗？"②把现代职业女性视为"花瓶"尽管带有明显的嘲讽之意，但这却是巴金长篇小说《寒夜》中所要表现的创作主题。《寒夜》中的女主人公曾树生，曾被学界誉为中国"娜拉"的光辉样板；而她经济独立与追求自我的人格特性，也受到了人们的充分肯定与大力褒扬。然而我个人却认为，长期以来学界对于《寒夜》与巴金，同样存在着一种严重偏离的"误读"倾向。巴金究竟是如何去看待曾树生这一"新女性"形象，恐怕至今也并没有多少人真正了解。曾树生与婆婆之间的殊死争斗，绝不是反抗传统伦理道德的现代意识，而是新旧女性为了争夺家庭主宰权利的激烈内讧③——汪母恶语相向咒骂曾树生是"花瓶"是"姘头"，曾树生则通过折磨汪文宣去刺激婆婆的脆弱神经，她们相互攻讦相互诋毁的恶劣表演，生动地揭示了中国女性的狭隘人格。尤其是当巴金将曾树生的离家出走描写成是一个失败者的落魄逃遁，将其追求个人幸福的重新选择，表现为功利主义的欲望宣泄时，作者本人想要表达的思想倾向性，也不以人们意志为转移地转向了对于"新女性"的重新认识：曾树生在与陈主任的"私奔"前后，并没有割断她与汪文宣之间的夫妻情缘，而是让其深陷"旧情"与"新欢"的尴尬境地，这本身就是一种出自传统道德的评判尺度；曾树生对儿子汪小宣缺乏母爱情怀，除了出钱供他读书之外别无亲情可言，这种抛"家"弃"子"的个性"自由"，同样也是作者对其非理性行为的诘问与责难！巴金在

---

① 须予：《从娜拉到华伦夫人——为萧伯纳来华而作》，载《女声》1933年3月第1卷第11期。
② 许藩：《"娜拉"与"花瓶"》，载《中华日报》1935年2月12日。
③ 对于这一问题的认识与理解，可参见拙文《〈寒夜〉：巴金精神世界的苦闷象征》，载《名作欣赏》2009年第10期。

其《寒夜》中,还为曾树生设置了一个永远也无法解开的心灵死结:她之所以会选择与陈主任结伴出走,是因为陈主任与汪文宣当年一样,是一个没有任何羁绊的独身男性;但陈主任毕竟也是有家族有父母的现实之人,那么走出"汪家"与进入"陈家",曾树生难道就能摆脱家庭矛盾的重重困扰吗?对此曾树生无法回答只能逃避,故她所向往的甜蜜爱情与幸福婚姻,也必将是一种脱离实际的抽象理念!"寒夜"遮蔽了曾树生的未来出路,同时也暗示了她的人生归宿——曾树生如果不想独身生活,她就必然要回归到"家"的传统樊笼;但独身主义绝不是女性解放的真正出路,那么回"家"便无疑是她命运归宿的唯一选择。另外如钱钟书《围城》对于现代女性的强烈鄙视,张爱玲《倾城之恋》对中国"娜拉"的辛辣调侃,也都表达了与《寒夜》意念相同的价值判断——中国"娜拉"的知识熏陶,只不过是为自己准备了一套精神嫁妆,然后她们再重归传统的老路,去轮回"同样是被男子玩弄"的悲剧![1]

与"五四"人文作家对于中国"娜拉"出走解放的绝望情绪相比较,"左翼"革命作家则对中国"新女性"的辉煌前景充满着乐观主义的坚定信念。左翼文学彻底颠覆了"五四"文学个人主义的价值倾向,他们认为中国"娜拉"必须从追逐"自由恋爱"的噩梦中醒来,实实在在地"走到被压迫的群众的社会中去",冲破无论是"父家"还是"夫家"的狭小天地与虚无幻想,在"二次出走"中努力地去使自己做一个"革命人"。[2]我们发现"二次出走"的解放理论,从左翼文学的"革命+恋爱"到新中国文学的"红色经典",它几乎是作为"新女性"自我解放的重新释义,逐渐形成了中国"娜拉"革命叙事的时代话语!革命女作家冯铿在其小说创作当中,率先发出了"二次出走"的强烈信息:"时代的钟声把我们震醒了,从沉沉大梦中震醒起来了!……把我们梦想着的幽花样生存的理想打碎了,毁灭了!"中国"娜拉"再"也不愿意避世高蹈,冷眼旁观了",她们表示要重塑自我人格的全新形象,不仅是为自己更是为劳苦大众的社会解放,而奔走呼号"努力奋斗"!(《最后的出路》)冯铿笔下那些革命的"新女性",她们痛恨"太太"与

---

[1] 陈学昭:《时代妇女》,上海女子书店1932年版,第53页。
[2] 阿英:《阿英全集》第1卷,安徽文艺出版社2003年版,第31、33页。

"小姐"的庸俗称谓,厌烦那些"艳装浓抹的徘徊在窗饰前面的时髦女子",她们清醒地意识到如果只是"为着狭小的恋情,我会忘记了我们伟大的斗争"!所以她们不再为爱情而呻吟,而是要成为无产阶级政治"集团里的一员":"我只有爱我们的事业,它才是我伟大的爱人。"(《重新起来》)同为革命女作家的丁玲,她在小说《一九三〇年春上海(之一)》中,也让曾经极度虚荣的"新女性"美琳,摆脱了"感伤主义,个人主义,没有出路的牢骚和悲哀",走"到人群中去,了解社会,为社会劳动",并通过"二次出走"的政治自觉,成为了一个具有明确思想信仰的革命者。《一九三〇年春上海》的艺术价值究竟如何,我们在这里姑且不去加以展开讨论,但是它所提出的"缺少引路人"的叙事表述,却强烈暗示了中国"娜拉"自我否定的极端倾向——中国"娜拉"不可能脱离革命时代的历史背景,去实现她们人格独立的虚无幻想;如果全民族仍然置身于水深火热之中,那么女性又怎能单独去获得"自我"解放呢?故中国"娜拉"需要依靠"引路人"的中介作用,并通过革命实践去理解民族解放的整体意义,这不仅从根本上彻底消解了"五四"启蒙的社会意义,同时也奠定了"红色经典"女性叙事的创作模式——杨沫的长篇小说《青春之歌》便是这种意识形态化创作模式的集大成者!《青春之歌》以"新女性"林道静的"成长"演变,深刻地反映了中国"娜拉"自我总结的心路历程:余永泽引导着林道静完成了"个性解放"的人文启蒙,卢嘉川引导着林道静完成了"阶级斗争"的理论准备,而江华则引导着林道静最终完成了"共产党人"的身份转换——《青春之歌》使我们看到了中国"新女性"的每一步思想"成长"都离不开男性"引路人"的谆谆教导。因此"三个男人和一个女人"的爱情故事,也以中国"娜拉"对于男权话语的皈依与臣服而迷失了"自我"!

中国"娜拉"无论是庐隐、萧红还是丁玲、杨沫,她们由"父家"走入"夫家"再从"夫家"走向"革命",最终也没有真正实现其人格独立的"自我"解放,这恐怕绝不是一个思想认识成熟与否的简单问题。叔本华曾经指出:"在物理的世界中,自由是不可能的。"同时他还特别强调说,所谓"自由"是指人的"意志"而不是指人的"行为",①这为我们全面去反省中国"娜拉"的出走现象,无疑是提供了一种哲学思维的理论参照:西方"娜拉"是在追求"人"的自由"意志",而中国"娜拉"则是在追求"女人"的自由"情感"——易卜生《娜拉》一剧中自由"意志"的艺术表现,一旦被中国人推演成了女性解放的社会运动与具体实践时,"误读"西方不仅没有使中国走向西方,相反却是借助于西方强化了传统!"娜拉"现象的民族言说,便是一个极好的历史印证!

(原文刊发于《文学评论》2011年第1期)

---

① 叔本华:《叔本华论说文集》,商务印书馆1999年版,第557页。

第四章 "赵树理现象"的现代文学史意义

在中国现代文学发展史上,赵树理是一个非常奇特的文学现象:一方面,他的那些农民话语小说由于思想上的肤浅性与艺术上的粗糙性,无论如何也不可能被纳入到正统文学的经典之林而流芳千古;另一方面,他本人在新文学创作方面所产生的社会轰动效应与时代导向作用,又具有不可或缺、不可替代的历史性意义。无论人们是否愿意去承认这一客观事实,但毕竟是赵树理用纯正的农民生活语言和传统的民间文学形式,一度规范与整合了中国文学"现代性"的发展方向,并使广大精英作家在自我反省、自我否定的思想嬗变过程中,逐渐形成了"知识话语"与"民间话语"合二而一的现代文学表现特征。所以我个人认为,"赵树理现象"的世俗化审美倾向,决非是对"五四"新文学人文主义的一种价值偏离,而是对新文学"平民主义"与左翼文学"大众化"艺术理想的一种具体实践。如果我们忽略了这一文学现象的内涵丰富性,就会失去对中国现代文学基本性质的整体把握与科学认识。

一、现代文学理念的形成与"赵树理现象"的历史必然性

全面探讨"赵树理现象"与中国现代文学发展史之间的辩证关系,我们首先应该回到历史的"原场",去对"五四"新文学运动所倡导的"现代"文学理念,做出一番符合科学理性的价值评判。学术理论界一般都将"文学革命"的终极意义,视为在西方现代人文主义思潮的直接作用下,对于古典文学从话语形式到美学传统的彻底颠覆。这种认知观念至今仍旧严重制约着人们的教条思维,并在很大程度上遮蔽了新文学运动以"民间立场"为出发点,最终却建立起新型知识分子话语霸权的事实真相。

重温一下"五四"文学革命发难者与参与者的理论文章，我们发现他们那些众说纷纭的新文学立论，基本上用三句话就可以加以完整地概括：白话文作为国语文字的地位确立，平民意识作为正统文学的价值认定，人文主义作为现代文明的理论倡导。关于提升白话文的国语地位问题，胡适在《文学改良刍议》等文章中已经说得十分明白，就是要用流行于民间的活文字去全面取代"三千年前之死字"①，用通俗易懂的民众口语去造就现代的"吾国文学趋势"②。既然"我们认定文字是文学的基础，故文学革命的第一步就是文字问题的解决"③。所以他要求新文学作家应顺势而为，"三五十年内替中国创造出一派新中国的活文学"④。陈独秀对于"文白之争"性质的理解，明显要比胡适深刻得多而且也激烈得多。他认为："白话文与古文的区别，不是名词易解难解的问题，乃是名词及其他一切词'现代的''非现代的'关系。"⑤陈独秀之所以要把"文白"对峙的学术之争，上升到"现代"与"非现代"的思想高度去加以理解，其真实目的就是要告诉世人这样一个简单的道理：以文言文为基础的古代汉语系统，是传统文化赖以生存的形式保障；以白话文为基础的现代汉语系统，则是传播现代意识的工具利器。两者之间是水火不相容的矛盾对立关系。这不仅是对胡适"文学革命"主张的强大理论支撑，同时也是对新文学内涵与外延的精确定位——白话文是世俗社会所固有的一种表达思想情感的语言形式，那么用白话文替代文言文作为现代文学的主要语言载体，它也理所当然应该去反映现实生活中的平民意识或平民情绪，这就是他强烈反对"贵族文学""古典文学"与"山林文学"的重要思想资源⑥。然而，"文字

---

　　① 欧阳哲生编：《胡适文集（2）》，北京大学出版社1998年版，第15页。
　　② 同上，第27页。
　　③ 参见胡适：《〈中国新文学大系·建设理论集〉导言》，上海良友图书印刷公司1935年版。
　　④ 欧阳哲生编：《胡适文集（2）》，北京大学出版社1998年版，第45页。
　　⑤ 参见陈独秀：《我们为什么要做白话文？——在武昌文华大学讲演的底稿》，《陈独秀著作选》第2卷，上海人民出版社1993年版。
　　⑥ 胡适：《建设的文学革命论》，载《新青年》1917年2月第2卷第6号。

改革是第一步，思想改革是第二步，却比第一步更为重要"①。"文学革命"的发难者，对此显然是具有清醒认识的。所以周作人继胡、陈之后，又提出了"人的文学"与"平民文学"之说，进一步去强化新文学"思想革命"的创作宗旨。他特别强调指出：新文学所倡导的"平民意识"，是一种超越白话语体功能的"平等、自由的道德原则"；它以人为本和以启蒙主义为己任，以"研究平民生活——人的生活"为宗旨。②而沈雁冰则说得更加直白透彻：新文学观的基本理念，必须同时具备"三件要素：一是普遍的性质；二是有表现人生、指导人生的能力；三是为平民的非为一般特殊阶级的人的。唯其是要有普遍性的，所以我们要用语体来做；唯其是注重表现人生、指导人生的，所以我们要注重思想，不重格式；唯其是为平民的，所以要有人道主义的精神，光明活泼的气象"③。正是由于"文学革命"的理论倡导者，他们在思想认识上保持着高度的一致性，因此"为人生而艺术"也从最初"文学研究会"的发起纲领，迅速演变成了新文学写实主义的牢固信念；而"白话文""平民意识"与"人文主义"这三个响彻时代的关键名词，也旗帜鲜明地向世人们昭示着新文学运动的"民间立场"。

但从"文学革命"的发难伊始，对它进行严厉质疑的社会呼声就一直没有间断过。先是有所谓"保守派"的学者群体，后是有左翼"革命派"的先锋人士。无论是来自于何方的诘难之声，也无论他们的思想出发点是否相同，反对派都把论辩的主要矛头指向，直接对准了新文学的平民主义"民间立场"。

在"保守派"与新文学派的思想对抗中，"学衡派"坚韧顽强的理性批判精神，给后人留下了足以深刻自省的想象空间。"学衡派"的主要代表人物都曾是留学于欧美的学界精英，他们具有较高的传统文化素养与良好的西方知识积累，在同新文学阵营的长期论战中，他们以纯粹的学者风范和严密的逻辑思维，的确为对方制造了许多难以解答的理论障碍。"学衡派"从文学本体论的角度出发，首先对新文学"平民主义"的人为神话，给予了否定性的学理论

---

① 周作人：《思想革命》，见《中国新文学大系·建设理论集》，上海良友图书印刷公司1935年版。
② 周作人：《平民文学》，载《每周评论》1919年1月第5号。
③ 茅盾：《茅盾杂文集》，生活·读书·新知三联书店1996年版，第6页。

证。他们认为文学自身的永恒价值，完全取决于它艺术审美的阅读价值，与作者"贵族"或"平民"的社会身份没有必然的内在联系。"文学无贵族平民之分"，对于每一个作家而言，"其人无论所出社会之上流下流，必真知文能为文者"才是至关重要的问题。①因为"凡文学以真善美为归"②，它具有一种超越现实生活的崇高品性；如果只是简单而机械地用文言与白话来作为贵族文学与平民文学之间的区分界限，孰不知"文言之能载道，与白话文之能载道，亦无以异也"③。他们还用不无揶揄性的语言讥讽新文学人士说，一定要在贵族文学与平民文学之间硬性划界，那么究竟是"将其文之贵由人而定乎，抑其人之贵由文而定乎？"④其实，"学衡派"从骨子里就瞧不起新文学的倡导者，在他们看来，胡适与陈独秀等人所理解的西方人文精神，是极其肤浅和十分片面的。仅以"平民文学"而言，他们就公开指责新文学派只是在用卢梭个人的启蒙主义思想，去代替西方人文主义的完整历史传统；即使是对卢梭本人平民意识的阐述理解，也明显带有强烈的实用主义功利目的。"平民主义之真谛，在提高多数之程度，使其同享高尚文化，及人生中一切稀有可贵之产物，如哲理、文艺、科学等，非降低少数学者之程度，以求合于多数也。"⑤他们视新文学运动的发难者为一群不懂文学的外行货色，陈独秀只不过是"胆大"敢言，而胡适的术业是"专治哲学"；⑥"胆大"使他们肆无忌惮地抛弃了中国文学的千年传统，而"外行"又使他们"误读"西方并游离于西方。"学衡派"对于中国文学的未来走向，表示出了强烈的忧患意识，他们认为"新文学之所以能奔腾澎湃而一时成功者，盖多在势而不在理者也"⑦。也就是说他们的心里非常明白，胡、陈等人之所以会以历史进化论去替代文学本体论，其真正用意并不是就文学而论文学，而是在利用现代青年急切思"变"的社会心

---

① 《国故新知论——学衡派文化论著辑要》，中国广播电视出版社1995年版，第210页。
② 同上，第267页。
③ 同上，第124页。
④ 同上，第213页。
⑤ 同上，第140页。
⑥ 同上，第200页。
⑦ 同上，第180页。

理，人为地去营造一种白话文学运动的浩大之"势"，其主观意图是要彻底颠覆中国传统知识分子的话语霸权，最终"养成新式学术专制之势"而已。①

与"保守派"对新文学阵营"平民主义"价值取向的学术理性批判截然不同，左翼革命作家对新文学非"平民主义"性质的政治理性批判，却使"五四"作家的自信心态，遭遇到了前所未有过的致命打击。左翼文学运动自称是中国近现代社会的第三次"文学革命"，宗旨是要创造无产阶级工农大众自己的文学艺术。对于"五四"新文学的历史意义，左翼作家的认知态度是十分鲜明而强硬的，一方面承认它的确是一场文学形式上的现代"革命"，但另一方面却又将其视为一场失败了的绅士"革命"。因为他们早就把这场运动的基本性质，视为中国新兴"资产阶级的文化革命"；而"资产阶级——地主帝国主义的奴才，绝对不能够领导什么文化革命，而只在进行着野蛮的愚民政策"②。原因十分简单，资产阶级决非是人类文明的创造者和先进生产力的代表。左翼革命作家还明确地表示，无产阶级革命文学中的"工农大众观"，与新文学运动所倡导的"全体民众观"是完全不同的两种概念："在我们这世界里，'全民众'将成为一个怎样可笑的名词？我们看见的是此一阶级和彼一阶级，何尝有不分阶级的全民众？"而在新文学创作的具体实践中，"能够表现无产阶级的灵魂，确是无产阶级自己的喊声的，究竟并不多见。"③作为左翼革命文学运动最为杰出的理论家，瞿秋白那独特而深刻的思想见解，集中体现着左翼作家群体的政治理性精神。他一针见血地指出："五四"新文学的平民主义理想是极其虚伪的，"五四式的新文言（所谓白话）的文学……只是替欧化的绅士换了胃口的鱼翅酒席，劳动民众是没有福气吃的"，"只要这种作品是用绅士的言语写的，那就和平民群众没有关系"④。言下之意，瞿秋白认为"五四"新文学所提倡的白话文，其本意不可能是为工农大众的切身利益而着

---

① 《国故新知论——学衡派文化论著辑要》，中国广播电视出版社1995年版，第131页。
② 瞿秋白：《瞿秋白文集》第3卷，人民文学出版社1989年版，第23页。
③ 参见沈雁冰：《论无产阶级艺术》，见《文学运动史料》第1册，上海教育出版社1979年版。
④ 瞿秋白：《瞿秋白文集》第3卷，人民文学出版社1989年版，第13页。

想,它只不过是"新式智识阶级"传情达意的语体变换方式。"新文学的'新主义',据说是要'推倒贵族文学,建立国民文学'。现在国民文学在哪里呢?贵族文学推倒了没有呢?贵族文学却脱胎换骨的变成了绅商文学。"他认为新文学的平民主义口号,"只是摇旗呐喊的虚张声势罢了",胡、陈等人所上演的那场"闹剧",也无非是新兴知识贵族对于传统知识贵族的一次话语夺权。① 瞿秋白对"五四"新文学所追求的艺术趣味也颇为反感,他说什么"西洋的古典主义""宗法的浪漫主义""灵感的或者肉感的享乐主义""大减价的自由主义,别名叫做浅薄的人道主义"等等新奇的东西,均是属于西方没落资产阶级的颓废意识,由于它们与工农大众的实际生活距离太远,根本就不会得到他们的情感认同。② 所以他主张"新的文学革命的目的,是创造出劳动民众自己的文学的言语",这种语言应必须是源自工农大众生活的本身且能为他们所接受的鲜活语言。"普罗革命文学运动是工农贫民无产阶级大众的文学运动,应当竭力的使其和大众连结起来,竭力的使大众参加到里面来,我们的运动应当是大众本位的……这是问题的根本点。"③ 他始终强调真正的无产阶级革命文学,应该是一种力感的艺术、是一种政治的工具、是一种战斗的武器,它必须"为着解放劳动者的广大群众而斗争",努力去反映工农大众的政治理想与革命热情,"能够表现革命战斗的英雄"尤其是产生于工农大众的普通英雄,从而使他们不仅成为无产阶级文学的接受主体,同时也成为无产阶级文学的表现主体。④

"保守派"认为新文学根本就不是纯粹的文学,而"革命派"又认为新文学完全不是平民的文学。对于前者,"文学革命"的先驱者自然可以文学见解的不同而不去加以理会;但是对于后者,却不能不引起他们思想上的高度重视。因为"五四"新文学的变革意识与平民意识,一直都被人们视为中国文学现代转型的鲜明标志;一旦对它非革命性质与非民间化立场提出强烈的质疑,势必会动摇精英知识分子的原有信仰。仅仅十年多的时间,"五四"新文学

---

① 瞿秋白:《瞿秋白文集》第3卷,人民文学出版社1989年版,第180页。
② 同上,第185、188页。
③ 同上,第48、92页。
④ 同上,第31页。

的启蒙话语便迅速转向了左翼文学的政治话语,现代文学价值观念的瞬间骤变,生动地反映出了中国作家群体的个性缺失与人格缺陷。其实,"五四"新文学运动固然没有创造出真正意义上的"平民文学",而左翼革命文学运动又何尝创造出了名副其实的"工农文学"呢?所以,当"五四"启蒙话语自觉臣服于左翼政治话语之后,它同样受到了来自于内部与外部两种力量的强烈反抗。如果再拿不出令人信服的无产阶级文学作品,再不出现属于工农大众自己的革命作家,左翼文学运动将同样摆脱不了夭折的命运。正是在这种错综复杂的历史背景下,赵树理农民话语小说的及时出现,结束了中国现代文坛关于"文艺大众化"喋喋不休的空泛争论,并以它自身强烈的社会示范效应,极大地影响了中国现代文学的后续发展过程。

二、农民话语写作与赵树理小说艺术风格的形成

从现存的历史资料来看,赵树理农民话语小说的独特风格,应该是形成于1933年以后,即左翼文学阵营正在进行大众化讨论期间。[①]虽然身居上海大都市的左翼革命作家并没有注意到赵树理的客观存在,但是身处边缘地带的赵树理本人,却始终在关注着这场讨论的现实意义。[②]对于赵树理个人而言,能否成为现代中国文坛的瞩目人物,这并不是他走上文学创作道路的兴趣所在;究竟应该如何去把"文艺大众化"的抽象口号变为实际行动,才是促使他产生强烈艺术冲动的力量源泉。

赵树理是个地地道道的农民作家,他本人的文化程度并不是很高,对于西方现代文学的知识更是几近于零。他有关文学艺术方面的素养积累,差不多都是从民间戏曲和唱本故事中得来的。如果不是因为一种历史的偶然性因素,他在中国现代文学史上的地位也只不过是一个默默无闻的通俗作家。但是,赵树理又不同于一般意义上的通俗作家,他从事写作的目的是不计任何功利报酬

---

① 1933年以前,赵树理虽然曾模仿"五四"新小说,写过《悔》与《白马的故事》两个短篇,但这与他后来的艺术风格是全然不同的,不应将其纳入到赵树理的农民话语小说体系当中去加以同等对待。

② 黄修己:《赵树理评传》,江苏人民出版社1981年版,第44页。

的，而是"农民需要什么，我就写什么。农民喜欢什么艺术形式，我就采用什么艺术形式"①。为此，他十分赞同瞿秋白对新文学游离工农大众倾向的批评言论，认为"五四以来的新小说和新诗一样，在农村中根本没有培活了"②。究其根因，就在于精英作家只注重少数人的情感宣泄，而根本就不了解农民读者的思想需求，他们用现代白话文筑起的"文坛太高了，群众攀不上去"③。所以他把自己定位为"文摊作家"，尽力用民间"流行的简单形式及农民的口头语言"④，去"写些小本子夹在卖小唱本的摊子里去赶庙会，三两个铜板可以买一本，这样一步一步地去夺取那些封建小唱本的阵地"⑤。赵树理的这种文学创作理念，与后现代语境中的大众文化观颇为相似，他们都深刻地感悟到，"大多数人现在被动地接受大众通俗小说给予他们的东西"⑥，并直接影响着他们在现实生活中的道德行为。故赵树理一再强调说，必须彻底改造传统的通俗文艺形式，正确地去引导农民大众的艺术审美趣味，进而使他们树立起健康积极的人生观。这无疑使赵树理的小说创作从起步伊始，就呈现出与"五四"新文学和左翼革命文学所截然不同的价值取向。

首先，是明确地将农民群体界定为自己作品的接受对象，用纯正的农民通用语言去描写真实的农村生活状态，彻底消解精英知识分子在文学领域中的话语霸权。赵树理曾反复强调说："我的语言是被我的出身所决定的。"⑦因此作为一个农民作家，他把语言文字的简洁、直白与通俗化原则，视作他艺术追求的第一目标。"从我为农民写作以来……我就开始用农民的语言写作。我用词是有一定的标准的。我写一行字，就念给我父母听，他们是农民，没有读过什么书。他们要是听不懂，我就修改。我还常去书店走走，了解买我的书的都是些什么样的人，这样我就能知道我是否有很多的读者。……这样，从前只

---

① 赵树理：《赵树理全集》，北岳文艺出版社2000年版，第246页。
② 赵树理：《艺术与农村》，见黄修己编：《赵树理研究资料》，北岳文艺出版社1985年版，第95页。
③ 陈荒煤：《向赵树理方向迈进》，载《人民日报》1947年8月10日。
④ 赵树理：《赵树理全集》，北岳文艺出版社2000年版，第374页。
⑤ 李普：《赵树理印象记》，载1949年6月《长江文艺》创刊号。
⑥ 约翰·多克：《后现代主义与大众文化》，辽宁教育出版社2001年版，第42页。
⑦ 赵树理：《赵树理全集》，北岳文艺出版社2000年版，第385页。

有少数知识分子看我的作品，现在连穷人都普遍能看到了。"①赵树理在这里所谈到的"农民语言"问题，实际上直接涉及了知识分子思想观念与写作立场的根本转变。他本人对此问题的认识非常透彻："我既是个农民出身而又上过学校的人，自然是既不得不与农民说话，又不得不与知识分子说话。有时候从学校回到家乡，向乡间父老兄弟们谈起话来，一不留心，也往往带一点学生腔调，立刻就要遭到他们的议论，碰惯了钉子就学了点乖，以后即使向他们介绍知识分子的话，也要设法把知识分子的话翻译成他们的话来说，时间久了就变成了习惯。说话如此，写起文章来便也在这方面留神——'然而'听不惯，咱就写成'可是'；'所以'生一点，咱就写成'因此'，不给他们换成顺当的字眼，他们就不愿意看。"②将知识分子思想工农大众化，这在"左联"时期是个非常时髦的口号；而将知识分子话语农民化的提法，则应该是始创于赵树理。但是与左翼革命作家所完全不同的是，赵树理不仅是在"说"，而且更是在"做"，他用自己农民小说创作的具体实践，初步实现了中国现代文学"民间化"的话语转型。我们不妨来看看《小二黑结婚》中的一段人物描写：

> 三仙姑下神，足足有三十年了。那时三仙姑才十五岁，刚刚嫁给于福，是前后庄上第一个俊俏媳妇。于福是个老实后生，不多说一句话，只会在地里死受。于福的娘早死了，只有个爹，父子两个一上地，家里就只留下新媳妇一个人。村里的年轻人们觉得新媳妇太孤单，就慢慢自动的来跟新媳妇作伴，不几天就集合了一大群，每天嘻嘻哈哈，十分哄伙。于福他爹看见不像个样子，有一天发了脾气，大骂一顿，虽然把外人挡住了，新媳妇却跟他闹起来。新媳妇哭了一天一夜，头也不梳，脸也不洗，饭也不吃，躺在炕上，谁也叫不起来，父子两个没了办法。邻家有个老婆替她请了个神婆子，在她家下了一回神，说是三仙姑跟上她了，她也哼哼唧唧自称吾神长吾神短，从此以后每月初一十五就下起神来，别人也给她烧

---

① 赵树理：《赵树理全集》，北岳文艺出版社2000年版，第176页。
② 赵树理：《也算经验》，载《人民日报》1949年6月26日。

起香来求财问病,三仙姑的香案便从此设起来了。

这就是赵树理农民小说在人物刻画与作品叙事当中,所经常使用的经典性描述语言。它剔除了文字上的华丽装饰性,尽量去突出字面意义的视觉直观效果,虽然通篇都充斥着农村生活中最常见的俚语或俗语,但经过作者的加工提炼之后,明显又使其适合于现代书面语言的社会规范性。赵树理巧妙地把广大民众日常生活中的口头语言,成功地转化为中国现代文学的通用语言,这不仅是对"五四"新文学与左翼革命文学的质的超越,同时也是对中国现代汉语文字与口语一体化发展趋势的巨大推动。所以,康濯把赵树理称为"一代语言大师"[1],我个人认为这种评价并不为过。

其次,是大胆回归民间文学的艺术表现传统,全面挑战新文学的"西化"文体形式,再造属于农民大众自己的中国现代文学。赵树理在谈论新文学的总体发展趋势时,曾经说过这样一番话:"中国现有的文学艺术有三个传统:一是中国古代士大夫阶级的传统,旧诗赋、文言文、国画、古琴等是;二是五四以来的文化界传统,新诗、新小说、话剧、油画、钢琴等是;三是民间传统,民歌、鼓词、评书、地方戏曲等是。要说批判的继承,都有可取之处,争论之点,在于以何者为主,文艺界、文化界多数人主张以第二种为主,理由是那些东西虽然来自资产阶级,可是较封建的进了一步,而较民间的高级,且已被无产阶级所接受。无形中已把它定为正统。"但赵树理本人却对此并不以为然,他的见解则应是"以民间传统为主"[2]。因为在赵树理看来,中国现代文学的真正接受主体,是占国人大多数的农民群众,"农村所需要的艺术品种类之多,数量之大,有时都出乎我们想象之外"[3]。若要使农民群众成为现代文学的忠实读者,就必须考虑到他们的阅读喜好;对于那些没有什么文化的农民来说,古老而传统的民间艺术形式,才是他们获取知识与享受娱乐的唯一渠道。无论

---

[1] 参见康濯:《根深土厚——忆赵树理同志》,见黄修己编:《赵树理研究资料》,北岳文艺出版社1985年版。

[2] 赵树理:《赵树理全集》,北岳文艺出版社2000年版,第390页。

[3] 赵树理:《艺术与农村》,见黄修己编:《赵树理研究资料》,北岳文艺出版社1985年版,第95页。

是民歌、鼓词还是评书、戏曲,民间艺术所注重的就是"讲故事",故事情节叙述的好坏,直接决定着农民群众对它的接受程度。所以赵树理呼吁现代作家不要鄙视民间艺术"讲故事"的古老传统,其实"一个简单的故事,只要受到人民大众的欢迎,为人民大众真心喜爱,就会被人民大众中的艺术天才们不断地丰富它,使它成为很高级的作品"①。他本人的农民小说便是严格按照"讲故事"的叙事模式,向世人充分展示了色彩鲜明的民间文学特征。如《小二黑结婚》就非常具有代表性,作品的故事情节并不是一种完整的叙事结构,而是由十一个相对独立的故事单元共同组合而成:前五节分别讲述二诸葛的迂腐、三仙姑的风骚、小芹的漂亮、金旺兄弟的阴险、小二黑的英俊,类似于《三国演义》与《水浒传》中出场人物的逐个介绍,但它们相互之间又不失其内在意义的关联性;后六节则分别讲述二黑小芹与金旺兄弟及长辈们的矛盾冲突,无论年轻人争取婚姻自由权力的斗争有多么的曲折复杂,然而"天下有情人终成眷属"叙事策略,最终又回归到了话本小说"大团圆"结局的传统套路。在赵树理的农民话语小说创作当中,人物描写是绝对平面化的,往往寥寥数笔一带而过,很难给人留下深刻的直观印象;他的兴趣所在是"故事"自身的情节效应,"讲故事"才是他本人的写作特长,这种重"事"轻"人"的艺术风格,明眼人一看就知道这是对评书艺人的直接师承。赵树理从不隐瞒他对话本小说与评书艺术的由衷喜爱,也并不否认自己对于民间艺术的借鉴与模仿,他认为"五四"以来的新文学拒绝民间传统是一个极大的错误,甚至还为"鲁迅先生选择的读者对象也是知识分子"而感到惋惜。他毫不客气地指出:"新文艺工作者熟悉中国民间文学传统的不多,而掌握了中国文学传统知识的专家也不是很接近群众的。"②正是出于对中国现代文学前途的深切忧虑和对民间文学传统的自觉维系,他在三十年代中期"就发下洪誓大愿,要为百分之九十的群众写点东西,那时大多数文艺界的朋友虽然已倾向革命,但所写的东西还不能跳出学生和知识分子的圈子";③所以他明确表示要从民间文学传统中去汲取有益的

---

① 赵树理:《从曲艺中吸取养料》,载《人民文学》1958年10月号。
② 同上。
③ 赵树理:《赵树理全集》,北岳文艺出版社2000年版,第206页。

养分，然后"大量制成作品，来弥补农村艺术活动的缺陷和空白"①。

再者，是注重文学作品思想内容的正确导向，强调审艺术美寓教于乐的基本原则，主张用明确的政治理想去全面提升普通民众的精神境界。赵树理是个非常具有社会责任感的现代通俗作家，"艺术是精神的食粮"②这一道理，在他的思想意识里是根深蒂固的。他深深懂得在中国最广大的农村里，农民群众所获取精神食粮的渠道是十分令人担忧的，"农民能看到的书尽是些极端反动的书，这些书向农民宣扬崇拜偶像，敬鬼神，宣扬迷信，使农民听凭巫婆的摆弄。我想，我应该向农民灌输新知识，同时又使他们有所娱乐，于是我就开始用农民的语言写作"③。所以在赵树理的农民小说中，努力去表现一种新的人物形象、一种新的生活方式、一种新的道德规范，便构成了他作品文本的鲜明主题。作为一个在解放区政治环境下成长起来的农民作家，赵树理的文学创作不可能脱离当时大的革命时代背景，但是我们却很难从他的作品中找出空泛生硬的政治语汇，阶级斗争意识完全是以农民群众的自觉行为来加以表现的——每一部作品都在讲述一个中国农村正在发生着巨大变革的动人故事，每一个故事都精心塑造出了一批生动活泼富有朝气的新型人物，而这些新型农民敢于起来反抗恶旧势力的事件本身，又在形象地告诉着人们应该怎样去做人的简单道理。几乎所有的现代文学史家都注意到了赵树理笔下"小字辈"人物的艺术创新性，他们认为过去传统的民间话本小说，往往只是表现中国农民思想上消极落后的一面，而赵树理却是截然相反，"他善于创造正面的积极的人物的，而且总是把这些正面的积极的人物的命运，同中国人民革命斗争的步调相结合，以取得胜利为结局的。这就使他的笔下的英雄大都是敢于反抗邪恶，心地纯良正直、富有机智、韧性和乐观主义的精神。小二黑和小芹，艾艾、燕燕和小晚、李有才和小顺以至于铁锁、二妞和冷元等都是如此。他们之间虽各有

---

① 赵树理：《艺术与农村》，见黄修己编：《赵树理研究资料》，北岳文艺出版社1985年版，第95页。
② 同上。
③ 参见杰克·贝尔登：《中国震撼世界》第17节《赵树理》，北京出版社1980年版。

不同的面貌和性格，但都具有上述的中国农民共同的阶级性格和精神。"①这恰恰说明文学史家已经充分意识到了赵树理的农民话语小说是具有鲜明政治倾向性的，只不过他是用通俗易懂的艺术表现形式，潜在地配合中国农村土地革命的历史进程。赵树理的成功不仅使他在政治上广为扬名，同时也使他成为了"我国最为群众所喜爱的作家之一"。②

从1933年写《有个人》到1943年《小二黑结婚》的发表，赵树理的农民话语小说在长达十年之久的时间里，虽然已经是一种流行于民间的客观存在，但却根本没有引起中国现代文坛的注意和重视；即使是《小二黑结婚》这篇使其一夜成名的经典之作，如果不是因为彭德怀的直接干预，恐怕也早就被那些"自命为'新派'的文化人"给枪毙了。③此时正值解放区文艺界全面贯彻毛泽东的《在延安文艺座谈会上的讲话》精神、轰轰烈烈开展思想大整风运动之际，赵树理的价值迟迟得不到精英作家的公开承认，这种不正常的现象本身，深刻地反映出中国现代知识分子自我否定之前的精神痛苦与灵魂挣扎。

三、时代政治风云变换与"赵树理神话"的历史沉浮

1942年5月，延安文艺界先后组织了三次有关文学创作的理论座谈会，其中毛泽东就亲自参加了两次并做了总结性发言，这就是举世闻名的《在延安文艺座谈会上的讲话》。作为一个政治领袖如此重视解放区的文学艺术工作，既反映出他对精英知识分子言论活跃的高度关注，同时也表明了他要规范统一文艺界思想认识的强烈欲望。毛泽东的《在延安文艺座谈会上的讲话》主要涉及五个方面的重大问题：一是明确文艺为工农兵大众服务的必然性，二是明确文艺必须服从政治需要的必要性，三是明确知识分子作家世界观改造的迫切性，四是明确歌颂主旋律的纪律性，五是明确普及革命文艺的现实性。其实《在延安文艺座谈会上的讲话》的核心内容，说穿了就是一句话：在以工农大众为革命主体的战争年代，拿笔杆子的知识分子必须认清自己所从属的历史地位。由

---

① 巴人：《略论赵树理同志的创作》，载《文艺报》1958年11期。
② 思基：《论赵树理的短篇小说》，载《文学青年》1958年2月号。
③ 杨献珍：《〈小二黑结婚〉出版经过》，载《新文学史料》1982年第3期。

于解放区所处的特殊地理环境和毛泽东崇高的政治领袖威望,《在延安文艺座谈会上的讲话》的发表也就预示着中国现代文坛思想风暴的即将来临。

　　毛泽东的《在延安文艺座谈会上的讲话》发表以后,解放区文艺界也随之展开了一场旷日持久的大规模思想整风运动。解放区作家同时也包括国统区的进步作家,经过深刻的自我反省与激烈的思想碰撞,他们对于中国现代文学的基本性质,也有了全新的认识和更高的追求。在整个"整风"运动过程中,知识分子出身的作家作为"投降者",纷纷表示要彻底"脱去小资产阶级知识分子的衣裳",[1]并在与工农大众相结合的革命实践中,重新反省和检讨自己世界观的"劣根性"。他们认为"五四"新文学的平民意识与左翼文学的"大众化"口号,完全是小资产阶级个人主义的虚幻想象,既脱离了人民大众的根本利益又脱离了民族文化的光荣传统。他们一反"五四"时期的启蒙主义立场,强调真正意义上的无产阶级革命文学,只能是产生于工农"大众自己的作家"之手。[2]正是基于精英作家的这种思想认识,"赵树理现象"的实用价值便被凸现了出来。因为赵树理本人和他的农民话语小说,恰好符合《在延安文艺座谈会上的讲话》精神的内在要求:他虽然也曾经读过几年书,但却始终如一地与农民大众的思想感情打成一片,以民为本的创作态度是知识分子世界观成功改造的典型范例;他坚定不移地以工农兵群众为服务对象,创造了为中国老百姓所喜闻乐见的新型民间艺术形式,通俗易懂的作品风格是"普及"革命文艺的模范样板;他生动地再现了现代农村翻天覆地的巨大变化,真实反映了中国土地革命的时代特征,用积极乐观的生活情趣实现了政治与艺术的完美统一。所以,"赵树理现象"成为了精英知识分子的学习榜样,"赵树理方向"也成为了他们为之而努力奋斗的终极目标。从大量的史料中我们可以深切地感受到,从1945年以后,在周扬、冯牧、林默涵、郭沫若、茅盾等人的全力推崇下,赵树理实际上已经被人为地加以神话了。陈荒煤的《向赵树理方向迈进》一文,就最能代表当时精英作家对于"赵树理神话"的群体仰望心态。他说"要检讨一年来边区的文艺创作,最好对赵树理同志的作品有比较一致

----

[1] 丁玲:《关于立场问题我见》,载《谷雨》1942年6月,第1卷第5期。
[2] 参见梅行:《论部队文艺工作》,见《延安文艺丛书·文艺理论卷》,湖南人民出版社1984年版。

的认识，他的作品可以作为衡量边区创作的一个标尺，因为他的作品最为广大群众所欢迎"。"大家都同意提出赵树理方向"，那么什么是"赵树理方向"呢？对此，陈荒煤将其归纳成几句话：忠实地去执行与实践"毛主席的文艺方针"，始终保持着作家"鲜明的阶级立场"，在与工农大众的思想感情保持高度一致的同时，努力去创造"人民大众的艺术"。他在文章的结尾处还明确地表示，之所以"把赵树理同志方向提出来，作为我们的旗帜，号召边区文艺工作者向他学习"，目的就是要求知识分子作家放弃中国传统文人的臭架子，以赵树理为光辉榜样，勇敢地"向赵树理的方向大踏步前进吧"①。

"赵树理方向"决不仅仅是一句空洞的政治口号，它在解放区文学的具体创作实践过程当中，很快就被转变成了一种广大作家的自觉行为。被学术界戏称为"山药蛋派"的年轻作家马烽、西戎、束为、孙谦、胡正等人，他们本来并不认识赵树理，"一九四五年，他们在延安《解放日报》副刊上第一次看到了赵树理的《地板》《李有才板话》，纯净的山西农民朴实风趣的语言，活脱脱宛如父老兄弟身影的人物形象，吸引了他们，具体地给他们以艺术的启迪"②。正是因为他们对于赵树理的崇拜与向往，束为的《红契》、胡正的《长烟袋》、马烽的《金宝娘》、西戎的《宋老大进城》、孙谦的《村东十亩地》、马烽与西戎合写的《吕梁英雄传》等作品，无论是生活口语的文本运用，还是在故事叙事的民间形式，我们几乎都能从中窥见赵树理影响的客观存在。各解放区根据地的作家也极力模仿赵树理的通俗艺术风格，先后创作了大量民俗化的文艺作品。如孔厥的《一个女人翻身的故事》、葛洛的《卫生组长》、邵子南的《地雷阵》、刘石的《真假李板头》、高朗亭的《陕北游击队历史故事》、华山的《窑洞阵地战》、丁玲的《三日杂记》、一擎的《"众人原谅"》、刘白羽的《无敌三勇士》、柯蓝的《洋铁桶的故事》、孔厥与袁静的《新儿女英雄传》等，基本上都是把"讲故事"的形式作为阐述思想的唯一性手段；另外有些作品还将民间英雄传奇式的夸张手法穿插于其中，尽力去强化了读者对作品的阅读兴趣。像柯蓝的《洋铁桶的故事》里，主人公游击队

---

① 陈荒煤：《向赵树理方向迈进》，载《人民日报》1947年8月10日。
② 参见高捷编：《山药蛋派作品选·序》，人民文学出版社1984年版。

员吴贵的形象,简直就被作者塑造成了一位古代侠客式的人物——他为人刚直爱憎分明浑身是胆乐于助人,他来无影去无踪神出鬼没机智灵活,带领着一帮武器装备极其落后的山区农民,把狂妄骄横的敌人打得惶惶不可终日,一役就消灭了日本鬼子几百人。从历史真实的角度来讲,这样富有传奇性的革命英雄人物是根本不存在的,仅凭游击队的那点实力也不可能创造如此辉煌的人间奇迹。但是在当时残酷的革命战争年代,这种艺术夸张却以其通俗故事的流行方式,极大地鼓舞了人民群众战胜侵略者的信心和勇气,起到了教育人民、打击敌人的良好社会效益。与解放区小说大众化的趋势相比较,诗歌与戏剧创作的民间价值取向也成为了一种社会时尚。李季的《王贵与李香香》是用陕西民歌"信天游"的曲调所写成的长篇叙事史,浪漫曲折的爱情故事、鲜活生动的人物形象再加上朗朗上口的文字韵律,很快就在边区群众中广为流传,并且开创了中国现代诗歌的新纪元。另外阮章竞的《漳河水》、李冰的《赵巧儿》、张志民的《王九诉苦》等叙事长诗,也都是用民歌体写作的成功范例,同样为解放区的广大民众所喜爱。从秧歌剧《兄妹开荒》到新歌剧《白毛女》再到话剧《抓壮丁》,解放区戏剧改革的方向完全是以传统戏曲为参照系的,通俗简洁的语言对白方式与舞台表演的激情形体动作,在最大程度上满足农民观众的视觉审美要求。解放区文艺运动的这种深刻变化,表明了"赵树理方向"正在以其民间文学的价值取向,积极地引导着中国现代文学的新潮流。

但是,历史的发展是不以人们意志为转移的。建国以后,"赵树理方向"虽然仍被作为新中国文学的学习楷模,但是他的"神话"效应却因时代的变化而发生了动摇。从《登记》的发表开始,赵树理就意识到了有人对他表现新人物的能力有所怀疑,所以他立刻表态说:"同志们、朋友们对我所写的作品的观感是写旧人旧事较明朗,较细致,写新人新事较模糊,较粗糙。完全正确……回顾一下自己从抗日战争以来的历史,可以得出这样一个结论:从群众的实际生活中来,渐渐以至于完全脱离群众的实际生活,如不彻底改变一下现状,自己的写作历史是会从此停止的。"[①]到了20世纪五六十年代,理论界又

---

① 参见《决心到群众中去》,载《人民日报》1952年5月2日。

对他"中间人物"创作的真实性又提出了强烈的质疑,①故他不得不去面对严酷的现实而深刻地检讨道:这是由于"1. 对主席讲话接受得有片面性,忽略了'以歌颂光明为主'的最重要一面;2. 过分强调了针对一时一地的问题,忽略了塑造正面人物;3. 仍没有学会和别人一道干。"②其实,综观新中国文学自然进化的内在逻辑关系,"赵树理方向"实际上一直是处在一种被淡化和被消解的静止状态。因为随着新民主主义革命转向了社会主义革命阶段,赵树理农民话语小说的历史使命也已经基本完结了。新中国文学的创作宗旨,有三大根本任务:一是要用文学形象化的表现手段,艺术地再现中国现代革命的历史辉煌,进而教育后代使他们牢记革命江山的来之不易;二是要紧密配合和平时期的社会主义革命建设事业,努力创造一代革命新人的光辉形象,进而启迪中国农民走社会主义康庄大道的政治觉悟;三是要普遍提升全民族的文化艺术水准,强化精英话语与民间话语合二而一的现代文学形式,进而建构起中国现代文学的民族特性。面对新中国文学这三大现实任务,赵树理显然是难以适应、难以胜任的。他声称"我是不写历史题材的"③,原因是长期的农村封闭生活,使他对于中国现代革命战争缺乏必要的了解,无法承载激情抒写革命史诗的创作重任,这使他的文坛地位很快就被梁斌、杜鹏程、曲波等人所取代。赵树理自认为自己是了解中国农民的,他说农民就是农民,"农民党员还是一个农民,有小私有者思想"④。他不相信农民能在一夜之间就变成了先进生产力的代表,这使他曾经引以为荣的"农民作家"称号,也很快让位于周立波、柳青、浩然等人。赵树理"'文化水平'是落后的"这一事实⑤,只能使他在战争年代去做些文学艺术方面的"普及"工作,但他那些缺乏高雅艺术内涵的农民话语小说,又不可能满足现代读者日益提高的审美阅读趣味,故新生代知识分子作家群体便以经过加工改造过的新型传统文学形式,完成了对他们对于

---

① 如鲁达的《缺乏爱情的爱情描写》、武养的《一篇歪曲现实的小说——〈锻炼锻炼〉读后感》、江天的《关于塑造普通人物的几点质疑》等文章,都对赵树理新中国成立后的小说创作进行了严厉的批评。

② 赵树理:《赵树理全集》,北岳文艺出版社2000年版,第378页。

③ 转引自黄修己:《赵树理评传》,江苏人民出版社1981年版,第203页。

④ 赵树理:《赵树理全集》,北岳文艺出版社2000年版,第358页。

⑤ 同上,第205页。

赵树理小说民间故事文本的全面超越。赵树理命运的坎坷与"赵树理神话"的沉浮，这其中自然有许多政治性的因素在起作用，但我们也必须实事求是地加以承认，它所反映的却是中国现代文学自身运行规律的真实性、合理性与必然性。

（原文刊发于《文学评论》2005年第5期）

第五章　新文学中的"西方"与"传统"

"五四"新文学作为新文化运动的启蒙要素，它以反"传统"和崇"西方"为己任，其感性爱国主义背后的偏执情绪，至今仍没有得到学界同仁的高度重视。所谓"感性爱国主义"这一概念，是指缺乏理性思辨力的"反传统主义"，它以激情主义为其表现特征，虚无地否定民族传统文化，并主张一切向"西方"看齐，重建中华民族的文化结构。"五四"反"传统"而崇"西方"，表现出了一种前无古人后无来者的强劲势头，它不计后果的破坏与非理性化的叛逆，给后世留下了诸多值得认真反思的理论问题。难怪有学者会发出这样的感叹："在其他社会的历史中，却从未出现过像中国五四时代那样的在时间上持续如此之久、历史影响如此深远的全盘性反传统主义。"① "五四"新文学乃至新文化运动为什么要去全面地反传统？这一问题似乎并不难以回答，在启蒙精英的主观意识里，"传统"与"西方"誓不两立，只有"把西方的近代科学作为一种基本精神、基本态度、基本方法，来改造中国人，来注入到中国民族的文化心理中"，才是中国文化重新再生的唯一希望。② 用陈独秀那直白的话来说，"传统"与"西方"不可兼容，"要拥护那德先生又要拥护那赛先生，便不得不反对国粹和旧文学。"③ 作为"五四"新文学的发起人之一，郑振铎认为以"西化"去反"传统"，的确曾对思想启蒙产生过十分明显的推动效用，比如在当时那种"麻木不仁的社会里，居然透出'解

---

① 林毓生：《中国意识的危机》，贵州人民出版社1986年版，第7页。
② 李泽厚：《李泽厚十年集·中国现代思想史论》，安徽文艺出版社1994年版，第54页。
③ 陈独秀：《本志罪案之答辩书》，见《中国新文学大系·文学论争集》，上海文艺出版社2003年影印本，第82页。

放……！''改造……！'的声浪来；睡气沉沉的中国人，也显出一些活泼的气象，进取的精神来。"①而胡适则更是信誓旦旦地声称，如果"中国人早肯洗心革面彻底欢迎西欧的物资文明，也不至有今日龙钟的状态了。"②

对于"五四"新文学的"反传统主义"，我个人无意去评价其历史上的功过是非，而只是想弄明白"五四"言说的"传统"和"西方"，其真正内涵究竟是在具指何物。当我们回归历史原场，再去阅读那些倡导思想启蒙的理论主张，有一个疑问却一直在困扰着我个人的思维：中国人对"传统"与"西方"，争论了近百年也混沌了近百年，到头来也没有人对"传统"和"西方"，从概念上做出过令人信服的精确定义。因此自"五四"以来，启蒙话语中的"传统"与"西方"更像是两个抽象符号的空洞博弈，不仅无助于国人明确文化转型的未来方向，同时更混淆了不同文化之间相互交流的客观规律。综观百年新文学创作的理论与实践，它所崇拜的那个抽象的"西方"，不仅没有取代它所批判的那个抽象的"传统"，相反在"西化"背景下"传统"所表现出的强劲生命力，却越来越引起人们对新文学之"新"的理性思考——新文学果真是反"传统"吗？如果说"是"，那么我们就必须去回答，新文学到底都"反"了哪些"传统"因素？新文学果真是崇"西方"吗？如果说"是"，那么我们同样也必须回答，新文学到底都吸纳了哪些"西方"因素？毫无疑问，新文学对"传统"与"西方"的主观认识，一直都呈现出理论阐述上的模糊性，进而又直接导致了它创作实践上的复杂性。所以，重新梳理新文学反"传统"与崇"西方"的心路历程，应是我们科学评价其现代性追求的先决条件。

一、"西方"崇拜：一种狂热时代的盲目情绪

新文学反"传统"的狂热激情并不是始于"五四"新文化运动，而是始于晚清思想启蒙运动。中日甲午战争以后，有识之士突然发现中国这一老大

---

① 郑振铎：《郑振铎全集》第3卷，花山文艺出版社1998年版，第5—6页。
② 胡适：《胡适文集》第4卷，北京大学出版社1998年版，第22页。

帝国，早已变得老态龙钟技不如人，因此主张变革之声便此起彼伏不绝于耳。晚清知识精英以壮士断腕的决绝心理，向那些沉睡不醒的国人大声疾呼："中国今日，非改革一切，不足以言自存。"①我们应注意到，自晚清思想启蒙开始，知识精英就一直强调中国的"改革"必须是废除祖宗所留给我们的"一切"，代之以欧美和日本的现代文明。在他们的视野里，"欧美者，文明之导师也；日本者，文明之后进也。"②故他们无一例外都认为，如果不直接引入欧美和日本之现代文明，破败不堪的古老中国就无法凤凰涅槃自我更新。这种启蒙思维到了"五四"时代，更是达到了空前绝后的狂热地步。比如陈独秀就曾公开声言，中国必须彻底摆脱蒙昧状态，奋起直追世界现代文明潮流，若要实现这一目的别无选择，只有去移植"西洋文明也，亦谓欧罗巴文明"③。而胡适则更是肆无忌惮地说，中国人"今日的第一要务是要造一种新的心理：要肯认错，要大彻大悟地承认我们自己百不如人"，"第二步便是死心塌地的去学人家"。④

我并不否认晚清和"五四"的启蒙先驱者，他们学习西方改造中国的奋力呐喊，其主观愿望都是热爱祖国振兴中华，但是仔细研究一下他们所说的那个"西方"，却又是无所特指且无从考证的虚无对象。其实即使是到了今天，中国学界对于"西方"的思想认识，仍没有摆脱一概而论的传统习惯。所谓"西方"者，无外乎就是中国人对于欧美社会的一种统称。然而由于"西方"无论是宗教信仰还是政治体制，都存在有很大的文化差异性，所以将"西方"视为一个统一性的文化整体，其本身就反映了言说者在判断上的认知错误。比如英国实行的君主立宪制就不同于法国实行的国民议会制，意大利的人文主义理想也不同于德意志的人文主义主张。仅以"五四"以来，新文学使用频率最高的"人文主义"一词而言，英国学者自己就说它并非是所谓"西方"文化的

---

① 攻法子：《警告我乡人》，见《辛亥革命前十年间时论选集》第1卷（下），生活・读书・新知三联书店1960年版，第499页。

② 参见《与同志书》，《辛亥革命前十年间时论选集》第1卷（上），生活・读书・新知三联书店1960年版，第394页。

③ 陈独秀：《法兰西人与近世文明》，《青年杂志》1915年第1卷第3号。

④ 胡适：《胡适文集》第4卷，北京大学出版社1998年版，第28页。

"思想派别或者哲学学说",它只是"一种宽泛的倾向,一个思想和信仰的维度,一场持续不断的辩论。在这场辩论中,任何时候都会有非常不同的、有时是互相对立的观点出现,它们不是由一个统一的结构维系在一起的,而是由某些共同的假设和对于某些具有代表性的,因时而异的问题的共同关心所维系在一起的"①。一种连所谓"西方"人都感到无法达成思想共识的人文观念,却在中国现代理论界得到了高度统一的完美诠释和全盘接纳,这只能说明启蒙精英对于"西方"文化的无师自通,而并不表示他们对于"西方"文化的真正理解。至少有一点我们可以确定,近百年来"人文主义"这一概念,人们除了知道它是"西方"的之外,却并不知道它是"西方"哪一个国度的,更不知道它的文化内涵与哲学背景。正是由于对"西方"认识的盲目性,新文学在其参与思想启蒙的过程中,许多理论主张都明显是"言说"者自己的主观臆说,而与他们所崇拜的那个"西方"精神文明则相去甚远。

我们不妨以"五四"新文学"民主"与"科学"这两个口号为例,去深入地分析一下先驱者们"西方"意识的真正本原。

"个人主义"作为新文学"民主"追求的时代符号,它是"西方"影响中国最耀眼的一道亮色,无论是个性解放还是婚恋自由,都与这种价值理念息息相关。一提"五四"时期"个人主义"的思潮滥觞,人们又自然会联想到它的始作俑者胡适。1919年6月,胡适在《新青年》杂志发表了著名的《易卜生主义》一文,详尽地阐述了他对"西方"个人主义的认识与理解。胡适说他推崇"个人主义"的理论前提,是因为"社会最大的罪恶莫过于摧残个人的个性,不使他自由发展。"尤其是中国封建文化氛围浓厚,"社会最爱专制,往往用强力摧折个人的个性,压制个人自由独立的精神;等到个人的个性都消灭了,等到自由独立的精神都完了,社会自身也没有生气了,也不会进步了"②。我并不否认胡适把"个人"与"群体"形成矛盾对立关系,其目的是要凸现"个人"价值的存在合理性;然而胡适却忽略了"社会"绝不是一个抽象的概念,其本身也是由无数"个人"所构成的文化共同体。如果一定要将

---

① 阿伦·布洛克:《西方人文主义传统》,生活·读书·新知三联书店1997年版,第3页。
② 胡适:《胡适文集》第2卷,北京大学出版社1998年版,第481—486页。

"个人"与"社会"视为相互排斥的矛盾关系,那么推演开来就会出现一种无法自圆其说的逻辑悖论——因为世界上绝无独立存在的"个人",而只有由无数"个人"所组成的"社会";故"社会"中"个人"与"个人"之间不同的思想诉求都应得到尊重,这才是"西方"主体论哲学的本质所在。胡适一再声称他是杜威的忠实信徒,但他对"个人主义"的理解与阐释,却极大地偏离了杜威本人的思想体系。杜威认为绝对的"个人主义"是不存在的,"个人只有跟大规模的组织联系起来,才能得到自由","个人"必须在"社会"中才能实现其自我价值。①胡适似乎也发现了自己理论主张的巨大缺陷,于是他在《非个人主义的新生活》一文里,又重新提出了一个"真的个人主义"的全新说法:"真的个人主义——就是个性主义(Individuality),他的特性有两种:一是独立思想,不肯把别人的耳朵当耳朵,不肯把别人的眼睛当眼睛,不肯把别人的脑力当脑力;二是个人对于自己的思想信仰的结果要负责任,不怕权威,不怕监禁杀身,只认真理,不认得个人的利害。"②胡适从强调"个人"与"社会"之间的对抗性,转为强调"个人"独立思考的重要性,这多少使他"个人主义"的世界观,呈现出了一些可以炫耀的"西方"色彩。可是,包括胡适在内的"五四"启蒙精英,他们都没有注意到一个问题,"个人主义"的"西方"背景,具有不可移植的文化复制性——信仰基督教的"西方人",他们之所以崇尚"个人主义",那是因为基督教义有明确地规定:"在上帝面前人人平等"。所以"个人主义"不是对上帝的反叛或否定,而是享用上帝赐予每一个人的天赋人权。换言之,"西方人"提倡"个人主义",目的是要摆脱他人的思想制约,去同上帝进行直接的对话;由于有上帝的客观存在,他们的精神生活不是放荡不羁的,而是具有自我约束和井然有序的。中国的情况则大不相同,中国人没有宗教信仰,本来就缺少一个精神"上帝"去约束自己的社会行为,如果再大肆提倡"个人主义",无疑就等于打开了"潘多拉的盒子"。仅以新文学的创作实践而言,"个人主义"虽然开启了思想启蒙的历史新局面,但是它那种肆无忌惮的任意破坏与绝对自我的个性张扬,对于

---

① 杜威:《自由与文化》,商务印书馆1964年版,第50页。
② 胡适:《胡适文集》第2卷,北京大学出版社1998年版,第564页。

中国传统文化所造成的巨大创伤也是有目共睹的。研究新文学史的人都知道，"五四"时期郭沫若曾写过一首新诗叫做《天狗》："我是一条天狗呀/我把月来吞了/我把日来吞了/我把一切的星球来吞了/我把全宇宙来吞了/我便是我了！"这种汪洋恣肆唯我独尊的个性意识，历来都被学界当做是"西方"个人主义的中国范本，殊不知《天狗》中目空一切的个人主义情绪，把"西方人"信仰中的那个上帝也"吞了"，恐怕他们绝不会认为《天狗》就是"西方"文明意识的必然产物，更不会认同自我中心主义对于主体论哲学思想的全然取代。中国式的"个人主义"思潮并没有持续多久，便被"救亡图存"的民族意识所彻底消解；郭沫若从《天狗》到《屈原》的立场转变，恰恰反映了中国新文学作家对于"个人主义"的真实态度。

"物资崇拜"作为新文学"科学"追求的时代风尚，它也是"西方"影响中国的一个重要因素，无论是科学人生观还是写实主义，都是这种务实性原则的历史产物。在探讨新文学"西化"倾向的过程当中，有一道障碍是我们必须跨过去的，即在一个非工业化的国度里，我们倡导"科学"理性的真正动机是什么？尽管"五四"启蒙精英从一开始就强调，"西方"现代文明"无一不以科学为基本"，[①]如果"离开了物质一元论，科学便濒于破产"[②]。但全面考察新文学的理论与实践，我们可以清晰地发现启蒙精英对于"科学"一词的全部理解，并非是"西方"探索自然奥秘与宇宙真理的严肃态度，而是"物资崇拜"与"功利主义"的实用心理。康有为最早将"科学"直接等同于"物资"，并结论说"美国之富强，非其民国得之，而物资为之也"[③]。到了"五四"时代，这种观点越来越得到启蒙精英的一致认同，比如沈雁冰就曾大声疾呼道："诸位！请睁开眼来看看这物资文明世界！火车、电车、电报、轮船……说不尽的好东西，都是叫我们人类便利的，试问这些便利哪里来！是不

[①] 参见蔡元培：《〈中国新文学大系〉总序》，见《中国新文学大系》丛书，上海文艺出版社2003年版。

[②] 陈独秀：《答适之》，见《胡适文集》第1卷，北京大学出版社1998年版，第178页。

[③] 康有为：《共和平议》，见《不忍》杂志1917年第9、10册合刊，上海广智书局1917年版。

是科学发达的结果！"①看到"西方"社会物质生活的高度发达，这只不过是启蒙精英对于"西方"社会的直观性了解，然而他们却没有意识到在"西方"的哲学观念里，"物资"固然是"科学"的直接产物，但"科学"却绝不是一种单纯的技术方法论，而是指追求真理的人格品质与道德素养。诚如狄德罗所定义的那样，"科学"是一个广阔的园地，人们必须运用他们"日趋完善的聪明智慧"，持之以恒地去发现真理和传播光明。②因为自从在文艺复兴以后，"西方人"对于"科学"的本质，就有着极为深刻的思想认识："科学"是人类探索自然的智慧和勇气，"对于人来说，最大的欢乐和幸福莫过于认识天空的奥秘，认识自然界内部的契机，认识神的思维和宇宙的秩序。"③可新文学对于"科学"一词的理解，则显然是十分肤浅与功利主义的，比如胡适一开始便把"科学"解释为一种"实验主义"的技术方法论，是一种"无证不信"的"实证思维术"。④正是由于胡适等人把"科学"只看做是一种人类"求真务实"的态度和原则，所以新文学很快就完成了功利主义对于科学理性的置换过程。最为典型的一个具体事例，则是新文学"为人生"的创作主张。"为人生"不仅是中国新文学现实主义的醒目标志，同时更是中国新文学作家梦寐以求的奋斗方向，鲁迅自己就曾公开坦言，"说到'为什么'做小说罢，我仍抱着十多年前的'启蒙主义'，以为必须'为人生'，而且要改良这人生"⑤。然而，"为人生"这一概念并不是出自于"西方"，而是启蒙精英对于"西方"文学的自我心解，"翻开西洋的文学史来看，见它由古典—浪漫—写实—新浪漫……这样一连串的变迁，每进一步，便把文学的定义修改一下，便把文学和人生的关系束紧了一些"。⑥启蒙精英把"为人生"概括为"西方"文学的思想精华，其本身就是违反客观历史事实的一种做法。因为"为人生"一说

---

① 茅盾：《我们为什么读书》，《茅盾杂文集》，生活·读书·新知三联书店1996年版，第4页。
② 狄德罗：《狄德罗哲学选集》，商务印书馆1983年版，第62页。
③ 加林：《意大利人文主义》，生活·读书·新知三联书店1998年版，第181页。
④ 胡适：《胡适文集》第1卷，北京大学出版社1998年版，第265页。
⑤ 鲁迅：《鲁迅全集》第4卷，人民文学出版社1981年版，第512页。
⑥ 沈雁冰：《新文学研究者的责任与努力》，《中国新文学大系·文学论争集》，上海文艺出版社2003年版，第145页。

与"西方"文学无关,而是19世纪俄罗斯文学的理论主张,鲁迅对此早已说得非常明白:"俄国的文学,从尼古拉二世的时候以来,就是'为人生'的。无论它的主意是在探究或解决,或是堕入神秘,沦为颓唐,而其主流还是一个,为人生。"①俄罗斯并不属于"西方"文化阵营,这是一个众人皆知的历史常识。就连俄罗斯人自己也认为,"俄罗斯文明属于另一种类型",它虽然地缘与"西方"接壤,但强调"社会居于个人之上"才是"俄罗斯思想的主题"②。故周作人一语道破实情:"中国的特别国情与西欧稍异,与俄国却多有相同的地方,所以我们相信中国将来的新兴文学当然的又自然的也是社会的、人生的文学"③。"为人生"这一事例足以说明一个问题:新文学渴望"西化",却并不了解"西方";无奈之下只能以俄罗斯为媒介,去沟通它与"西方"之间的对话关系。当新文学以"为人生"自我标榜,去全面强化文学创作的功利目的时,它不仅没有真正地走向"西方",而是直接回归到了中国文学传统——实用主义观念终于消解了科学理性精神,"西方"也只剩下一个空洞无物的抽象概念。

新文学对于"西方"的"泛说"而非"具指",使它获得了任意诠释"西方"的绝对自由,无论是意识形态还是文学审美,都被打上了汉语思维的深刻烙印。这种狂热而盲目的"西方"崇拜,虽然令国人知道了"西方"的存在,却并不知道"西方"如何而存在,其历史教训理应引起我们研究者的高度重视。

二、"传统"批判:一种虚无主义的叛逆姿态

新文学不仅盲目地崇拜"西方",同时也在盲目地批判"传统"。回归"五四"现场我们不难发现,反"传统"是"破",崇"西方"是"立",

---

① 鲁迅:《鲁迅全集》第4卷,人民文学出版社1981年版,第432页。
② 尼·别尔嘉耶夫:《俄罗斯思想》,生活·读书·新知三联书店2004年版,第94页。
③ 周作人:《文学上的俄国与中国》,《艺术与生活》,上海群益社1931年版,第67页。

为了"立"而全然不顾"破"的代价，使中国传统文化一夜之间尽遭劫难，"如此激烈否定传统、追求全盘西化，在近现代世界史上也是极为少见的现象"①。然而，"五四"反"传统"话语中的那个"传统"，仍旧是一种泛说而不是具指，因为"传统"是与民族的"过去"紧密相连的，其概念的宽泛性根本就不具有内容的实指性，所以反"传统"无异于就等于是反民族"过去"的一切，这本身就是一种文化虚无主义的荒谬逻辑。

新文学反"传统"以孔儒学说为首要批判对象，把中国社会的积弱落后都视为是儒家之罪，这是"五四"启蒙精英在反"传统"方面，最能达成思想共识的时代话题。"五四"非儒反孔具有两种社会指向，一是把儒家文化与封建统治联系在一起，去揭示其阻碍中华民族文明进步的历史危害性。比如李大钊就认为："余谓孔子为历代帝王专制之护符……孔子生于专制之社会，专制之时代，自不能不就当时之政治制度而立说，故其说确足以代表专制社会之道德，亦确足为专制君主所利用资以为护符也。历代君主，莫不祀之，奉为先师，崇为至圣……故余掊击孔子，非掊击孔子之本身，乃掊击孔子为历代君主之所塑之偶像的权威也；非掊击孔子，乃掊击专制政治之灵魂也。"②陈独秀对此也表示了相同的看法，他说"孔子与帝制，有不可离散之因缘"③。李大钊与陈独秀之所以都把孔儒学说与封建帝王政治联系起来，其最直接的原因无非是孔子强调"克己复礼"，而"复礼"又被他们理解为思想的"守旧"与文明的"退步"；所以他们都一致强调，"野蛮"的"孔教"与"文明"的"西方"，南辕北辙"绝无调和两存之余地"④。为什么思想启蒙先要诋毁儒学？吴虞的回答很是耐人寻味："详考孔子之学说，既认孝为百行之本，故其立教，莫不以孝为起点，所以'教'字从孝。"⑤在吴虞看来，孔子"孝道"的思想本质，无非是要中国人在家事父尽孝、在外事君尽忠，"恭恭敬敬

---

① 李泽厚：《李泽厚十年集·中国现代思想史论》，安徽文艺出版社1994年版，第12页。

② 李大钊：《自然的伦理观与孔子》，《李大钊全集》第2卷，河北教育出版社1999年版，第454页。

③ 陈独秀：《驳康有为致总统总理书》，《新青年》第2卷第2号。

④ 陈独秀：《答佩剑青年》，《新青年》第3卷第1号。

⑤ 吴虞：《吴虞文录》，黄山书社2008年版，第2页。

的听他们一干在上的人愚弄,不要犯上作乱,把中国弄成一个'制造顺民的大工厂'。孝字的大作用,便是如此"①。吴虞从"孝"字出发去解读孔儒思想,这本来没有什么大错,但是他把"孝"作为文化稳定社会秩序的道德机制,片面地理解为是束缚中国人自由个性的精神枷锁,这种欲加之罪何患无辞的片面解释,却为现代青年反对所谓家庭专制提供了借口。比如傅斯年就受吴虞思想的直接影响,把家庭视为中国传统文化的"万恶之源",且不假思索地发泄道:"可恨的中国家庭,空气恶浊到了一百零一度……一句话说来,极力的摧残个性。"②从反"孝"到恨"家",然后再愤然"出走",去寻求个性"解放",这是一套"五四"时期思想启蒙的规范程序;由于中国文化之根的"家"已被彻底地撼动,因此新文化的历史性重构,也必然要在全盘否定"过去"的基础上,去确立其全"新"的价值观念——鲁迅对此,说得非常明白:"祖先的势力虽大,但如从现在起,立意改变,扫除了昏乱的心思,和助成昏乱的物事(儒道两派的文书),再用了对症的药,即使不能立刻奏效,也可把那病毒略略屡淡。"③启蒙精英为了"启蒙"而去反"传统",把儒家思想说得一无是处,其文化虚无主义的历史倾向,明显是一种非理性的时代情绪。余英时就曾以自己的亲身经历,严厉驳斥了"五四"反"传统"的种种谬说:"我在典型的旧农村中度过了八九年,那里并没有'礼教吃人'的事。中国农村其实是充满了人情味的,特别是过年的时候。用'礼教'或'孔家店'压迫人的情形至少并不严重。'愚昧'倒是事实,思想封闭也是不可否认的。"④

"愚昧"与"封闭"的历史根因,究竟是不是由儒学造成的?为什么同样具有两千多年历史的基督教文化,没有造成"西方"社会的"愚昧"和"封闭"?这是一个非常复杂的学理问题,恐怕没有哪一位学者敢轻易地去下定义。然而从"五四"时期开始,出于思想启蒙的客观需求,新文学便以其形象化的故事叙事,将"传统"直接投影于社会现实,并通过制造视觉思维的艺术

---

① 吴虞:《吴虞文录》,黄山书社2008年版,第9页。
② 傅斯年:《万恶之源》,《傅斯年全集》第1卷,湖南教育出版社2003年版,第103页。
③ 鲁迅:《鲁迅全集》第1卷,人民文学出版社1981年版,第313页。
④ 参见余英时:《现代危机与思想人物》,生活·读书·新知三联书店2005年版。

方式，去诠释乡土中国破败与落后的儒学之罪。

首先，研究中国新文学我们都会注意到它乡土叙事的表现特征，而这种乡土叙事则又是以启蒙者主观化的"乡景"写意为前提条件的。最为典型的一个例子，就是鲁迅小说《故乡》的开篇印象：

> 时候既然是深冬；渐近故乡时，天气又已隐晦了，冷风吹进船舱中，呜呜的响，从篷隙向外一望，苍黄的天底下，远近横着几个萧索的荒村，没有一些活气。我的心禁不住悲凉起来了。
> 啊，这不是我二十年来时时记得的故乡？

《故乡》这段"乡景"写意，如果我们孤立地去看，无非就是要凸显乡土中国的破败景象，并没有什么特别值得关注的地方；但是由于作者人为地附加了一个"二十年"的时间概念，立刻便使读者意识到了作者对于"故乡"的"悲凉"叙事，绝不是单一性地追忆往事，而是对比性地表达启蒙诉求——"二十年"来，世界已经发生了翻天覆地的巨大变化，可"故乡"却落后依旧没有一丝生气，究竟是什么原因导致了"故乡"的止步不前呢？回答又必然会归结到"传统"文化这一关键命题上来。毫无疑问，以域外文明或都市文明与乡土中国构成对比关系，进而去影射性地批判"传统"制约中国的历史弊端，这是新文学乡土叙事当中极为普遍的一种现象。在新文学作家的主观意识里，"传统"直接导致了中国文化的一成不变，所以萧红才会在小说《生死场》中，悲观而绝望地喟叹道："十年前村中的山，山下的小河，而今依旧十年前，河水静静的在流，山坡随着季节而更换衣裳；大片的村庄生死轮回着和十年前一样。"而这种"不变"又被萧红等人，理解为是乡土中国的死亡象征："乱坟岗子，死尸狼藉在那里。无人掩埋，野狗活跃在尸群里。太阳血一般昏红；从朝至暮蚊虫混同着蒙雾充塞天空。高粱、玉米和一切菜类被人丢弃在田圃，每个家庭都是病的家庭，是将要绝灭的家庭。"像这样把乡土中国描写得破败不堪死气沉沉的文学作品，毫不夸张地说在新文学创作中随处可见比比皆是。为了"启蒙"而去诉说"苦难"，为了"变革"而去描写"破败"，这种反"传统"的出发点自然是好的，但它是否符合当时中国社会的实际情况呢？

我们不妨去看一下民国期间，两组有关乡土中国的经济数字：一是"许多世纪以来，以大量人力通过建设梯田、灌溉和防涝排水等手段来改造土地而进行的基本投资，也许早在17世纪起就有可能使得每公顷的大米产量达到2.3公吨。这个数字是一个很重要的标志，它代表现代以前农业技术（即在当时还没有大量输入改良的种子、肥料和杀虫药等物品的情况下）理论上的最高产量。在20世纪30年代中国每公顷大米产量平均只有2.54公吨，在1955年和1956年至1960和1961年的时期只到达2.54公吨。在后一段时期，印度的产量还没有超过1.36公吨"①。仅就这一历史叙述而言，乡土中国的农业经济，虽然要比西方发达国家落后很多，但它却是在按照自己的节奏缓慢地增长，更没有出现崩溃的迹象。二是以河北定县为例，"一区六十二村，一万零四百四十五家；一区七十一村，六千五百十五家；一区六十三村，八千零六十二家。总结起来，可得结论如下——一、百分之九十以上人家都有地。二、无地者（包含不以耕种为业者）占百分之十以内。三、有地一百亩以上者占百分之二，；三百亩以上者占千分之一二。四、有地而不自种者占百分之一二"②。农民用土地养活自己，虽然不可能太富裕，但却能够解决温饱问题，这也并不从理论上，支持乡土中国的"经济崩溃说"。因此，新文学创作的"苦难"叙事，无非就是要以"苦难"意识，去唤醒全民族的思想觉悟，进而加速乡土中国的现代化历程。

其次，新文学作家刻意去描写乡土中国的贫穷与落后，其用意无非又是要去表现中国人思想意识的愚昧与无知，并试图通过探寻乡土中国的文化基因，以揭示中华民族停滞不前的历史原因。鲁迅曾万般无奈地喟叹说，"中国人向来就没有争到过'人'的价格，至多不过是奴隶"③。这个"奴隶"在鲁迅本人看来，自然又与儒家思想的长期统治脱不了干系：曾经那个天真活泼热情开朗的少年闰土，如今早已变得麻木死气失去了生命活力："先前的紫色的圆脸，已经变作灰黄，而且加上了很深的皱纹，眼睛也像他父亲一样，周围都肿得通红……那手也不是我所记得的红活圆实的手，却又粗又笨而且开

---

① 费正清、刘广京编：《剑桥中国晚清史》（下卷），中国社会科学出版社1985年版，第15页。
② 梁漱溟：《梁漱溟全集》第3卷，山东人民出版社1992年版，第148页。
③ 鲁迅：《鲁迅全集》第1卷，人民文学出版社1981年版，第212页。

裂，像是松树皮了。"特别是一声"老爷"的所谓尊称，一下子就把中国人的"奴隶"根性暴露无遗。华老栓与花白胡子老头等人，更是在康大叔面前低眉顺眼阿谀奉承，他们自觉地站在封建统治阶级一边，维护着"暂时做稳了奴隶"的可怜地位；在他们看来革命者夏瑜就是犯上作乱，"关在牢里，还要劝牢头造反"，"这大清的天下"怎么会"是我们大家的"呢？还有那个早已被人忘记了的祥林嫂，她从来就没有"争得到过'人'的价格"，夫家将其当做商品卖来卖去，鲁镇人将其视为不祥之人加以排斥；结果她只能带着诸多的人生问号，在除夕之夜惨死于街头，成为封建"礼教"的无辜牺牲品。包括鲁迅在内的新文学作家，他们对于乡土中国的文化认知，无一例外都把他们的批判矛头，指向了乡土中国的一个阶层——"乡绅"。因为"乡绅"既是乡土中国的基层势力，又是封建政体的坚定维护者；所以把"乡绅"作为儒学"礼教"的主要载体去加以批判，最能从根本上去动摇中国传统文化的社会基础。"乡绅"在新文学创作当中的具体表现，就是一种泥古不化的封建保守势力，他们因饱学"儒家"经典而在乡间拥有"崇高威望"，对于任何违反祖制的叛逆行为都大加讨伐。比如"七斤"进城被人剪掉了"辫子"，赵七爷便气势汹汹地找上门来兴师问罪："七斤的辫子呢，辫子？……没有辫子，该当何罪，书上都一条一条明明白白写着的。不管他家里有些什么人。"在赵七爷的主观意识里，"七斤"剪掉了辫子便是对抗朝廷，而对抗朝廷当然又是忤逆之举，理应对其进行道义上的口诛笔伐。"乡绅"阶层对于新文化运动，本能地具有一种抵触情绪，像孙俍工的小说《家风》中，那个前清举人就破口大骂道："怎奈一个非驴非马的民国，'上无道揆，下无法守，'弄得礼义沦亡，廉耻道丧，……唉，说什么……'礼义廉耻，国之四维；四维不张，国乃灭亡'。"我个人所关心的一个问题，是新文学作家笔下那些"乡绅"人物，本来是被描写成正统儒学的继承者或捍卫者，可是每每在作品文本的故事叙述中，往往却又走向了这一批判旨归的对立面，呈现出与创作主体意愿相反的价值偏离。例如鲁四老爷的书房，"只见一堆似乎未必完全的《康熙字典》，一部《近思录集注》和一部《四书衬》。"《康熙字典》说明他阅读古文的能力有限且很少翻阅，《近思录集注》与《四书衬》这些理学的入门书籍，则说明他对博大精深的儒家学说一知半解并不精通。正是由于"乡绅"无师自通的那点儒学知识，使他们所坚守的儒家"礼教"也就捉襟见肘了——当七大人装腔作势地在那里调停"离婚"案例时，恐怕就连他自己也没有真正意识到，爱姑起码多少还知道一个"七出"之条，可"知书达理"的七大人，却在那里胡说什么"天外道理"！由此可见，新文学试图把"乡绅"塑造成传统儒学的代表性人物，可未曾想却事与愿违适得其反，把他们全都塑造成了一种不学无术的"庸俗"之人；"乡绅"既然不是正统儒学的现实化身，那么体现于他们身上的那些言行举止，也就与儒学"礼教"没有必然性的直接联系；故通过批判"乡绅"去攻击"礼教"，进而达到颠覆传统文化的终极目的，无疑只能是一种启蒙思维的主观意志。

新文学在其全面反"传统"的过程当中，还有一个奇特现象值得我们去注意：新文学作家都是自觉地将自己排除于"传统"之外，完全是以一种全新的文化姿态去批判"传统"或否定"传统"，仿佛他们与那个"传统"没有任何血缘关系似的，因此他们才会获得思想启蒙的合法身份。其实他们根本就缺乏自我反省的理性意识，批判"传统"必须首先要去了解什么是"传统"，否定"礼教"首先应该知道什么是"礼教"，否则仅凭改变古老中国的一腔热情，完全无助于传统文化的现代转型。

三、"狂欢"之后：一种不堪回首的悲凉心境

其实，早在"五四"新文化运动如火如荼之际，"学衡派"诸人士就已经向社会发出过警告："彼新文化运动所主张，实专取一家之邪说，于西洋文化，未表示其涯略，未取其精髓，万不足代表西洋文化全体之真相。"[①]他们认为思想启蒙以反"传统"为目的，其理论"曰浅，曰隘。浅隘则是非颠倒，真理埋没。浅则论不探源，隘则敷陈多误"[②]。对于反动派这种斥责之声，新文化阵营显然是不屑一顾的；然而伴随着新文化运动的走向纵深，启蒙者本身也意识到了一系列问题。比如鲁迅便曾讥讽说："从近时的言论上看来，旧家

---

① 吴宓：《论新文化运动》，《学衡》1922年第4期。
② 汤用彤：《评近人之文化研究》，《学衡》1922年第12期。

庭仿佛是一个可怕的吞噬青年的新生命的妖怪,不过在事实上,却似乎还不失为到底可爱的东西,比无论什么都富于吸引力。"①鲁迅这段话很是耐人寻味,新文学曾以反"家"作为其反"传统"的起始点,向青年大肆灌输"离家出走"的现代意识,可到头来却发现那个"家"(传统)无论如何都难以割舍,这充分表明新文学崇"西方"而反"传统"的历史复杂性。

回归历史原场去重新审视新文学的创作实践,只要我们不带有任何思想偏见去加以评说,新文学思想启蒙所刻意张扬的那些"西化"因素,几乎无一例外都是中国古典文学"传统"故事叙事的现代复述;它使我们意识到"传统"不仅没有因启蒙而中断,相反还以民族集体无意识的记忆方式,在新文学创作中不断地得以呈现,进而维系了中国文学传统的历史延续性。将新文学思想启蒙的现代性,同"传统"而不是"西方"相对接,绝非是我们当代人的主观想象,而是新文学自身所面临的一种困境——对于"西方"的陌生与对于"传统"的熟悉,必然会导致它以"化西"去代替"西化"的尴尬局面。

"离家出走"是新文学主张中国人获取现代性的先决条件,新文学为什么要那么决绝地反"家"?胡适所给出的答案是:"家庭里面,有四种大恶德:一是自私自利;二是依赖性,奴隶性;三是假道德,装腔作势;四是懦怯没有胆子。"②总而言之,在胡适看来,"家"之"罪恶",就是摧残个性的黑暗牢笼,故"个性解放"的唯一途径,也就只能是"离家出走"。为了形象化地诠释"离家出走"的启蒙价值,胡适还亲自翻译易卜生的话剧《玩偶之家》,以便为新文学创作去做示范;同时他又撰写了《易卜生主义》一文,从理论上去强化"离家出走"的社会意义,在青年群体当中引起了巨大反响。恐怕我们现在已无法去想象,当时那种群情激昂的热闹场景,但从高觉慧那句"这个家,我不能够再住下去"的愤怒呐喊中,我们多少都会感受到那一时代的躁动气息。从新文学的具体实践情况来看,胡适无疑首开"离家出走"的历史先河,1919年他写了一部独幕话剧《终身大事》,让新女性田亚梅毅然地同封建家庭彻底决裂,并跟随陈先生坐着汽车去追求她的幸福与自由了。随后,

---

① 鲁迅:《鲁迅全集》第3卷,人民文学出版社1981年版,第94页。
② 胡适:《胡适文集》第2卷,北京大学出版社1998年版,第476页。

"离家出走"便作为新文学创作中的一种常态现象，扮演起思想启蒙与个性解放的重要角色。比如，子君敢于以"我是我自己的，他们谁也没有干涉我的权利"的叛逆之态，冲破了一切家庭和社会的重重阻力，同涓生一道在众目睽睽之下，"镇静地缓缓前行，坦然如入无人之境"；（鲁迅《伤逝》）玉君也挣脱了家庭专制的精神枷锁，从自杀抗争到离家而去，终于鼓起勇气乘船出国，去寻找自己心目中的白马王子；（杨振声《玉君》）妩君则大胆地宣布了同家庭彻底断绝关系，无论"父亲顽固的怒骂，母亲的慈祥的悲痛"，都阻挡不了它渴望"明天我们就自由了，明天我们就要永远地结合了"的强烈冲动；（沉樱《妩君》）尽管"捕蟹的人在船上张了灯，蟹自己便奔着灯光来了，于是，蟹落在早就张好的网里"；可"我"还是禁不住"琳"的强烈诱惑，义无反顾地抛弃了家庭与职业，跟随他去到那偏远的乡村小镇上，寻找和体验像梦一般的浪漫爱情。（梅娘《鱼》）综观新文学作家笔下的"离家出走"，基本上都是以新女性为主体对象，虽然也有像高觉新（《家》）或蒋少祖（《财主底儿女们》）等男性人物，但相对而言却少得有点可怜。新女性的"离家出走"原本是想移植"西方"的娜拉，并试图以此为突破口，去张扬"西方"的人文精神。然而，"西方"娜拉的"离家出走"，是从家庭走向社会，去做一个"独立的人"；而中国"娜拉"的"离家出走"，却是从"父家"走向"夫家"，去做一个"幸福的女人"！如此一来，新文学创作不仅没有与西方文学接轨，相反又回到了中国古典文学的固有主题：女性"私奔"现象的现代演绎。因为新女性并非以做一个"独立的人"为"离家出走"的终极目的，而只是把美满婚姻作为"与人私奔"的一种手段，尽管两者之间存有巨大的时间差异性，但却无法改变这种故事叙事的文化同一性。如果我们能够对这种古今相同的文学现象去展开研究，就不难发现以追求婚恋自由为宗旨的"离家出走"，从《鄘风·蝃蝀》《史记·司马相如列传》到宋代的话本小说《碾玉观音》、明代戏曲《墙头马上》再到现代话剧《终身大事》以及小说《伤逝》等，几乎形成了一个完整的逻辑链条，将中国文学的审美心理有机地串连在一起。所以新文学的"离家出走"与"西方"的娜拉无关，它的思想资源恰恰正是中国文学的历史传统。

在新文学创作的叙事模式中，"婚恋自由"与"离家出走"是一种因果关系，如果说"离家出走"被启蒙思维视为反"传统"的艺术表现，那么"婚恋自由"则被启蒙思维视为学"西方"的人文理想。"婚恋自由"在"五四"时期究竟对于国人有多么得重要？沈雁冰在当时曾给出了这样的回答："女子解放的意义，在中国，就是发现恋爱！"①的确，只要我们去浏览一下新文学的创作实践，"差不多完全是集中于'恋爱'的一个题目上——新体写实小说的出现，浪漫的剧本和电影的编制——没有脱得了恋爱问题的"②。五四时期那些倍崇"西方"的新文学作家们，都把"婚恋自由"视为个性解放的必由之路，并将个人择偶权利视为现代性人生观与价值观的唯一诉求，于是乎他们"所沉醉的无非是玫瑰的芬芳，夜莺的歌声；所梦想的无非是月下花前的喁喁细语和香艳的情书的传递"。（苏雪林《母亲的南归》）他们大声疾呼爱情高于一切，"爱是人们的宇宙，爱是人们的空气、食料……一切圆满的生活，必须建筑于爱的圆满上"（冯沅君《误点》）。"婚恋自由"在新文学作品的文本当中，大致又呈现出以下三种叙事模式：其一，"爱"是人类社会的生命本能，是"人"所无法抑制的性欲冲动，无论外界何种禁忌对其加以束约，都不可能阻止它的膨胀与爆发。比如，叶灵凤的小说《昙花庵的春风》，就是以反禁欲主义的人性关爱，讲述了这样一个的故事：昙花庵里的小尼姑月谛，因其生理发育已经成熟，再加上父母当年的"热情"遗传，终究耐不住出家人的生活寂寞，看到别人结婚她内心有所触动，对于男女之事也越来越感到好奇，"月谛如同破茧出来的飞蛾般，做醒了一场大梦，才得重见天日。她以前看见两只蝴蝶在天空飞逐，总不明白它们的原故，现在她恍然了。尤其在下山时看见男人，总觉得有点异样的感受……"小尼姑月谛最终无法自持，故产生了还俗嫁人的强烈愿望。其二，"爱"是上帝赋予每一个人的神圣权利，人们一旦失去了"爱"，就应该重新去获得"爱"，任何阻挡"爱"之行为都是不道德的。比如，罗洪的小说《祈祷》是以反封建"节烈"思想的正义感，讲述了这样一个故事：一个年轻的寡妇，听着曼陀林的美妙声音，偷偷地爱上了一个忧伤的中年男子，"他每夜都站在洋台上弹曼陀林，唱那首十分哀伤的歌；她也

---

① 茅盾：《解放与恋爱》，载《民国日报》副刊《妇女评论》1922年3月29日。
② 仲华：《嫁前与嫁后的恋爱问题》，载《妇女杂志》1929年第15卷第10期。

每夜站在窗口听着。她常常看见他的眼里包着泪水,有时候他的弹奏戛然停止,回到里面去。她也常常含着泪,直到他走了进去,她还独自站在那里"。然而受"守节"思想的严重束缚与家人的严格管制,她只能发乎"情"而止乎"礼",痛苦地把"爱"深深地埋藏在心底。其三,"爱"是一种超越年龄与超越规范的人生境界,为了"爱"人们可以摆脱一切压力和羁绊,只要自己能感受到幸福就足够了,还管它什么伦理与道德。比如,杨刚的小说《翁媳》也以反封建婚姻制度的叛逆姿态,讲述了这样一个故事:童养媳月儿来到婆家以后,因丈夫年纪尚小还不能圆房,可是在漫长的等待过程之中,她却喜欢上了自己未来的公公朱香哥。朱香哥那"色如紫铜、熊臂鹿腰"似的强健身躯,牢牢地吸引着月儿渴望被爱的躁动心理,因此她血液涌动浑身燃烧,主动献身于未来的公公也无怨无悔。我并不否认这三种故事叙事模式,在"五四"思想启蒙时期所曾起到过的积极作用,而只是想说明新文学"婚恋自由"的价值取向,同"传统"而不是与"西方"的关系更为密切。实际上,从《诗经》的《关雎》篇到清代的《红楼梦》,追求"婚恋自由"一直都是中国人的美好理想,如果我们只是简单地把"婚恋自由"视为一种"西方"现代意识的中国体现,这显然不是一种科学理性的认知态度。

  以新式"才子佳人"的故事叙事,去重新演绎"离家出走"的现代意义,进而通过"婚恋自由"的创作题材,去投射"个性解放"的时代影像,这种整齐划一的艺术景观,可以说是新文学反"传统"与崇"西方"的真实写照。但是,伴随着新文学自身的快速成长,新文学作家对于启蒙话语中的悖论逻辑也越来越感到有些困惑不解。首先,他们开始意识到"离家出走"并不一定就意味着"个性解放",比如鲁迅在小说《伤逝》里,就以子君的"离家出走"为例,驳斥了这种起源于"五四"的启蒙谬论:子君形象的真实意义,并不在于她那声"我是我自己的,他们谁也没有干涉我的权利"的振臂一呼,更不在于她勇敢地"离家出走"而使人们看到了新女性的辉煌曙色;鲁迅通过塑造子君这一艺术形象,是让我们去认识了"五四"新女性的历史真相——走出专制的"父家"而走入自选的"夫家",于是便实现了她们追求"个性解放"的全部目的!只有从这一意义层面上去理解,我们才能读懂为什么婚后的子君,会突然变得"止步不前",而自甘平庸不再前进了!而叶圣陶小说《倪焕之》中的金佩璋，也是一个与子君相类似的新女性人物，她在与倪焕之同居之后，同样也终止了"个性解放"的叛逆过程。其实无论是鲁迅还是叶圣陶，他们都是在以自己的经验与阅历去告诉那些初出茅庐的社会青年，"个性解放"是指一个人应具有明辨是非的独立意识，而这种独立意识则是需要长期培养才会形成的，因此"离家出走"与"个性解放"之间，并无什么本质上的必然联系。其次，"离家出走"固然摆脱了"父母之命、媒妁之言"的"传统"束缚，可新青年是否就真正获得了他们想要获得的婚姻幸福了呢？回答自然是否定性的了，至少新女性对此感受颇深。阅读新女性作家的文学创作，我们完全可以用一片哀鸿来加以形容——受启蒙思想的深刻影响，"我叛逆了我的家，自以为是获得了新生"（梅娘《鱼》），可是实际结果呢？"同居牺牲了学业，牺牲了一切"，自己非但没有获得"幸福"，相反却成为了男性的"玩物"（沉樱《爱情开始的时候》）；当年意气风发的"我"，瞬间便失去了美丽的光环，"用剑扎伤我自己，我喝自己的鲜血"（庐隐《归雁》）；经历了"天堂"与"地狱"的短暂轮回，新女性重新自闭心灰意冷，她们用极度抱怨的"一声叹息"，再也不相信这人"世间有纯粹精神的男女之爱"（冯沅君《春痕》）。如果说"爱情"曾是"五四"时期最具有吸引力的启蒙话语，那么不再相信"爱情"无疑也就意味着她们不再相信启蒙。用谢冰心那直白的语言来说，试图"靠爱情来维持生活真是一种可怜而且危险不过的事情"。①再者，既然"离家出走"的"个性解放"并没有给新青年带来"婚姻幸福"，所以重温"家庭"的温暖和重识"父母"的亲情，便构成了新文学反思启蒙的自觉意识。鲁迅最早以小说《狂人日记》，象征性地表达了他对文化个体与文化共同体之间辩证关系的深度感受——"狂人"在躁动不安的反抗叛逆中，本想历史性的解构中国传统的"家文化"，可到头来却发现这个"家文化"与自己本身就具有着千丝万缕的血缘关系，故他只能赶紧"病愈""前去候补"，否则将会陷入难以排解的矛盾漩涡——因为他根本就无法去回答，如果没有"家"，"我"究竟是从哪里来？如果没有"父母"，"我"究竟是"谁"的哲学命题。巴金在"激流三部曲"中，对"家文化"的攻击是最猛烈的，他让

---

① 参见冰心：《〈关于女人〉后记》，宁夏人民出版社1999年版。

高觉新愤然地"离家出走",去寻找自我"解放"的光明坦途,而这种"解放"究竟实现了没有?作者本人也未敢轻易地给出答案;但是到了《寒夜》里,那个同样是选择了"离家出走"的曾树生,却似乎替高觉新回答了这一问题:"夜的确太冷了,她需要温暖"。毋庸置疑,"温暖"在这里,就是指对回"家"的一种渴望。此外,还有老舍在《四世同堂》里对家庭亲情的大肆褒扬,路翎在《财主底儿女们》里让蒋少祖和蒋纯祖两人从"叛家"到"想家",都或明或暗地反映了新文学作家对于"五四"时期"离家出走"叛逆行为的深刻反省。

从狂热地反"传统"与崇"西方"到理智地去看待新文学的现代性,它生动地表明了伴随着新文学作家思想意识的逐渐成熟,人们已不再是以青春感性去认知历史与文化,而是开始以经验和理性去认同历史与文化。所以,新文学现代性追求过程中的"传统"与"西方",绝不是一个仅停留在学术界口头上的抽象概念,更不是一个以此代彼绝截然对立的理论符号,我们必须要以科学理性精神去加以分析,才能得出实事求是的正确答案。

(原文刊发于《学术研究》2015年第8期)

第六章 精英话语的另类言说

导言:"精英意识"与"民间立场"的错位对话

从"民间立场"或"民间价值"去重新探讨中国现当代文学的历史走向,这是自20世纪90年代以后由陈思和所率先提出,再由王光东等人加以详细注解和深度阐释,最终引起学界热烈讨论并高度认同的理论话题。

1994年陈思和同时推出了《民间的还原》与《民间的沉浮》这两篇重量级文章,他从"过去一直深信不疑知识分子精英意识在当代的主流地位极其不可取代性"[①],到重新梳理中国现当代文学时发现"民间隐形结构的生命力是如此的顽强",[②]进而形成了一种由"庙堂"到"广场"再还原为"民间"的文学史观。为了清晰地勾勒出20世纪中国文学(尤其是"后新时期文学")的"民间立场",陈思和首先对其所提出的"民间"概念,从审美认识论方面做出了三条定义:一、它产生于权利控制相对薄弱的社会领域,保存了相对自由活泼的艺术形式,能够真实地表达民间世界的生活情绪,并具有着它自己独立的历史和传统;二、不受任何道德说教的制约与规范,甚至于"连文明、进步、美这样一些抽象概念也无法涵盖",自由自在是它最基本的美学追求,同时也是民间文学艺术生产的精神源泉;三、"它既然拥有民间宗教、哲学、文学艺术的传统背景,用政治术语说,民主性的精华与封建性的糟粕杂交在一起,构成了独特的藏污纳垢的形态,因而要对它作一个简单的价值判断,是困

---

① 陈思和:《民间的还原》,载《文艺争鸣》1994年第1期。
② 陈思和:《民间的沉浮:从抗战到文革文学史的一个尝试性解释》,载《上海文学》1994年第1期。

难的"①。正是出于这样的理论基点，陈思和认为"后新时期文学"的理论与实践，明显都呈现出了回归"民间立场"的价值取向，其表现特征"第一是指根据民间自在的生活方式的度向，即来自中国传统农村的村落文化的方式和来自现代经济社会的世俗文化的方式来观察生活、表达生活、描述生活的文学创作视界；第二是指作家虽然站在知识分子的传统立场上说话，但所表现的却是民间自在的生活状态和民间审美趣味，由于作家注意到民间这一客体世界的存在并采取尊重的平等对话而不是霸权态度，使这些文学创作中充满了民间的意味"②。陈思和还把莫言的《红高粱》、张承志的《心灵史》、张炜的《九月寓言》、贾平凹的《废都》、韩少功的《马桥词典》等作品，统统都视为是"后新时期文学"最能体现"民间价值"取向的经典文本，并要求传统的学术界与批评界彻底转变孤芳自赏的精英思维，从民间立场出发去重新认知中国文学未来发展的"话语空间"。不可否认，陈思和充分注意到了20世纪90年代中国文学创作的全新变化，并以"民间立场"或"民间价值"去尝试着解读这一现象，这对我们全面理解百年中国文学的现代化历程，的确提供了一种耳目一新的参考思路。但是我们也必须清醒地意识到，"民间"原本就是一个十分笼统和难以把握的泛指概念，如果只是简单地将官方意识形态与精英意识形态以外的文化意识形态，统统称之为逍遥江湖独立自在的"民间"意识形态，那么它同样会以其自身内涵的抽象性和不确定性，极大地困惑着研究者对于"民间"概念的本质认识。

也许正是为了弥补陈思和理论上的这一缺憾，王光东又对"民间"概念做了大量的补充与说明。他所坚持的基本观点，大致可以分为两个方面：一是他认为"我们可以把民间区分为乡村民间、市井民间和知识分子自身的民间等几种类型，这几种类型与国家权力之间的关系可能有强有弱，有所差异，但它有着相对独立、相对稳定的一面却是事实"③。二是他认为"民间"审美具有四个比较明显的表现特征：作家"自觉地"用"民间的视角来思考问题和

---

① 陈思和：《民间的沉浮：从抗战到文革文学史的一个尝试性解释》，载《上海文学》1994年第1期。
② 陈思和：《民间的还原》，载《文艺争鸣》1994年第1期。
③ 王光东：《民间与启蒙》，载《当代作家评论》2000年第5期。

叙述故事""自觉借鉴和运用民间的形式""对民间文化的转化与再造"以及"知识分子的民间想象"。①总而言之,"民间的核心内涵是'自由——自在'","'自由'主要是在民间朴素、原始的生命力紧紧拥抱生活本身的过程中体现出来",而"'自在'则是指民间本身的生活逻辑、伦理法则、生活习惯、审美趣味等的呈现形式"。②然而,当我把王光东的系列论文细读了一遍,发现他不仅没有修正陈思和理论上的巨大缺陷,相反还人为地解构了陈思和"民间"概念的原有基础——如果说陈思和的"民间说"因其"空泛"还具有某些理论上的诱惑性,那么王光东的"民间说"则因其"具体"而呈现出了自我否定的悖论性。

"民间"在中国传统文化的认识范畴里,一般是指与"官方"相对应的社会形态,比如《墨子·非命上》中就曾说:"执有命者,以襏于民间者众。"而"民间文学"则是"五四"以后才出现和流行的一个名词,它是指广大劳动人民的语言艺术,既流行于民众之间的口头创作。这也就意味着那些后来采集于"民间"再经过文人加工过的通俗作品,并不能代表真正意义上的"民间文学"。"五四"新文学对于"民间价值"的全力提升,实际上并非是对原始"民间"文化的充分肯定,而是对下层知识分子的"民间想象",进行精英意识的"转化与再造"。出于中国现代思想启蒙运动的客观需求,精英知识分子社会阶层在反传统的过程当中,试图重新建立起一套全新有效的话语秩序,"民间价值"无疑便成了他们攻击对手的有力武器。我们现在所面临的理论难题,并不是中国现代文学所倡导的"民间立场";而是真实"民间"的文化形态与知识分子的"民间"想象,两者概念之间难以调和的巨大差异性。在中国现代精英知识分子的主观意识里,"民间"文化显然被人为地分割成了"糟粕"与"精华"两大部分,而弃其"糟粕"取其"精华"则又一直都是中国现代文学的审美理想。由于"糟粕"与"精华"的区分标准,是由精英作家根据民间作家所提供的经典文本来加以确定的,故他们一再强调的"民间"概念,实际上仍是属于知识分子内部的"民间想象"。王光东说中国现代文学的

---

① 王光东、杨位俭:《民间审美的多样化表达》,载《当代作家评论》2006年第4期。

② 王光东:《"民间"的现代价值》,载《中国社会科学》2003年第6期。

"民间立场"是精英作家加工和想象出来的"民间"世界,他已不打自招地道出了"民间立场"的伪命题特征!我可以列举两个实证:一是陈思和与王光东在谈论民间文学的艺术价值时,都未能摆脱历史偏见而把张恨水等人的通俗小说纳入到考察范围,也许是他们认为张恨水那些通俗小说应属于"糟粕"之类,可是其再"糟粕"恐怕也要比莫言、韩少功等人的"民间立场"更能受到广大民间读者的认可与接受;二是他们都简单地把"自由——自在"看作是民间文学的真实本原,而"自由——自在"却是人类生命现象的共同属性——超越自身生存局限的主观愿望,把人类"自由——自在"意志的普遍性意义,简单地概括为"民间文学"的特殊性意义,这是一种"瞒天过海""偷梁换柱"式的理论荒谬。

我个人认为,强调20世纪中国文学的"民间立场"或"民间价值",其命题倡导者所要表达的真实意图,并不是什么对"民间"文化的理论认同,而是知识分子精英意识的另类言说。由于知识精英自觉地肩负起了救亡图存的启蒙使命,那么他们也就必然将自身视为游离于"官方"与"民间"的独立存在;启蒙的终极目的是要颠覆封建社会的权力意志,而革命的成败则又有赖于广大民众的参与热情——所以精英知识分子出于思想启蒙的实际需求,为了获取民众支持而站在"民间立场"去肯定"民间价值",这种替大众而"言说"的"民间"观念,恰恰构成了百年中国文学表面上心仪"民间"文化,但其本质上却是在张扬"精英意识"的审美假象!因为"精英"之所以自命为是"精英",他们就是为了要区别自己和"官方"与"民间"的不同身份;他们既不愿意与"官方"为伍也不可能同"民间"合流,否则"精英"也就失去了其"精英"价值的存在意义。所以,借助"民间立场"去张扬"启蒙意识",既是精英知识分子重返社会话语中心的意志体现,同时也是20世纪中国文学功利主义审美诉求的典型特征!

一、"五四"新文学的"民间立场"与"平民"意识

"五四"新文学既是中国现代文学的历史发端,同时也是精英知识分子向社会显示其力量的文化宣言。它以提倡"白话文"反对"文言文"为始动理

论，以创作"人的文学"和"平民文学"为奋斗目标，巧妙地实现了知识精英借助于"民间立场"，公开走向中国现代社会思想前沿的主观意愿。

只要我们稍加留意便不难发现，"白话文"与"人的文学"主张，都表现着胡适等人调和"民间"与"精英"的巨大努力。胡适从历史进化论的角度出发，最早把"文学革命"定义为对"民间"俗文学价值的重新认识，并一再地强调指出说："中国有了一千多年的白话文学，只因为无人敢公然主张用白话文学等来替代古文学，所以白话文学始终只是民间的'俗文学'，不登大雅之堂，不能取死文学而代之。"①依据胡适本人的现实说法，"白话文学"在中国古代早已有之，只不过被"庙堂"文人视为是不登大雅之堂的"民间文学"，而埋没了其"活文学"与"真文学"的应有价值；那么"五四"新文学推广"白话文"的表现形态，确立"白话文学"为中国文学的"正宗"地位，则又明显带有替"民间文学"进行申冤，且高扬其社会普遍意义的翻案意图。而周作人所力主的《人的文学》与《平民文学》，"乃是一种个人主义的人间本位主义"："当以人的道德为本"，"要讲人道，爱人类"；②"平民文学决不单是通俗文学"，而是要致力去提升"平民文学"的精神品格。③毫无疑问，周作人要求"平民文学"能够"脱俗"且趋于"高尚"，就是在推行"五四"新文学思想启蒙的精英意识。如果我们把胡适与周作人两人的文学思想联系起来加以分析，恰好从内容与形式两个方面都说明了"五四"新文学运动的非"民间"化倾向。

胡适在谈及"庙堂文学"的致命弱点时曾经指出，其"最大缺点是把社会分成两部分：一边是'他们'，一边是'我们'。一边是应该用白话文的'他们'，一边是应该做古文古诗的'我们'。我们不妨仍旧吃肉，但他们下等社会不配吃肉，只好抛块骨头给他们吃去罢了。这种态度是不行的。"④胡

---

① 胡适：《〈中国新文学大系·建设理论集〉导言》，见《中国新文学大系·建设理论集》，上海文艺出版社2003年影印本，第20页。
② 参见胡适：《人的文学》，同上。
③ 参见胡适：《平民文学》，同上。
④ 参见胡适：《五十年来之中国文学》，《胡适文存》第2集卷3，上海亚东图书馆1924年版。

适此言从表面上看来，好像是在明确地表达现代知识精英抛弃"我们"而加入"他们"的铮铮誓言，同时也预示着"庙堂"与"精英"之间对于"民间"认识的思想分野；可仔细推敲胡适与周作人的文学主张则又发现，他们的"民间立场"其实都是有条件的重新释义，而不是无条件的全面接受与盲目认同——即剔除内容方面的"糟粕"而提取形式方面的"精华"！这种貌似"公允"的"中庸"论调，充分暴露出了"五四"新文学的功利性质：认同了民间知识分子的创作价值（书面文本），而不认同民间世俗生活的文化价值（社会陋习）；"民间文学"异常庞大的民众受体，才是他们为启蒙而"民间"的根因所在。由于"五四"新文学为"启蒙"而"民间"完全是一种被动行为，那么它就必然会对"民间"提出自己的要求与规范，比如胡适在其《文学改良刍议》一文当中，首先就是强调"思想"对于"文学"的统帅作用，他认为"吾所谓'思想'，盖兼见地、识力、理想三者而言之。思想不必皆赖文学而传，而文学以有思想而益贵，思想亦以有文学的价值而益贵也"[①]。究竟什么是现代"白话文学"的"思想"内涵呢？毋庸置疑自然是"五四"启蒙的精英意识。胡适的确是非常聪明与睿智，他从"白话文学"史中发现了两大秘密：一是"民间文学"的社会影响要远大于"庙堂文学"的社会影响，故他才会想出借"民间"艺术形式去传播西方人文精神，进而去全面推动中国文化现代转型的绝妙主意；二是他清醒意识到所谓"民间文学"并非是"平民"或"百姓"的精神出产品，而是那些失去了政治与话语权利且生活于社会底层的"民间"文人的智慧结晶；因此承认"民间文学"的存在价值同时也意味着承认"民间"文人的存在价值，这样非常有利于知识精英与"民间"文人形成反对"庙堂"文学的统一战线。对于第一点学界可能看得非常清楚，可是对于第二点人们却并没有真正地意识到。胡适在谈中国古代章回小说的成书过程时，曾充分肯定了"民间"知识分子"滚雪球"式的接力创作；在他看来如果知识精英能与"民间"文人放手联合并赋予他们以现代西方的人文思想，那么借助于"白话文学"去完成中国社会转型的思想启蒙必将会取得事半功倍的巨大效果。这

---

① 参见胡适：《文学改良刍议》，见《中国新文学大系·建设理论集》，上海文艺出版社2003年影印本。

使我陡然意识到"五四"新文学所坚持的"民间立场",其实就是一种认同民间知识分子劳动价值的社会立场;因为"民间文学"是由"民间"文人的传承而存在,两者之间则是不可分割的逻辑概念。所以,当"文学研究会"等激进人士猛烈攻击"鸳鸯蝴蝶派"文学时,"播火者"胡适却一直都是保持沉默缄口不言;他当然知道这种现代"民间"文人的文学创作尽管存在着许多缺陷,但否定它无疑也就是否定了自己"白话文学"的理论基础!直到1936年后国内文艺界为了"抗战"而联合"民间"艺人,把张恨水等人也名列其中时方见出胡适目光的高瞻远瞩。

"五四"新文学创作受"白话"理念的深刻影响,明显地表现出了十分强烈的"民间"倾向,这是一个任何人都不可否认的客观事实。比如以刘半农为代表的民歌体诗,还有以鲁迅为代表的"乡土小说",它们贴近生活现实描写人生苦难的种种努力,的确曾使新文学呈现出了摒弃"庙堂"走向"广场"的"民间"化趋势。然而"广场"并不是"民间"的代名词,它只不过是精英知识分子重返社会政治生活中心的一个话语平台,其本质仍旧是精英知识分子"教化"他者的意志体现。"五四"新文学倡导"民间"却又否定"国民性",这就使它自身的理论体系出现了相互矛盾的巨大缺陷——"民间"是"传统"的孕育土壤与生存环境,而"国民"则是区别于"官方"的"民间"存在;"国民性"恰恰就隐藏于"民间性"之中,那么否定"国民性"不也就否定了"民间性"吗?所以尽管"五四"新文学一再地强调,要表现"今日的贫民社会,如工厂之男女工人,人力车夫,内地农家,各处大负贩及小店铺,一切痛苦情形"的苦难意识,①但其"言"大"志"而"轻"小"情"的启蒙诉求,无一不尽显其骨子里傲视"民间"的"精英本色"!回顾"五四"新文学的发展历程,人们不难体会到现代精英知识分子对于"民间"认识的深刻程度,远没有达到传统民间知识分子那种"感同身受"的思想境地;因为无论是罗贯中、施耐庵还是吴敬梓、曹雪芹,他们都十分了解"民间"社会的生活情趣与审美心理,并以迎合"民间"自觉从"众"的创作心态,成为了倍受中国

---

① 参见胡适:《建设的文学革命论》,见《中国新文学大系·建设理论集》,上海文艺出版社2003年影印本。

老百姓所"喜闻乐见"的文学巨匠。虽然"五四"新文学认同民间知识分子的创作价值,同样也打着"民间"旗号并表达了"为民请命"的主观意愿,但他们借助"民间"去攻击"庙堂"最后想"取而代之"的鲜明意图,又使他们始终都没有在"精英"与"民间"之间架起一座情感沟通的信任桥梁。因此我个人认为"五四"新文学的"民间立场",只不过是一种由精英知识分子运用"广场"话语所制造出来的"民间想象",它以"广场"遮蔽"民间"而去张扬"精英意识",这不仅没有使"五四"新文学真正地走向"民间",相反还受到了后来左翼文学的一致诟病与猛烈批判!

二、左翼革命文学的"民间立场"与"大众"想象

出现于20世纪30年代中国文坛的左翼文学,它以否定"五四"启蒙文学的"民间立场"为自我标榜,同时又以无产阶级文学的"大众立场"而自我定义,实际上它是中国现代社会由思想革命转向政治革命的必然产物。

左翼文学有一个最主要的显著特征,那就是全面提倡文学艺术的"大众化";而一涉及文学"大众化"的敏感话题,则又难以绕开如何去评价"民间文学"的态度问题。左翼文学对待"民间文学"的基本看法,与"五四"新文学并没有什么原则性的理论分歧,它同样是强调改造"民间"为"我"所用,进而实现其启迪民众政治觉悟的功用目的。从1930年到1934年,左翼文学阵营曾召开过三次文艺"大众化"的座谈讨论,而每一次座谈讨论的核心焦点,都与无产阶级大众文学的"民间"形式密切相关。他们认为"普罗文艺应该以大众为标准,应该切合于千百万的工农大众所需要而制作出他所爱好的东西",① 这就要求"文学作品应该用大众听得懂的,他们听惯的语言写,以诉之于耳为主",② "我们可以而且应当利用这种大众文艺的旧形式,创造革命的大众文艺,即内容是革命的小调、唱本、连环画、说书等"③。因为他们知

---

① 华汉:《普罗文艺大众化的问题》,载《文学导报》1931年9月第1卷第5期。
② 洛扬:《关于革命的反帝大众文艺的工作》,载《文学导报》1931年10月第1卷第6、7期合刊。
③ 洛扬:《论文学的大众化》,载《文学》1932年4月第1卷第1期。

道"再落后的女工,可以看《不如归》而流泪;中国的工人,决不会欢迎张资平的小说。然而《火烧红莲寺》《江湖二十四侠》《七侠五义》《施公》《彭公》,却得到大众热烈的欢迎和拥护"①。所以他们强调"新的大众文艺,就是无产阶级的通俗化"②。"五四"文学因其主张思想启蒙而看重"民间文学"的社会价值,左翼文学则因其主张政治启蒙而看重"民间文学"的社会价值,由于"政治"本身就是隶属于"思想"范畴,故两者之间也就大同小异其原实一。不过左翼文学却并不认同"五四"文学,甚至于还以否定"五四"文学的伪"平民"性,来高扬其自身"大众文学"的超越品质。瞿秋白的一番论点,在当时就很具有代表性:

> "五四"的新文化运动,对于民众仿佛是白费了似的!五四式的新文言(所谓白话)的文学,只是替欧化的绅商换换胃口的鱼翅酒席,劳动民众是没有福气吃的。……现在,绅士之中有一部分欧化了,他们创造了一种欧化的新文言;而平民,仍旧只能够用绅士文字的渣滓。平民群众不能够了解所谓新文艺的作品,和以前的平民不能了解诗、古文、词一样。新式的绅士和平民之间,还没有"共同的语言"。

瞿秋白把"五四"时期的"白话文学",称之为"非驴非马"不屑一顾,他认为真正的无产阶级"大众文艺",不但要"推翻所谓白话的新文言,而且要严重的反对旧小说式的白话",它应当高度自觉地贴近工农大众的现实生活,"应当从运用最浅近的新兴阶级的普通话开始"③。然而这种"新兴阶级的普通话",究竟与"旧小说式的白话"有何不同?瞿秋白自己却并没有回答,因为他本人对此也是说不清楚的。

其实左翼文学的"大众化"与"五四"文学的"平民化",都是中国现

---

① 何大白:《文学的大众化与大众文学》,载《北斗》1932年7月第2卷第3、4期合刊。
② 郭沫若:《新兴大众文艺的认识》,载《大众文艺》1930年3月第2卷第3期。
③ 宋阳:《大众文艺的问题》,载《文学月报》1932年6月10日第1册。

代文学"广场"理论的呈现形式,即强调精英知识分子必须以其现代性的审美理想去全面改造"民间文学"的低级趣味和庸俗内容,以便使其成为思想启蒙或政治启蒙的宣传工具。但是我们也必须看到两者之间的微妙差别——"五四"时期的"广场文学",虽然与"庙堂文学"势不两立,却对"民间文学"既有批判又有继承;而左翼文学则有所变化,它几乎同时为自己树立起了三个"敌人","庙堂文学""五四"文学以及"民间文学"。左翼作家明确将"民间文学"视为是封建"糟粕",认为"通俗小说是封建意识,有闲阶级小商人太太等的东西有许多是神奇的封建遗产"[1]。他们还指出"民间文学"其实"并不是大众自己所创造,实乃是封建社会的学士文人施舍给大众的(这和财主施粥是一样的心理,一样的行为)。所以,这也就是支配阶级麻醉大众的毒药"[2]。应该说左翼阵营将"民间"作家视为"封建"文人,这使他们从一开始就陷入到一种孤立无援的被动状态。与此同时,左翼阵营对于"民间文学"的语言形式,也表现出了一种自相矛盾的逻辑悖论:他们一方面认为有必要去利用"民间文学"的通俗形式,另一方面则强调"旧小说"的语言是"死白话","不是群众自己的语言","群众要学习文字的时候,不要学这种死白话,而要学'新兴阶级的普通话'"![3]人为地分割"民间文学"的语言形式,并使两者相互对立彼此攻讦,这其中包含有一种左翼文学的潜在意图,说穿了就是"大众文学的普罗化",而不是"普罗文学"的"大众化"。[4]既然是"大众文学的普罗化",那么它就应是由无产阶级的革命作家,去"创造出劳动民众自己的文学的语言";[5]并借助于以这种"语言"为载体的"大众文学","扩大新兴阶级的政治影响,完成新兴阶级的解放运动"。[6]

如果我们不带有任何偏见去看问题,左翼大众文学的"普罗化"理论,

---

[1] 《文艺大众化问题座谈会》,载《大众文艺》1930年3月第2卷第3期。
[2] 何大白:《文学的大众化与大众文学》,载《北斗》1932年7月第2卷第3、4期合刊。
[3] 瞿秋白:《再论大众文艺答止敬》,载《文学月报》1932年第1卷第3期。
[4] 何大白:《文学的大众化与大众文学》,载《北斗》1932年7月第2卷第3、4期合刊。
[5] 瞿秋白:《再论大众文艺答止敬》,载《文学月报》1932年第1卷第3期。
[6] 钱杏村:《大众文艺与文艺大众化》,载《拓荒者》1930年3月第1卷第3期。

其实就是"五四"文学"精英化"的理论翻版;因为无论是"五四"新文学的"白话文"还是"新兴阶级的普通话",都必须由精英知识分子来创造与完成,"平民"和"大众"都只不过是精英话语另类言说的堂皇借口。从这样的认识基点出发,我们可以看到左翼文学的创作实践,虽然"现实关照对象基本上都是乡村、社会底层和一般人的日常生活",但却并没有因其在"一种普遍意义上提取民间性特征",①而真正表现出精英意识向"民间立场"自觉转化的明显迹象。"革命+恋爱"式的浪漫小说固然不能代表左翼文学的"大众"立场,但以农村为题材的革命小说却是大众文学"普罗化"的艺术写照。比如茅盾的《春蚕》与叶紫的《丰收》等作品,其"现实关照对象基本上都是乡村、社会底层和一般人的日常生活",都生动地反映了中国农村在现实生活重压下的经济破产,强烈地宣泄着中国农民不堪重负的躁动不安与反抗情绪,他们主观上站在"民间立场"去为劳苦大众而代言,但客观上却并没有得到社会下层的真实情绪,更不具有被"民间"读者所"喜闻乐见"的审美价值。原因就在于他们所赋予工农大众的"苦难意识",归根结底还是一种知识精英改造世界的艺术想象,其终极目的是要通过对这种"苦难意识"的大肆渲染,去极大地激发起广大民众的反抗情绪,尤其是全面地提升农民阶级的政治觉悟,以便"使他们起来为苏维埃政权而斗争"!②另外,左翼文学把"庙堂文学""五四"文学以及"民间文学"统统打倒,而自诩为大众文学唯一性的存在形式与合法代表,这就充分暴露出了左翼文学"大众化"的真实目的:用政治精英意识去代替"民间"文化意识,最终确立无产阶级革命文学的审美原则。

三、"解放区"文学的"民间立场"与"民族"形式

1938年10月,毛泽东在中共六届六中全会上作了题为《论新阶段》的政治

---

① 王光东、杨位俭:《民间审美的多样化表达》,载《当代作家评论》2006年第4期。

② 《无产阶级文学运动新的情势及我们的任务》(左联执行委员会决议),载《文化斗争》1930年8月第1卷第1期。

报告。在这篇政治报告当中,毛泽东明确地提出了中国新文艺的发展方向,应具有"为中国老百姓所喜闻乐见的中国作风与中国气派",因此而引发了一场由众多知名人士积极参与的有关"民族形式"的社会大讨论。

值得引起我们注意的是,这次文艺界大讨论的关键命题,是中国现代文学的"民族化",而不是"五四"时期的"平民化",以及"左联"时期的"大众化"。人们几乎不约而同地把目光,都聚焦到了对新文学艺术追求的深刻反思上,他们强烈地质疑道:"'五四'以来的新文艺运动有没有产生过能够表现我们的民族气派和民族作风的东西呢?我们不能说没有,而要说太不够。"①因为"五四运动时代提出废除庙堂文学,提倡大众文学……但那时的工作只限于少数人的努力,所以成绩不甚好。"他们甚至认为在"民族形式没有提出以前,文艺大众化只是作家主观中的目标,空想性的愿望";而"民族形式的提出,完全是一个划时代的崭新的变革问题,它意味着文艺大众化运动由空想到科学的跃进"②。"民族形式"的广泛讨论,同样也涉及对"民间形式"的价值评判。可喜的是此时的讨论者已经清楚地意识到,"民族形式"绝不是"民间形式"的概念置换,而是"要作家投入到大众的当中,亲历大众的生活,学习大众的语言,体验大众的要求,表扬大众的使命。作家的生活能够办到这样,作品必能够发挥反映现实机能,形式便自然能够大众化的"③。1942年毛泽东在其《在延安文艺座谈会上的讲话》当中,又对"民族化"与"大众化"做出了更为严谨而详细的理论阐释,他指出文学艺术的"民族化"与"大众化"是作家与艺术家的世界观问题而不是方法论问题:"要彻底解决这个问题,非有十年八年的长时间不可。但是时间无论怎样长,我们却必须解决它,必须明确地彻底地解决它。我们的文艺工作者一定要完成这个任务,一定要把屁股移过来,一定要在深入工农兵、深入实际斗争的过程中,在学习马列主义和学习社会的过程中,逐渐地移过来,移到工农兵这方面来,只

---

① 艾思奇:《旧形式运用的基本原则》,载《文艺战线》1939年4月第1卷第3号。
② 参见潘梓年、向林冰在《文艺的民族形式问题座谈会》上的发言,载《文学月报》1940年5月第1卷第5期。
③ 郭沫若:《"民族形式"商兑》,载《大公报》1940年6月9—10日。

有这样，我们才能有真正的工农兵的文艺。"①毛泽东的《在延安文艺座谈会上的讲话》实际上解决了一个"五四"以来文学艺术界一直都在空泛争论的"民间"问题。因为在毛泽东看来，"民间"其实就是指"人民大众"；如果作家与艺术家不能够"与人民群众打成一片"，那么无论是什么"大众化"也好"民间化"也罢，都只能是精英知识分子一厢情愿的轻浮言说。十分显然，毛泽东首先是在强调"民族文化"的情感认同，然后才去强调"民族形式"的推陈出新；当他把"民间立场"置放于世界观的理论高度去讨论"民间价值"时，"为中国老百姓所喜闻乐见的"衡量尺度也就具有了超越前人的重大意义。

"赵树理现象"的文学史意义就最能说明问题。赵树理之所以能够成为中国现代著名作家，主要是他能长期自觉地站在"民间立场"，并坚持使用农民话语去进行创作，真正做到了"为中国老百姓所喜闻乐见"。在20世纪中国文学史上，赵树理是一个极为特殊的个例现象，他把自己排除精英文学之列而戏称是"文摊作家"或"农民作家"，认为"五四"以来"新文艺工作者熟悉中国民间文学传统的不多，而掌握了中国文学传统知识的专家也不是很接近群众的"。②正是为了矫正"五四"精英文学的这种缺陷，他主张工农大众文学应以"民间传统为主"，因为只有"民间"传统的艺术形式，才是底层民众获取知识与享受娱乐的唯一渠道。③赵树理艺术风格的最大特点，就是十分擅长于"讲故事"，仅以《小二黑结婚》为例，作品以十一个相对独立的故事单元，构成一个完整的叙事结构，每一单元既可以自成体系，又可同其他单元相互连接，非常符合中国章回小说的创作法则。如果我们孤立地去看待赵树理小说的艺术趣味，应该说他与张恨水一样都是体现着民间知识分子的审美心理，其所谓差别也只不过是两者之间的读者对象各有不同——赵树理是为农民创作而张恨水是为市民创作罢了。其实赵树理小说创作的"民间立场"与"民间价值"，最早形成于1933年并且早已在解放区广为流传，为什么一直要到十年后的1943年才会受到重视呢？杨献珍在回忆《小二黑结婚》问世的曲折过程时曾

---

① 毛泽东：《在延安文艺座谈会上的讲话》，载《解放日报》1943年10月19日。
② 赵树理：《从曲艺中吸取养料》，载《人民文学》1958年10月号。
③ 赵树理：《赵树理全集》，北岳文艺出版社2000年版，第390页。

说，假如不是由于彭德怀的直接干预，这部作品早已被那些"自命为'新派'的文化人"给枪毙了。①《小二黑结婚》长时间被"滞放"于编辑部而不得发表，这表明"新派"文化人轻视"民间文学"的主观偏见，即使是在延安整风运动期间，仍旧是盛极一时并严重阻碍着《在延安文艺座谈会上的讲话》精神的贯彻普及。直到1945年以后，"赵树理现象"才被确认为是"赵树理方向"，赵树理本人也因此走出了"文坛"而走上了"神坛"，其社会知名度也逐渐地超过了张恨水，成为中国现代文学史上"民间立场"与"民间价值"的光辉典范。生活在解放区的赵树理是非常幸运的时代宠儿，他的幸运绝并不是因为他真正创作出了流芳千古的经典之作，而是他幸运地与毛泽东的《在延安文艺座谈会上的讲话》精神不谋而合——在《在延安文艺座谈会上的讲话》发表后相当长的一段时间里，那些从国统区来到解放区的精英知识分子作家，他们虽然都纷纷撰文盛赞毛泽东的《在延安文艺座谈会上的讲话》精神，但却始终也拿不出"为中国老百姓所喜闻乐见"的文学作品；试想这种状况如果再继续下去的话，那么毛泽东有关"工农兵"文艺的伟大思想，无疑也会同"五四"或"左联"一样，只是理论探讨而没有实际效果。正是在这样的历史前提下，"赵树理方向"才具有了它不可比拟的存在价值。

"赵树理方向"在解放区乃至中华人民共和国初期，几乎就是中国现代文坛上的强劲动力，它催生了一批像马烽、束为、西戎、孙谦、胡政、孔厥、柯蓝、葛洛、李季等作家，创作了大量以"民间"形式去取悦解放区读者，进而迎合时代政治需求的文学作品。比如柯蓝的《洋铁桶的故事》，运用古代侠客传奇的表现手法，以其"民间"说"故事"的叙事方式，夸张地讲述着"精神"（游击队的思想觉悟）对于"物资"（侵略者的先进武器）的绝对胜利，虽然内容有些荒诞、艺术也过于粗糙，但却因其不失鼓舞革命士气而受到热捧。马烽与西戎的《吕梁英雄传》则完全是按照古代章回体小说的写作模式，生动地再现了根据地人民在党的英明领导下，齐心协力保家卫国锄奸抗敌慷慨悲壮的英雄主义，其追求"民间"化艺术风格的价值取向，明显也是受到了

---

① 杨献珍：《从太行文化人座谈会到赵树理的〈小二黑结婚〉出版》，载《新文学史料》1982年第3期。

"赵树理方向"的深刻影响。然而我们也必须清醒地意识到,"赵树理方向"并非是解放区文学唯一性的审美原则,像丁玲的《太阳照在桑干河上》与周立波的《暴风骤雨》,它们同样也被学界誉为是《在延安文艺座谈会上的讲话》精神的直接产物,可这两部长篇小说都算不上是仿效"民间"的得意之作,更谈不上具有"为中国老百姓所喜闻乐见"的艺术旨趣;其坚决贯彻执行党的方针政策,全心全意为政治服务的明确目的,自然也就使其失去了"民间价值"而呈现出政治启蒙的精英意识。此外还有孙犁这位成长于解放区的革命作家,无论是其《荷花淀》还是《芦花荡》,在残酷战争中描绘血色浪漫的人性叙事,同样也是一种知识精英的审美理想,而不是他回归"民间"取媚大众的思想"升华"。这充分说明解放区的精英作家在艺术问题上并不完全认同"赵树理方向";他们仍旧我行我素的种种表现,又强烈地暗示着一种难以言说的情感困惑:"民间立场"与"民间价值"是否就是中国现代文学的唯一选择?无论是解放区的革命作家还是国统区的进步作家,尽管他们都极力地回避这一问题,但理论认同与实践背离的双重姿态,无疑又清晰地反映出"精英"对于"民间"的抵触心理。

四、中国当代文学中的"民间立场"与"民间价值"

从"十七年文学"到"文革文学"再到"后新时期文学",时间跨度虽然只有四十多年且饱含着令人酸楚的"苦难"记忆;但它却是以创造"神话"与终结"神话"为艺术表现特征,深刻地反映了知识分子精英意识从"失落"到"复归"的曲折历程。

"十七年文学"是解放区文学的合理延续,也是解放区文学意识的全面普及。"十七年文学"以创造革命英雄史诗为己任,以改造知识分子世界观为目的,从一开始就确立了"工农兵"主宰一切的文艺方向,精英作家则被彻底地剥夺了他们自由言说的话语权利。"十七年文学"有一个最大特点值得我们去关注:那就是文坛上的"新面孔"取代了往日的"老面孔","顺利"地实现了中国当代作家的新旧交接。学界历来都存在着这样一种疑惑:为什么那些在中国现代文学史上曾轰动一时的精英作家,在新中国却没有所建树甚至还原离了文学创作？其实回答这一问题并不困难，一是他们对于中国无产阶级政治革命的历史缺席，使他们根本就没有资格去描写红色史诗；二是他们大多数人都不认同"赵树理方向"，这又使他们不可能成为"工农兵"文艺的真正代表。那么"旧面孔"退出历史舞台，"新面孔"是否就"民间"了呢？当然不是！如果我们仔细分析一下"红色经典"的创作经过，便能发现一个令我们颇感诧异的文化现象——革命队伍中掌握政治权力的知识分子，与革命队伍中的民间知识分子，在共同认可无产阶级政治革命的前提之下，形成了牢不可破的意识形态大联盟；他们不仅围剿从国统区过来的精英作家，同时也围剿从解放区出来的精英作家，这种逆转"五四"新文学利用"民间"去反对"庙堂"的奇特现象，是很值得我们理论研究者去重新解读与认真反思的。"红色经典"之所以能够在全国普及并受到大众读者的由衷喜爱，其关键原因仍是"民间"与"庙堂"合二而一的必然结果。"红色经典"作家大多文化素质不高，这是一个任何人都不能加以否定的客观事实，比如梁斌中师没有毕业而曲波只有小学文化程度等，这无疑会引起当前学界对于"红色经典"艺术品质的强烈质疑。但我个人认为问题并非如此简单。"红色经典"作家对西方文学知识甚少却对民间文学知识非常熟悉，这无疑会使他们的文学创作呈现出认同"民间"并回归"民间"的价值倾向，众所周知像"传奇"叙事、"夸张"描写以及"脸谱化"等表现手法，都令"红色经典"深深地打上了"民间"色彩的鲜明标志。曲波就曾说过他读外国文学作品只能够懂个"大概"，而让他"讲《三国演义》《水浒》《说岳全传》，我就可以像说评书一样地讲出来，甚至最好的章节我还可以背诵"[①]。由此可见"红色经典"具有"民间立场"或"民间价值"，绝不是什么空口杜撰，而是事实胜于雄辩。然而，"红色经典"又都不是作家本人的独自创作，编辑对其加工改造的重要作用我们也不能低估。编辑在"十七年文学"当中，同时扮演了两种社会角色——既是精英知识分子又是政治意识形态的具体执法者，所以"红色经典"中那种革命英雄主义的崇高气质，在很大程度上是由他们按时代要求来完成的精神提升，这又使"红色经

---

① 参见曲波：《关于〈林海雪原〉》，见《林海雪原》，人民文学出版社2000年版。

典"同时存在着大量"庙堂"与"精英"等非"民间"的艺术成分。①

如果说"十七年文学"的"红色经典",是以"民间"形式去承载"庙堂"意志,而彰显其"民间立场"或"民间价值";那么"文革文学"中的"样板戏"与浩然的小说,则完全是以"庙堂"意识去取代"民间"意识,进而开启了政治精英一统天下的文学时代。"文革文学"中的"样板戏"是一种政治精英智慧的集体创作;而浩然的小说《金光大道》则又实现了"精英"与"民间"的概念置换。"文革文学"因其自诩为"大众"艺术的表现形态而受到了当前学界的一致否定和强烈反感,我个人作为那一时代的亲历者自然深表赞同;但是如果将后"文革"时期的"地下诗歌"与"地下小说"看作与"庙堂"文学相抗衡的"民间"文学,我个人同样感到无比荒诞并难以苟同。无论是北岛、食指的"地下诗歌",还是张扬与靳凡的"地下小说",都是些被政治意识形态压制在"民间"的精英创作,它们与"庙堂"对抗并不等于它们对"民间"认同,其读者群体基本上都是青年知识分子而不是社会普通民众,仅此一点便足以说明它们疏远"民间"的精英立场。

"新时期文学"与"后新时期文学"是精英文学由复苏到转型的历史阶段。"新时期文学"所给人留下的深刻印象,是全民诉说极左思潮的心灵创伤。无论是现代精英作家还是"红色经典"作家,他们仿佛都"枯木逢春"般纷纷地活跃起来,并且重新拿起笔杆子去进行文学创作;而大批由"地下"转为"地上"的知青作家,更是在继承"五四"人文精神的基础之上,全面营造了"新时期文学"的艺术辉煌!不过,"新时期文学"的影响之大与受体之众,仍是局限于精英知识分子的生活范围:"伤痕文学"是反映荒诞岁月的"人性"丧失,"反右文学"是倾诉知识分子的"人格"屈辱,"改革文学"是表现奋发图强的"民族"精神,"寻根文学"则是反思传统文化的"民间"影像——这种强烈关注国家前途社会民生的"忧患意识",说白了就是中国知识分子"救亡图存"的精英意识,它从本质上决定了"新时期文学"的精

---

① 我在论证几部"红色经典小说"的论文里,都曾谈到过这一问题,可参见拙文《〈青春之歌〉再论证》(《小说评论》2008年第5期)、《〈红旗谱〉:非农民本色的英雄传奇》(《福建论坛》2005年第5期)、《〈林海雪原〉:"兵"的传奇与"兵"的神话》(《暨南学报》2009年第2期)等。

英品格，而不是放弃精英立场去追求"民间价值"的创作取向。而"后新时期文学"虽然逐渐地淡出了政治批判的话语模式，极力地推崇"个人化"或"个性化"的写作姿态，甚至直接回到"民间"去获取题材与艺术灵感，并渴望在"民间"中寻找到"自由"与"自在"的生命源泉。比如莫言、苏童、张炜、韩少功等人的小说创作，无疑都是以农村为表现背景、以农民为描写对象，但在他们笔下的这些历史与现实中的农村与农民，其实同样是因为精英意识与"民间"意识的人为置换，而失去了"民间"生活与"民间"人物的原有质态。将《红高粱》与《马桥词典》等作品视为"后新时期文学""民间价值"的经典文本，显然是论者标新立异哗众取宠的无稽之谈。在《红高粱家族》中"我"爷爷余占鳌和"我"奶奶戴凤莲，他们粗犷豪放的英雄人格与泼辣刚烈的率直个性，绝不是什么生动而真实地揭示了"中国农民的血气与精神"，[①]而是一种精英知识分子人格自由的艺术想象，是精英知识分子借助"民间"展示"自我"的意志体现。而《马桥词典》对于湖南农村话语词汇的拆解释义，则精确地揭示了传统文化思维的现实存在以及这种思维方式对于民族现代化的制约作用，其启蒙主义的精英立场同样也不具有"民间价值"！

  我们应该回到"民间"论题的概念本原。从"五四"新文学一直到"后新时期文学"，实际上一切有关"民间立场"或"民间价值"的学术探讨，都是一种毫无意义的徒劳之举。因为"精英"与"民间"无论是其教育水准还是生活状况，他们都是属于两个完全不同的社会阶层："精英"之所以为"精英"，就在于他们不同于"民间"；如果一定要让他们走向"民间"，那么也就意味着"精英"价值的自我否定！这是可能的事情吗？恐怕没有人会相信这种令人啼笑皆非的幼稚谎言。所以，"民间"永远都只是精英作家的一个传说，而不是底层社会情感生活的真实状态！

（原文刊发于《暨南学报》2011年第2期）

  [①] 吴炫：《高粱地里的美学——重读莫言的〈红高粱〉系列》，《文科月刊》1988年第11期。

第七章　现代主义的中国化阐释与运作

20世纪中国文学思潮的复杂性与独特性，是国内学界一直都在密切关注的热点问题。尽管长期以来人们已习惯于用现实主义与浪漫主义去概括和描述中国现代文学的总体面貌，但是我们也必须实事求是地承认，无论是现实主义、浪漫主义还是现代主义，客观上都存在着一个中国化阐释的演变过程。因为伴随着各种西方文学思潮的扑面而来，我们是在缺乏判断与选择的基础上去学习西方的，故"只问是文学，不问是什么派别什么主义"的茫然心态，[①]使新文学运动从其发难伊始便呈现出了不同思潮相互交织的混乱局面。比如，现实主义展示出自然主义的"冷酷"姿态，浪漫主义也承载着现实主义的"教化"使命，现代主义又遵循着浪漫主义的"抒情"原则——总而言之，中国现代文学思潮以其兼容共生的表现特征，向世人昭示着它"形"同西方而"神"追传统的文化内涵。而中国现代作家对于现代主义的本土化阐释，则更是集中反映了中西方现代文学之间的本质差异。众所周知，现代主义是与现实主义和浪漫主义同时输入我国的西方文学思潮。鲁迅所撰写的第一篇白话小说《狂人日记》，就鲜明地表现出了象征主义的美学原则；而李金发等人的象征主义诗歌，也是中国现代主义在文学的早期尝试。然而，我们对于发生在中国文化土壤上的现代主义，究竟应该做出什么样的价值评判呢？这恐怕仍是今后国内学界颇有争议的理论难题。

---

① 参见《小说月报》1922年第12卷第6期末页附言。

一、现代主义：国内学界的自我定义

中国现代主义文学作为一种历史现象，它以自己认识社会表现人生的独特方式，为20世纪中国文学增添了令人瞩目的艺术活力，这是国内学界对此命题高度一致的思想认同。然而，发生在中国的现代主义文学，究竟是什么性质的现代主义文学？它到底是中国现代文学的主流形态，还是中国现代文学的边缘形态？实际上从20世纪90年代中期开始，便形成了两种截然相反的对立观点。最具有代表性的理论著述，则应是王富仁的《中国现代主义文学论》[1]和朱寿桐的《中国现代主义文学史》[2]。

王富仁是现代主义为中国现代文学"主流形态"的积极言说者，他以强调"中国文学的独立概念"为理论基点，认为研究中国现代主义文学的审美原则，不能简单地对其进行"西化"意义的比较分析。王富仁毫不讳言他对"现代主义"的时间认同——"现代"就是对于"过去"的时间超越，它"以告别传统为自己的根本标志"，不仅早于"西方存在主义文学"去感知世界，并且"比西方的现代主义者更早得多地展示了这个世界的荒诞"。所以他坚决反对用"现实主义"和"浪漫主义"去机械规范20世纪中国文学的思潮运动，因为在他看来"五四新文学运动就是中国的现代主义文学运动"。综观《中国现代主义文学论》（以下简称"王文"）一文，其"主流形态说"的理论思路，大致可以归为三个基本方面：一是时间上的"先锋性"。"五四"新文学"是中国现代社会的先锋派文学"，它是"在与中国古典主义文学的区别中意识到自己的现代性的"，故"先锋"这一概念首先是一个时间概念。与中国古典主义文学相对应而去证明中国现代主义文学的合理存在，这使"王文"做出了非常自信不同凡响的大胆结论——中国文学"古典"与"现代"之间的本质差异，是描写"现实世界"与表现"精神世界"之间的观念不同；"圣人死了"之后"民族在精神上已经沙漠化"，恰恰造就了中国古典文学"现代"转型的"先锋"意义。二是观念上的"叛逆性"。"五四"新文学的价值理念是"重建

---

[1] 参见宋剑华主编：《现代性与中国文学》，山东教育出版社1999年出版。
[2] 参见朱寿桐：《中国现代主义文学史》，江苏教育出版社1998年版。

中国文化、重建中国人的精神支柱"。面对"儒家统治地位的瓦解",它推崇"现代大工业化特征"的西方文明;强烈地叛逆色彩与觉醒后的绝望意识,便构成了其现代主义文学"精神孤独"的艺术品性。"王文"认为以"五四"为发端的中国现代主义文学,其美学思维与人生观念都发生了明显的巨变——新文学作家群体已不再像古人那样仅以"入世"或"出世"去感悟世界,而是"把中国现代知识分子对自我和社会人生的表现当作自己的本质特征,"这种弃绝传统而又无路可寻的悲凉"呐喊",是导致中国现代主义文学民族化的必然选择。三是艺术上的"创新性"。中国现代主义文学在其艺术表现风格方面,彻底颠覆了中国古典主义文学单一而陈旧的审美规范——"写实的,抒情的,象征的,讽刺的,荒诞的,这些在西方文学中有着严格区别的东西往往非常不可思议但又是自自然然地结合在一起";"鲁迅的'沙漠'意识和闻一多的'死水'意识",则奠定了足以同西方现代主义文学相媲美的"荒原"意识;茅盾的小说传达着时代"颓废、绝望、迷惘、孤独"的灰色情绪,而李金发的诗歌"创造的是一个寂寞、悲凉、忧郁的世界"——这种既非传统又非西方的书写形式与生命体验,充分说明了"中国新文学已经成为一种独立的文学,它是现代的,又是中国的。"

朱寿桐是现代主义为中国现代文学"边缘形态"的积极言说者,他在《中国现代主义文学史·绪论》(以下简称"朱文")中认为,自"五四"以来"在新文学的历史进程中,现代主义已经作为一种普遍的文学现象存于其各时期",故而"现代主义因素已经成为中国新文学的一种传统基因。""朱文"对中国现代主义文学的价值判断,完全是依据西方现代主义文学的审美规范,他强调指出"无论在西方还是在中国,这样的现代主义文学一般都以近代以来颇为流行的康德主义、弗洛伊德主义、尼采和叔本华理论以及萨特的存在主义等为思想基础和哲学基础,以现代工业文明和现代都市生活背景为直接或间接的表现对象,以人的内宇宙的深入开掘(例如深切到潜意识和集体无意识)及人与外宇宙终极关系的理性展示(例如人的存在含义的探究)为指归,并在艺术手法上作相应的实验性创新。""朱文"也同样将中国的现代主义文学视为"先锋派文学",它对古典文学传统的彻底背叛及其对西方现代诗学的大胆借鉴,使其表现出了"试图将文艺从独立发展的自律性中挣脱出来,并推向社会的前沿乃至政治的边缘,希望对时代的文化、精神甚至生活施加某种影响"的主观倾向。正是出于对中国现代主义文学思潮的"西化"理解,《中国现代主义文学史》一书以洋洋数十万言,把几乎所有能够与西方现代主义文学进行直接对应的中国作家都囊括其中,或开专章或写综论面面俱到"串衍成一部文学史",以便使中国现代主义文学"作为一种更为独特的形态或现象进入人们的史学视野"。"朱文"在其全面论述中国现代主义文学的起源与发展时,也清醒地意识到所谓中国的现代主义文学思潮,由于"中国的社会生活在当时以西方为主体的世界生活比照下有其不可忽略的特殊性",因此那些被论述的中国现代主义作家作品,显然"也难以达到"西方"现代主义的浓度和纯度"。与此同时,"朱文"也注意到中国现代主义文学"处于文化边缘的地位是历史的命定",它竭力想"进入文化中心"的主观努力"每每付出化解自身归向主流文学的代价,从而在历史的行进过程中自愿在支流的位置上自我定位"。"朱文"所要阐明的主导思想,无外乎是在强调两个基本问题:一是中国现代主义文学思潮其精神资源来自西方,它以西方现代哲学为理论基础,以西方现代文学为效仿对象,从思想层面到艺术层面都清晰地体现着中国现代文学追逐世界先锋浪潮的执著信念——这一编写构思在《中国现代主义文学史》当中,则被具体化为李金发与波特莱尔象征主义诗歌的比较研究,"创造社"与王尔德唯美主义诗歌的比较研究、鲁迅与俄罗斯象征主义小说的比较研究、曹禺同奥尼尔表现主义戏剧的比较研究等;二是受限于中国现代社会文化背景的严重制约,现代主义文学源于西方可又疏远西方,这种"疏远"绝不是追求现代主义的民族自尊,而是思想与艺术都远达不到西方现代主义文学高度的意识缺失——这一编写意图在《中国现代主义文学史》当中,则被具体化为论者在其分析所选作家现象或作品文本时,不得不去面对思想启蒙与现代艺术的二元对立,并且坦率地承认东施效颦形而上学式的机械理解,最终导致了中国现代主义文学思潮的异化与变形。

  王富仁与朱寿桐两人针锋相对的学术论点,都试图对中国现代主义文学现象做出符合其自身发展逻辑与规律的科学分析,进而去恢复中国现代文学内涵丰富的历史真相。但是我个人却认为,他们二人的主观愿望与实际结论,都明显存在着"误读"与"臆说"的理论局限:假设我们将中国现代主义文学按照"王文"的意愿只看成是"中国的"而不是"西方的",这势必又会导致与其"反传统"说的自相矛盾——既然中国现代主义文学绝非"西方"也非"传统",那么"中国"概念的文化意义究竟又应该如何去加以理解?假设我们将中国现代主义文学,按照"朱文"的说法看成是"西方"现代生命哲学的影响产物,可是"五四"前后国内却并没有系统地翻译引进西方哲学或文学名著的历史记录,而被学界所公认的那些"五四"新文学的先驱者们,其粗浅的西语水平又不足以支撑他们去直接阅读外文,那么中国现代主义文学的"西化"因素究竟又是从何处而来的呢?其实,"中国现代文学"这一词组,它包含有三层不同概念的意义解读——"中国"是文化概念,它代表着民族属性;"现代"是时间概念,它代表着历史范畴;"文学"是美学概念,它代表着表现形态。三者词义连缀相加我们则可以得出这样的理论推断:中国现代文学是"中国"文学的"历史"延续与"现代"表现;它既没有移植"西方"也没有割断"传统",而是一种"传统"在"西方"遮蔽之下所导致的思维错觉。只要任何西方文学思潮一旦打上了"中国"印记,那么我们首先就必须意识到传统的存在而不是传统的消亡,学界应该对此保持有高度清醒的理性认识。

二、现代主义:西方文学的表现征候

现代主义是20世纪西方文学思潮的概念统称,是20世纪西方社会物资生活与精神生活的真实写照;由于在同一时间纬度上中国文学也出现了大量"类似"的文学现象,故国内文学界也尝试着运用西方视角去凸显其现代性的艺术品格。所以,无论我们怎样去诠释中国现代主义文学的思想内涵与表现特征,首先都必须去对西方现代主义文学做出符合其文化生态的意义解读。

用"现代主义"去全面概括西方20世纪的文学思潮,这是近几十年来西方文学界的自觉行为。1971年伯纳德·伯根兹(Bernard Bergenzi)在其《英国文学史的范围》一书中,开篇便醒目地提出了"现代主义"这一美学概念。而在此之前,西方学术界对于西方现代文学的复杂现象,也一直都存在着一种备感焦虑的理论困惑,他们意识到"英语文学在1910年和第二次世界大战之间发生了一场革命,这次革命与一个世纪之前的浪漫主义革命同样重要……(但它)

尚未获得一个名称"。尽管后来西方学术界对于"现代主义"诗学内涵的理解与认识颇有分歧，但他们却都把"现代主义"看作是一个不可分割的意义整体，象征主义、达达主义、未来主义、表现主义、黑色幽默等不同文学流派统统被囊括其中，并且思想默契地达成了这样一种比较一致的价值判断："实际上，'现代主义'这个术语并非空泛无边，能够容纳20世纪的所有作家。"[①]浏览西方有关现代主义的理论著作，有一个重要现象值得引起我们的高度重视，即：西方文学批评界虽然并不否定西方现代哲学对于西方现代主义文学的深刻影响，但他们却不是以文本探幽的研究方式去寻找这种影响的清晰痕迹，而是从荒诞怪异的文学表现中去认真总结现代生命哲学的艺术转化，进而深刻地揭示了西方现代主义作家内心体验的"荒原"意识。不可否认，19世纪末到20世纪初是西方现代哲学的繁荣时期，无论是叔本华、尼采、弗洛伊德还是海德格尔、克尔凯郭尔、萨特，他们蔑视宗教权威敢于超越前人的生命思考与叛逆勇气，毫无疑问都曾对西方现代社会产生过颠覆性的思想震撼——尼采向西方世界高声呐喊"上帝死了"，其目的并非是在说基督教的历史终结（基督精神是由西方人所创造又是由西方人所承载的文化母体，只要西方人种依然存在，其文化母体自然也就不会灭亡），而是意指要彻底打破思想教条的精神禁锢，使人能够获得独立思考的绝对自由——"艺术拯救了他们，透过艺术，他们重新获得了生命意义"[②]。尼采在其《悲剧的诞生》一书里还特别强调，"将我们经验的存在和整个世界的存在看作每一时刻产生之'原始太一'……人性的深处便在艺术家和天真艺术品中感到无比的快乐。"[③]这种主张自我生命主体真实性的美学观念，恰恰是西方现代主义文学现实世界荒谬论的理论源头。其实，尼采所推崇的"超人"哲学，正如他本人所言说的那样，是师承了叔本华的"唯意志论"。叔本华是西方现代哲学大师，他以自己在现代工业化社会的切身感受，天才般地发现了"孤独"是"人"的生命本质："社会规模越大，越令人乏味。一个人唯有当他独自一人时，他才是他自己；倘若他不喜欢独处，那么，他就必然不热爱自由；因为只有当他孤独无依时，他才是真正

---

① 彼得·福克纳：《现代主义》，昆仑出版社1989年版，第3—4页。
② 尼采：《悲剧的诞生》，作家出版社1986年版，第42页。
③ 同上，第26页。

自由的。"①叔本华把"人"的生命本质归结为精神的"孤独",而尼采则把"人"的艺术行为归结为灵魂的"拯救"——西方现代主义文学则无疑是对此哲学命题,以其自身的审美感悟做出了积极的参与和回应。

　　谈及西方现代主义文学的辉煌历史,人们自然会首先想到托马斯·艾略特的名著《荒原》。这位20世纪初叶的英国诗人,以一部充满着叛逆精神的抒情长诗,隐晦地表达了一战之后欧洲社会的"荒原"意识——"四月是最残忍的一个月",春天不仅没有焕发出盎然生机,而且到处都弥漫着令人窒息的死亡阴影,复活节里人们不是在期待着再生的希望,而是在自己外表美丽的"花园"里种下了"尸首";失去了生命之水的荒漠只有"一条沙路","草儿在倒塌的坟墓上唱歌/至于教堂/则是有一个空的教堂/仅仅是风的家",面对"一群人鱼贯地流过伦敦桥",诗人从灵魂深处发出了"你是活的还是死的"的强烈疑问。《荒原》之所以受到现代欧洲人的由衷喜爱,是因为从诗歌艺术的表现风格而言,艾略特打破了传统"原则",重现了"自由主义精神"的美学理想;②从现代西方的价值观念而言,他"明了欧洲的心灵,本国的心灵"并代表了一种时代情绪。③长诗自始至终都充斥着对西方现代文明的深刻反省,精神的"死亡"使"教堂"成为了"风的家",而没有"水"的"沙路"与"岩石"又寓意着世界末日的"时间到了"!在艾略特眼中的现代西方,显然就是一个物欲横流精神颓废的人间地狱,他以自己对于西方现代社会生活的深度体验,向世界述说着"上帝死了"以后西方人的思想困惑。卡夫卡是西方现代主义小说的领军人物,他曾经声称自己文学创作的基本理念,就是"除了一个精神世界之外,别的都不存在"④。在最为中国读者所熟悉的《变形记》里,卡夫卡以其超现实主义的表现手法,向人们讲述了一个古怪离奇的荒诞故事:推销员格里高尔从梦中一觉醒来,发现自己已经由原来的"人"变成了眼前的"虫",不仅失去了工作而且还成为了家庭的沉重负担。作者让格里高尔这个有着"人"的清醒意识的"甲壳虫",以另类身份去重新审视"人"的

---

① 叔本华:《叔本华论说文集》,商务印书馆2004年版,第126页。
② 伍蠡甫主编:《现代西方文论选》,上海译文出版社1983年版,第284页。
③ 约翰·克罗·兰色姆:《新批评》,江苏教育出版社2006年版,第99页。
④ 卡夫卡:《卡夫卡全集》第5卷,河北教育出版社1996年版,第8页。

客观世界，结果却令他大失所望痛苦不已——他不仅发现自己过去所处的生活状态竟然是那样的庸俗、繁琐、碌碌无为；同时也在上司鄙视与亲人冷眼的恶劣环境中，心灵深处感受到了一种"无法压制下去的痛苦"。这篇小说揭示了一个西方世界的"异化"现象——以高度工业化为表征的现代都市文明，不仅没有从正面去强化人性，相反却从负面去消解了人性，物质世界对精神世界的不断蚕食，使得格里高尔这条有着"人"的"意识"的"虫"，对着那些失去了"人性"而只有生物特征的"人"，发出了"受骗了！受骗了！"的绝望悲鸣。如果说卡夫卡的小说《变形记》生动地反映了西方世界人性"异化"的精神现象，那么尤金·奥尼尔的戏剧《毛猿》则强烈暗示了西方文明道德沉沦的信仰危机。船员扬克是个身份卑微的锅炉工，他整天就像一只关在笼子里的雄性动物，在闷热的机舱里拼命干活。上流社会的米尔德里德小姐对他的蔑视与嘲讽，使他变得躁动不安、情绪失控、寻衅滋事而被抓入狱。扬克终于醒悟到在这个属于"人"的世界里，没有人愿意去理解或倾听他的内心痛苦。他只好来到动物园里，希望同大猩猩进行对话交流，结果却被大猩猩折断了肋骨，丢掉了性命。扬克既当不成"人"也当不成"动物"，其悲剧意义就在于作者意图明确地告诉了观众："人"是由"猿"进化而来的，但却不可能再回到那个属于"猿"的动物世界，扬克意识到"猿"还有机会冲破物质的牢笼去重返自然，可自己却永远也无法冲出精神的牢笼去获得自由。格里高尔和扬克最终都不可避免地走向了肉体毁灭，其潜台词显然是在向人们暗示着现代西方人的精神死亡。

无论是西方现代主义诗歌，还是现代主义小说，抑或现代主义戏剧，它们都以态度鲜明的批判理性深刻反映了西方现代社会的精神危机。西方现代主义文学带有明显的哲学色彩，但它们却并非为了哲学而哲学，文学自身的哲学热情彰显着西方现代诗学的主体意识。与此同时，西方现代主义文学毕竟是产生于西方文化背景下的文学现象，它那种敢于对精神世界高度自省的人文关怀，仍然是以基督教"救世"文化为底蕴的批判理性。西方现代主义文学拒绝灵魂堕落，全力去揭示现代西方人的复杂意识，它们以荒诞调侃的黑色幽默，思维错乱地投影着一个令人倍感困惑的纷繁世界。这就有如存在主义哲学大师萨特的中篇小说《厌恶》，主人公"我"厌恶这个虚无化的现实世界，是因为它遮蔽了"我"对生命现象的本质认识。我们甚至可以说普遍存在的"厌世"情绪,正是西方现代主义文学的本质特征。应该说物质文明高度繁荣的现代西方社会,造就了现代西方人的复杂意识,他们急需寻找到一种与之相适应的艺术形式,去恰当地传达现代西方人的复杂情感,故"现代主义艺术便是一个结果,它的复杂性是与生俱来的,不可消除的"①。所以西方现代主义文学在其颓废色彩的遮蔽之下,依然顽强地表现出了一种积极乐观的人生态度。正如法国象征主义诗人波德莱尔所言:"通过诗歌并借助于诗歌,灵魂看出了坟墓那面的光辉。"②这充分说明西方现代主义文学的"荒原"意识,其本身就孕育着一种灵魂救赎的主观意愿。

三、现代主义:中国文学的具体实践

现代主义文学思潮的中国化演绎,是"五四"新文化运动思想启蒙的必然产物。对于刚刚"睁开了眼"去看世界的新文学作家来说,当他们正在为告别古典主义时代而尽情地狂欢时,却发现自己所要全面仿效的西方文学,则已早完成了由现实主义向现代主义的历史跨越。出于中国社会现代化变革的实际需求,他们渴望从西方文学中去汲取精神养分;但是对异域民族文化背景的全然陌生,又迫使他们只能以中国思维去诠释西方——现实主义与浪漫主义的中国化释义是如此,现代主义文学思潮的中国化释义更是如此。沈雁冰在"五四"时期有关西方文学思潮的理论描述,就足以证明新文学作家对于现代主义的混乱认识:他一方面认为新文学运动的终极目标应该是"新浪漫主义(属于现代主义)的文学",③另一方面又"诅咒"唯美主义(也属于现代主义)文学"逃避现实,借文字以自麻醉"的消极情绪。④中国现代文学思维与西方现代文学思维因"时差"问题所导致的错位对话,无疑是造成20世纪中国文学思潮运动复杂性与无序性的根本原因。

---

① 彼得·福克纳:《现代主义》,昆仑出版社1989年版,第38页。
② 查尔斯·查德威克:《象征主义》,昆仑出版社1989年版,第3、4页。
③ 茅盾:《茅盾全集》第18卷,人民出版社1989年版,第44页。
④ 韦韬、陈小曼编:《茅盾杂文集》,生活·读书·新知三联书店1996年版,第111页。

在中国现代文学的第一个十年里，真正能够从艺术表现形式上称得上具有现代主义气息的创作现象，则应是鲁迅的几篇象征主义小说、李金发等人的象征主义诗歌和洪深的一部表现主义戏剧。《狂人日记》是中国新文学的奠基之作，这篇小说似乎是在以颠覆传统美学的固有理念，一下子就把中国文学与世界文学拉近了距离，故学界也往往因此而去断言中国现代文学的"西化"特征。不可否认，《狂人日记》的问世与亮相，反映了鲁迅本人的真实愿望——试图人为地去缩短中西方文学之间的客观差距：由于要表现变革社会的"叫喊和反抗，势必至于倾向了东欧，因此所看的俄国、波兰以及巴尔干诸小国作家的东西就特别多"[1]。小说《狂人日记》（同时也包括《药》与《长明灯》）以及散文诗集《野草》，都不是鲁迅对外在物质世界的直接再现，而是作者对内在精神世界的强烈暗示，这与西方象征主义文学"运用未加解释的象征使读者在头脑里重新创造它们"的诗学定义[2]，确实存在着某种审美趣味上的关联性或相似性。但是我们也必须充分注意到，"一方面从感情的到理智的，从抽象的到具体的，于是向一定的'药方'潜行深入，另一方面则从感情的到直觉的，从抽象的到物资的，于是苦闷彷徨与要求刺激成了循环"，[3]这就又使鲁迅的那些象征主义作品文本，要"比果戈里的忧愤深广，也不如尼采的超人的渺茫"[4]。鲁迅《狂人日记》等作品所表现出的忧患意识，严格说来还不是西方象征主义文学那种"构成人类心向往之的完美的超自然世界"的审美理想，[5]它所承载的仍是中国古代知识分子"先天下之忧而忧，后天下之乐而乐"的人文情怀。形式上的"西化"与观念上的"传统"作为中国早期现代主义文学的初始形态，它向人们昭示的是中国文学的自我演进过程而不是"西化"移植过程，这就恰如穿上西装的中国人依然是中国人一样，无论其外表如何装扮都不可能改变其固有的生理属性，道理相同。李金发的诗歌《弃妇》与洪深的戏剧《赵阎王》，也是借助于现代主义形式去演绎中国文化思维的历史产物：《弃妇》

---

[1] 鲁迅：《鲁迅全集》第4卷，人民文学出版社1998年版，第511页。
[2] 查尔斯·查德威克：《象征主义》，昆仑出版社1989年版，第3页。
[3] 茅盾：《茅盾全集》第20卷，人民出版社1990年版，第466页。
[4] 鲁迅：《鲁迅全集》第6卷，人民文学出版社1998年版，第239页。
[5] 查尔斯·查德威克：《象征主义》，昆仑出版社1989年版，第4页。

借一个被抛弃了的女人对于冷漠看客的生命感受,深刻地揭示了"五四"精英知识分子启蒙绝望的悲凉心境;《赵阎王》则是效法奥尼尔那种凸显人物内心世界恐惧意识的惯用手法,间接地传达着古代农民起义军渴望"均贫富"的平民思想。传统文化以现代艺术来加以表现并给人以激烈反传统的种种假象,这才是造成中西方现代主义文学"形似"而"神异"的本质区别。

在中国现代文学的第二个十年里,现代主义的表现形式明显有所变化,如果我们从纯粹艺术技巧方面来看,"新感觉派"小说"现代诗派"和曹禺戏剧,都呈现出类似于西方现代主义文学的外在感觉。以穆时英为代表的"新感觉派"小说集中去描写现代都市人浮躁而又复杂的矛盾心态,他们受弗洛依德精神分析学的影响很深,注重去挖掘人的潜意识和无意识,甚至还大量营造声光色味等背景环境,进而去表达现代人对于都市生活的情绪体验。"新感觉派"小说的艺术画面,给人造成了一种快节奏立体感的视觉冲击;其标题怪异,内容眩晕,语言文字简短而急促,强烈宣泄着他们对于工业化时代的陌生感与寂寞感。仔细阅读"新感觉派"小说我们可以发现,无论是男女肉体交易中的乡土布景(《风景》),还是淫雨霏霏中飘忽不定的村姑记忆(《梅雨之夕》),到处都释放出色彩浓厚的"怀乡"气息。这当然并不表明"新感觉派"作家是对卢梭"返归自然"的理论认同,而是深刻地反映了他们从农村到都市对身份转变过程的极度不适应。用穆时英本人的话来说就是:生活在现代大都市里,"感觉越是灵敏的人,那种寂寞就越加深深地钻到骨髓里"[1]。穆时英这种因寂寞而孤独的失落感,茅盾也曾在他的代表作《子夜》中有所投影(比如对吴老太爷进上海时陌生感的细腻描写)。由农村到都市的身份转变,使中国现代作家缺乏对现代文明的透彻理解,因此他们不可能像西方作家那样真正体悟到资本主义社会的"堕落"本质,更谈不上具有什么对资本主义社会进行批判和否定的理性精神——"批判"与"拒斥",分别体现着中西方两种截然不同的人生态度。以戴望舒为代表的"现代诗派"是中国现代诗歌发展史上的一座丰碑,其艺术之成熟与技巧之圆润都是有目共睹的,但我们同样不能将其与西方现代主义诗歌等同混为一谈。仅以《雨巷》这一经典名篇为例,人

---

[1] 参见穆时英:《公墓·自序》,《公墓》,现代书局1933年版。

们每每将其解读为歌咏爱情,其实却是在渲染诗人的"寻找"意识——迷失于现代都市(阴暗而悠长的"雨巷")生活中的"我",希望寻找到能够归宿的灵魂港湾(丁香一般的"姑娘")——"寻找"归宿与凤凰涅槃,也分别代表着中西方两种迥然不同的价值理念。曹禺著名的话剧《原野》是中国式表现主义戏剧的巅峰之作,但是除去第三幕艺术处理方面的现代性因素,其以反封建为创作指归仍旧没有超越五四启蒙的思想范畴。这些客观历史现象都集中说明一个问题:20世纪30年代的中国现代主义文学,实际上就是"五四"启蒙文学的时间延续。

进入中国现代文学的第三个十年,现代主义呈现出了两种发展态势:一种是以徐訏、无名氏为代表的艳情哲理小说,一是以"九叶诗派"为代表的抽象哲理诗歌。艳情哲理小说是现代主义中国化的一个典范,徐訏和无名氏二人都曾与北大哲学系有缘,同时也都受过法国存在主义哲学的深刻影响,他们都以小说创作去探索人生价值的终极意义,且其艺术表现手法也都选择了通俗文学的浪漫叙事。"逃遁"喧嚣的物质世界去理性思考人类社会的愚蠢行为,回归宁静的自然世界去重新感悟精神现象的生命真谛,这是徐訏和无名氏小说厌恶现世罪恶的共同倾向。徐訏认为人"入社会越深,离自然越远,把人生看成了非常浅狭,忙忙碌碌,争名夺利"[①]。故揭示现实世界的虚无化欲望,便构成了徐訏《鬼恋》的创作主题:一个曾经是具有坚定信仰的女革命者,为了实现自己崇高的政治理想,枪林弹雨出生入死锄奸杀敌热情高涨,可当她发现"同侪"中卖友告密做官"只剩我孤苦的一身"时,则最终选择了做"鬼"以恢复心灵世界的淳朴和宁静。徐訏小说这种存在主义哲学式的人生思考,固然类同萨特,但更与道家思想有关;而无名氏则从佛教"空门"理论要义出发,同样中国化地诠释了生命在世的虚无本质。在其长篇小说《海艳》与《金色的蛇夜》中,男主人公印蒂以"印证人生真谛"的象征寓意性,先后堕入两位美女的温柔陷阱:"瞿萦代表人间(人性),莎卡罗代表着地狱(魔性)",[②]作者将男主人公印蒂塑造成为一个"寻找"人生意义的先知形象,并让其先后

---

① 参见徐訏:《论中西的风景观》,《徐訏全集》,台湾中正书局1969年版。
② 无名氏:《艺术书简·至从甦书》第4函,《鱼简》,台湾远景出版公司1983年版。

经历了"人性"与"魔性"的双重体验,进而向读者强烈暗示一切"欲望"与"理想"都只是过眼烟云、万事皆空的"黄粱一梦"。徐訏和无名氏分别以"道"和"佛"去解读西方存在主义哲学,并以"虚"与"空"的消极态度去消解人的主体意识,应该说这是中国智慧对于西方哲学"同化"而非"接受"的行为表现。"九叶诗派"是直接受西方现代主义诗歌影响下成长起来的诗人群体,在硝烟弥漫、国家兴亡民族振兴匹夫有责的危难年代,他们在西南联大校园里跟着英国现代诗人燕卜荪,一面低吟着"说不出生疏却是一般的黯淡"(辛笛《风景》)的人生感悟,一面又高亢着"我要以带血的手"(穆旦《赞美》)去拥抱苦难深重的中华民族!他们坚决反对浪漫主义诗歌的感伤情调,同时也坚决反对"来自理性"的"愤世嫉俗",他们对于现代诗歌的总体认识就是"现实、象征、玄学"的三位一体。①由此我们不难看出,"九叶诗派"既推崇现代诗歌美学追求的独立性原则,又声称现代诗歌必须保持它与社会政治的协调性关系,其思想艺术上极为混乱且又自相矛盾的理论思维,恰恰又反映出了他们对于西方存在主义哲学心存芥蒂。

我个人认为探讨中国现代主义文学的历史本原,其首要条件就是必须客观承认中国传统文学精神的现代演绎。至于人们热衷于言说的"西化"影响,则只不过是"西方"对于"传统"的意识激活!换言之,假设中国古典文学中根本就没有"孤独"与"苦闷"的生命体验,假设中国古代文化中根本没有"个人"与"自我"的主体意识,那么我们现在所熟练使用的那些西方词汇,又是怎样被现代译者所熟知和翻译出来的?翻译过程中词义对应套用的主观性原则,其本身就体现着传统文化的意义重现!如果我们不去充分理解这一命题的重要性,则必然会得出这样一种令人十分尴尬的逻辑推论:发生于20世纪的中国现代文学,或被理解为西方现代文学的直接移植,或被理解为既非"传统"也非"西方"的另类文化产物。难道我们会接受这两种抛弃"中国"而言说"中国"的主观"臆解"吗?历史将对此做出否定性的正面回答!

(原文刊发于《天津社会科学》2010年第5期)

---

① 袁可嘉:《论新诗现代化》,载天津《大公报·星期文艺》栏目1947年3月30号。

下 编

文学经典的微观分析

第八章　"未庄"为何难容"阿Q"？

自从1922年，周作人以"仲密"署名在《晨报副刊》发表文章评论《阿Q正传》开始，鲁迅的这部小说至今已有了90多年的研究历史。在这90多年当中，研究者究竟发表过多少文章去解读《阿Q正传》，其数量之庞大恐怕没有人能够去准确地统计，仅中国知网就收录有1204篇。我们不妨就以中国知网的检索信息为例，去做这样一种简单的数字换算：假如一篇研究论文平均为1万字，我们最起码知道已有1200万字。数量如此惊人的研究文字，足以将《阿Q正传》阐释得淋漓尽致不留余地，然而事实上却并非如此，学界几乎一直都是在从事着两种话语模式的简单重复：一种是"革命话语"模式，即以阿Q的苦难遭遇为论述对象，去批判辛亥革命的"不彻底性"；另一种是"启蒙话语"模式，则以阿Q的愚昧人格为分析范本，去暴露中国人的"国民劣根性"。当然了，人们也一直在尝试着对此研究格局有所突破，比如汪晖便将这两种话语模式进行了巧妙的组合，他认为"《阿Q正传》对于辛亥革命和农民或雇工阶级的探索是一个重要的方面，没有理由用国民性问题加以否定，而应该分析两者之间是什么关系"[①]。汪晖想要超越前人的思想局限，这种想法固然不错，但他却仍旧被"革命"与"启蒙"两种话语模式所束缚，因此技巧性的调和与简单化的重复，也就没有什么本质上的区别了。

促使我去重读《阿Q正传》的一个重要原因，是罗岗近来发表的一篇文章：《阿Q的"解放"与启蒙的"颠倒"》。[②]我之所以会对这篇论文感兴趣，是因为罗岗提出一个乡民个体与乡村共同体关系的问题，这个提法很新

---

① 汪晖：《阿Q生命中的六个瞬间——纪念作为开端的辛亥革命》，载《现代中文学刊》2011年第3期。

② 该文刊于《华东师范大学学报（哲学社会科学版）》2013年第1期。

颖也很有见地，毫无疑问在我阅读过的研究文章里，这是最接近《阿Q正传》故事本身的一种诠释。罗岗注意到了"未庄"难容"阿Q"的客观事实，并提出了一个乡民个体与乡村共同体怎样共生共存的关键性命题，可以说在"鲁迅研究"界对《阿Q正传》研究已经趋于思想僵化时，罗岗则提出了一个极有学术价值和学术前景的理论观点。然而，罗岗在展开论述乡民个体与乡村共同体的相互关系时，也暴露出了一种立论正确但结论却走偏的思想缺陷，比如它把"未庄"对于"阿Q"的强烈排斥看做是赵老太爷"以'一己之私'凌驾于'公共性'之上，当然是对'乡村共同体'的破坏"；且由此推论"仅仅因为他'穷'，就认为他'不配'，更是对'乡村共同体'伦理习俗和秩序彻底的背叛和破坏。"换言之，罗岗的研究也没有摆脱"阿Q"是个贫苦农民的传统思维，他仍将"阿Q"视为"未庄"的一分子，故才会得出"阿Q"想要革命的根本原因，"正是因为赵老太爷把他从'乡里空间'中驱逐出来"的必然缘故。对此，我个人感到有些惋惜，因为这是一个非常具有突破性的研究命题，最终却又回到了它的历史原点。所以，我很想将这一研究思路进行下去，并通过对《阿Q正传》的重新解读，尽可能去还原鲁迅创作这部作品的真实意图。

一、"阿Q"作为个体文化符号的象征意义

"阿Q"究竟是何许人也？这既是所有研究者都必须正面回答的问题，同时也是一个长期困扰着学界思维的论争焦点。在"革命话语"中，人们早已习惯于运用意识形态的分析法，从"阿Q"一贫如洗的经济状态方面，将其判定为一个被压迫的"农民"；而在"启蒙话语"中，人们也早已习惯于运用反封建的方程式，从"阿Q"浑身上下的人格弱点方面，将其视为中国人国民"劣根性"的概括与总结。更有意思者，一些外国学者还别出心裁，比如日本学者丸尾常喜就专门写了一本书，名叫《"人"与"鬼"的纠葛》，他通过考证"Q"字的绍兴发音，最终得出了"阿Q"就是"鬼"的结论。[1]汪晖似乎

---

① 该书1995年由人民出版社出版，其中在第三章中，丸尾常喜就明确地提出了"阿Q='阿鬼'"说。

很赞赏这种观点,他认为"你可以说这句话就是指阿Q的鬼进入了我的思想,也可以像周作人说的那样,阿Q的存在理由就是像鬼一样存在在那里的中国人的'谱'"①。原本一个非常简单的艺术符号,被附加上了越来越多的外在因素,这到底是《阿Q正传》的不幸,还是我们学界本身的悲哀?我不禁想起叔本华对批评家的一句嘲讽:一部伟大的文学作品一经问世,"嘈杂喧嚣声会将它淹没,使人既听不到它,也看不见它,它只能在谦卑的痛苦中悄然无声地离去"②。其实,鲁迅的《阿Q正传》已在学界的一片"嘈杂喧嚣声"中悄然离去,延续至今的《阿Q正传》只不过是研究者对其故事内涵的人为重构罢了。

我个人认为,阿Q其实就是一个文化符号,鲁迅创造这一寓意文化符号的深刻用意,无非是想去探讨文化个体与文化共同体之间的辩证关系。文学是要以艺术形象去表情达意的,故作者必须要给阿Q赋予一种实体身份,否则故事叙事也就不可能在艺术空间里形象地展开。如此一来,阿Q便被置放于"未庄"这一文化场域中,同时又披着一层色彩鲜明的"农民"外衣,进而迷惑和干扰了许多研究者的视觉思维。人们为了证实阿Q就是一个实实在在的"农民",往往都把鲁迅《阿Q正传》的"序"里那段关于写"传"的寓意言说,做了充满主观想象力的放大性处理,比如汪晖就曾非常自信地指出:"对于鲁迅来说,这个序很关键。没有这个序,作品的反讽解构就很难呈现。"按照汪晖的理解,鲁迅用"'正传'这个词不但表达了那些被排除在正史图谱之外的谱系,而且'正'整个字也反讽地将正史的谱系给颠覆了"③。这种论证过程云山雾罩很绕弯子,还不如直接说鲁迅敢于打破文人做"传"的历史常规,义正言辞地去为那些名不见经传的小人物去写"传",以讽喻那些只有"贵人"才能入"传"的传统偏见,为什么要煞有介事故作高深地兜圈子呢?细读《阿Q正传》的"序",鲁迅已经十分明确地交待了他为阿Q做"传"的两层意思:一、鲁迅强调阿Q既不是一个历史人物,也不是一个现实人物,他

---

① 汪晖:《阿Q生命中的六个瞬间——纪念作为开端的辛亥革命》,载《现代中文学刊》2011年第3期。

② 叔本华:《叔本华论说文集》,商务印书馆2004年版,第367页。

③ 汪晖:《阿Q生命中的六个瞬间——纪念作为开端的辛亥革命》,载《现代中文学刊》2011年第3期。

无名无姓无家无业难以考证，故用传统做"传"的方式显然不合适。因此，鲁迅特别用了一句说书人"闲话休提言归正传"的口头禅，来暗示广大读者，阿Q无非就是一个文学创作的虚构性人物，他的存在与历史和现实都没有逻辑上的必然联系。其次，也是最为关键的一点，鲁迅告诉读者"我并不知道阿Q姓什么"，"他活着的时候，人都叫他阿Quei，死了以后，便没有一个再叫阿Quei了"。鲁迅在"序"里，一再强调阿Q并不是"未庄人"，"他虽然多住未庄，然而也常常留宿在别处，不能说是未庄人"。我们应该充分地注意到，鲁迅显然是有意在澄清"阿Q"与"未庄"之间并没有任何的文化血缘关系，所以"阿Quei"死后，"未庄"才会"没有一个再叫阿Quei了"！因为在鲁迅本人看来，"阿Q"就是一个外来因素，有他无他都不会影响"未庄"的固有秩序。也许鲁迅早已预测到了后世必将会对《阿Q正传》争论不休，故他非常睿智地调侃我们这些现代知识精英说："只希望有'历史癖与考据癖'的胡适之先生的门人们，将来或者能够寻找出许多新端绪来，但是我这《阿Q正传》到那时却又怕早经消灭了。"

《阿Q正传》的故事本体，具有非常清晰的逻辑思路，就是在讲"阿Q"这一文化个体想要融入"未庄"文化秩序的艰难过程。第二章和第三章都是以"优胜记略"去描写"阿Q"的生存状态和个性特征。在这两章里，我们首先知道了"阿Q"的"无"的身份特性，即"无名无姓""无家无业"和"无从考证"，这也是学界认定其为贫苦雇农的重要依据。"阿Q没有家，住在未庄的土谷祠里。"这句话透露出了一个重要信息："土谷祠"也就是人们常说的"土地庙"，它往往是建在乡村的村外而不是村里，"阿Q"住在"土谷祠里"，恰恰说明了他没有进入"未庄"的生活圈内。"土谷祠"是什么地方？当然是供奉神灵的地方，故把那种"阿Q"理解为"阿鬼"的荒谬说法，也就不攻自破了。没有人会认为"鬼""神"同类，他们可以和谐共居相安无事。在鲁迅的小说里，只有两个人会住在"神庙"里，一个当然是"阿Q"，另一个则是《长明灯》里的那个"疯子"。"吉光屯"里的那个"疯子"因为难以同村民正常交流，因此才被人们强行关进了"神庙"里，既然不能同正常人对话，那就只能去和"神"直接对话好了。以此推论，"阿Q"也是一个难以同常人进行对话的"神人"，在作品文本当中，他与"未庄"人没有共同的生活语言,只能是在"土谷祠"自言自语同"神"交流,鲁迅这种主观用意很是值得我们去深究的。"优胜记略"还有一个重要信息,即广为研究者所津津乐道的"精神胜利法"。其实,这是《阿Q正传》研究史上的最大误区。我并不否认"阿Q"身上有着许多中国人"国民劣根性"的共性特征,但仅仅将研究视角停留在这一着眼点上,既不符合鲁迅本人的创作意图,也不符合作品所讲述的故事原意。人们一般都认为"阿Q"的思想迂腐,城里人"用三尺长三寸宽的木板做成的板凳,未庄叫做'长凳',他也叫'长凳',城里人却叫'条凳',他想:这是错的,可笑!油煎大头鱼,未庄都加上半寸长的葱叶,城里人却加上切细了的葱丝,他想:这也是错的,可笑!"这里我注意到鲁迅用一个隐喻性的叙事策略,"阿Q"的思想行为无疑都在仿效"未庄人",而仿效又恰恰证明了他根本就不是"未庄人",只不过是表现他想要融入"未庄"的一种主观意愿罢了。为了能够被"未庄人"所接纳,"阿Q"自有其十分独特的生存法则,也就是学界屡屡提及的"精神胜利法"。"闲人"看不起"阿Q",调侃他头上的"癞疮疤","阿Q"不服与其理论,结果被"闲人"狂揍一番,然而"阿Q"不是感到痛苦,相反却"心满意足的胜利的走了,他觉得他是第一个能够自轻自贱的人,除了'自轻自贱'不算外,余下的就是'第一个'。状元不也是'第一个'么?"还有,戏台前"阿Q"被抢走了赢来的"大洋",他能够用打自己嘴巴却又记在别人账上的神奇做法,去调节他本人难以平愤的沮丧心情;他骂"假洋鬼子"是"秃驴",结果挨了一顿"哭丧棒",可"'忘却'这一件祖传的宝贝也发生了效力"。鲁迅之所以要在这两章中如此塑造"阿Q"的卑怯人格,绝不仅仅是揭示或暴露中国人"国民劣根性"那么简单。实际上,鲁迅是在告诉读者:"阿Q"若想在"未庄"站住脚,他就必须学会毫无条件的服从与忍耐。一旦他违反了这种生存法则,那么"阿Q"的悲剧也就真正开始了。

"阿Q"的命运悲剧,是从第四章"恋爱悲剧"开始的。小尼姑"断子绝孙"的一句骂语,激发起"阿Q"对"留后"的强烈欲望。至于"阿Q"究竟是从哪里知晓"不孝有三、无后为大"这句圣贤之言,鲁迅却并没有明确地交待,我们也用不着去加以考证,反正像幽灵一般飘忽不定的"阿Q",按照鲁迅的调侃语气来说,他"本来也是正人,我们虽然不知道他曾蒙着什么明师指授过,但他对于'男女之大防'却历来非常严;也很排斥异端——如小尼姑及假洋鬼子之类——的正气。他的学说:凡尼姑,一定与和尚私通;一个女人在外面走,一定想勾引男人;一男一女在那里说话,一定要有勾当了。"从鲁迅这段诙谐幽默的描写中,我们可以十分清楚地感觉到,鲁迅把"阿Q"说成是"正人",固然是一种讽刺语气;而所谓的"明师指授过",也绝非指孔子等儒家哲人,而是讥讽"阿Q"之迂,显然是受"未庄"庸俗的深刻影响。这使我们一下子明白过来,如果我们把"阿Q"想同吴妈"困觉"简单地看做是他受儒家"礼教"的思想熏陶,目的是为了娶妻"立后",恐怕那就大错特错了。"阿Q"要比诠释者聪明得多,他想同吴妈"困觉",其潜藏的意图有二:一是想借娶妻生子之名,能够以"倒插门"的方式在"未庄"安身立命;二是倘若果真有了后代,那么他就更理所当然地成为"未庄人"。只可惜,"阿Q"的如意算盘没能实现,吴妈不仅不同意和他"困觉",反倒惹得一身麻烦,被赵秀才爷俩拿着竹杠撵着追打。"阿Q"的"恋爱悲剧"使他失去了在"未庄"继续生存的任何可能,因为他不再是一味地"容忍",莫名其妙的情绪冲动(而非学界所理解的那样是人的正常欲望)导致了他成为"未庄"稳定秩序的不安定因素,所以接下来他便面临着"生计问题":"其一,酒店不肯赊欠了;其二,管土谷祠的老头子说些废话,似乎叫他走;其三,他虽然记不清多少日,但确乎有许多日,没有一个人来叫他做短工。"于是,我们的"阿Q"便翻墙进入尼姑庵(不知这时他那满脑子的"男女之大防"思想跑到哪里去了)去偷萝卜,结果遭到了老尼姑的一通谴责。我个人不大看重"阿Q"本人此时此刻的"油滑"表现,倒是老尼姑的态度使我大感惊讶——出家人本应以慈悲为怀,对饥肠辘辘的"阿Q"网开一面,可是老尼姑却没有丝毫的怜悯之心,可见"未庄"的宗教机构也只保护"未庄人",像"阿Q"这样的外来者当然不在其"慈悲"之列。"阿Q"的"中兴"与"革命",更是加重了"未庄人"对他的排斥力度,赵老太爷嘱咐家人"夜里警醒点",而所有"未庄人"则对他"敬而远之"。"阿Q"因"革命"在"未庄"闹得满城风雨,学界对于他的"革命"动机,也从阶级压迫必然会引起阶级斗争的认知立场出发,给予了极其廉价的人文关怀。殊不知"阿Q"要"造反",是鲁迅为"阿Q"所设计的命运归宿:"阿Q"越是不安分,他对"未庄"固有生活秩序的威胁也就最大，因此当"阿Q"被枪毙时，"在未庄是无异议，自然都说阿Q坏"，没有一个"未庄人"对他表示同情，因为"阿Q"本来就与"未庄"无关，一个外在破坏因素被剿灭，反倒是"未庄人"所希望看到的故事结局。故在作品最后的"大团圆"一章里，我们看到的不仅是"知县大老爷还是原官……带兵的也还是先前的老把总"；即便是赵老太爷又何尝不是先前的赵老太爷，"未庄人"又何尝不是先前的"未庄人"呢？这充分说明了一个问题：伴随着"阿Q"闹剧的曲终人散，"未庄"又恢复到了原有的生活秩序，只有"阿Q"那句"过了二十年又是一个……"的诳语，在空中回荡给人留下无穷的遐想。

通过对《阿Q正传》的重新阅读，我发现鲁迅在写这部作品时，明显有着一种思路清晰的创作意图："阿Q"作为"未庄"文化的外来因素，如果他能够用"精神胜利法"去自我调节，那么他就有可能在"未庄"相安无事地生存下去，就像同他一样处于社会下层的王胡或小D一样；可是一旦当他变得不安分起来，去调戏妇女（吴妈和小尼姑）、偷盗钱财乃至张扬着要去"造反"，那就超出了"未庄"文化的忍耐程度，因此他必然会受到彻底排斥。所以"阿Q"之死，无疑就是一个游离了文化共同体的个体细胞之死，无论学界以何种方式去诠释"阿Q"的艺术形象，都不可能背离《阿Q正传》的这种叙事结构。

二、"未庄"作为集体文化符号的象征意义

研究《阿Q正传》，第二个难点就是对"未庄"概念的准确释义。人们似乎已经习惯于将"未庄"认定为浙东一带的乡村背景，并从江南文化所特有的风土人情角度去诠释这部作品的思想意义。《阿Q正传》中确实存在着许多绍兴方言，把它看做是鲁迅对自己故乡的乡土叙事也绝无大错。但我们必须注意到这样一个无法回避的客观事实："未庄"之"未"的无具指性，则是鲁迅明显在提醒读者，不要去刻意纠缠"未庄"究竟是在写什么地方，文学创作一切均属于作家个人的艺术虚构。然而，学界对于"未庄"的繁琐考证由来已久，各种解读也是五花八门令人应接不暇。我发现日本学者似乎要比中国学者

更加"聪明",除了丸尾常喜把"未庄"等同于"鬼庄"外,松冈俊裕又提出了一个"羊头狗肉村"的神奇说法,他甚至认为"《阿Q正传》的用意之一是在于说明阿Q所生活的'未庄'——清末民初时的中国农村,就是'羊头狗肉村',而中华民国本身就是徒有虚名,实际是跟清末君主立宪制完全一样的'羊头狗肉国'。"①我个人非常"敬佩"日本学者的过人"智慧",仿佛他们的汉语知识水平比中国人还要高明;我更诧异中国学者的冷漠态度,竟然能够容忍这种"神论"的畅通无阻。"未庄"就是"未庄",一个虚拟的艺术空间,它所负载的全部意义,无非就是故事叙事的展开环境——既然是叙事环境,那么它就必然又是一种文化场域,故从文化场域去理解"未庄"的命名价值,所有的疑问也都会迎刃而解了。

若要科学地诠释"未庄"这一文化场域,我们首先应该了解文化与传统这两个概念。所谓"文化"者,无非就是一个民族在其历史发展过程当中积累形成的思维方式与生活习惯。而所谓"传统"者,钱穆先生曾有过一个很好的说明:"何为传统?须有头有序,有组织,合成一体,谓之体统,亦称系统。……而此一个统,则又贵能世代相传,永久存在,此则为传统。中国史之悠久与广大,则正在此能一传之'统'上。"②钱穆已经说得十分清楚,"文化"既是"统",它具有世代相传性。由于不同民族具有不同的"统",因此"每一种文化有它自己的式样,其组成的力量有它自己独特的安排"③。由于鲁迅是中国人,那么他所塑造出来的"未庄"文化场域,理所当然是对中国文化的那个"统"在现实生活层面上的合理阐释。"未庄"作为乡土中国的一个缩影,它集中体现着文化共同体的强大凝聚力。从文化人类学的角度去分析,生存在这一场域里的"未庄人",其实"从他出生之时起,他生于其中的风俗就在塑造着他的经验与行为"④。所以,他们都自觉地遵守着由历史所形成的行为规范,虽然人与人之间客观上存在有贫富差别,却没有人想要超越共同体

---

① 松冈俊裕:《〈阿Q正传〉浅析——"未庄"命名考及其它》,载《绍兴文理学院学报》1996年第16卷第3期。
② 《中国史学发微》,台北东大图书股份有限公司1989年版,第101页。
③ 杜威:《自由与文化》,商务印书馆1964年版,第16页。
④ 露丝·本尼迪克:《文化模式》,华夏出版社1987年版,第2页。

的利益，去改变这种相对稳定的社会秩序。吴妈可以津津乐道地讲述赵太爷家中的逸闻趣事，但自己却心甘情愿地持操守节人格清白；王胡与阿Q一样地位低下、一贫如洗，却宁愿以捉虱子为乐趣也不敢有丝毫不安分的古怪想法。人们往往把"未庄人"的这种守成思想，理解为中国农民的愚昧落后与目光短浅，其实"未庄人"之所以能够安分守己地平安度日，恰恰正是因为他们都在自觉地遵守着"未庄"文化约定俗成的生活秩序——而这种被启蒙精英历来批判的"庸俗"现象，无论人们恨他也好爱它也罢，它依然是中国传统文化的一个重要组成部分，凡是想改变"未庄"秩序的任何念头，都必然会遭到"未庄人"的群体攻击。研究者在谈论《阿Q正传》时，无一例外都会提到赵老太爷不许"阿Q"姓"赵"的那段描述，他们几乎都认为鲁迅是在借助此事去抨击封建统治阶级或封建家族势力剥夺一个贫苦农民的"姓氏"权利。我个人的看法却完全不同。

有一回，他似乎是姓赵，但第二日便模糊了。那是赵太爷的儿子进了秀才的时候，锣鼓镗镗的报到村里来，阿Q正喝了两碗黄酒，便手舞足蹈的说，这于他也很光彩，因为他和赵太爷原来是本家，细细的排起来他还比秀才长三辈呢。其时几个旁听人倒也肃然的有些起敬了。那知道第二天，地保便叫阿Q到赵太爷家里去；太爷一见，满脸溅朱，喝道：

"阿Q，你这混小子！你说我是你的本家么？"

阿Q不开口。

赵太爷愈看愈生气，抢进几步说："你敢胡说！我怎么会有你这样的本家？你姓赵吗？"

阿Q不开口，想往后退了；赵太爷跳过去，给了他一个嘴巴。

"你怎么会姓赵！——你那里配姓赵！"

对于鲁迅这段文字描写，我们大可不必用意识形态的有色眼光去看问题，阿Q本来就无名无姓"神人"一个，却借着酒劲在那里胡吹乱说他也"姓赵"，无非是想沾点赵家的喜气以改变"未庄人"对他不友好的现实态度；然而，你阿Q吹牛就吹牛呗，干嘛非要说比"秀才长三辈"呢？那你不就成了赵太爷的"爹"了吗？因此阿Q挨揍和陪酒钱，完全是他自己无事生非的结果。对于赵太爷而言，情况则大不相同了，赵太爷的身份是"乡绅"，而"乡绅"又是乡土中国的精神主体。在"未庄"的社会里，赵太爷等人无疑就是乡民的精神领袖。然而你阿Q一个外来者，不安分守己地去做好你的"短工"，却想把自己凌驾于赵太爷的头上，这当然是一种颠覆"未庄"秩序的忤逆之举。难怪赵太爷会说"你那里配姓赵"？即便是所有的"未庄人"，也都对阿Q嗤之以鼻。"赵太爷钱太爷大受居民的尊重，除有钱之外，就因为都是文童的爹爹，而阿Q在精神上独不表格外崇拜，他想：我的儿子会阔得多啦！"阿Q不尊重赵太爷的原因有两个：其一，他不是"未庄人"，所以用不着照搬"未庄人"的传统习俗；其二，他认为自己可以超越或取代赵太爷，故凭什么要去尊重他？从某种意义上来讲，阿Q与赵太爷为敌，就是与全体"未庄人"为敌；因为受文化共同体利益的驱使，"未庄人"绝不可能去容忍阿Q的胡作非为。

如果阿Q仅仅是与赵太爷为敌，阿Q在"未庄"的处境恐怕也未必会那样艰难；关键是"未庄"所有的居民都与阿Q为敌，这才是阿Q悲剧的根本原因。在"未庄"里，阿Q的社会身份是"短工"，没有一家愿把他雇为"长工"，可见"未庄人"对于阿Q始终都抱有一种排斥性的偏见。至于"未庄人"为什么看不上阿Q？鲁迅并没有给出特别的理由；但我们从作品文本的故事叙事中却可以发现，无外乎就是他们对于阿Q这个外来者看着不顺眼。比如"未庄"的那些"闲人们"，成天拿阿Q头上的"癞疮疤"取乐。"闲人们"当然不是指赵太爷或白举人等名流之辈，而是指"未庄"里的普通百姓。"闲人们"与阿Q无冤无仇，可他们却就是对阿Q看不顺眼：

> 阿Q采用怒目主义之后，未庄的闲人们便愈喜欢玩笑他。一见面，他们便假作吃惊的说：
> "哙，亮起来了。"
> 阿Q照例的发了怒，他怒目而视了。
> "原来有保险灯在这里！"他们并不怕。
> 阿Q没有法，只得另外想出报复的话来：

"你还不配……"

按理说阿Q金刚怒目式的反抗完全是一种维护自己人格尊严的正义之举,可"闲人们"哪里会去管你阿Q高不高兴,看到阿Q敢于反抗,于是乎便一拥而上,揪住他的"黄辫子,在壁上碰了四五个响头,闲人这才心满意足的胜利的走了"。鲁迅使用这样的叙事结构,其实并无高深莫测的思想寓意,无非就是要告诉读者,"未庄人"都不待见阿Q而已。这种不待见自从阿Q说自己也姓"赵"以后,便渐渐地由隐性而变为显性了:他先是抱怨小D抢了他的饭碗,把原本属于他的"短工"生意都夺了去,故导致他与小D之间的一场打斗,结果"阿Q却仍然没有人来叫他做短工"。恐怕阿Q至死都不会明白,自己的生计问题与小D插足无关,而是"未庄人"的自我选择——他们宁愿去选择同是"未庄人"的小D,也不会去选择你一个外来者的阿Q。小D的顺从与阿Q的躁动,无疑给"未庄人"排斥阿Q提供了充足的理由。"未庄人"对阿Q的不待见,同样体现在假洋鬼子等人不让阿Q"革命"的问题上。阿Q觉得自己一人"革命"很是不妥,故他便前去投奔假洋鬼子等人的"柿油党",结果假洋鬼子举着哭丧棒大喝一声"滚出去",彻底打破了阿Q立足"未庄"的最后一丝希望。长期以来,学界一直都认为鲁迅的这段描写是在揭示假洋鬼子之流不允许贫苦农民革命,进而间接地讽刺辛亥革命脱离人民大众的思想局限性,这真是一种政治意识形态式的天方夜谭。假洋鬼子不许阿Q"革命"的理由非常简单,在他们看来"革命"本是"未庄人"自己的事,与你个外来者有何干系?因此,把这一故事情节无限放大,那只能是诠释者的主观臆断,而绝非鲁迅本人的意思表达。

谈到"未庄"的文化场域,我们不能不注意到阿Q与"未庄人"对于"革命"的两种态度。对于阿Q而言,反正"未庄"容纳不下他,故他必须去寻找一种方式来改变目前所处的生活窘境。恰逢此时,辛亥革命爆发了,阿Q根本就不知道什么是"革命",但他却明白"革命"与"造反"并无什么区别,与其说被"未庄人"打压和排挤,还不如"造反"一次反,也许能使"未庄人"刮目相看。阿Q所想象的"革命"内容,无非是"好……我要什么就是什么,我喜欢谁就是谁"。阿Q的这种想法,其实"未庄人"心里都非常明白,阿Q无非是要借"革命"之名去颠覆"未庄"的社会秩序，去侵占"未庄"的私有财产，去宣泄他对"未庄人"的所有仇恨："第一个该死的是小D和赵太爷，还有赵秀才，还有假洋鬼子，……留几条么？王胡本来还可留，但也不要了。"因此，"未庄人"对于阿Q始终都保持着高度警惕的防范心理。我们无需去探讨鲁迅为什么要让阿Q"革命"，因为阿Q自己已经说得清清楚楚了，他"以为革命人便是造反，造反便是与他人为难"。而这个"他人"，无疑又是指"未庄"的那些"仇家"；他就是要通过"造反"，去改变"未庄人"对他的偏见。鲁迅在《再论雷峰塔的倒掉》一文里，曾把没有建设性理想的"破坏"，称之为是一种"奴才式的破坏"①，阿Q对于"未庄"那种破坏性欲望，难道不正是一种"奴才式的破坏"吗？而假洋鬼子和赵秀才之流则完全不同。假设"革命"的真实目的是要变革社会生活的固有秩序，那么他们本来就是这种固有秩序的维护者，干嘛非要自己毁灭自己的既得利益呢？细读《阿Q正传》的故事情节，我们发现无论是假洋鬼子还是白举人，他们恰恰与阿Q的"革命"意图截然相反，他们是想通过参与"革命"去保护"未庄"这一文化场域，不受外来"造反"者的肆意侵害。学界经常用"投机革命"去解释假洋鬼子之流的"革命"行为，甚至还将他们与阿Q联系起来，将他们视为是沆瀣一气的"阿Q式的革命党"，我对这种意识形态的理论话语深感痛心。阿Q与假洋鬼子他们的所谓"革命"，与辛亥革命没有必然的逻辑联系，我们文学评论家也没有必要去扮演政治革命家的社会角色，一定要超越自己的职责范畴去指点江山激扬文字。假洋鬼子等人作为"未庄"文化共同体的形象代言人，他们是在以"未庄"式的"革命"去巧妙地化解外来者的"造反"，最终以达到维持文化共同体利益的真实目的。我们一定要先搞清楚，假洋鬼子等人并不孤立，在他们身后站着所有的"未庄人"，只有如此去理解，我们才能读懂"大团圆"的故事结局："'好！！！'从人丛里，便发出豺狼的嗥叫一般的声音来"。你尽可以说这是一种愚昧无知的看客心理，但谁又能说它不是"未庄人"所吐出的一口恶气呢？

所以，阿Q"死了以后，便没有一个人再叫阿Quei了，那里还会有'著之

---

① 鲁迅：《鲁迅全集》第1卷，人民文学出版社1981年版，第193页。

竹帛'的事"。因为，外来者阿Q早已被"未庄人"所忘却，"未庄"也恢复了它没有"阿Q"时代的平静生活；所以，"阿Q"最终被排挤出"未庄"，这才是"未庄"故事的"大团圆"！

三、《阿Q正传》与鲁迅早期思想的一致性

《阿Q正传》的创作主题，与鲁迅对"五四"新文化运动的基本态度是完全一致的。人到中年的他，显然要比《新青年》阵营的思想狂热更具有高度自觉的理性批判精神。因为每天流连忘返于同古碑墓志的灵魂对话中，使他对中国传统文化的历史厚重感体会深刻，所以他才会感叹中国的确是太老了，其经历了几千年磨砺而形成的民族文化共同体坚不可摧。鲁迅曾把中国传统文化比作一个"大染缸"，研究者也都对这种比喻做了他们所能诠释的各自理解。但我个人并不赞同有些人将鲁迅的"染缸"理论，看做是他对中国传统文化彻底绝望的无奈表现，相反却是鲁迅在以自己惯用的表述方式，去表达他对中国传统文化特性的自我认识。在《热风·四十三》里他写道："可怜外国事物，一到中国，便如落在黑色染缸里似的，无不失了颜色。"[①]在《两地书》里他又说："中国大约太老了，社会上事无大小，都恶劣不堪，像一只黑色的大染缸，无论加进什么新东西去，都变成漆黑。"[②]仅看着两段引文，"听将令"的鲁迅虽然对中国传统文化有所攻击，然而"自我"的鲁迅其实却是在告诉人们，中国传统文化具有着坚不可摧的强大同化力；由这种同化力所构筑起来的民族文化共同体，单纯地依靠外部因素去促使它发生质变，这几乎是一件不可能的事情。鲁迅甚至还用"鬼打墙"的形象化说法，再次表达了他对民族文化共同体隐性力量的敬畏心理："中国各处的壁，然而无形，像'鬼打墙'一般，使你随时能'碰'"[③]。鲁迅对于中国传统文化的深度了解，令其在《新青年》阵营的启蒙呐喊中始终都保持着一种"寂寞"与"悲哀"的游离姿态："寂寞"体现为他的决不从众，而"悲哀"则应理解为他对《新青年》狂热情

---

① 鲁迅：《鲁迅全集》第1卷，人民文学出版社1981年版，第330页。
② 同上，第20页。
③ 同上，第72页。

绪的潜在否定。鲁迅曾经说他自己"决不肯发狂"①，原因就在于他知道中国文化的阴柔性，任凭你怎样发"狂"也奈何它不得。

前几年我曾写过一篇文章，对鲁迅的小说《狂人日记》做了专门分析，在那篇文章里，我已明确地指出，鲁迅是在以对"狂人"的反讽叙事，向《新青年》阵营发出着善意的忠告。②其实，无论人们如何去解读《狂人日记》，它所呈现出的叙事结构都是一种否定性的逻辑推论："我"作为"狼子村"文化共同体的一个细胞，在"月光"（我们不妨把它看做是外来文化因素）的刺激之下，突然躁动不安起来，试图从"狼子村"这一有着"吃人"传统的文化共同体中突围，进而想成为一个不再"吃人"的"新的人"。这部作品最大的思想亮点，是个体细胞对文化母体的内部攻击；而学界似乎更热衷于把"狂人"与反传统联系起来，去赋予他以思想启蒙的时代意义。我个人认为这绝不是鲁迅本人的意思表达，因为小说的故事叙事并不给这种说法提供文本细节的有力支持。"狂人"无师自通地从中国历史中"读"出了它的"吃人"本质，且不厌其烦地去劝说"狼子村"村民们放弃"吃人"的恶习，这种让中华民族洗心革面重新做人的良好愿望，的确很有"五四"启蒙先驱者那种大无畏的勇者气势。可鲁迅却为"狂人"设计了一种令他无法想象的现实困境，使他刚一张口去进行启蒙言说，立刻便遭到了"狼子村"村民的各种冷眼——"孩子"的"眼色"、"女人"的"眼睛"、"老头"的"鬼眼"、"佃户"的"怪眼"、"青年"的"怒眼"，概而言之就是"狼子村"那些下层村民对"狂人"的启蒙呐喊，都持仇恨与敌视的冷漠态度。这无疑会促使"狂人"去进行自我反思，他终于知道自己也曾"吃"过妹妹的"肉"，那么自己本身就是一个"吃人"者，他还有什么理由去教训别人不要"吃人"呢？《狂人日记》的创作主题，是要揭示文化个体与文化共同体之间荣辱与共的辩证关系，如果一个文化细胞游离了它的文化母体，那么它就必然会失去自己的生存基础，即"皮之不存毛将焉附？"故"狂人"幡然觉醒，赶快"病愈"且前去"候补"，草草结束了他那颇为荒诞的启蒙之旅。小说《长明灯》继续了《狂

---

① 鲁迅：《鲁迅全集》第11卷，人民文学出版社1981年版，第88页。
② 拙作《"狂人"的病愈与鲁迅的"绝望"——〈狂人日记〉的反讽叙事与文本释义》，载《学术月刊》2008年第10期。

人日记》的创作思路，同样是写一个"疯子"反抗"吉光屯"的固有秩序，结果遭到了全屯人的强烈反对。"疯子"原本也是"吉光屯"文化共同体的生命细胞，但由于他发生了变异要脱离这个文化共同体，从内部去破坏"吉光屯"的文化氛围，故激起群体对他的排斥也就自不待言了。我个人更关注"疯子"与"狂人"的不同结局："狂人"能够幡然醒悟，不再执意地去疯狂呐喊，故才避免了被"狼子村"文化共同体所剿灭的悲剧命运；可"疯子"却要一意孤行，所以"吉光屯"的村民只好将他关进"庙里"，让其远离文化共同体去自生自灭。毫无疑问，鲁迅是在用两个不同"疯子"的形象举例，来暗示民族文化共同体的结构稳定性，任何企图从内部去破坏其稳定结构的主观努力，都是徒劳无益的非分之想。

如果说《狂人日记》与《长明灯》这两部作品，是表现文化个体从内部去攻击文化共同体的失败结局；那么《阿Q正传》则是通过寓意性的故事叙事，去表现文化共同体对于外部文化因素入侵的强烈抵制。我在前面已经提到，《阿Q正传》的叙事结构，就是以阿Q这一个体，向"未庄"文化共同体，进行渗透的全部过程。在具体分析作品文本的过程中，我们可以清晰地发现，"未庄"对于"阿Q"的排斥，并非是无条件的"排斥"，而是有条件的"接纳"——只要你阿Q能够严格遵守"未庄"的文化秩序，他们是可以让你"进来"做"短工"的。可是做"短工"并不是阿Q想要的结果，他是想成为一个真正的"未庄人"；正是阿Q这种幼稚的想法，使他与"未庄人"的矛盾冲突显现了出来。调戏"吴妈"和小尼姑，还不至于从根本上挑战"未庄人"的根本利益；"偷东西"与"打架"，也不会真正动摇"未庄"文化共同体的牢固基石。尽管此时的"未庄人"，已流露出了想要赶走"阿Q"的不满情绪，比如赵秀才就打算吩咐地保，"不许他住在未庄"。可阿Q的"犯过"还没有达到无法忍受的地步，故赵太爷权衡利弊劝阻了儿子的激烈行为。后来"阿Q"不再安分守己想要"造反"，才使得"未庄人"对于"阿Q"的现实存在感到了无比恐惧，因为"革命"与"造反"，将完全改变"未庄"文化共同体的生态环境，所以故事叙述到了"不准革命"一章，便出现了一种戏剧性的变化：本来不该起来"革命"的假洋鬼子之流，竟然以"革命者"的身份去排斥"阿Q"的"革命"诉求。其实只要我们分析一下他们两种对"革命"的不同理解，也就很容易搞清楚"未庄人"突然决定"革命"的充足理由了——

  "东西，……直走进去打开箱子来：元宝、洋钱、洋纱衫……秀才娘子的一张宁式床先搬到土谷祠，此外便摆了钱家的桌椅，——或者也就用赵家的罢。自己是不动手的了，叫来小D来搬，要搬得快，搬得不快打嘴巴。……"
  "赵司晨的妹子真丑。邹七嫂的女儿过几年再说。假洋鬼子的老婆会和没有辫子的男人睡觉，吓，不是好东西！秀才的老婆是眼胞上有疤的。……吴妈长久不见了，不知道在那里，——可惜脚太大。"

  鲁迅这段文字描写寥寥数笔，就把阿Q的"革命"理想表达得淋漓尽致，作者毫不隐晦"阿Q"就是要通过"造反"去取代赵太爷成为"未庄"文化共同体的新代表性人物。而假洋鬼子之流的"革命"想象，又究竟是一幅什么样的宏图远景呢？鲁迅并没有直接向读者交待，只是说他们一伙人在那里"白着眼睛讲得正起劲。"其实我们用不着过多地主观猜测，他们肯定不会是在谈论怎样在"未庄"里抢班夺权，因为他们本身就是那里的精神领袖与权力象征，"革命"显然是对"阿Q"之辈有利却对他们自己不利。我个人认为，假洋鬼子之流在那里讨论的"革命"，理应与"阿Q"的想法相反，不是怎样去夺取权力，而是怎样去保护权力。因为在假洋鬼子之流看来，只有彻底剿灭像"阿Q"那样的造反者，尽量排挤掉与"未庄"文化不和谐的负面因素，他们才会安安稳稳地过日子。这恐怕并不仅仅是他们这些有钱人的自私心理，同时更是所有"未庄人"潜藏于心的共同愿望。鲁迅曾在《灯下漫笔》一文里写道，中国历史始终徘徊在这样两个时代："一、想做奴隶而不得的时代；二、暂时做稳了奴隶的时代。"[1]鲁迅关于中国历史的这种妙论，无疑是一种典型的经验之谈。鲁迅要比那些启蒙精英的头脑更加清醒，他从来不把中国人尤其是农民，看得那么愚昧无知；在他自己的视野里，中国农民是非常聪明睿智的，他

---

[1] 鲁迅：《鲁迅全集》第1卷，人民文学出版社1981年版，第213页。

们并不相信文弱书生的革命言说。学界历来都认为鲁迅对中国人尤其是农民"恨其不幸、怒其不争",不仅对革命无动于衷,甚至还百般刁难误解重重。在小说《药》里,革命者夏瑜劝牢头阿义"造反",并宣传"这大清的天下是我们大家的";可是他哪里知道,中国农民早已经对"造反"见惯不惊,他们当然明白"这大清的天下"不是"我们大家的",不过他们同时更明白"革命"以后的天下,同样也不是属于"我们大家的"!故无论是"鲁镇"也好"未庄"也罢,人们都甘愿守着"暂时做稳了奴隶的时代",起码还有一个居家度日安身立命的稳定环境;因为他们从来就不相信,有一个不做奴隶的时代在等着他们,"造反者"的允诺也从来没有真正地兑现过。这既是"未庄人"文化共同体的真实心理,同时也是鲁迅本人内心世界的真实想法。

《阿Q正传》作为一部具有跨时代意义的伟大作品,他所留给后人最宝贵的精神财富,就是他对中国传统文化厚重感的深刻认知,以及他对"五四"新文化运动那种激进情绪的批判性态度。鲁迅用"Q"这一洋文符号去为人物命名,这其中所要表达的意思也很耐人寻味:"阿Q"难以融入"未庄",实际上也寓意着西方文化很难完整地融入中国;如果它不能适合于中国文化这片土壤,那么它必将会受到强烈排斥而无法生存。这不仅是鲁迅对于《新青年》阵营的一种讽喻,同时也是他本人"染缸"文化理论的思想核心。悠着点,慢慢来,这才是鲁迅本人文化变革思想的本质所在。

(原文刊发于《鲁迅研究月刊》2015年第1期)

第九章　《林家铺子》的政治经济学

从政治经济学的角度去研究《林家铺子》，似乎偏离了文学之"美就是它自身存在的理由"①的西方定律。但是我们又会感到有些无奈，因为"五四"以来的中国新文学，其功利性要远大于审美性，无论"启蒙"还是"革命"，作家都只关心他们的作品，怎样才能有效地去影响读者，至于"内容的真实与否，他们是无所谓的"②。茅盾和左翼作家的文学创作，在这一方面表现得尤为突出。比如，茅盾就曾强调指出，评价一个作家的好坏，不是看他的艺术修养，而是看他能否掌握辩证法，"并且以这辩证法为工具，去从繁复的社会现象中分析出它的动律和动向。"③茅盾还说他写《林家铺子》《春蚕》等小说，就是要充分运用唯物辩证法的思维方式去重新理解由于"帝国主义的经济侵略"，"所引起的农村中各种矛盾的尖锐化，所造成的农村经济危机"以及"蒋介石的不抵抗政策"和国民党政府"卖国求荣"的丑恶嘴脸。④茅盾本人的理论见解，已经非常清楚地告诉了我们，他关注中国社会的重心所在，是政治问题而非文学问题，所以《林家铺子》等作品都是"主题先行"的历史产物。既然茅盾试图以艺术形象化的表现手段，去诠释现代中国的政治经济学，而且学界更是无条件地认同了他的这种做法，那么我们重新去解读《林家铺子》的破产真相，也便具有了充足的理由——乌镇绝不是孤立存在的个例现象，而是20世纪30年代的中国缩影。

---

①　勒内·韦勒克、奥斯丁·沃伦：《文学理论》，江苏教育出版社2005年版，第29页。
②　哈里·G.法兰克福：《论真实》，译林出版社2009年版，第27页。
③　茅盾：《茅盾全集》第19卷，人民文学出版社1991年版，第331页。
④　茅盾：《〈春蚕〉〈林家铺子〉及农村题材的作品（回忆录）》，载《新文学史料》1982年第1期。

一、《林家铺子》里的"乌镇"政治学

乌镇是茅盾的故乡，也是一个有着千年文化底蕴的江南小镇。有人曾这样去描述乌镇："乌镇并不大，一溜烟的粉墙黛瓦房仅仅地挤靠在一起，镇河缓缓地从每家的屋后窗前悄然流过，'深巷通舟橹，门前买鱼虾'，狭窄的石板路少却了车马的喧闹，在夕阳的余晖下泛着湿漉漉的白光，一座座雕刻精巧的石桥联系着左邻右舍的亲密。"①对于那些观光休闲的游客们来说，他们可以一边喝茶一边凭栏眺望，从四周淡雅清丽的祥和氛围中，去慢慢地品味这座小城的静怡之美；但是对于茅盾本人而言，却充满着令其焦虑的时代痛感，外来的经济侵略与政府的苛捐杂税，早已使乌镇呈现出一种破败不堪的凄凉景象。为了凸显帝国主义与反动政府的双重压迫，于是他便在《林家铺子》里"加强了日本侵略者这个魔影，以及国民党的贪官污吏如何利用民众的抗日热情而大发横财"，他说"这就是《林家铺子》的主题"②。

茅盾是一个政治敏感性极强的作家，同时也是一个艺术造诣极高的作家，他深知乌镇"虽然是五六万人口的大镇，可是既没有工业，也不是商业要区"③，若想透过这样一个小环境去展现民族矛盾和阶级矛盾的大背景，显然不是一件容易的事情。因此，他充分利用虚实结合的表现手法，以"抵制东洋货"为故事主线，以揭露政府的巧取豪夺为最终目的，进而成功实现了《林家铺子》的宏大叙事。茅盾在其作品中，全力去渲染这样一种时代情绪："现在是满街都在议论上海的战事了。小伙计们夹在闹里骂'东洋乌龟'！竟也有人当街大呼'再买东洋货就是忘八！'林小姐听着，脸上就飞红了一大片。林先生却还不动神色。大家都卖东洋货，并且大家花了几百块钱以后，都已经奉着特许：'只要把东洋商标撕去了就行。'他现在满店的货物都已经称为'国货'，买主们也都是'国货，国货'地说着，就拿走了。"这种十分奇特的叙述语言，一方面是在暗示性地告诉读者，"抵制东洋货"是一场由政府

---

① 张孟：《漫话乌镇》，载《华夏星火》2002年第4期。
② 茅盾：《〈春蚕〉〈林家铺子〉及农村题材的作品》，载《新文学史料》1982年第1期。
③ 茅盾：《故乡杂记·半个月的印象》，载《现代》1932年8月第1卷第4期。

发起的"爱国运动",比如林老板就非常气愤地说,为什么"偏是我的铺子犯法,一定要封存!""封存"自然是一种政府行为,故林老板从商人的立场出发,对此表现出了强烈的抵触情绪,"我拼着不做生意,等他们来封!"另一方面又公开地揭露,政府假借"抵制东洋货"之名,其实却是在乘机大发"国难财",商会会长的一句话,便一语中的切中要害,"如何?四百块钱是花得不冤枉罢!"而另外一家商铺,同样也是花了五百大洋去买通"党部",才被准许出售"东洋货"。茅盾正是通过林老板一家在"抵制东洋货"运动中的破产经历,形象化地讲述了乡土中国的政治黑暗性与经济脆弱性:"党老爷敲诈他,钱庄压逼他,同业又中伤他,而又要吃倒账,凭谁也受不了这样重重的磨折罢?"毫无疑问,《林家铺子》用艺术的主观真实性去替代历史的客观真实性,由于意识形态色彩过于明显,所以当时就有人提出过质疑。批评者认为,茅盾所描写的社会压迫,不仅空洞、抽象,并且还缺乏"事实来证明"。茅盾则唇枪舌剑地反驳道,批评家"对作品中所写的生活,毫无经验,而只以自己从书本中得来的知识来判断,犯了主观主义、教条主义的毛病"。①那么,究竟是批评者"教条主义",还是茅盾本人"主观主义"?若要正确地评判他们之间的是非问题,我们就必须要回归历史原场去寻找答案。

  首先,我们来说说"抵制日货"运动。1931年7月,因吉林爆发了"万宝山事件",全国上下同仇敌忾,一场大规模的"抵制日货"运动也由此轰轰烈烈地展开,并一直延续到"一·二八"事变以后。但需要加以说明的是,这场运动并不是一种政府行为,而是一种民间自发的反日情绪。比如,7月16日南京商会便致电中央政府,请求"厉行对日经济绝交",并决定停止买卖日货交易,上海等地也成立了各种"反日会"。但国民政府并未直接出面表态,国民党上海市党部甚至还明文规定,党员个人可以参加"反日会"组织,但不能以团体的名义参加,故"反日会"中没有委员代表市党部。②"九·一八"和"一·二八"事变,更是激发了中国人的爱国热情,各界人士纷纷走上街头,

---

  ① 茅盾:《〈春蚕〉〈林家铺子〉及农村题材的作品》,载《新文学史料》1982年第1期。

  ② 参见《反日援侨会发出重要通告,禁止商界再进日货》,刊于《国民日报》1931年7月16日。

呼吁"彻底的对日经济绝交，抵制日货""如有破坏者，格杀勿论"①。南京举行了20万人的集会游行，杭州举行了10万人的集会游行，民众高喊着"抵制日货"的激昂口号，人群鼎沸场面更是蔚为壮观。由于"抵制日货"不是政府行为，那么它的民间性质也表现为以下几个特点：一是由学生和妇女自发组成看护队，在市面上检查和监督商家"抵制日货"的经营活动，比如"长沙女界组织抗日看护队委员会，抗日会则定三日内禁绝发售仇货"，违者将受到强行收缴之惩罚；②二是由社会精英组成执法团队，对那些在"抵制日货"期间阳奉阴违的不法奸商，将其游街示众、日货充公，比如南京反日救国会，就曾对私贩日货的达丰厂主与源泰店主等使用过这种极端的方式，并在商界中产生了巨大的震撼作用；③三是由一些思想激进者的年轻人组成各种各样的"锄奸团"，他们对于经营日货的商家先是以匿名信进行恐吓，然后再以炸弹进行威胁，搞得商家提心吊胆人心惶惶，多少也遏制了市面上的日货销售。④中国共产党虽然不是执政党，但却意识到了国民党政府在"抵制日货"运动中的领导缺席，因此要求全党同志应把"反日"与"反国民党"结合起来，"必须最坚决的执行抵制日货的工作，把抵制日货的领导权拿到我们自己手里"，以便揭露"国民党所谓'抗日''抵货'的无耻面具"⑤。这又从一个侧面证明，"抵制日货"的确是一种民间行为。国民党政府不仅没有去主导这场运动，相反还对社会上的一些暴力举措大加整饬且明令禁止，比如北平市政府就曾不断地发布公告，训诫民众团体不得"擅自逮捕私贩日货商人，罚站木笼"等。⑥由此可见，《林家铺子》将"抵制东洋货"说成是国民党政府为了巧取豪夺而发起组织的一场"伪抗日"运动，只要像林老板那样花上四五块百大洋，便会"太平无事了"，"日货"撕掉标签照样可以出售，那显然是作者自己的艺术想象。

---

① 上海社会科学院历史研究所编：《"九·一八"——"一·二八"上海军民抗日运动史料》，上海社会科学院出版社1986年版，第21页。
② 《抗日救国运动》，刊于《申报》1932年2月23日。
③ 《京市查获私贩日货店员昨日游街示众》，刊于《民国日报》1931年10月6日。
④ 《炸弹警告奸商》，刊于《申报》1932年3月28日。
⑤ 《中央关于抵制日货的决议》，见《中共中央文件选集》第8册，中共中央党校出版社1991年版，第460页。
⑥ 《平军警当局限制抗日运动》，刊于《申报》1932年1月29日。

其次，我们再来说说国民党政府的基层组织。在小说《林家铺子》里，茅盾还精心设置了"党部"黑麻子和卜局长这两个人物形象，其主观意图十分明显，就是要强化国民党政权的腐败性，进而将乡土中国的经济破产归结为政治体制上的问题。国民党政权走向腐败与堕落，有着一个逐渐发展的历史过程；但在20世纪30年代初期，情况还是有所不同的。我们不妨去做两个考证：其一，1932年以前，国民党政府忙于军阀混战，基层组织建设问题并没有被纳入正式议程，比如1931年年底，在南京召开的国民党第四次全国代表大会上，所通过的"决议案"中便沮丧地写道，各省市党部正式成立者仅有七处；① 到了1934年，建立省党部的省份也不到百分之四十，而县设党部者更是只有百分之十七，即使是国民党党务基础较好的长江中下游省份，"县党部亦未能普遍建立"。② 至于县以下的乡镇社会，在抗战爆发前国民党组织基本上都没有涉足。③ 故有学者评价说，国民党的组织形态大致是"上层有党，下层无党；城市有党，乡村无党；沿海有党，内地无党"之格局。④ 茅盾在《林家铺子》里，把国民党"党部"下设到了乌镇，这固然有助于"暴露"国民党政权的反动性和腐败性，我们对此只能从文学虚构的角度去加以解释，但绝不能将其视为一种历史真实。其二，1932年国民党政府开始进行乡镇政权建设，并设立区级组织使其成为县政权的分支机构，以推进全国各省的自治进程，但这项工作却进展非常缓慢。一直到1935年，国民党政府才正式制定了《县政府分区设署暂行通则》，正式在全国推行分区设署制度。"抗战爆发后，国民党继续对地方行政进行调整。1939年9月国民政府颁布《县各级组织纲要》，在增加县政府的权力以便其推行地方自治的同时，赋予区更多的行政使命。新县制将原来的县、区、乡镇三级改为县、乡镇二级，县之面积过大或有特殊情形者置区。……区署设区长1人，指导员2至5人，分掌民政、财政、建设、教育、

---

① 荣孟源主编：《中国国民党历次代表大会及中央全会资料》（下册），光明日报出版社1985年版，第43页。

② 参见王云飞：《1924—1937年国共两党基层党组织建设比较研究》，华东师范大学2007年硕士论文，第29页。

③ 王奇生：《战前中国的区乡行政：以江苏省为中心》，《民国档案》2006年第1期。

④ 王奇生：《党员、党权与党争》，上海书店出版社2003年版，第260页。

军事等事项。区置警察所，由区长指挥，执行地方警察任务。还设有建设委员会，负责研究、设计和咨询本区的建设事项。此时'区'的地位不再是政权的一个层级，而是作为县政府的辅助机关，'代表县政府督导各乡镇办理各项行政及自治事务'，保证县府政令直接贯彻到基层，从而大大加强了国民政府对地方基层的控制。"①由于在20世纪30年代初期，"国民政府治权只直达县级，对区乡级则力有未逮。因此，为掌控乡村，县政府需要借助乡村精英的社会势力，如此一来，乡村精英便以政府之名义借机鱼肉乡里"②。这里需要做一说明，"区"的概念要大于"镇"，一般是由3至5个"镇"构成一个"区"，"镇"不设政府机构，而是由"区"级政府统一管理。茅盾在《林家铺子》里，把县设之"局"，越过"区"直接下移到了"镇"，并让"镇上的卜局长"与"党部"的黑麻子等政府官员欺男霸女、无恶不作，恐怕茅盾是把"乌镇"上的那些恶霸，统统都贴上了国民党的政治标签。

  众所周知，文学本身就是一种虚构的艺术，而虚构又是文学创作的必要手段。文学的虚构性，只是为了满足读者的审美需求，而不是为了满足读者的认知需求；如果作家一定要将虚构性转化为认知性，学界又人为地强化这种认知性，那么历史事实与生活真实必然会被消解。《林家铺子》为了艺术审美的客观需求而大胆虚构现实生活的"真实"场景，这种做法完全符合文学创作的自身规律，任何人对此都不会表示异议。尽管茅盾一再强调说，《林家铺子》是篇写实性作品，它并非纯粹审美的艺术呈现，而是对历史事实的认知性表达："小市镇的小商人不论如何会做生意，但在国民党这大鱼吃小鱼、小鱼吃虾米的社会里，只有破产倒闭这一条路"。③但《林家铺子》的写实性，终归是属于艺术虚构的写实性，茅盾想怎样写那是他个人的事情，我们研究者却不能盲目地跟风与追捧。由于"艺术与生活不是一回事"④，所以学界不能把

---

  ① 李巨澜：《略论民国时期的区级政权建设》，《史林》2005年第1期。
  ② 朱移山、陈涛：《烟捐与民变：1930年代皖北宿县乡村危机与政府控制》，《安徽史学》2015年第1期。
  ③ 巴赫金：《哲学美学》，河北教育出版社1998年版，第2页。
  ④ 茅盾：《〈春蚕〉〈林家铺子〉及农村题材的作品》，载《新文学史料》1982年第1期。

《林家铺子》当成是历史来看，如果不能提供令人信服的足够证据，那么全部推断都不过是脱离实际的一纸空谈。对此，我们应保持清醒的思想认识。

二、《林家铺子》里的"乌镇"经济学

小商人林老板的店铺倒闭，原本是个很平常的经济事件，但茅盾却能匠心独运，将小题材去做大叙事，并通过《林家铺子》的悲剧命运揭示乡土中国的破产原因。茅盾从不隐瞒自己的政治观点，他说自己非常关心中国农村的经济问题，尤其是"一九三二年在中国农村发生的怪现象——'丰收灾'"更是引起了他的深刻思考。[①]在茅盾本人看来，"一·二八"战事只不过是个导火索，其实帝国主义的经济侵略才是造成"谷贱伤农""丝贱伤农"的罪魁祸首。茅盾的坦诚与自信，使他在《林家铺子》的故事开篇便集中描写了这样一幅艺术画面："一群一群走过的乡下人都挽着篮子，但篮子里空无一物；间或有花蓝布的一包儿，看样子就知道是米；甚至一个多月前乡下人收获的晚稻也早已被地主们和高利贷的债主们如数逼光，现在乡下人不得不一升两升的量着贵米吃。这一切，林先生都明白，他就觉得自己的一份生意至少是间接的被地主和高利贷者剥夺去了。"茅盾认为，外国大米和丝绸的大量涌入，直接打击了乡土中国的农村经济；农民收入的大幅度减少，又降低了农民的消费能力；农民一再压缩支出，则必然会导致以商为生的店铺倒闭——这无疑是一个恶性循环的逻辑链条。如果我们单纯从文学欣赏的角度去看问题，《林家铺子》所讲述的故事的确是既生动又感人；然而当我们从社会经济学的角度去分析问题时，却又会发现茅盾对于乡土中国的真实情况，至少了解得并不那么深刻。

茅盾说他写《林家铺子》是回乡省亲时的切身观感。但"观感"只是一种对于事物表象的主观感受，却并不能代替事物固有的内在本质；客观真实的历史情景，与《林家铺子》还是有很大差别的。

关于帝国主义的经济侵略，这是中国人在思想转型期的一个认识问题。

[①] 茅盾：《〈春蚕〉〈林家铺子〉及农村题材的作品》，载《新文学史料》1982年第1期。

马克思、恩格斯早就在《共产党宣言》中，公开地向世人预言道："由于开拓了世界市场，使一切国家的生产和消费都成为世界性的了。……旧的、靠本国产品来满足的需要，被新的、要靠极其遥远的国家和地带的产品来满足的需要所代替了。"① 马克思、恩格斯已经说得非常明白，世界经济一体化乃是人类社会发展的必然趋势，我们当然不能要求茅盾那代知识分子具备像革命伟人一样的理论水准。但茅盾认为20世纪30年代初期乡土中国便因帝国主义的经济侵略而走向了万劫不复的灾难深渊，这并不完全符合当时社会的实际情况。乡土中国的基本性质，是小农经济的自给自足；而所谓"自给自足"，就是农民靠自有土地就能养活自己。目前国内学界比较一致的看法，1927年至1936年这十年时间，是"中国近代经济发展的两个'黄金'时期"之一，农业收入以每年百分之一的速度在增长。② 这恰恰说明了乡土中国的小农经济，不仅没有崩溃或衰退，相反还顶住了外来的经济压力，呈现出自强不息的发展势头。在世界经济危机的冲击面前，1931年到1934年间，大米、棉花、猪肉、鸡蛋等价格也是表现为每年递减之态势。③ 若要科学地回答这种具有中国特色的经济现象，我们就必须去理解中国农民的土地所有情况。长期以来，我们一直都以为，在旧中国大多数农民都没有土地，这是造成阶级矛盾的直接根源。但事实却并非如此。浙江大学1935年对浙江兰溪乡镇做过一次精细的社会调查，在他们调查的2045户人家当中，无土地的农户仅105家，5~15亩土地的541家，15~30亩的470家，30~50亩的451家，50~80亩的119家，200亩以上的仅34家。④ 由此我们不难看出，没有土地者只占5.1%，有5~50亩土地者占71%，也就是说绝大多数农民依靠土地是完全可以养活自己的。另外，1935年浙江大学还对嘉兴县的农村经济收入情况做过一番深入调查，其结果是这样的：农业收入占农民总收入

---

① 中共中央马克思恩格斯列宁斯大林著作编译局编译：《马克思恩格斯选集》第1卷，人民出版社1995年版，第276页。

② 陈晋文、庞毅：《现代化视阈下的民国经济发展（1912—1936年）》，载《北京工商大学学报》2010年第5期。

③ 陈存仁：《银元时代生活史》，上海人民出版社2000年版，第431—432页。

④ 冯紫岗：《兰溪农村调查》，见《民国时期社会调查丛编·乡村社会卷》，福建教育出版社2005年版，第380页。

的93.5%，而养蚕却只占农民收入的6.5%。①这又充分说明，农民以养蚕为副业，无论是盈是亏，都不会影响他们的基本生活。茅盾在《春蚕》与《林家铺子》中刻意夸大了乌镇农民由于养蚕亏本而倾家荡产，这无疑是他站在革命的立场上为乡土中国所投射的灰暗阴影。再说中国蚕丝业的失败破产，也与"帝国主义的经济侵略"没有直接关系，当时学界总结出的经验教训，则是"蚕丝事业，起源于我国黄帝时代，迄今已4000余年。历来一向独占国内及国外市场，乃自传入日本、法国、意大利以后，彼等用科学方法，蓄意改良，不转瞬间即超我国而上之。最近中国之蚕丝，在国际市场上，已成一蹶不振之势，其唯一理由即为人知改良，我则墨守成法"。如不增加科学技术含量，中国之蚕丝业必将失去国内外市场。②茅盾之所以一定要把中国农民的彻底"破产"归罪于"帝国主义的经济侵略"，这是因为他和他那代知识分子受政治意识形态理论的影响太深，故无一例外都将"帝国主义、封建主义和官僚资本主义这三座大山"视为"导致近代农村经济衰退的原因"③。

关于当时农民的"赋税"与"负债"问题，我们同样也需要做实事求是的科学评判。茅盾在谈他的农村小说创作时曾反复强调说，"苛捐杂税，商人、高利贷者的剥削"是造成农民不堪重负的原因之一。④"赋税"的成分非常复杂，但学界通常又主要是指"地租"，因为有关其他方面捐税的具体情况，至今也没有人做过十分准确的数字统计。1932年前后，浙江地租的基本形式是"实物定额租"，"实物定额租的租额从几十斤到数百斤、或数斗到一石数斗不等，可能完全按照租约的定额收取，也可能视年成丰欠有所折让，也可能不论丰欠例有折让……收租时先依年成打折，然后再打七折或八折收租"。那么"实物定额租"的比例又是多少呢？"如金华上田三熟，产稻400斤，麦100斤上下，杂粮100斤上下，租谷200斤，占正产的50%，全部产量的

---

① 冯紫岗：《嘉兴县农村调查》，见《民国时期社会调查丛编·乡村经济卷（上）》，福建教育出版社2009年版，第337页。
② 同上，第294页。
③ 张丽：《关于中国近代农村经济的探讨》，载《中国农史》1999年第2期。
④ 茅盾：《〈春蚕〉〈林家铺子〉及农村题材的作品》，载《新文学史料》1982年第1期。

33%；中田二熟，产稻300斤，杂粮100斤，租160斤，占正产的53%，全部产量的40%；下田一熟，产稻200斤，租四五十斤，占产量的20~25%。"①从以上比例来看，"地租"水平并不算太高，再加上国民政府实行的"二五减租"，"不仅在荒年迫使地主降低对佃户的要求，而且在丰年也对地主向佃户的索取发挥了抑制作用。……20世纪20—30年代的农村调查者习惯性地为江南佃户繁重的地租负担而哀叹，但是却很少说到赋税负担的越来越重……民国时期126起佃户集体行动，其中没有一起是为了抗议上涨的地租"②。这里需要解释一下，"佃户"不是一个社会阶层，而是对租种他人土地者的一种统称，没有土地的雇农固然是依靠租种土地去谋生，但大多数佃户都是拥有土地的半自耕农和自耕农，他们佃租土地的目的已不再是为了谋生，而是为了增强自己的经济实力。"负债"则是一种农村经济活动中的常态现象，20世纪30年代初中期，浙江农村"负债"率普遍很高，佃农为89%、自耕农为88%、地主为48%，雇农反而最少，只有44.9%。在私人金融借贷方面，"除少数富有者外，几乎大都负债。少者数十元，多者千元，亏欠二三百元者，比比皆是。"如果逾期无法还清，乡间也自有其解决方式："1、不加利息，只责令偿还，且前账未清，不再挂欠。2、前账未清，将其所欠数目，转立借据方式，欠账即作为偿清，而后按借据款数每月二分起息。3、亦有全不加息，第二年仍可继续赊欠者。"③由此可见，"负债"并不意味着"破产"，它是经济运作的调节手段。如果我们一定要去教条地理解"负债"就等于"破产"，那么整个浙江农村乃至整个中国农村都在"负债"，乡土中国不早已变成帝国主义的殖民地了吗？

茅盾对于自己的"乌镇"经济学，显然是充满着强烈的自信心。他主观上并不认为自己是在虚构生活，但客观上却又偏离了真实的社会生活；当他坚信自己是在用艺术的手段去引导社会时，读者的认知判断力也被《林家铺子》

---

① 王小嘉：《从二五到三七五：近代浙江租佃制度与国民党浙江二五减租政策的嬗变》，载《中国经济史研究》2006年第4期。
② 白凯：《长江下游地区的地租、赋税与农民的反抗斗争（1840—1950）》，上海书店出版社2005年版，第253—254页。
③

的故事情节所严重误导了。在此我举一个例子:作品中有一个场景,即描写破产了的农民纷纷到城里去当东西,以换取银元买米下锅。茅盾对于这一现象,后来还做了十分详细地补充说明:人们拥挤在当铺前,"他们并没有什么值钱的东西。身上刚剥下来的棉衣,或者预备秋天嫁女儿的几丈土布……他们带着的这些东西,已经是他们财产的全部了,不是因为等米去煮饭,他们未必就肯送进当铺"①。茅盾如此描写无非是想告诉读者,在1932年的"乌镇",农民已经活不下去了,事实难道果真是这样吗?答案自然是否定的。仅以与乌镇毗邻的嘉兴县为例,由于蚕丝业的不景气,农家收支不能相抵,平均每户负债135元左右,经济的确呈现出某种衰退之象。但这并不能说明,农民连维持基本生存的粮食都没有了,相反"全县粮食充足,嘉兴全年粮食,在常年可自给而有余。二十三(1934)年旱荒,且能勉强自给,故粮食方面,可无问题"②。前面我已经提到,乡土中国的小农经济,就是依靠土地自给自足。大多数农民都拥有自己的土地,他们所种的粮食首先是为了满足自己的生存需求,多余之粮才会拿到市场上去出售,这就决定了"乌镇"上的农民不可能把粮食全部拿去还债。查阅历史资料,1932年浙江粮食大丰收,尽管蚕丝业亏损,可是因只占农民收入的6.5%,即使当年不能用粮食收入去弥补,来年则仍然可以继续去弥补。《林家铺子》里说,"乡下人收获的晚稻也早已被地主们和高利贷的债主们如数逼光,现在乡下人不得不一升两升的量着贵米吃",我个人对此深表怀疑。因为农民不可能不留足自己的口粮,这完全不符合中国农民的生活习惯。另外,农民已经被"逼光"了,并且还负债累累,他们拿什么去"量着贵米吃"?这里边出现了两个疑点:一、农民已经典当了"财产的全部",那么他们以后又将怎样去生存?如果说靠秋季收成能够弥补亏空,他们就算不上是真正意义的"破产"。二、如果依靠再次去借高利贷,可是他们已经失去了信誉;在前债未还的前提下,高利贷者还会放款给他们吗?茅盾作为一个文学作家,他不能也根本不可能去回答这一问题。

---

① 茅盾:《故乡杂记·半个月的印象》,载《现代》1932年8月第1卷第4期。
② 冯紫岗:《嘉兴县农村调查》,见《民国时期社会调查丛编·乡村经济卷(上)》,福建教育出版社2005年版,第370—379页。

三、《林家铺子》里的"乌镇"辩证法

茅盾笔下的"乌镇"政治经济学,无疑是革命时代的历史产物,同时也是他自"五四"以来,"为人生"文学观的持续性表现。茅盾是一个政治觉悟很高的现代作家,早在1925年,他就提出了"无产阶级文学"这一概念,并明确地表示"无产阶级所要铲除的,是资产阶级的社会制度,及其相关联的并且出死力拥护的群体"①。到了"左联"时期,茅盾对于无产阶级文学理论的掌握和运用也有了质的飞跃。他一再申明无产阶级革命文学,"第一须有普遍性,第二须和一般人生有重大的关系"②。在茅盾的主观意识里,所谓文学的"普遍性",无非是强调作家要透过现象去看本质,尤其是在20世纪30年代初期,如果"帝国主义经济侵略,封建剥削,以及其他种种对于农村生活的交互错综的关系都能在一篇农村生活背景的小说里表现出来,那么,虽然所写的只是局部的农村,然而却已到了'反映全般的社会现象'"③。茅盾这里所讲的以"局部"去"反映全般的社会现象",其实就是革命现实主义的典型化原则,它要求左翼作家必须严格按照无产阶级社会革命的理论主张去指导自己文学创作的具体实践。比如,洪深在谈到他的思想转向时,便曾深有感触地回忆道,"我已阅读社会科学的书;而因参加左翼作家联盟,友人们不断予以教导,我个人的思想,对政治的认识,开始有若干改变"④。

茅盾在20世纪30年代初期的小说创作,几乎都是左翼文学观念的忠实产物,尤其是《子夜》《林家铺子》和《春蚕》,更是不折不扣地带头负载中国无产阶级革命的使命意识,即"描写帝国主义对于中国劳苦民众的残酷的压迫和剥削","描写广大群众的数重的被压迫和被剥削的痛苦情形"⑤,进而以中国城市、乡镇和农村的全面破产,为正在迅猛崛起的中国无产阶级革命大

---

① 茅盾:《茅盾全集》第18卷,人民文学出版社1989年版,第513页。
② 同上,第19卷,第358页。
③ 同上,第20卷,第499—500页。
④ 洪深:《洪深文集(一)》,中国戏剧出版社1957年版,第493页。
⑤ 冯雪峰:《中国无产阶级革命文学的新任务》,载《文学导报》1931年第1卷第8期。

造舆论。由此我们也不难发现，茅盾"乌镇"辩证法中的政治经济学，说穿了就是思想大于形式，"先是看到了帝国主义的经济侵略以及国内政治的混乱造成了那时的农村破产"，其次才是去"处理人物，构造故事"①。《子夜》和《春蚕》是如此，《林家铺子》同样是如此。

《林家铺子》以"乌镇"为叙事背景、以林老板为表现对象，这是一种非常具有政治智慧的艺术构想。因为"乌镇"上通城市下连农村，林老板则既是小资产阶级又未脱离农民属性，故将两者有机地结合在一起，更能够反映出乡土中国的文化品格。所以，借小环境去展示大背景，借小人物去演绎大悲剧，用茅盾自己的话来讲，"可以夸大地说，这是一种战略"。②毋庸置疑，用"战略"性的艺术眼光去揭示现实生活中的一切"可能性"，这就是茅盾"乌镇"辩证法的基本特征。

林老板是《林家铺子》的主人公，同时也是中国小资产经营者的典型代表。茅盾说林老板的人物原型，"我认识这个人，是杂货店的老板。他的铺子，据我所知，至少也有三十年的历史；可是三十年来从他的父亲到他手里，这个铺子始终是不死不活，若有若无。"茅盾还告诉读者，他就是要以林老板的破产悲剧，去传达他对中国农村经济的悲观情绪，"要是今年秋收不好，那么，这镇上的小商人将怎么办？他们是时代转变中的不幸者，但他们又是彻头彻尾的封建制度拥护者；虽然他们身受军阀的剥削，钱庄老板的压迫，可是他们唯一的希望就是把身受的剥削都如数转嫁到农民身上。农民是他们的衣食父母。他们盼农民有钱就像盼自己一样。然而时代的轮子以不可阻挡的力量向前移，乡镇小商人的破产不能以年计，只能以月计了！"③在茅盾本人的主观意识里，小商人与农民之间，是休戚相关的命运共同体；像林老板这样的精明人，都难以摆脱加速破产的劫难，中国农民的情况也就可想而知了。可是关键在于，茅盾明明知道"林家铺子"的故事原型，本来就经营的"不死不活，若有若无"，其走向倒闭只不过是个时间问题，无论怎样去提升林老板的才智和

---

① 茅盾：《我是如何写〈春蚕〉的》，载《读写天地》2002年第8期。
② 茅盾：《〈春蚕〉〈林家铺子〉及农村题材的作品》，载《新文学史料》1982年第1期。
③ 茅盾：《故乡杂记·半个月的印象》，载《现代》1932年8月第1卷第4期。

能力，都不能使其个人悲剧转化为社会悲剧。然而茅盾却另有打算，他极力去凸显林老板的聪明干练，以便将其经营不善的自然破产描写成一种不可抗拒的历史必然。茅盾的想法固然不错，但结果却有些事与愿违。比如，林老板拿着一把"洋伞"，在店门口极力地向农民推销："你看！洋缎面子，实心骨子，晴天，落雨，耐用好看！九角洋钱一顶，再便宜没有了！"这真是有点令人哭笑不得。缎面"洋伞"本是大城市里小姐太太门的专用物品，普通的城里人一般是用不起的，就连身居大上海的诗人戴望舒，不也只是"撑着一把油纸伞"，在那"悠长、悠长"的《雨巷》里，"彷徨"且又"惆怅"吗？林老板却偏要拿来卖给那些面朝黄土背朝天的劳苦农民，仅此一点便足以证明，他作为一个商人，并不了解市场的真正需求，像他这样经营下去，不倒闭才怪了。又如，"大放盘"式的商品销售，更是一种非理性的自杀行为，就连作者自己都有些不忍心，"他的生意越好，就越亏本，倒闭得越快。"唯一能够反映林老板睿智的一件事情，是他在难民中间去推行"一元货"，但这个主意也是由寿生想出来的，与林老板本人没有任何关系："师傅，这是个天大的机会。上海逃来的人，总有几个钱，他们总要买些日用的东西。"林老板开始还有些怀疑，"你拿得稳么？"是寿生的一通分析，才打消了他的顾虑，"师傅，你忘记了！脸盆毛巾一类的东西只有我们存底独多！裕昌祥里拿不出十只脸盆，而且都是拣剩货。这笔生意，逃不出我们的手掌心了！"阅读《林家铺子》，林老板在整个故事叙事里，无非就是哭丧着脸，唉声叹气无所作为，"眼圈儿有点红肿，头里发昏"，既要低三下四去讨好贪官污吏，又要赔着笑脸去应付各路债主，除此之外毫无作为。茅盾原以为可以借助《林家铺子》的彻底破产去暴露因官府压迫所导致的社会黑暗，未曾想林老板又是那么的不争气，这恐怕大大超出了茅盾自己的最初所料。

让林老板破产出逃，"党部"查封了"林家铺子"进而引发"乌镇"更多家庭的破产悲剧，这是茅盾为小说设计的故事结局。因此，有学者便言之凿凿地认为，"这个结尾寓意深长，可以说是对国民党黑暗统治的有力鞭挞和控诉"①。我并不否认,茅盾最终以张寡妇"强盗杀人了"的撕裂哭声,直接将批判的矛头指向了国民党反动政府,应该说《林家铺子》达到了作者想要达到的预期目的。但是"林家铺子"的蹊跷倒闭,有许很多地方都使人感到疑惑。首先,林老板"账上'人欠'的数目共有一千三百余元,本镇六百多,四乡七百多;可是'欠人'的客账,单是上海的东升字号就有八百,合计不下二千哪!"茅盾认为资不抵债是林老板的破产原因,但他却并没有发现,前后说法竟自相矛盾:比如,上海东升字号的人说,"林家铺子"欠他们"总共六百",与林老板自己的数字相差了两百元;再加上"欠下恒源钱庄的四百多元",林老板的真实欠账应该是一千元多点,收支刚好相抵,根本就谈不上什么破产倒闭,又何来二千元欠账之说呢?朱三太、陈老七和张寡妇三人,在林家铺子里是存有七百元钱,但那不是债务而是参股,因为"林家铺子"并非银行或"钱庄";既然要参股"分红",就必须共同承担风险,这是一个最起码的经济学常识,我们不能将"参股"和"放债"混为一谈。其次,"欠了林先生三百元货账的聚隆与和源"倒闭了,其他镇上的债务也收不回来,林老板无法去还别人的债,故破产倒闭也就不可避免了。这种说法貌似合理,却又牵强附会难以服众,寿生从乡下收回了近六百元,可是镇上除了两家"倒闭"的商铺之外,其他人竟然一分钱也不还,难道"乌镇"人比乡下人还穷吗?只要看看朱三太、陈老七和张寡妇等"穷人"手里的"闲钱",茅盾的逻辑显然是站不住脚的。再者,"乌镇"上的债务是一种循环性的债务,属于正常的经济范畴——每一家商铺都在负债,而商铺与商铺之间又形成"互债"关系,所以债务的相互制约性,只能是"缓债"而不能"死逼"。如果以"死逼"方式去击垮了某一环节,必然会引起"多米诺骨牌效应",无论商家还是钱庄,都将是失败者而没有胜利者。另外,"林家铺子"倒闭了,可是它对面的裕昌祥同样是负债却照常开业,这恰恰说明林老板的经营方式有问题,外界压力只不过是次要因素。再次,茅盾反复强调朱三太等人是"穷人",林老板破产倒闭之后,"穷人的钱没有着落!"朱三太等人的确是在"林家铺子"里投入了几百

---

① 叶子铭:《评〈林家铺子〉——兼谈对新民主主义时期文学作品的批评标准》,载《文学评论》1978年第3期。

元钱,但那绝不可能是她们的全部家当,否则她们日常生活的开支又从哪里来呢?倘若按照茅盾的说法,朱三太等人都是"乌镇"的"穷人",而这些"穷人"手里又掌握着大量的"闲钱",那么我们就只能这样去理解,"乌镇"上的其他人,无疑更有钱。然而,问题也就跟着来了:有钱的"乌镇"人,为什么不还林老板的债务呢?茅盾自己恐怕也讲不清楚,他唯一能够给出的解释,无非是像林老板之类的小商人,"我觉得他们比之农民更其没有出路"①。

"我觉得"是一种主观性用语,它所表达的是茅盾对于社会的自我认识,这完全符合文学创作的基本规律。因为文学创作是以艺术的虚构性去反映现实生活的真实性,作家拥有自由言说的神圣权利。这就决定了茅盾当然可以在《林家铺子》中公开去表明自己的政治立场或政治见解,他人的赞成与否并不重要。诚如海明威所说的那样:"一件真正的艺术品是经久不衰的,不管它的政治观点如何。"②《林家铺子》正是这样一部经典之作,无论是故事叙事还是人物塑造,茅盾都堪称表现得十分完美,且令人不得不去表示由衷地敬佩。我之所以要去重新解读《林家铺子》,既不是否定茅盾艺术虚构的合理性,更不是否定《林家铺子》的审美价值,而是试图纠正学界已经严重僵化了的教条思维。长期以来,学界一直都把小说《林家铺子》当做是一部历史教科书,并且运用小说中的人物和事件去引导读者认知中国现代发展史的必然性,这无疑是一种极其肤浅且又滑稽可笑的荒谬做法。所以我的本意,只想说明《林家铺子》的艺术真实,并不等同于历史本身的客观真实,除此之外别无他求。但愿我这善良的愿望,不被学界和读者所误解。

(原文刊发于《东吴学术》2017年第3期)

---

① 茅盾:《故乡杂记·半个月的印象》,载《现代》1932年8月第1卷第4期。
② 海明威:《海明威谈创作》,生活·读书·新知三联书店1986年版,第111页。

第十章　巴金为什么要反复地修改《家》？

在所有的中国现代文学经典当中，巴金的《家》恐怕是修改次数最多的一部作品了。巴金本人对此并不讳言，他说"自从1931年和1932年小说在《时报》连载后，到1980年我一共修改了8次"①。然而，这些修改使《家》都发生了哪些变化了呢？曾有学者通过校阅《家》的版本，发现"全集本"（人民文学出版社1986年版）对"开明本"（开明书店1933年版）共做了14000余处删改，"几乎是每章、每段甚至每句都有所修改"②。这一结论无疑是正确的。我本人也对读了"开明本"和"全集本"，粗略地统计了一下，《家》大约被删改了8万多字，占全书内容的20%左右。作家当然有权利去修改自己的作品，但是对于读者和研究者而言，初版本的原创性，才是作家思想的真实写照。所以我认为《家》的反复修改，是这部作品的"自我经典化"过程；即便在中国现代文学发展史上，也是为数不多的一大奇观。

也许会有人问，巴金为什么要不厌其烦地去修改《家》？他本人则给予了这样的回答："几十年来我不断地修改自己的作品，因为我的思想不断地在变化，有时变化小，有时变化大。"③他甚至还一再地声称说，"我愿意做一个'写到死，改到死'的作家"④。因为在巴金看来，"修改过的《家》比初版本少一些毛病"，思想上和艺术上都更加成熟；故他反对"让《家》恢复原来的面目"，同时也反对将"初版本"收入《中国新文学大系》，而是主张让

---

① 巴金：《病中集·谈版权》，《巴金全集》第16卷，人民文学出版社1986年版，第503页。
② 金宏宇：《〈家〉的版本源流与修改》，载《中国现代文学研究丛刊》2003年第3期，第241页。
③ 巴金：《关于〈火〉》，刊于香港《文汇报》1980年2月24日第10版。
④ 巴金《谈"秋"》，载《收获》1958年第3期，第147、150页。

"读者们看到我自己修改过的新版本"[1]。对于巴金的这些辩解，我个人感到很难认同。因为巴金反复地修改《家》，绝不是"删去一些累赘的字句"[2]那么简单，这其中恐怕还另有原因，只不过他不便言说罢了。巴金之所以要去反复地修改《家》，无非就是要遮蔽当年因仓促动笔而留下的许多缺憾。对此，巴金自己也并不否认，他说《家》的"大的毛病是没法治好的了，小的还可以施行手术治疗。我一次一次地修改也无非想治好一些小疮小疤"[3]。巴金此言大有深意，如果不去对读"开明本"和"全集本"，几乎无人知道《家》的"小疮小疤"与"大的毛病"，究竟是指哪些地方。

我们不妨先来看看《家》中的"小疮小疤"。"开明本"语言累赘、病句颇多、欧化倾向严重，不仅为读者和研究者所诟病，就连巴金本人也不太满意。因此在"全集本"中，许多不规范的文字用语，他都做了必要的修正。比如像"和"改为"跟"、"底"改为"的"、"学校"改为"学堂"、"里"改为"里面"、"但"改为"但是"、"苦痛"改为"痛苦"、"面庞"改为"脸"、"祖父"改为"爷爷"、"大哥"改为"觉新"、"民哥"改为"二哥"、"梅姊"改为"梅表姐"、"娘姨"改为"女佣"、"姑母"改为"姑妈"、"女儿"改为"少女"、"磁凳"改为"瓷凳"等等。这些修改的确使《家》的语言更加规范也更加精粹了。此外，由于《家》的语言比较中性化，缺少四川方言的地域特色，倘若不是写着"成都"二字，无论是其中的人物还是景观，都可以"放之四海而皆准"。巴金对此十分清楚，他在赞叹李劼人是"成都的历史家，过去的成都活在他的笔下"[4]时，《家》的修改也尽可能去突出四川方言的口语特征，比如"知道"改为"晓得"、"晚了"或"迟了"改为"晏了"、"谁"改为"哪个"、"玩"改为"耍"、"喝酒"改为"吃酒"等等，使"全集本"有了一定的"川味"色彩。不过巴金离川太久了，有些词语的修改反而背离了川音，比如他把"父亲"改成了"爹"，就令人感到

---

[1] 巴金：《谈影片的〈家〉》，载《大众电影》1957年第20期。
[2] 巴金：《家·后记》，人民文学出版社1953年版，第395页。
[3] 巴金：《谈〈春〉》，《巴金全集》第20卷，人民文学出版社1993年版，第436页。
[4] 《巴金同志的一封信》，刊于《成都晚报》1985年5月23日。

有些不可思议。但就整体而言，《家》在叙述语句的修改方面，巴金的努力还是值得称道的，他大量删改了啰嗦重复的多余文字，使"全集本"的故事叙事更加言简意赅、行文流畅。比如，"开明本"与"全集本"的第21章第3自然段，修改过和没有修改过，差别还是非常大的：

  琴和淑英姊妹起来梳洗好后，便不能忍耐地领着梅到园里各处去看那些和她别了多年的景物，又给她指点什么是新近改修或添设的，或是从前这地方是怎样的情形。一路上淑英们又和梅谈了些别后的景况。总之在花园里在这一早晨和在平日一样，并没有什么变更，不过比较热闹一点。（"开明本"）

  琴和淑英姊妹梳洗完毕，便陪着梅到园里各处走走。她们一路上谈了一些别后的光景。园子里没有受到什么大损害，只是松林里落了一颗开花炮弹，打坏了两株松树。（"全集本"）

  巴金在前面早已做过铺垫，说梅表姐对高公馆里的"一草一木"，都记忆犹新、难以忘怀，那么琴再去介绍就是画蛇添足了。

  然而，"大的毛病"就没有那么简单了。由于巴金在当初构思《家》的故事情节时，没有设计好时间背景、思想主题和人物性格等诸方面的逻辑关系，因此无论他后来怎样去修改，都力不从心、无法挽救了。所以，他后来才会萌生出"重写这本小说"①的强烈冲动。《家》中到底有哪些"大的毛病"，是巴金挥之不去的内心隐痛呢？这也正是我要去揭开的一个秘密。

一、《家》的时间叙事与修改

  《家》的时间叙事，是一个令人无法破解的谜。从表面观之，《家》是将高公馆内部所发生的一切悲剧，都集中在半年多的时间里，即1919年冬至

---

① 巴金：《新版后记》，《巴金全集》第1卷，人民文学出版社1986年版，第454页。

1920年夏。理由很简单，《家》的开篇便描写雪片"飘舞"，正值腊月时节，觉民和觉慧从学校排练话剧《宝岛》后结伴回家。觉民还告诉琴一个好消息："我们学校明年暑期要招女生了"，令琴立刻浮想联翩、激动不已。到了《家》的第二十五章，觉民又沮丧地对琴说，"现在这学期又快完了。招收女生的事简直没有一点消息。""我们去年费了不少的功夫才把《宝岛》练熟习了。现在连上台的机会也没有，真是冤枉"。这说明《家》的时间叙事，的确是在半年之内。那么我们又怎样去判断这半年时间，就一定是指1919年冬至1920年夏呢？同样是巴金本人告诉我们的。在"开明本"里，巴金只写觉慧坐在椅子上，读屠格涅夫的小说《前夜》；但是到了"全集本"里，巴金却特意加了一个注解："《前夜》，屠格涅夫（1818—1883），沈颖译，这个译本本是1921年8月上海出版的，我在这里把它的出版提早了十个月的光景。""提早了十个月"（从故事叙事本身来看，恐怕提早的还不止十个月），当然就是1920年了。1920年暑假觉慧离家出走，故此前那个冬天无疑就是1919年。

也许有人会提出疑问，《家》的时间叙事，不是交代得很清楚吗？为什么还会是个谜呢？我个人认为，如果真的相信这个说法，那将是大错特错了。巴金本人的时间观念是比较差的，他并不擅长时间记忆，但在《家》中他又特别爱去为"事件"标注"时间"，巴金所说的"大的毛病"，其实正在于此。比如"开明本"的第三章第一自然段，巴金让觉民这样对琴说：

"我们下学期就要读托尔斯太底《复活》，还有王尔德底《遗扇记》。《宝岛》已经读完了。"觉民对琴说，显出得意的微笑，这时候他们正走出了上房，刚下了台阶。"还有下学期我们底国文教员要改聘吴又陵，就是那个在《新青年》上发表《吃人的礼教》的文章的吴又陵！这真是一个好消息！"

到了"全集本"，他发现这段描写，与历史出入很大，于是便修改为：

"我们这学期读完了《宝岛》，下学期就要读托尔斯泰的《复活》。"觉民对琴说，他的脸上现出得意的微笑，他们已经走出上房,刚下了石阶,向着他们的房间走去。"下学期我们国文教员要改聘吴又陵,就是那个在《新青年》上发表《吃人的礼教》的文章的。"

"全集本"删掉了王尔德的《遗扇记》,无疑是在纠正一个常识性的错误,因为《遗扇记》原名为《温德米尔夫人的扇子》,一共有三幕,由女翻译家沈性仁翻译并重新命名,在《新青年》杂志1918年12月第5卷第6号和1919年第6卷第1、3号上连载。由于巴金意识到那个时期的《新青年》在成都还没有流行起来,人们还不可能知道王尔德和《遗扇记》,故将其删去是有一定道理的。但接着问题又来了,托尔斯泰的《复活》1922年才由耿济之翻译,并由商务印书馆出版,在1919至1920年,人们根本就看不到中文版的《复活》,于是巴金便让觉慧去读英文版。在"开明本"中,觉慧"把民哥新买来的英文版《复活》翻开读了十几页",但是到了"全集本",却改成觉慧一口气"读了几十页"。我们姑且不说那个时代在成都能否买到英文版的《复活》,觉慧只是一个"外专"二年级的在读生,他真有那种阅读原文的外语水平吗?我本人对此是深表怀疑的。最令人大跌眼镜的,还是《家》在历史常识方面的诸多失误,这绝不是危言耸听,而是一个白纸黑字的客观事实。比如,《家》的时间叙事既然被限定为1919冬至1920年夏,那么他为什么要让觉民去"穿越",一下子又回到了1918年上半年呢?吴虞任教成都"外专"是1918年秋季的事情,关于这一点,《吴虞日记》里有记载。况且吴虞文章的题目是《吃人与礼教》,而不是《吃人的礼教》,发表在1919年11月《新青年》第6卷第6号上,也被前移了一年多时间。如果巴金不提吴虞的名字,另换一个所谓的"新派人物",也就不存在什么问题了;可他偏偏要把《家》与时代大背景联系起来,所以才会为这部作品的历史真实性,留下了无穷的隐患。即使巴金后来发现了这些"大的毛病",他在"全集本"里也无法做全面修改了,因为这将意味着整部作品的情节结构都要被彻底推翻并重新去进行设计。从1919年冬退回到了1918年初,究竟哪一个时间才是故事发生的真实时间呢?恐怕巴金本人当初对于此问题,并没有给予足够的重视。

《家》的时间叙事的错乱性,还导致了高家三兄弟年龄的错乱性。读罢了小说《家》，读者很难搞清楚高家三兄弟的年龄到底有多大。这一点非常重要。

我们不妨先从觉新的年龄说起。我大致分析了一下，巴金在《家》的故事叙事中，赋予了觉新三个年龄层次。比如"开明本"第十二章第49自然段，觉新在向他的两个弟弟痛说"家史"时，为我们透露出了一个非常关键的时间信息：

> 我现在又要说老话了。有一年父亲被派为X县的典史，那时我方五岁多，你们都没有出世。父亲和母亲带了我和大妹到了那里。当时那一带地方正闹着红灯教。……又过了一年多，省上便另委了一个人来接父亲底事，我们也就预备走。……这时候母亲肚里怀着民弟已经有了七八个月分。……回省不到两个月就把你民弟生出来。这期间母亲底生活依然很是苦痛。第二年父亲因为过班知县进京引见去了。母亲在家里日夜焦急地等着，后来三弟你就出世。

这段叙述语言好像是没有提到任何的时间概念，但"红灯教"事件却给了我们以重大的时间启示。我查阅了一下历史资料，四川"红灯教"的"暴乱"事件，发生在1902年5至12月份，即"李冈中在资阳胡家沟聚众八百人，围攻资阳。资州知府沈秉笙率清军入城固守，激战竟日，双方死亡甚众，李冈中被擒死"。随后廖观音又在"石板滩"起事，"屡次与清兵交战于龙潭寺、石板滩、姚家渡等地。七月二十八日，大败清军于清江镇，击死副将孙成刚，乘胜直抵广汉之三水关，击败汉州知州高维寅，随即占领金堂苏家湾教堂，杀教士及教民数百"。清政府意识到了事态的严重性，急召岑春煊率重兵入川，于12月份将"暴乱"镇压了下去。廖观音被擒于简阳镇子场，次年被砍头于成都。① 既然"红灯教"事件发生于1902年，觉新那时5岁多，故他应是1896年生人，那么在《家》的故事叙述中，他应该是24岁。然而，这段叙事还有一

---

① 伍仕谦：《〈义和团在四川的战斗史料汇编〉综叙》，载《四川大学学报》1979年第2期。

个信息不容忽视,即"又过了一年多"觉民出生,这说明觉新比觉民至少要大七岁。但《家》的开篇却交代,1919年冬的觉民,已经是"一个十八岁的青年",转过年来就是19岁,那么觉新的真实年龄,用不着计算应是26岁才对。矛盾还不仅于此,到了《家》的第六章,作者又给出了另外一种说法:觉新19岁就被祖父逼婚成亲,"一个月"后走上了社会,"没多久"儿子海臣出生,"过了两年五四运动发生了"。常言道"十月怀胎一朝分娩",觉新19岁结婚20岁有了儿子,故他在《家》的故事叙述中,再次变成了23岁。巴金似乎发现了这一漏洞,于是"全集本"便做了如此修改:

> 我现在又要说老话了。有一年爹被派做大足县的典史,那时我才五岁多,你们都没有出世。爹妈带了我和你们大姐到了那里。当时那一带地方不太平,……又过了几个月,省上另委一个人来接爹的事。……这时妈肚子里头怀着二弟已经有七八个月了。……回省不到两个月就把二弟你生出来,第二年爹以过班知县的身份进京引见去了。妈在家里日夜焦急地等着,后来三弟你就出世。

曾有学者强调说,"红灯教是匪的叙述的删除则避去了诬蔑农民起义的嫌疑(在新中国官方历史叙述中,红灯教这类民间组织也是被放在农民起义队伍之中的)"[①],这种说法虽有一定的道理,但却并不一定是巴金本人的真实用意。因为从这段修改来看,有两点值得我们去关注:一是把"红灯教"改成了"不太平","不太平"年年都有,而"红灯教"却只有1902年。这样一来,删除了具体的历史事件,就消隐了暴露觉新实际年龄的时间节点,原有的年龄冲突问题,也就很容易被遮蔽掉了。二是将"又过了一年多",改成"又过了几个月",虽然只是时间上的微改,但毕竟缩小了他们兄弟两人之间的年龄差距,多少都会消除一些读者的困惑感。"全集本"将"时间"做了模糊性的巧妙处理,这无疑是巴金临时救急的一种做法。

---

① 金宏宇:《〈家〉的版本源流与修改》,载《中国现代文学研究丛刊》2003年第3期,第245页。

由于巴金在"开明本"中，已将觉新的年龄先行锁定了，故觉民与觉慧的实际年龄，我们也就不难去推算了。"开明本"将觉民的出生年份，定位于1904年以后，那么开篇应说他是"一个十五岁的少年"，而不应该是"一个十八岁的青年"。觉民在《家》的故事叙事中，至多不过16岁，觉慧也就14岁。他们两人既然都不满18岁，那么只能被看作还在发育成长的青少年，故让他们去参与思想启蒙和学生运动，显然是有些揠苗助长、不切实际。随之又产生了另外一个问题：在"开明本"里，琴比觉民小但又比觉慧大，15岁的琴夹在16岁的觉民与14岁的觉慧中间，构成一种暗地里较劲的三角恋爱关系，这已经是令人唏嘘不已了；再加上巴金交代，鸣凤已经是16岁的大姑娘了，可是觉慧还只是个14岁的少年，这种情窦初开的"爱情"闹剧，也谈不上是什么"五四"思想启蒙所倡导的"婚恋自由"与"个性解放"。也许，巴金本人比我们更清楚《家》中人物年龄的错乱性，所以他才会坚决反对把"开明本"收入《中国新文学大系》。

时间叙事的错乱性不仅导致了人物年龄的错乱性，甚至还会直接影响到历史叙事的错乱性，这是我在对读"开明本"与"全集本"时，印象最深的一点感受。比如，《家》告诉读者觉慧和同学们闹"学潮"，起因是十几个军阀士兵搅乱了《终身大事》的演出现场，并且还打伤了许多学生。对此，"开明本"第八章第十自然段，是这样去描写的：

> 到了里面他们坐下来，乱叫好，乱闹，比在普通戏园里还要放纵。……有的甚至于跑到戏台上去把演女主角的抱着乱亲嘴。我们和他们打起来，乱子闹大了。

我个人感兴趣的不是学生和士兵打架，而是男女生同台演出《终身大事》。《终身大事》是胡适写的一个话剧剧本，发表于1919年3月《新青年》杂志第6卷第3号。胡适说这部话剧原本是用英文写的，"后来因为有一个女学堂要排这戏，所以我又把它翻成中文"。未曾想"因为这戏里的田女士跟人跑了……竟没有人敢扮演田女士"，《终身大事》的演出也就再无下文了。①直到1924年《终身大事》才由洪琛担任导演，在上海第一次正式演出，了结了胡适的一桩心愿。令人感到莫名其妙的是，《终身大事》当时在北京都没有人敢演，巴金不仅让其在成都公开上演，而且还是男女生同台演出，这无疑是一种超前性的说法。到了"全集本"，尽管巴金将"把演女主角的抱着乱亲嘴"一句删掉了，然而他却并没有删掉演出《终身大事》这件事，历史叙事错误仍然存在。我为此感到很纳闷：巴金既然反复地修改《家》，那么他完全可以换一出剧目，以消除这个不该出现的人为疏忽，干嘛非要死盯着《终身大事》不放呢？答案只能有一个，即他当时并不了解《终身大事》背后的那些故事。

被巴金误读了的历史真实，还有《新青年》与《新潮》这两本杂志。《新青年》与《新潮》是小说《家》进行启蒙叙事的精神支柱，失去了它们也就失去了《家》的存在价值。《新潮》在"开明本"里，提到的次数最多，似乎它对成都青年的思想影响要比《新青年》大得多。比如在第七章第6、7自然段，巴金这样写道：

"要的人太多了，而且大半都是以前订阅的。这次只到了三包，不到两天就完了"觉慧兴奋地解释说，表示这是他底功绩。
……"其余的不久也就会到的，陈老板不是说过邮包已经在路上了吗？这三包是加快的。"

《新潮》是北大学生组织"新潮社"自办的一个刊物，以宣传新文化运动为宗旨而享誉全国。"按照新潮社最初的计划，《新潮》是每年1卷10期的定期月刊；前5期基本上如期出刊，后面的则常有拖延，时断时续，第2卷第5期，直到1920年9月1日才出完。"②虽然《新潮》很受青年读者的欢迎，但由于经费困难，因此它从1919年6月起，出版很不正常，甚至还一度中断过。巴金为《家》所设定的时间，恰恰是1919年冬至1920年夏，正值《新潮》的断续

---

① 胡适：《〈终身大事〉序、跋》，载《新青年》第6卷第3号。
② 吴永贵、王静：《新潮社与〈新潮〉杂志》，载《出版史料》2004年第2期。

期，觉民与觉慧他们是无法正常看到《新潮》杂志的。巴金后来也发现了这一问题，所以在"全集本"里，他又把《新潮》改成了《新青年》。尽管改成了《新青年》，《家》仍存在着无法自圆其说的史实错误。比如《家》的第五章，琴为了争取男女同校的合法权利，坐在书桌前大声朗读《新青年》上的《娜拉》；又如《家》的第六章，觉慧批判觉新的"作揖哲学"，还专门提到了胡适的《易卜生主义》。这两段描写都指向了同一期《新青年》杂志，即1918年6月第4卷第6期的"易卜生号"专栏。奇怪的是，作者一下子又把《家》的时间叙事，拉回到了1918年上半年。我们姑且不谈这种交叉"穿越"的荒诞性，说当时《新青年》杂志在成都火热发行，那只不过是巴金本人的主观想象，而不是真实历史的客观事实。1918年的《新青年》杂志，在社会上频遭冷遇，鲁迅曾在写给许寿裳的信中，两次提到过《新青年》的发行困境。他在1月4日写道："《新青年》以不能广行，书肆拟中止；独秀辈与之交涉，已允续刊"，5月29日又写道："《新青年》第五期大约不久可出，内有拙作少许。该杂志闻销路不佳，而今之青年皆比我辈更顽固，真是无法。"①吴虞当年在写给胡适的信中也说："《新青年》初到成都，不过五份，弟与学生孙少荆各购一份，为之鼓吹。"②我特意查了一下《吴虞日记》，1918年他收到的《新青年》，总共就四五本，可见《新青年》只是断续性的存在。鲁迅认为北京的青年思想"顽固"，吴虞则认为《新青年》在成都没人理会，可为什么《家》中的成都，却出现了《新青年》被抢购一空的热烈场面呢？当然是巴金把"五四"运动爆发后，《新青年》逐渐盛行的历史场景，再次前移了一年多，并以此去作为《家》的精神资源。为了纠正自己的失误，巴金不得不在"全集本"的第七章里，去做一个含糊其辞的变相解释：觉新兄弟在"华洋书报流通处"把以前出版和新近出版的《新青年》都买了来，"甚至《新青年》的前身《青年杂志》也被那个老店员从旧书堆里捡了出来送到他们的手里"。这完全是不可能的事情。据《吴虞日记》记载，他所得到的《新青年》都是从北京预订的，这说明成都以前并没有卖过该杂志，又何来"旧书"（包括《青

---

① 鲁迅：《鲁迅全集》第11卷，人民文学出版社1981年版，第345、350页。
② 吴虞：《吴虞文录》，黄山书社2008年版，第122页。

年杂志》）之有呢？况且，《新青年》从1919年12月第7卷第1号起，才开始在全国各地设立"代派处"，成都总共也就"国民公报社""崇文书局""点石斋书局""源记书庄"几家①，根本就没有什么"华洋书报流通处"。再说了，"代派处"的使命，只是代订和派发每一期出版的《新青年》杂志，它们刚刚挂牌又怎么可能会有旧刊囤积呢？由此不难看出，巴金并不了解《新青年》的曲折历程，而"全集本"又没有去查阅资料进行校对，所以才会出现史料方面的诸多失误。

由时间叙事的错乱性，再延伸到历史叙事的错乱性，这便使作为现代文学经典的《家》始终都存在着难以消除的巨大缺陷。只有找出了这些巴金自己所说的"大的毛病"，我们才能理解他为什么要反复地去修改《家》——因为一部优秀的文学作品，是不能留有明显瑕疵的。

二、《家》的思想叙事与修改

若问《家》的创作主题是什么，人们都会异口同声地回答道：暴露封建"礼教"和"大家庭"的"吃人"本质。巴金自己也一再声称说，他写《家》的目的，就是要"我控诉"。即使到了1980年以后，他仍坚持这种信念："那十几年的生活是一个多么可怕的梦魇！我读着线装书，坐在礼教的监牢里，眼看着许多人在那里面挣扎、受苦，没有青春，没有幸福，永远做不必要的牺牲品，最后终于得着灭亡的命运。还不说我自己所身受到的痛苦！……那十几年里面我已经用眼泪埋葬了不少的尸首，那些都是不必要的牺牲者，完全是被陈腐的封建道德、传统观念和两三个人的一时的任性杀死的。我离开旧家庭，就象甩掉一个可怕的阴影，我没有一点留恋。"②

对于巴金这番慷慨陈词，我曾高山仰止、深表敬意，但自从对读了"开明本"和"全集本"，我个人的看法却有所变化。因为近十年来，新文学与传

---

① 《新青年》1919年12月第7卷第1期的加页上，附有全国各地"代派处"的详细名单。

② 巴金：《关于〈家〉（十版代序言）》，《巴金全集》第1卷人民文学出版社1986年版，第441页。

统文化的关系问题，正是我的研究重点。我查阅了几乎所有的权威性词典，都没有收录"礼教"这一词条；唯一收录"礼教"词条的《汉语大词典》，也只说"礼教"乃是中国传统的"礼仪教化"。[①]权威性词典一般都是由著名学者集体编撰而成，他们对于"礼教"一词应该是再熟悉不过了，可为什么却对其视而不见、缄口不言呢？答案恐怕只有一个，那就是"礼教"作为一种宗教式的文化概念，在中国历史上根本就不存在。

既然"礼教"的概念难以成立，那么巴金在《家》中所反的"礼教"，又是指向哪些具体内容呢？综观故事情节所提供的实际内容，无非就是长幼有序的等级观念。比如巴金在《家》中一再强调说，高老太爷是一家之尊，他的话就是命令，任何人都只有服从不能反抗。可是通过阅读《家》，我认为巴金对于所谓"礼教"，其实并不十分的熟悉。举一个例子，在《家》的第十五章里，巴金这样去描写高家过年的祭拜仪式：

> 依然是由祖父开始向祖先叩了头。祖父叩了头就进去了。接着是觉新底继母，其次是三叔克明，再其次是三婶张氏，这样下去，五婶之后又是陈姨太……

拜完祖先之后，便是高家儿孙们叩拜长辈高老太爷：

> 于是叫了仆人取开了拜垫，单铺着红毡，克明又进去请了祖父出来，先是克字辈的男男女女围着他跪下去叩头请安，然后是觉字辈和淑字辈的孙儿孙女给他拜贺。他带着笑满意地受了礼，便走进自己屋里去了。

这一场景设计令人疑窦丛生：陈姨太在高家，究竟是何种身份？巴金曾坦承，"我写《家》的时候，我恨陈姨太这个人。……我在陈姨太身上增加了一些叫人厌恶的东西。但即使是这样，我仍然不能说陈姨太就是一个'丧尽

---

① 参见《汉语大词典》，汉语大词典出版社1991年版，第962页。

天良'的坏女人。她没有理由一定要害死瑞珏，即使因为妒忌。陈姨太平日所作所为，'无非提防别人，保护自己'。因为她'出身贫贱'，并不识字，而且处在小老婆的地位，始终受人轻视"①。巴金"恨"陈姨太我们可以理解，但总不能因为"恨"就乱了辈分吧？"开明本"的第九章，并没有明确交代陈姨太在高家的身份，只是说"祖父还有一个姨太太……和祖父在一起过了十多年"。仅从这段文字表述中，读者并不知道陈姨太是在祖母生前还是在她去世以后，才被高老太爷娶回家来的，故巴金称她是"姨太太"或"小老婆"，人们很难提出异议。但是到了"全集本"，巴金却把这段叙述改坏了，他说，"祖父还有一个姨太太，……她是在祖母去世以后买来服侍祖父的。"既然陈姨太是在祖母去世后才进门的，那么她无论是"娶"是"买"（"开明本"里并没有说是"买来"的），都应被视为续弦；而续弦又是继母的身份，是不能用"姨太太"或"小老婆"去称呼她的，更不能让其排在儿媳们之后去给高家的祖宗磕头。还有，《礼记》曰"继母如母"，陈姨太既然是继母，她就理应同高老太爷一道去接受儿孙们的贺拜，但巴金却偏偏不这样做。与之相反，觉新兄弟的继母周氏也是续弦，为什么不被称为"周姨太"呢？我说青年时代的巴金，并未厘清儒家的伦理关系，这就是一个最好的证据。"五四"新文学作家在这一方面，明显要比巴金的头脑清醒。比如彭家煌的小说《节妇》也描写了一个叫阿银的丫头被卖给了郑老太爷做续弦，但在郑老太爷死后，他的儿孙起码在表面上遵循礼制，照样承认她的长辈身份——比她大20多岁的儿子称其为"亲姆"，与她同龄的孙子也得叫她"太婆"。由此可见，"恨"与反"礼教"都不是借口，"随意"才是导致高家辈分错乱的根因所在。

《家》要暴露"礼教"和"大家庭"的罪恶，就必然要把批判的矛头指向那个"万恶之源"的高老太爷。不过在"开明本"中，巴金对高老太爷着墨不多，写得也并不是那么"坏"，很难激发起读者"恨"他的情感。早在20世纪30年代初，就曾有读者对巴金把高老太爷写得不够"坏"而心存不满，特别是作者最后让高老太爷彻底醒悟了，他们深感遗憾且表示完全不能够理解。②

---

① 巴金：《谈"秋"》，载《收获》1958年第3期。
② 锡令：《读巴金的〈家〉后》，载《效实学生》1937年第4、5期合刊。

巴金本人也发现了这一问题，所以在"全集本"里，有关高老太爷的叙事部分，基本上都做了修改。首先是将"开明本"中的"祖父"称谓，全都改成了"高老太爷"；接着又将高老太爷的形象做了"丑化"和"去亲情化"地艺术处理，而改动最大的地方则是将鸣凤"送人"和觉民的"婚事"。

鸣凤以死抗拒做冯乐山的姨太太，这无疑是小说《家》的一大看点。因为它最能揭示高老太爷的残忍性格，巴金当然将其视为得意之笔。然而，在"开明本"与"全集本"中，鸣凤之死是否与高老太爷有关，前后竟出现了两种不同的说法。比如在"开明本"的第十六章，鸣凤这样对觉慧说：

"老太爷底一个朋友姓冯的要讨姨太太，冯老太太也常常到我们公馆里来玩，她看中了我和婉儿，要选一个去，听说已经来说过了。婉儿从四太太那里听到一点风声，她就来告诉我。若问我们底主意，你刚才已经听见了。"

鸣凤说得很清楚，冯家要娶高家的丫环做姨太太，是冯老太太与四太太（克安的老婆）两人的主意，高老太爷并没有参与其中。可是到了"全集本"里，情形就完全变样了：

"冯老太爷要讨姨太太，冯老太太也到我们公馆里头来过，她说，我们公馆里的丫头都长得不错，向老太爷要一个。听说老太爷想在大房同三房的丫头中间挑一个送去。婉儿从三太太那里听到一点风声，她就来告诉我。若问我们的主意，你刚才已经听见了。"

这样一改，高老太爷自然就变成了杀害鸣凤的罪魁祸首。这件事我始终都没有弄明白：冯乐山要讨姨太太，其妻冯老太太不但不反对，反而还亲自出马牵线搭桥，这符合人之常情吗？我们再来看看觉民的"抗婚"。觉民反对同冯乐山的侄女结亲，用逃跑的方式和祖父对抗，高老太爷当然很生气，但这最多说明他人老了性格有些固执，又与"虐杀"儿孙之罪名，有什么直接的关系呢？在"开明本"的第三十五章，巴金让高老太爷临终时幡然醒悟：

"我错了,我对不起他。……你快去叫他回来罢,我想见他一面。……你给我把他找回来,我绝不会再为难他的……"祖父说到这里用手拭了拭眼睛,忽然看见觉慧底眼泪正沿着面颊流着,便感动地说:"你哭了。……你很好……不要哭,我底病马上就会好的。……你要好好地读书,好好地做人,……这样就是我死了,我在九泉也会高兴的。"

后来巴金觉得这样写过于亲情化了,不利于突出《家》的反封建主题;所以到了"全集本"里,他便立刻改写道:

"我……我的脾气……现在我不发气了……我想看见他,你把他喊回来。……我不再……"祖父说,他从被里伸出右手来,揩了揩眼泪。……"你快去把你二哥喊回来。……冯家的亲事……暂时不提。"

"暂时不提"也许以后还会提,巴金在"全集本"里为高老太爷留下了一个可以反悔的伏笔;但"我错了"则不同,在"开明本"里他知错就改,立刻让觉新退掉了这门婚事。实际上,"开明本"已经流露出了觉慧同爷爷和解的明显意图,比如觉慧望着重病在床的爷爷,"他想着许多年来只有这一天,而且在那短时间内,他才找着一个祖父,一个喜欢他的祖父,而且他们两个才开始走向着相互了解的路。"但是到了"全集本"里,却被改为"看见祖父痛苦地抽气的样子,他便明白现在的确是太迟了"。这一改,便彻底杜绝了新旧两代人之间的和解希望——提升反封建的思想主题,其代价便是家庭亲情的被消解。这便是《家》在其经典化的过程当中,巴金不得不去面对的两难心理。

出于暴露"大家庭"罪恶的主观目的,巴金还对高家的经济状况进行了改写。从"开明本"中,我们知道高家其实就是一个地主家庭,用出租土地所获得的经济收益来养活一大家子人的奢侈生活。但是到了"全集本",高家却变成了地主兼资本家。比如"开明本"的第六章里说,觉新的父亲是托朋友,为他谋了一份职业，可"全集本"则改为：

"明天你就到公司事务所去办事，我领你去，这个公司的股子我们家里也有好些，我还是一个董事，事务所里面有几个同事都是我的朋友，他们会照料你。……"

从他人的公司变成自己家的公司，巴金还嫌高家不够财大气粗，故再次去提升高家的经济实力，除了在繁华市区拥有大商场，而且"还有一个附设的小型发电厂，专门供商场铺面的租户和附近一两条街的铺面用电"。高家有大商场还可以说得过去，若说高家还有一个发电厂那就太离谱了。据史料记载，成都最早的电力公司叫"启明电气公司"，由陈雍伯父子在1908年创办，后来又有军阀官吏入股，到1920年才形成一定的规模。但在20世纪20年代，"成都市民或因迷信风水，或因讨厌电灯一类的西洋新事物"，凡遇架线送电之事，均有民众滋事阻挠施工。[1] 有军阀参股的启明电气公司尚且濒临破产，高家那个自负盈亏的发电厂又怎能维持得下去呢？"全集本"对高家的佣人数字，也做了大幅地增加。举一个例子：

在仆婢室里……右边的木板床上躺着肥胖的仆妇张嫂，继续地发出那粗促的鼾声。在左边同样也有一张较小的木板床，上面坐着那十六岁的女儿鸣凤，痴痴地望着灯花。（开明本第四章）

在仆婢室里，……右边的两张木板床上睡着三十岁光景的带孙少爷的何嫂同伺候大太太的张嫂，继续地发出粗促的鼾声。在左边也有一张同样的木板床，上面睡着头发花白的老黄妈，还有一张较小的床，十六岁的婢女鸣凤坐在床沿上，痴痴地望着灯花。（全集本第四章）

---

[1] 李瑞：《形似而神非：民国成都启明电气公司股份制特点简析》，载《西南民族大学学报》2009年第6期，第292页。

"全集本"不仅把"仆婢室"由两人扩大到四人,还将"开明本"里的"仆人"和"女佣",全都加上了具体的人名,如"袁成""文德""苏福""高忠""赵升""何嫂"等,使高家立刻变得豪华气派、奴仆成群。

《家》中暴露"礼教"和"大家庭"罪恶的主题叙事,还有三个细节还是有欠缺的。一是关于淑贞的缠脚问题:她不知"挨了许多次鞭子,受了长期的痛苦,流了很多眼泪,而且还有过一些不眠的长夜,她居然把自己的脚造成了这样的畸形的东西。……单是这小船里就明显地摆着四双自然发育的天足。"巴金的本意,是想通过淑贞与梅、琴、瑞珏和鸣凤的对比,去凸显淑贞的不幸遭遇;但这不仅没有加重高老太爷的"罪恶",相反还等于是在告诉读者,高老太爷其实是一个开明绅士。因为在高家除了淑贞之外,其他的女眷都没有缠脚,这并不能说明高老太爷"专制",否则应该是一船"小脚"才对。另外,高老太爷能让觉民兄弟去外语学校读书,同样也是对高老太爷"专制"的一种解构。二是关于冯乐山的身份问题。在"开明本"里,冯乐山的名字出现不多,巴金也并没有交代,他与"孔教会"有什么关系。到了"全集本",冯乐山的名字则频繁闪现,还被作者冠上了"孔教会"重要人物的显赫头衔。巴金之所以要这样做,当然是意在攻击儒家"礼教"的虚伪本质;但纳妾是庸俗而非礼教,中国古代官方也并不提倡。①故将冯乐山视为礼教文化的代表性人物,只能被看作是思想启蒙的客观需求。三是关于高府内部的"家风"问题。为了强化《家》的反"礼教"意识,巴金在"开明本"与"全集本"中,都有这样一段描写:高府的女眷们,平常都深居简出,一年之中只有春节那几天"她们才有在街头露面的机会……但同时又怕撞见别的男人"。这种说法理由也并不充分。凡是看过李劼人《死水微澜》的读者都知道,早在晚晴时期,大户人家的女眷就已经可以在公众场合自由活动了;像郝公馆里的郝太太,即使不是过年过节,照样带着女儿郝小姐去看花市、逛庙会。否则罗歪嘴等"袍哥"人家,也不会有机会去一睹大家闺秀的芳容了。难道"五四"时期的成都社会,反倒不如清末开明了吗?

---

① 比如《大明律》就曾明文规定,男子"四十以上无子者,方许娶妾,违者,笞四十。"参见张希坡:《中国婚姻立法史》,人民出版社2004年版,第57页。

我个人认为，陈思和在《人格的发展——巴金传》一书里，有两句话说得精辟入里、发人深省：巴金"用夸张的笔调塑造出高老太爷、克明、克安、克定这样一大帮没落地主们的丑恶，并且无中生有地在这个半虚构半写实的高家大院里制造了一桩桩血案"①。但我仍有一个疑问：《家》既然是"夸张"与"无中生有"的产物，那么它所攻击的"大家庭"的罪恶，不就失去了事实依据了吗？我们究竟应该怎样去理解这种艺术虚构现象，的确值得研究者从理论上去加以深刻地探讨。

三、《家》的人物叙事与修改

核心人物的大幅度修改，是《家》的自我经典化过程的一个重要环节。对读"开明本"与"全集本"，我发现《家》中的主要人物，其形象和语言都有所改动，有的甚至是脱胎换骨、判若两人了。毋庸置疑，《家》中的人物修改，完全是服从于反封建的思想主题；人物形象的类型化痕迹，也越来越明显。由于"全集本"的改动量巨大，我不可能去一一进行比较，那将是一项既费时又费力的浩大工程。因此，我只能把《家》中的三个偶像型人物——"美"的化身鸣凤、"善"的化身瑞珏和"叛逆"的化身觉慧，去做一次修改前后的简单对比。

鸣凤形象的修改，主要是身份错位的修改。在"开明本"中，鸣凤是一个纯洁可爱的"美"的化身，在她身上不仅倾注了青年巴金的全部情感，同时也是他攻击"礼教"和"大家庭"罪恶的精神动力。巴金笔下的鸣凤，知书达理、含情脉脉、文静典雅、举止得体，与其说她是个丫环，还不如说她是个小姐。巴金说他写这一人物，"并没有一点夸张"，鸣凤的一切甚至包括投湖自尽，都是由"性格、教养、环境"所决定的。②"性格"无疑是与生俱来的，而"教养"和"环境"则是指大小姐在世时教她认字和对她的人生影响。比如在第十章里，巴金让鸣凤对觉慧表白道：

---

① 陈思和：《人格的发展——巴金传》，上海人民出版社1992年版，第126页。
② 巴金：《关于〈家〉（十版代序言）》，《巴金全集》第1卷，人民文学出版社1986年版，第447页。

> "以前大小姐向我讲过爱字,后来琴小姐也同我讲过,直到近来我才知道爱是怎么的一回事。我每一想到你,或者看见你,似乎天大的痛苦也可以忍下去了。你不晓得你帮助我忍受了不少的痛苦。我常常在心里暗暗叫着你底名字,然而在人前我却不敢叫出来。我不知道应该怎样地感激你。"

这种叙述方式很有意思:鸣凤"自由恋爱"的现代意识,是经大小姐思想启蒙而得来的;可是大小姐在"五四"以前就死了,那么她又是从哪儿获得的现代意识呢?如果追问下去,则只能是中国古代的言情小说了。《家》让鸣凤和觉慧两人,打破了主仆之间的身份界线,在精神与人格平等的基础上相爱,固然具有反传统的积极意义;但是让一个丫环去负载一个小姐的思想情感,并以此去挑战封建等级观念,则明显有违于生活的真实性。想必巴金自己也觉得这样做确实有些不妥,故他在"全集本"里删改道:

> "我只要想到你,看见你,天大的苦也可以忍下去。我常常在心里暗暗地喊你的名字,在人前我却不敢喊出来。"

"全集本"去掉了一个"爱"字,表明鸣凤知道自己的出身微贱,她与觉慧两人的关系是不可能有什么结果的,故用心"恋"去保持一定的距离,把"爱"表现得委婉而含蓄,虽然并没有改变身份不对称的爱情叙事结构,起码令人感到还可以接受。另外,在"开明本"的这一章里,当觉慧说要娶鸣凤做三少奶奶时,她惊喜之余的那番感叹,更不符合一个丫环的口吻:"有一两次我仿佛看见你底面颜不住向空中升上去,愈过愈高,对于我好像变成了一个高得不能够摘取的月亮。那时候我禁不住要想,'这不过是一场梦罢了'。我以为我这一辈子是没有望的了。"像这一类诗情画意的优美语句,在"开明本"里还有很多。比如在第二十六章里鸣凤投湖之前,长篇大论地去诘问"我底生存究竟是这样渺小吗"的哲学问题等,"全集本"不是做了全删,便是做了改写。即便是如此,"全集本"中的鸣凤形象仍有身份错位之嫌,尽管巴金在

"全集本"中试图用一句"她一点也不像丫头"去搪塞,可是"不像"丫头,她毕竟还是丫头啊。

瑞珏形象的修改,主要是阴柔性格的修改。学界普遍认为,瑞珏在《家》中,是一个为了他人的幸福,"甘愿做出自我牺牲"的"善"的化身。①如果单看"全集本",瑞珏的确是个美丽的天使——她为人和善、孝敬长辈、疼爱丈夫、关心弟妹,高公馆里没有一个人不喜欢她。但在"开明本"中,瑞珏给人的感觉虽然也面善,但却颇有城府和心计。比如第二十一章,当瑞珏听到琴她们在谈觉新和梅的往事时,她立刻"收敛了笑容",但很快脸上又恢复了微笑,"把孩子送到觉新面前要他牵",自己则若无其事地挽起了梅的手臂,立刻化解了她与觉新、梅之间的尴尬局面。到了第二十四章,瑞珏主动去找梅谈心,如果读者稍加留意,就能发现她话里有话,会觉得这个女人很不简单:首先,"我"先前并不知道你们两个的事,"我要是早知道这个,我不会插在你们两个底中间",可是"现在已经迟了",这是瑞珏在告诉梅,你们俩的爱情悲剧与我无关;其次,"我"非常地爱觉新,"我爱他比过爱我底性命,他就是我底性命。我不能够失掉他。"这是瑞珏在向梅表达她的不妥协态度;再者,"你知道我们女人需要的是男子底全部的爱,这是不能够被人分割的",然而现在"他底心已经被你分去了一半了,不只是一半,而且最好的位置,已经被你占去了。"这是瑞珏发自内心的抗议,她不能容忍"爱"被分割的严酷现实;再次,"我们两个人如今都只得到了一半,都不曾得着整个的","这样下去,三个人都被耽误了",要不就"让我去罢",这样"你们两个便可以结合在一块了,你们可以幸福底过日子"。这其实是瑞珏在向梅发出警告,暗示她自觉地退出这场荒诞的爱情角逐。"开明本"对于瑞珏的性格塑造还是比较准确到位的,梅的出现引起了她的嫉妒和排斥,完全是一种女性心理的本能表现,若是瑞珏不嫉妒那才是不正常的。巴金说他年轻时代很少接触女性,因此"不曾透彻地了解过她们";②仅从巴金对瑞珏性格的描写来

---

① 刘玉芳、凌宇:《女性意喻:"笼中囚鸟"与"屏风上的鸟"》,载《中国文学研究》2010年第2期。

② 巴金:《〈爱情的三部曲〉总序》,《巴金全集》第6卷,人民文学出版社1986年版,第15页。

看,这无疑是一种过谦之词。然而我却有点搞不懂,为什么巴金后来要在"全集本"中,把瑞珏那带有怨恨性质的情感发泄,改成了同病相怜的悲鸣与哀叹呢?

> "梅表妹,我明白你的心事。"她觉得自己也要哭了,"我知道你们两个当初感情很好。……他当初真不该娶我。……现在我才明白他为什么那样爱梅花。……梅表妹,你当初为什么不嫁给他?……我们两个人,还有他,我们三个人都错了,都陷在这种不能自拔的境地里面。……我真想我走开,让你们幸福地过日子。我……"

这段文字修改,不仅去除了瑞珏的抱怨、嫉妒和敌视心理,而且使她变得更加宽容、大度和善解人意;但巴金让瑞珏自愿去背负起十字架,扮演了一个为拯救芸芸众生而勇于自我牺牲的耶稣信徒,反倒令这一艺术形象有些失真。

在"全集本"里,觉慧的形象变化最大,几乎大部分的文字置换,基本上都与他有关。"开明本"最初描写他反抗家庭,多是一种青春期的叛逆行为。巴金自己也承认,"开明本"里的觉慧,"他不是一个英雄,他很幼稚"[①]。比如第十九章,觉慧和兄弟姐妹们一起划船赏月,淑英吹笛,觉新吹箫,其他人跟着唱歌,大家都很快乐,只有觉慧一人感到孤独:"第一他不会唱歌,第二他对于音乐完全是外行。"这恰好说明了一个问题:觉慧除了"思想",其他一窍不通;因缺少"知音"而厌恶"家庭",应是他躁动叛逆的主要原因。"全集本"则不同,巴金把一个原本属于青春期的叛逆少年,打造成一个具有现代人文精神的"五四"青年,觉慧的形象早已是今非昔比了。"全集本"对于觉慧形象的重新塑造,主要体现在以下三个大的方面:

1. 从"幼稚"到"成熟"。"开明本"里的觉慧,其所谓的反抗叛逆,

---

① 巴金:《五版题记》,《巴金全集》第1卷,人民文学出版社1986年版,第436页。

与他的年龄和阅历，构成了正比例的关系。他还没有踏入社会，尽管有《新青年》和《新潮》的思想启蒙，必定还不了解社会人生的复杂性；所以他经常会茫然无措，甚至于徘徊动摇，这是一件很正常的事情。比如在第八章，觉慧是被动地卷入了"学潮"，巴金把他的精神状态描写得十分精彩：

> 觉慧也在人丛中拼命地鼓掌。雨点不住地落在他底未戴帽子的头上，把他底头发打湿了。他不时用手护着眼睛，或用手腕遮住额，但他底眼睛依然有点模糊了。他只看见周围有无数的人头在动。他有时竟疑惑起来，他怎么会在这个地方，这许多人又在这里做什么。兵打学生的事，来得太突然了，虽然先前就有不利于学生的风传，但谁也想不到会出之于这种方式的。他甚至于想这是在做梦，那样的事是没有的。但他分明立在这里，在这人丛中，他又为了什么事来的呢？雨点渐渐变大起来，沉重的落在他底头上，脸上，身上。他似乎清醒了。他回味着今天一天的事。他想要是他和民哥一道到琴底家去，这时候他便不会在这里了，而且他底心会是很平静的，连这次风潮也不会知道。他又想家里的人一定疑惑不知道他到什么地方去了，他和民哥分路时不是说要回家吃晚饭吗？然而这时候锣声从远处送来，告诉他现在是二更时分了。

觉慧本来是在回家的路上，被同学拉去参加请愿示威的，他虽然气愤军阀士兵打人，却又不明白自己到这里来干什么。这段描写直白地告诉读者，觉慧对于学生运动其实并不那么热心；他之所以参加无非是跟着"起哄"或看热闹，故热劲一过便想回家了。到了"全集本"中，觉慧的形象则为之一变：

> 觉慧也在人丛中拼命地鼓掌。雨点不停地落在他的未戴帽子的头上，把他的头发打湿了。他不时用手护着眼睛，或用手腕遮住前额，但是他的眼睛仍然看不清楚旁边同学们的脸部表情。他看得见兵士们的刺刀，看得见督军署门前的两个大灯笼。他看见广场上无数黑压压的人头在动。他没法压下他的愤怒。他只想大声叫一阵，

他觉得自己快要憋得透不过气来了。兵打学生的事来得太突然了，虽然以前就有当局要对付学生的风传，但是谁也想不到会出之于这种方式的。这太卑鄙了！"为什么要这样对付我们？难道爱国真是一种罪名？纯洁、真诚的青年真是国家的祸害？"他不能相信。

巴金把觉慧从一个旁观者，变成了一个勇往直前的战士——面对着军阀士兵的雪亮刺刀，他义愤填膺、无所畏惧，为学生们的爱国行为（演《终身大事》与"爱国"之间究竟有什么关系我们姑且不论）而感到无比的自豪。与"开明本"里那个懦弱且不大懂事的觉慧相比，简直就像换了一个人似的，不仅思想成熟，而且立场坚定。

2. 从"虚浮"到"真诚"。觉慧与鸣凤的爱情叙事，历来都被学界所津津乐道，认为他敢于打破主仆之间的身份界线去大胆追求一个出身卑贱的丫环，其反"封建礼教"的现代意识"是值得肯定和赞扬的"。①这种结论，无疑是源自于对"全集本"的阅读感觉。实际上，巴金要比我们的头脑清醒，觉慧只不过是一个十四五岁的少年，他虽然情窦初开，却并不知道什么是爱情；因此在"开明本"里，巴金只描写了觉慧的青春期躁动，同时也指出了他在处理同鸣凤的关系时，那种不成熟的人格缺陷。比如觉慧说鸣凤"你真纯洁，你真伟大！我比起你底一只脚也不配呵"。他甚至还对鸣凤发誓，"到那时我会告诉太太我要娶你。"至于鸣凤如何"伟大"，他为何一定要娶她，其实觉慧自己也不清楚。正是因为觉慧对鸣凤的"爱"，带有极大的盲目性；所以后来一旦遇到了阻力，他便"准备着到了某个时候便放弃她"。尤其是当鸣凤向觉慧求救时，他的表现就十分地滑稽可笑：

"你不看见我是这样忙吗？"他粗声说，似乎怪他不该多问，但他一举头看见她底脸上笼罩着一层忧郁的颜色，没有一点光彩，他底心马上就柔和了。他伸手去把她底手捏了捏，又站起来在她底耳边安慰她说："你不要怪我，我答应再过两天一定陪你玩。我还

---

① 周芳莉：《略说觉慧的叛逆精神》，载《成都大学学报》1996年第3期。

和从前一样底爱你。……快去，快去，二少爷就要来了。"（第二十六章）

虽然觉民告诉他鸣凤明天就要"出嫁"了，觉慧听后也到处去找过她，但是第二天一早他便做出了决定："准备把那女儿放弃了"。即使他得知了鸣凤投湖自杀的消息，"他也没有时间来为她悲哀了。"觉慧替自己开脱的荒谬理由，"就是为社会服务的青年的献身"——连一个苦命的丫环都救不了，觉慧却大谈什么拯救社会，这不是虚浮又是什么呢？到了"全集本"，巴金则改写为：

"鸣凤，你不看见我这样忙？"他短短地说，便抬起头来。看见她眼里闪着泪光，他马上心软了。他伸手去捏了捏她的手，又站起来，关心地问："你受了什么委屈吗？不要难过。"他真想丢开面前的原稿纸，带她到花园里好好地安慰她。可是他马上又想起明天早晨就要交出去的文章，想起周报社的斗争，便改了主意说："你忍耐一下，过两天我们好好地商量，我一定给你帮忙。……"

"粗声"一去，觉慧就变得真诚多了，不仅对鸣凤关爱备至，还答应一定替她排忧解难。"全集本"是在告诉读者，觉慧对于鸣凤的爱是发自内心的，只不过因为他忙于为杂志撰稿，才没有注意到鸣凤的情绪变化。所以，"全集本"里删掉了"准备着到了某个时候便放弃她"的关键词汇，故觉慧在鸣凤死后的痛苦反省也就显得可信多了。

3. 从"动摇"到"坚定"。我个人始终认为，"开明本"中的祖孙关系处理得要比"全集本"恰当，尽管巴金对高老太爷极为反感，但却并没有完全切断觉慧和爷爷之间的血脉亲情。其实在"开明本"的第九章，巴金就已经做了明确地暗示，觉慧完全是有可能同爷爷和解的：

祖父对于他简直成了一个谜，一个神奇的谜。但他对于祖父依然保持着从前的敬爱，因为这敬爱在他底脑里是根深蒂固了。儿子应该敬爱父亲,幼辈应该敬爱长辈——他自小就受着这样的教育,印象太深了,很难摆脱,况且有许多人告诉过他,全靠他底祖父当初赤手空拳造就了这一份家业,他们如今才得过着舒服的日子;饮水思源,他就不得不感激他底祖父。

这段话说得在情在理:长幼有序是儒家"礼"文化所强调的"孝",如果一定要说它是封建等级观念必须加以废除,那么中国人的家庭伦理就会彻底崩溃。觉慧当然懂得这个简单的道理——如果没有爷爷创下的这份家业,他既不可能过上衣食无忧的豪华生活,更不可能到"外专"去接受良好的现代教育,所以他"感激他底祖父"那是理所当然的。因此,到了第三十五章,觉慧面对着奄奄一息的祖父,感到了深深地内疚:"事实上如果早一天,如果在还没有给过他一线希望的时候,那么这分别并不是什么难堪的事,他决不会有什么遗憾。然而如今在他底面前躺卧着那垂死的老人。他(祖父)在几点钟以前曾经把他(祖父)底心剖析给他看过的,而且说过自己是怎样错误的话。"毫无疑问,祖父已经承认了他的错误,并将心"剖析给他看过";可是觉慧却没有在祖父生前主动地向他敞开心扉并做忏悔,这才是令觉慧感到"难堪"和"遗憾"的心灵之痛。形而上反"家"与形而下爱"家",觉慧深陷于这种矛盾之中不能自拔,巴金意识到这将动摇他攻击"大家庭"的顽强意志,同时也会颠覆《家》的反封建主题。因此在"全集本"里,巴金把这些段落全部都删掉了,只留下这样几行轻描淡写的文字:

"太晏了!"这三个字沉重地打在觉慧的头上。他几乎不懂得这个"太晏了"的意思。但是看见祖父痛苦地抽气的样子,他便明白现在的确是太迟了。他们将永远怀着隔膜,怀着祖孙两代的隔膜而分别了。

仅从修改后的这几行文字中,读者已经很难看出觉慧有什么"难堪"与"遗憾"了;巴金让他们祖孙二人带着"隔膜"诀别,即实现了《家》的"去亲情化"叙事,又强化了觉慧作为一个"五四"青年的存在意义——"全集本"《家》的启蒙诉求,也最终得以确立。

  对读了《家》的"开明本"和"全集本",我个人对于这部文学作品感受颇深。时间叙事、思想叙事和人物叙事的错乱性,足以说明巴金在创作《家》的初期并没有做好必要的思想准备,诚如陈思和所指出的那样:巴金"不是对整部小说有了详细的构思以后才动笔的,而是确定一个大致的主题就顺着灵感写下去";如果不是得到了自己大哥的死讯,"难保《家》不会以另一种面貌出现"①。这真是醍醐灌顶的金玉良言。巴金本人对此也并不否认,他曾多次说"我写《家》的时候,从来没有想到过什么'结构'",感情上来了就去写;②"一九三一年我开始写《激流》,当初并没有大的计划",想到哪儿就写道哪儿。③巴金说得很真诚,但问题却在于:一部缺少缜密构思的艺术作品,自然会留下许多"大的毛病"。那么《家》的经典性,仍将去接受时间的检验。

(原文刊发于《南方文坛》2018年第2期)

---

① 陈思和:《人格的发展——巴金传》,上海人民出版社1992年版,第125页。
② 巴金:《在四川省文学创作会议上的讲话》,《巴金全集》第18卷,人民文学出版社1990年版,第678页。
③ 巴金:《我的老家》,《巴金全集》第16卷,人民文学出版社1991年版,第556页。

第十一章 《骆驼祥子》的经典化历程

老舍自己的确曾经讲过,《骆驼祥子》"是一本最使我自己满意的作品"①。但他同时又认为,"《离婚》是他所有小说中最好的一部",②并表示创作《离婚》是他"生平最痛快的一件事"。③查阅史料我们不难发现,老舍对于《离婚》的热情,似乎要远大于《骆驼祥子》。比如,20世纪40年代,一批青年学子"选举他的最佳作品,大家一致投《骆驼祥子》的票",可是老舍本人则不以为然地说:"非也,我喜欢《离婚》。"④老舍钟情于《离婚》,而《骆驼祥子》却成为了"经典",这其中恐怕一定有许多鲜为人知的奥秘,正等待着我们这些研究者们去做深入细致的历史考证。

楔子:文学经典概念的理论困惑

探讨《骆驼祥子》的经典化过程,我们首先有必要去了解一下什么是"文学经典"。

"经典"一词最早源于拉丁语"classicus",意思是"极好的"或"一流的",与中国古代的"经书典籍"同义;而所谓的"文学经典",则是指"公认的、堪称楷模的优秀文学和艺术作品,对本国和世界文化具有永恒的

---

① 老舍:《我怎样写〈骆驼祥子〉》,载《青年知识》1945年第1卷第2号。
② 波兰学者日比格涅夫·斯乌普什基在《老舍传记资料及其作品简介》一文中说,这是老舍亲口告诉他的。该文刊于《中国现代文学研究丛刊》1980年第3期。
③ 老舍:《我怎样写《〈离婚〉》,《老舍文集》第15卷,人民文学出版社1990年版,第192页。
④ 吴晓灵:《老舍先生在龙泉镇》,载《昆明晚报》1985年1月26日。

价值"①。本世纪初,国内学界曾就"什么是经典"的学理问题,展开过一场颇有声势的大讨论,许多著名学者都被卷入了其中。人们普遍认为,文学经典的形成是一个漫长而复杂的历史过程,"一般来说,那些我们今天所谓的'经典'必然要经过反复不断地被阅读、被解释、被评价,然后其价值才能逐渐被认定,也才能最终成为后人心目中的'经典'。"②经典之所以为经典,主要是"取决于经典本身的价值内涵及其永恒魅力而不是外部力量"③。换言之,文学经典"指的应是具有丰厚的人生意蕴和永恒的艺术价值,为一代又一代读者反复阅读、欣赏,体现民族审美风尚和美学精神,深具原创性的文学作品"④。对于中国现代文学来说,"由新的知识系统所带来的新的价值观","其核心就是人的发现与科学的发现"。⑤童庆炳先生还特别指出,"文学经典建构的因素是多种多样的,起码要有如下几个要素:(1)文学作品的艺术价值;(2)文学作品的可阐释的空间;(3)意识形态和文化权力变动;(4)文学理论和批评的价值取向;(5)特定时期读者的期待视野;(6)发现人(又可称为'赞助人')。"如果作品不具备这些内部与外部因素,也就失去了它的经典价值了。⑥

那么,文学经典究竟又是由谁来决定的呢?参与讨论者也基本上认同斯蒂文·托托西的说法,文学经典的产生与"文学制度"有关,即"包括教育、大学师资、文学批评、学术圈、自由科学、核心刊物编辑、作家协会、重要文学奖"等因素,直接决定着"经典"的命运。⑦比如洪子诚便认为,"文学经典的确立,自然不是某一普通读者,或某一文学研究者的事情。它是在复杂的

---

① 普罗霍罗夫总编:《苏联百科词典》,中国大百科全书出版社1986年版,第625页。

② 刘象愚:《经典、经典性与关于"经典"的论证》,载《中国比较文学》2006年第2期。

③ 赖大仁:《当今谁更应该读经典》,载《文艺报》2010年3月8日。

④ 方忠:《论文学的经典化与中国现代文学史的重构》,载《江海学刊》2005年第3期。

⑤ 黄曼君:《中国现代文学经典的诞生与延传》,载《中国社会科学》2004年第3期。

⑥ 童庆炳:《文学经典建构诸因素及其关系》,载《北京大学学报》2005年第5期。

⑦ 转引自南帆:《文学史与经典》一文,载《文学理论研究》1998年第5期。

文化系统中进行的。在审定、确定的过程中，经过持续不断的冲突、争辩、调和，逐步形成作为这种审定的标准和依据，构成一个时期的文学（文化）的'成规'。"[1]陶东风则更是直言不讳地说，经典不一定是审美的产物，"世界上不存在绝对的'审美'标准，对于'审美性/文学性'的强化本身同时也是对于民族国家文化认同的一种新的理解与想象，而且相当程度上得到了主流意识形态的认可与支持并被纳入了'思想解放'的国家话语。"在他看来经典的认定过程，与其说是一种文学活动，还不如说是一种精英话语的权力显现，"比如作家协会、主流杂志、重要的批评评价机构、各种评奖机构等，这种机构同样掌握着文学经典化的巨大权力"。[2]由于"文学制度"是被少数精英所掌控的，因此"文学史以及作为文学史标志性作品的文学经典的选择，不可能做到'纯粹'的客观。"[3]

这场关于"文学经典"的学术大讨论，表面上看起来轰轰烈烈，可实际上不但没有统一人们的思想认识，相反还把问题弄得越来越复杂了。比如，参与讨论者都一致认为，"读者""批评"和"体制"是造就"经典"的三要素，然而在这三要素当中，到底是哪一种要素在起主导性作用呢？没有人能够对此给予准确的回答。倘若说"读者"是决定性因素，那么大仲马和张恨水都拥有最大的读者群体，但为什么大仲马直到2002年才被移入"名人堂"，而张恨水现在仍被戴上个"通俗"的帽子受到研究者的冷落？于情于理显然都说不通。倘若说"批评"是决定性因素，那么众多的批评之声，试问"苍茫大地，谁主沉浮"呢？人们自然会说，当然是那些权威批评家；再问，权威批评家又是怎样产生的呢？人们则不得不把视线投向关键性的"体制"问题。倘若说"体制"是决定性因素，由于"体制"是一种常变的动态过程，那么是否就意味着"经典"本身，也是处于一种极不稳定的状态？果真是如此的话，我们还谈什么"文学经典"的永恒价值呢？

正是出于对"文学经典"概念的强烈质疑，我个人在具体的研究过程中，发现了许多用理论所不能解释的文学现象：比如，有些作品本身并不具有

---

[1] 洪子诚：《中国当代的"文学经典"问题》，载《中国比较文学》2003年第3期。
[2] 陶东风：《文学经典与文化权利（上）》，载《中国比较文学》2004年第3期。
[3] 余岱宗：《文学经典："筛选"与"危机"》，载《东南学术》2007年第1期。

"经典"意义,却被人为地"经典化"了;有些作品本身具有"经典"价值,但却被强制阐释的价值所代替了。如果我们不去正视这一问题,那些五花八门的现代文学史教材,只能是一种停留在课堂上的八股文章,而无法走向社会且得到广大读者的由衷认同。所以,我想通过史料之间的相互印证,重新去梳理一下几十年来《骆驼祥子》的接受史,进而解开"经典"问世的运作之谜。

一、曾经被冷落的《骆驼祥子》

众所周知,《骆驼祥子》创作于1936年,并从1936年9月到1937年10月连载于林语堂在上海所办的半月刊杂志《宇宙风》。老舍说"因为连载的关系,我必须整整齐齐的写出二十四段"[1],即每两期发表一段。曾有学者认为,"1939年至1949年间,《骆驼祥子》一共印行了十六版(不含盗版)"[2],足以证明"当时的读者对《骆驼祥子》也加以热切的关注"[3]。这种判断无疑是错误的。《骆驼祥子》1939年由人间书屋初版时,印数标明只有2000册,以后的版本都没有标明印数,想必也不会太多。如果我们都按2000册计算,在新中国成立之前的十年时间里,总共也就印了3万册左右,平均每年3000余册,且有的版本错漏颇多、纸张极差,何谈读者"热切的关注"呢?另外,《骆驼祥子》问世以后,社会的反响更是寥寥无几,从1936年到1949年,评论《骆驼祥子》的文章一共只有18篇,且绝大多数都在千字左右,不是广告性质的"推荐文",便是即兴而发的"读后感"。相比之下,1936年一年之内,评论《离婚》的文章就多达十余篇。可见读者对于《骆驼祥子》明显缺乏阅读的热情。

为什么后人都说《骆驼祥子》"好",而当时的读者却不太买账?老舍自己曾做过这样一番解释:

> 《祥子》的运气不算好,在《宇宙风》上登刊到一半就遇上了

---

[1] 老舍:《我怎样写〈骆驼祥子〉》,载《青年知识》1945年第1卷第2号。
[2] 陈思广:《〈骆驼祥子〉的版次及其意涵》,载《出版史料》2011年第2期。
[3] 孔令云:《〈骆驼祥子〉的版本变迁——从出版与接受的角度考察》,载《北京社会科学》2006年第6期。

"七七"抗战。《宇宙风》何时在沪停刊,我不知道;所以我也不知道《祥子》全部登完过没有。后来,《宇宙风》社迁至到广州,首先把《祥子》印成单行本。可是,据说刚刚印好,广州就沦陷了,《祥子》便落在敌人的手中。《宇宙风》社又迁到桂林,《祥子》也又得到出版的机会,但因邮递不变,在渝蓉各地就很少见到它。后来文化生活出版社把纸型买过来,它才在大后方稍稍活动开。近来,《祥子》好像转了运,据友人报告,它被译成俄文、日文与英文。①

这段话有几个要点值得我们去注意:一、老舍本人说战乱所导致的社会动荡,是影响《骆驼祥子》传播的重要因素,此说是可以成立的;因为"华北事变"之后,偌大一个中国"已经安放不下一张平静的书桌了",人们哪里还有心思去读小说。二、老舍并不知道《骆驼祥子》的初版是由人间书屋印行的,故田仲济先生说他在抗战初期,曾亲见老舍把"一本人间书屋印行的《骆驼祥子》"像宝贝一样地珍藏起来,进而可以证明他对这部作品"爱"得有多深②一说,完全是一种不着边际的主观想象。三、《我怎样写〈骆驼祥子〉》一文发表于1945年7月,老舍是"据友人报告",才知道《骆驼祥子》被译成外文这一消息的。但学界却一直流行着这样一种说法:《骆驼祥子》在1945年便被译成英文在美国出版发行,而且老舍本人还认为译本的"译笔不错"。③难道译者伊文·金(Evan King)是吃了豹子胆,没有经过老舍的亲自授权,便私自翻译出版了《骆驼祥子》?美国可是一个讲求法制的国家,况且伊文·金还曾因为《离婚》的译文版权问题,同老舍对簿公堂;可老舍为什么却没有一纸诉状,将伊文·金擅自翻译出版《骆驼祥子》的非法行为也告上法庭呢?看起来从"据说"到"事实",历史真相并不那么简单。

我个人认为,战争动乱固然是影响《骆驼祥子》传播的一个因素,但却

---

① 老舍:《我怎样写〈骆驼祥子〉》,载《青年知识》1945年第1卷第2号。
② 田仲济:《回忆老舍同志》,载《新文学史料》1981年第1期。
③ 孟庆澍:《经典文本的异境旅行——〈骆驼祥子〉在美国(1945—1946)》,载《河南大学学报》2010年第5期。

并不是主要因素。罗常培先生曾回忆说,老舍的《老张的哲学》刚一亮相,就"在当时文坛上耳目一新,颇为轰动";后来《赵子曰》和《二马》等作品的相继问世则更是使老舍"名满天下了"。①按照常理,老舍完全可以利用他的社会知名度去推动《骆驼祥子》的发行量,可未曾想读者与学界都集体保持沉默。所以,我个人认为缺乏足够的阅读吸引力才是《骆驼祥子》受到冷落的根本原因。我把民国时期那18篇评论《骆驼祥子》的文章找来认真地研读了一下,发现这些文章除了友情推荐便是商业运作,真正属于文学批评范畴的文章却寥寥无几。比如《骆驼祥子》还没有连载完,叶圣陶先生便撰写了一篇题为《北平的洋车夫》的文章,前面大段引用了老舍介绍《骆驼祥子》故事情节的原文,然后再以"从纯粹的口头语出发",去概括老舍"幽默的趣味"的艺术"风格"以及"心怀宽大"与"悲天怜人"的思想境界。②这篇文章纯属是友情推荐,几乎很少谈及《骆驼祥子》的作品文本。毕树棠、吉力、司徒珂等人的文章,文前都有《骆驼祥子》的出版广告,其推介性质更为明显,与当时《宇宙风》(乙刊)第3期(1939年4月1日)推介《骆驼祥子》是"近年来中国长篇小说的名篇""巨著",是作者的"重头戏,好比谭叫天之唱《定军山》,是给行家看的"广告,形成了遥相呼应之势。毕树棠的文章介绍说,《骆驼祥子》"依然是作者过去独造的风格,然而越发老练了"。不过他在复述了《骆驼祥子》的故事情节后,也对作品文本进行了一番阐释:"骆驼祥子本是一个天赋单纯,结实,要强,而缺乏机伶,果断,斗争的青年,在今日这个恶劣的劳动阶级里,凭着运气卖力气,不断地受着压迫和诱惑的摧残。"他认为"环境的不顺"和"个人的竟存无能"是导致祥子最终堕落的必然结果。③吉力介绍说,"用现代文写小说而以俗语入文者,在中国文坛上舍老舍先生无第二人",从《赵子曰》到《骆驼祥子》,"总是那么爽快,利落"。作者创作这部作品的主观意图,"只是写一个故事,并不在提示一个问题,但也在告诉读者,关于拉洋车的定命论,无论怎样爱强好胜,总没有改善

---

① 罗常培:《我与老舍》,见《老舍研究资料》上册,北京十月文艺出版社1985年版,第263—264页。
② 叶圣陶:《北平的洋车夫》,载《新少年》杂志1936年第2卷第8期。
③ 毕树棠:《骆驼祥子》,载《宇宙风》(乙刊)1939年5月第5期。

的办法。……总之，要改善他们的命运是不可能的，除非消灭了洋车夫的存在"①。司徒珂则略有不同，他不认为《骆驼祥子》是一篇幽默小说，"里面没有幽默，没有诙谐，没有可笑，有的却是人间的爱与同情，是人世的不平与悲哀"。"老舍先生很衷心地把一个病态的社会的一个角落，赤裸裸的介绍给我们，使我们看见了不曾经历过的人间地狱"。②从读者接受的角度来看，当时也出现了两种不同的意见，比如刘民生认为，《骆驼祥子》诚然是一篇好小说，但却客观上存在着三个不足之处："第一，作者应该把祥子怎样离开农村而跑到北平去的理由有所叙述"，才能使读者对作品背景有一个完整的了解；"第二，作者太强调了祥子的成功性"，让人感觉到在军阀治下的个人有"仍能翻身"的机会；"最后，作者在技术方面也似乎有忽略的地方"，譬如第五章祥子卖了骆驼回来后，车夫们对他既恭维又巴结，就很不符合常规逻辑。③李兆麟却不同意这种说法，他逐一驳斥了刘文的论点之后，并颇有感叹地说，"该书描写民国初年时的一个人力车夫，克勤克俭地想向上爬，但在当时中国那样的社会里，穷人是爬不上去的，结果还是贫穷以终，这确是一本好书，它的故事感动了每一个想靠自己的努力爬上去而终于爬不上去的中国人"④。

综观18篇评论文章，无论是新书推介还是"读后感"，它们对于《骆驼祥子》的全部论述都浮光掠影地谈到了这样三种观感：首先，《骆驼祥子》的时代背景，是北洋军阀之下的"北平"；其次，《骆驼祥子》的创作主题，是否定个人奋斗的狭隘思想；再者，《骆驼祥子》的艺术风格，是大众化的俗语或口语写作。而这三种基本观感，几乎都被后来的研究者有所继承。在这里，我要特别说明一下《骆驼祥子》的时代背景问题。民国时期的读者，都不是专业学者，他们认为《骆驼祥子》反映的时代背景，是北洋军阀治下的旧中国，所以他们才会觉得《骆驼祥子》"使我们看见了不曾经历过的人间地狱"。但是新时期以来，学界经过"反复考证"，竟对《骆驼祥子》的时代背景给出了多种判断，比如"北洋军阀时期""1928年春季至1931年""1928

---

① 吉力：《读〈骆驼祥子〉》，载《鲁迅风》1939年5月第14期。
② 司徒珂：《评〈骆驼祥子〉》，载《中国文艺》1940年2月第1卷第6期。
③ 刘民生：《〈骆驼祥子〉求疵谈》，载《上海文化》1946年8月第7期。
④ 李兆麟：《与刘民生先生论〈骆驼祥子〉》，载《上海文化》1946年9月第8期。

年秋季至1931年"等。"北洋军阀时期"当然不能够成立，因为作品中"到党部去告发"一句，已经全盘否定了这种说法。故又有学者说，是"1928年春季至1931年"的国民党统治时期。理由十分简单：1928年2月6日，国民党二届四中全会期间做出了限期完成北伐的决议，2月16日蒋介石与冯玉祥在开封召开北伐军事会议，开始了蒋、桂、冯、阎对张作霖的联合作战。此时恰是"麦子需要春雨的时节"，莫怪乎北平盛传"战争的消息与谣言"，祥子就是被奉系军阀张作霖的军队抓夫、抓车的，这就是一个极好的证明。①然而，国民党北平市"党部"成立于1928年6月8日，还是无法与国民党统治联系起来，所以又出现了"1928年秋季至1931年"一说，这样国民党的"黑暗统治"就逃不脱干系了。②但是持这一论点者并没有搞清楚，国民党北平市"党部"虽然成立于1928年6月，可它基本上是处于一种同"中央"相对抗的半独立状态，"坚持以破坏为主的国民革命理念，对国民党中央所制定的训政时期以建设为主的国民革命理念表示质疑"。即便是张群1929年担任北平"政分会"（市党部）主席，整顿党务也"颇感束手无策之"。③由于《骆驼祥子》故事叙事的时间跨度，也就只有两年时间（从祥子丢车到买车一年、从虎妞怀孕到难产又是一年），而这两年就算是1928至1929年，还是无法扯上国民党的"黑暗统治"。我个人认为，《骆驼祥子》的时代背景，其实就是文学创作的虚构性，并没有时间的具指性，我们没必要在这一方面去浪费精力。

最令我感到困惑的一点，是老舍在当时名气很大且人缘又好，为什么民国时期的社会精英们对于《骆驼祥子》都缄口不言呢？尤其是抗战时期，国民党政府主管文学艺术的，多是由郭沫若招进去的左翼人士，他们与老舍共事一处，却都对《骆驼祥子》视而不见，的确令人感到匪夷所思。我们从田仲济先生的文章中，或许能够找到一些线索。他说"《二马》《赵子曰》《老张的哲学》等我是读过的，但当时社会上流行的是另一种倾向，因而没引起我

---

① 陈永志：《〈骆驼祥子〉反映的年代新证》，载《文学评论》1980年第5期。
② 刘祥安：《〈骆驼祥子〉故事时代考》，载《中国现代文学研究丛刊》2001年第3期。
③ 杜丽红：《南京国民政府初期北平工潮与国民党的蜕变》，载《近代史研究》2016年第5期。

怎样注意，也就是我并未真正读进去，因而也就还不理解"①。田先生是左翼文艺理论家，他所说的"当时社会上流行的是另一种倾向"，无疑是指正在迅速成长的革命文学；在他看来老舍并不属于革命作家的范畴，所以虽然读过老舍的一些作品，但却因"不理解"而没有"读进去"。田仲济的话很具有代表性，只要我们读一读巴人、许杰对《骆驼祥子》的批判性解读以及看一下胡风等人对老舍的傲慢态度，《骆驼祥子》的悲剧命运也就一目了然了。民国时期，只有巴人和许杰两位思想进步的左翼人士详谈过《骆驼祥子》的成败得失，不过他们都把这部作品当做批判的靶子，给予了无情的否定。巴人在《文学初步》一书里说，老舍根本就不懂得文学典型化的真实意义，祥子只是"一个世俗的类型，不是典型"。由于"他的车夫世界，没有和其他社会作有机的联系"，故作品的环境也不"典型"。更为严重的是，"老舍对于革命的认识，也是'世俗的'，将革命者看做是'为钱出卖思想'，这正是单看现象，不明实际的'世俗看法'。这个'世俗的'看法，本质上是反动的"②。而许杰的《论〈骆驼祥子〉》，更是用了近万言的文字篇幅把《骆驼祥子》批得体无完肤。文章开篇便以讽刺的口吻将林语堂和老舍联系起来，暗喻他们两人作品之所以能够在美国流行，完全是一种卑躬屈膝、向洋人献媚的丑恶行径。他还进一步指出，祥子绝不属于工人阶级，他浑身上下都是"流氓气质"；作品对于如火如荼的革命斗争，更是缺乏正确的思想认识，根本"看不见这个社会的一线光明和出路"。由此他断言道：这就是《骆驼祥子》"被高鼻子看中的原因吧"③。胡风虽然没有公开发表过他对《骆驼祥子》的看法，但从他对老舍的那种轻蔑态度来看，《骆驼祥子》显然是不入他的批评法眼。曾有学者指出，胡风对于老舍一直都存有偏见，此说很有道理。④胡风极少谈到老舍的文学创作，在他的主观意识里，老舍本人是"旧风流"，而他的创作也是"旧传统"。比如1944年4月17日，在重庆文艺界举办的"老舍创作二十周年纪念会"上，胡风所做的发言便是居高临下的指点江山："就舍予本人说，战争以

---

① 田仲济：《回忆老舍同志》，载《新文学史料》1981年第1期。
② 巴人：《文学初步》，海燕书店1950年1月版，第168—169页。
③ 许杰：《论〈骆驼祥子〉》，载《文艺新潮》1948年第1期。
④ 吴永平：《胡风对老舍的阶段性评价》，载《新文学史料》2009年第3期。

前所走的路不仅仅是'旧风流',那里面还有着通到现在以致将来的血脉,虽然在基本态度上我们应该最大地重新强调他的为战争献身,向旧传统分离的决心"。十分明显,胡风把老舍在"中国文协"的辛勤工作,看做是他进行世界观改造的一种途径,是他表示"向旧传统分离的决心"。胡风还顺便提了一句,"单就我三四年前读过了的《骆驼祥子》说罢,如果有真实的批评家照明,新文艺传统里面失去了他就会减轻一份质量的"①。这话很是耐人寻味,《骆驼祥子》究竟是因为没有批评家的正确指导,还是因为没有批评家发现其艺术价值,才导致了"新文艺传统"的巨大损失呢?老舍当然是冰雪聪明的,他隐约地感到了自己的非党派身份在强大的革命话语面前,不可能脱离"真实的批评"的正确指导。所以到了1945年,老舍已不再说《离婚》是其最爱,而是把《骆驼祥子》标榜为自己的代表作。

现在我们终于明白了,老舍说《骆驼祥子》是他最"满意的作品",其实是有他自己想法的,因为比起《老张的哲学》等作品,《骆驼祥子》可以为革命现实主义的理论原则,提供"典型化"解读的更大空间。比如北平黑暗的社会背景,完全可以被理解为否定反动统治的典型环境;祥子苦苦挣扎的买车经历,完全可以被理解为否定个人奋斗的典型人物。尽管作者没有替祥子找到一条出路,至少在控诉旧中国把"人"变成"鬼"的这一方面,《骆驼祥子》同革命理论家的文学主张,还是能够达成思想一致性的。未曾想革命理论家却根本就不买账,追根溯源,问题就出在《骆驼祥子》的结尾处,老舍对于"革命者"阮明的形象"丑化",令革命理论家感到了愤怒和难以接受:"阮明做了官以后",觉得"不能只拿钱不做些事"。"阮明要的是群众的力量,祥子要的是更多的——像阮明那样的——享受。"故阮明为钱出卖了思想,祥子则为享受出卖了阮明。实际上,老舍如此去描写是有其历史依据的。1975年,法国老舍研究专家巴迪经过考证,发现《骆驼祥子》的故事结尾与1929年北平所发生的人力车夫"暴乱"事件有关。我也查了一下历史资料,两者间的确有着某些相似性。据《顺天时报》1929年10月24日的新闻报道,北平电车行业的快速发展导致了大量人力车夫失业。于是市总工会的部分领导人便组织万余名工

---

① 胡风:《我与老舍》,《胡风全集》第3卷,湖北人民出版社1999年版,第261页。

人"暴乱",他们"到处打砸电车,形成有组织的大规模暴动。这一行动捣毁了电车公司60辆机车中的52辆,以及43辆拖车,共计损失约40万元左右"。参与"暴乱"的工人还同军警宪兵肉搏七八小时(自下午1时至下午8时),结果被拘捕者千余人,被驱逐者800余人,被枪决者4人(外国学者的资料显示被枪毙了200多人)。①令人感到意外的是,这么大的工运事件,国共两党都只字不提;恐怕问题的关键,就在于事件组织者的政治身份,两党均不认可。故有学者感叹说,"这场不带政治色彩的北平工人阶级的经济斗争在国民党军、警的合力镇压下,十分悲惨地结束了。没有一派政治力量声称对这次工人运动负责,没有一派政治力量对这次工人运动表示支持,进步知识界也对这场运动持基本否定态度。这是令人震惊的!"②其实这并不奇怪,共产党人没有参与,他们不可能发声;而北平市党部与"中央"离心离德,也得不到南京政府的信任和支持。举一个例子,事件发生之后,北平市党部曾先后多次请求军警保护,但军政当局都借口"工会在党部指导之下"而置身度外,直到人力车夫砸毁电车形成暴动,才不得不出面去严加制止。③如果我们仔细分析一下,老舍对"革命者"阮明的讽刺挖苦,其实正是对北平市党部盲动行为的一种否定。但革命理论家却忽视了这一点,非要把北平市党部与南京政府视为一丘之貉,所以才会对《骆驼祥子》的"革命"描写大加斥责。另外,千万不要把阮明跟共产党人扯上关系,如果偏要认为"阮明告密,反映了……这个期间共产党一些人物叛变的事实(向忠发1931年6月的叛变,黄平1932年被捕叛变等)"④,那只能说明言说者缺乏必要的历史知识。

二、逐渐经典化的《骆驼祥子》

毫无疑问,由于种种历史原因,《骆驼祥子》的艺术价值,在民国时期

---

① 《市政府报告行政院滋事原因及处置》,刊于《顺天时报》1929年10月24日。
② 吴永平:《〈骆驼祥子〉:没有完成的构思——文本细读及文化社会学分析》,载《江汉论坛》2003年第11期。
③ 参见《平车夫风潮之善后》,刊于《申报》1929年10月24日。
④ 谢昭新:《关于〈骆驼祥子〉版本与年代的考证》,载《学语文》2005年第4期。

一直都没有得到应有的重视。这既是老舍的悲哀，更是中国文学的悲哀。

新中国成立以后，《骆驼祥子》伴随着重新审视中国新文学的价值和意义，逐渐地走向了它的"经典化"历程。从1950年开始，《骆驼祥子》的印刷量梯次增大，受众群体也越来越多了。据陈思广所做的数字统计，1950年至1953年，上海晨光出版公司印了16000册；1955年至1958年，人民文学出版社印了83000册。[①]但需要加以说明的是，1951年的开明书店版、1952年的晨光出版公司版到1955年人民文学出版社版的《骆驼祥子》都经过了大量的删改，其中开明书店版删掉了7万字，晨光出版公司版删去了第24节里的9个多页码的文字，人民文学出版社版也删去了大约1万多字。这一事实无疑是在告诉我们，后来"经典化"的《骆驼祥子》，不是初版本而是删改本，其原有的"经典性"已经发生了变化。有学者曾感叹说，"《骆驼祥子》的节录本和修订本都极大地破坏了初版本的语义系统，改变了其文本本性并产生了新的释义"[②]。因为无论是"节录本"还是"修订本"，都删去了结尾处的阮明一节，删去了大量对新社会"读者不宜"的语言文字，只剩下了对黑暗旧社会的强烈控诉，对底层劳动人民的无比同情。由于"删改本"《骆驼祥子》的创作主题被重新理解为"不忘旧社会的阴森可怕，才更能感到今日的幸福光明的可贵"[③]，所以才能堂而皇之地进入到由胜利者所编写的文学史中，并使其获得了现代"经典"的合法地位。

老舍自己曾说，"我对已发表过的作品是不愿再加修改的"[④]，可是在1951年作品改写的大潮面前，他绝不可能超凡脱俗、无动于衷。老舍对政治问题一向敏感，当年主持"中国文协"工作时，他就小心谨慎、如履薄冰，为了服从抗战时期的政治需要而不得不牺牲了自己的文学兴趣。他自己也曾反省过，"我们承认办事情足以妨碍工作，但不应当借口忙碌而舍弃了工作；离开文艺，我们便失去了自己的生命！……我的错误是在太好进取，而忘了慎

---

① 陈思广：《〈骆驼祥子〉的版次及其意涵》，载《出版史料》2011年第2期。
② 金宏宇：《〈骆驼祥子〉的版（文）本变异》，载《湖南文理学院学报》2006年第5期。
③ 参见老舍：《骆驼祥子·后记》，《骆驼祥子》，人民文学出版社1955年版。
④ 老舍：《我怎样写〈骆驼祥子〉》，载《青年知识》1945年第1卷第2号。

重"①。但反省归反省，该服从时还是要去服从。因为他明白，在新的国家体制下，文学必须要有正确的导向性；可他解放前的所有作品，无论怎样去提升，政治性都不强。于是他只好一面检讨说，"虽然我同情劳苦人民，敬爱他们的好品质，我可是没有给他们找到出路；他们痛苦地活着，委屈地死去。这是因为我只看见了当时社会的黑暗的一面，而没看到革命的光明，不认识革命的真理"；一面又推卸责任，"当时的图书审查制度的厉害，也使我不得不小心，不敢说穷人应该造反"。②由此可见，老舍不断地修改《骆驼祥子》，是他自我救赎的一种表现，并收到了良好的政治效果。我们可以举一个例子，1951年7月，因高校开设中国新文学课程的需要，受教育部的委托，老舍、蔡仪、王瑶、李何林四人领衔撰写《〈中国新文学史〉教学大纲》（初稿）。蔡仪、王瑶、李何林三人既是共产党员，也是无产阶级意识形态的文艺理论家或文学史家，有他们三人就足够了，为什么还要拉上一个无党派的老舍呢？如果一定要选一个新文学创作的代表性人物，郭沫若和茅盾当时都还健在，他们两人随便哪一位挂名，不是更有"史"的说服力吗？答案则应是：郭、茅二人的思想太"左"，由他们去担纲，恐怕会惹出非议。老舍就不同了，用梁实秋的话来说，"老舍对待谁都是一样的和蔼亲切，存心厚道，所以他的人缘好"③。由老舍出马，既可以摆平文坛错综复杂的人际关系，又能够彰显《中国新文学史》的客观公正性，加之有三个具体写手的保驾护航，绝不会在政治上出任何问题。老舍领衔还有一个好处，那就是新文学作家既然参与了新文学史教材的编写，就等于他们认同了意识形态对新文学性质的重新评价，教材本身也因此而获得了权威性。如果说中国新文学的经典化过程充满了政治意识形态色彩，那么作为受害者的老舍本人是否也应该去承担属于他自己的那份责任呢？

"删改本"《骆驼祥子》的经典化，首先体现为它的巨大发行量。有学者曾对建国后新文学经典的出版情况，做过一个初步的数字统计："鲁迅小

---

① 老舍：《致西南的文艺青年书》，见张桂兴：《老舍四封佚信的史料价值》，载《宁夏大学学报》1999年第1期。
② 参见老舍：《骆驼祥子·后记》，《骆驼祥子》，人民文学出版社1955年版。
③ 参见梁实秋：《忆老舍》，《梁实秋怀人丛录》，当代世界出版社2007年版。

说截至1981年为止,《呐喊》《彷徨》《故事新编》共出73版,其中《呐喊》计44版;茅盾小说到1980年为止共计48版,其中《子夜》占4版;老舍小说在1982年以前34种,共计163版,其中《骆驼祥子》达23版。"他说"令人惊奇也发人深省的是茅盾和老舍的比较:茅盾历来有着仅次鲁迅、郭沫若的崇高声誉,老舍则领受过诸多贬抑,位居茅盾、巴金之下;然而,茅盾作品的发行量却比老舍的少的多,茅盾的小说平均每种只出过15版,而老舍的则达48版,是茅盾的3倍有余,《骆驼祥子》的出版量更几乎相当于《子夜》的6倍。这有力地表明:老舍比茅盾拥有更多的接受对象,受到了读者更大的欢迎"①。可惜的是,这位学者只统计了版次数量,却没有统计发行数量,这不能不说是一种遗憾。实际上截至2016年,《骆驼祥子》的版次,已经不知道有多少版了。由于各出版社都在争相出版,而且多数又不标明印数,故《骆驼祥子》究竟印过多少本,恐怕永远是个谜了。不过,据人民文学出版社自己所做的数字统计,从1953年到2008年,他们一共印刷了约406万册;②如果1953年到2008年这55年里,每本每年只有0.1人次去阅读,其读者数量就有大约2200多万了。这一数字当然仅限于文化程度较高的知识分子,其中包括大学中文系的在读学生以及其他专业的文学爱好者。

"删改本"《骆驼祥子》的大量发行,直接推动了话剧与影视的跟进改编,这无疑又大大拓展了它在普通民众当中的影响和知名度。1957年,著名话剧导演梅阡率先将《骆驼祥子》搬上了"北京人艺"的话剧舞台。演员分A、B组,A组阵容:舒绣文饰演虎妞,李翔饰演祥子,英若诚饰演刘四爷,于是之饰演老马,童超饰演二强子。在排演之前,梅阡还带领演员到三轮车工人家中,听他们讲述旧社会的苦难经历。据历史资料统计,1957年全年"北京人艺"为首都观众演出了14个经典剧目,总共507场,其中《骆驼祥子》以72场居首。③一时间,"北京城内外几乎人人都在议论着祥子和虎妞"(见内部版《北京人艺大事记》),可见当时观众对于《骆驼祥子》的喜爱程度。话剧版

---

① 周智湘:《从接受对象看老舍创作》,载《广东社会科学》1989年第4期。
② 王海波:《谈巴金的〈家〉在人民文学出版社的出版情况——纪念〈家〉出版75周年》,见《一股奔腾的激流:巴金研究集刊卷四》,上海三联书店2009年版,第297页。
③ 韦迅:《北京人艺也不重视现代剧目》,载《中国戏剧》1958年第2期。

《骆驼祥子》，对小说做了更大的改动，集中去凸显祥子与刘四爷（工人与资本家）之间的阶级矛盾，所以刘四爷被写得特别负面，"是个封建剥削阶级的典型代表，是全剧中头号的反面人物，十足的大坏蛋。六二年第二度重排时，为了加强阶级观点，侧面补上刘四吊打车夫的内容"①。除此之外，话剧《骆驼祥子》还添加了一个具有革命倾向的人物"小顺子"，结尾处祥子没有堕落而是去找"小顺子"以"暗示他去投身革命"，②简直就是一部革命版的《骆驼祥子》。梅阡按照"以阶级斗争为纲"的改编思路，把《骆驼祥子》改得一塌糊涂，那么老舍本人对此，又是持何种态度呢？答案当然是"认同"！他不仅陪同北京的三轮车工人一起看了首场演出，"散场后，老舍执意请三轮车工人们到附近的萃华楼饭庄吃饭。'进门老舍先生就大声地要整只的红烧肘子，说吃不完可以带回家去'。"可见他的兴奋之情是溢于言表的。20世纪60年代初，《骆驼祥子》准备重新复演时，"北京人艺"还收到过退休三轮车工人杜晶锋的一封来信："我刚从报上看到，你们又要演出话剧《骆驼祥子》了，真是高兴！这出戏对大家，特别是对青年人很有教育意义。你们能把旧社会洋车夫的生活、打扮和想法活生生地搬上舞台，实在不简单。你们还得大卖力气，尽量多演呀！"③这封信无疑是对话剧《骆驼祥子》的一种鼓励，用一位演员的亲身体会来说，政治导向正确观众就一定欢迎；而所谓正确的政治导向，"就是走资本主义的道路还是走社会主义的道路，是为资本主义服务还是为社会主义服务的问题。……三轮车工人看过《骆驼祥子》，自动找我们开座谈会，深夜不散，并且像宣誓一样的道出他们永远跟着共产党走的决心"④。1982年，著名电影导演凌子风又把《骆驼祥子》拍成了电影，引起了更大的社会反响。凌子风毫不掩饰自己的改编意图，他说"我爱祥子，因此把有损于这个人物的章节删去了。比如虎妞死后，祥子到夏家拉包月，和姨太太发生了

---

① 王宏韬：《一个是一个——话剧〈骆驼祥子〉表演点评》，载《中国戏剧》1980年第7期。

② 郭踪：《〈一次成功的改编——影片〈骆驼祥子〉〉争鸣三题》，载《文谭》1983年第4期。

③ 杨庆华：《老舍曾请"祥子"观看话剧〈骆驼祥子〉首演》，刊于《北京晚报》2014年12月12日。

④ 夏淳：《从是不是倾向问题谈起》，载《戏剧报》1958年第4期。

不正当的关系,还染上脏病;甚至还有祥子为几个钱出卖过人的描写,通通去掉,保持他作为朴实的劳动者的基本有貌"①。电影《骆驼祥子》也是突出"压迫"与"爱情"两条主线,尽管斯琴高娃在片中有些"抢戏",给人的感觉好像喧宾夺主,但社会的不公与祥子的悲剧,还是交待得比较清楚的。难怪李希凡在看完电影之后,曾深有感触地评论道:"《骆驼祥子》在老舍当时的作品中,是特别深切地显示出他对下层人民的思想感情的";"那地狱般的'劳苦社会'",老舍本人体会得最深。②李希凡的这番评语,很能代表当时观众的真实感受。我个人并不想去评价话剧和电影改编的成功与否,而是要去说明这样一个问题——对于数千万没有读过小说原著的普通观众而言,这才是他们认可的《骆驼祥子》。毋庸置疑,用影像叙事去取代文字叙事,应是近几十年来,"经典"运作的主要方式之一。

然而,以话剧和影视等艺术手段去推动文学作品的"经典化",仍存在有诸多的不确定因素。比如,话剧和电影都具有极强的时效性,时代发展必然会导致审美趣味的相应变化,新的读者与观众很容易疏远或忘却过去那些"经典"。因此,必须去寻找一种行之有效的操作方法,以维持文学"经典"的世代相传性,即把少年阅读、青年教育和成年娱乐三位一体,进而强化文学"经典"的永恒价值。在这一方面,《骆驼祥子》应是一个成功的典范。早在民国时期,孙之僡便以少年儿童为阅读对象,构思了一部《骆驼祥子画传》,并在《北平日报》上连载了近三个多月(1948年10月至1949年1月)。20世纪50年代初,他又带着《画传》去拜访老舍,老舍给予了充分肯定:"祥子没毛病,虎妞很合理想,刘四爷也不错。"③《画传》共112幅页码,分为上、下两册,1951年由上海华东书店出版发行。从1951年到2016年,国内先后出版有孙之僡、冷千、于翔、陈述、吴文焕、小戈、定兴、刘凤禄等多种版本的《骆驼祥子》连环画,印刷次数也高达数十次。如果仅按1982年天津美术出版社小戈

---

① 王家龙:《凌子风漫谈〈骆驼祥子〉的改编和导演处理》,载《电影评价》1982年第12期。
② 李希凡:《略论虎妞形象的再创造——〈骆驼祥子〉观后》,载《电影艺术》1983年第1期。
③ 孙之僡、孙燕华:《骆驼祥子画传·前记》,人民文学出版社2006年版,第5页。

版的印数25万册和辽宁美术出版社陈述版的印数40万册的平均值来计算，那么在中华人民共和国成立后的55年时间里，《骆驼祥子》连环画至少发行过1000万册以上，其青少年读者的数量也是非常惊人的。浏览一下各种版本的连环画，除了孙之儁本保持了小说《骆驼祥子》的初版原貌，其它版本都尽其所能地发挥着自己的艺术想象力，把一部好好的《骆驼祥子》改编成了革命历史的教科书，读罢令人瞠目结舌。最典型的则是于翔本，不仅保留了话剧版的"小顺子"，还让他在街头讲演、高喊打倒军阀的口号，成了祥子走上反抗道路的引路人。连环画通过图像化的叙事方式，把阶级压迫与阶级斗争的政治主题推向了极致，这无疑会使孩子们在童年时代就已经知道了《骆驼祥子》"原来是如此"，而老舍本人的《骆驼祥子》却被他们遗忘了。从20世纪50年代初开始，《骆驼祥子》的节选部分还进入到了中学课堂；学生们对于《骆驼祥子》的连环画印象，也伴随着老师们的强制性阐释，转变成了一种难以磨灭的大脑记忆。比如1950年，中央人民政府出版总署在中学语文教材的"课文提示"中，就明确要求教师要通过祥子的悲惨遭遇去着重讲述劳动人民在万恶的旧社会，"在残酷的剥削和压迫下，活着的十分痛苦，死去的也十分委屈，作品暴露了旧社会的阴森可怕，同时也表现了劳动人民相互同情和友爱"。而教学实践证明，教师们都严格地执行了这一体制规范。比如，有中学教师曾表示说，他在课堂上所强调的课文重点，就是要"使同学们认识到在私有财产制度下那只限于追求个人利益的人，不仅阻碍了个人进步，也同样阻碍了社会的发展。任凭自己又多大本领，也是找不到出路的"。并让同学们去了解《骆驼祥子》的创作主题，是"批判了这种个人的盲目的不可实现的幻想，也暗示着旧社会必然要走向解放道路"[①]。1956年出版的《初级中学课本·文学》，教育部也在"教学注意事项"中明文规定，教师必须对学生交待清楚，"在节选的这一段里，虽然没有正面写到祥子怎样受阶级压迫，但是，从他不得不在烈日和暴雨下拉车这一点，可以看出他生活的艰难困苦"。并且一定要告诉学生，"在旧社会里，造成劳动人民生活困苦的，是不合理的社会制度，不是恶劣的天

[①] 史国显：《通过〈骆驼祥子〉让同学学到些什么》，载《天津教育》1951年第13期。

气"。"文革"前这种政治色彩鲜明的强制性阐释,其实到了后来也并无太大的改变。比如1980年在修订中学语文教学大纲时,仍要求"思想政治教育必须根据语文课的特点进行,必须在读写的训练中进行"。具体到《在烈日和暴雨下》,应结合作品的实际情况,对学生讲明"那是个黑暗的年代,劳动人民还在痛苦中挣扎,到处是不平事"。中学语文教材不仅对《在烈日和暴雨下》进行了主题定调,同时还对小说原文做了许多文字和句式上的人为修改,比如原文"雨点停了,黑云铺匀了满天"。而课文则改为"雨点停了,黑云铺满了满天。"又如原文"地上的水过了脚面,已经很难迈步;上面的雨直砸着他的头与背,横扫着他的脸,裹着他的裤裆"。而课文则改为"地上的水过了脚面,湿裤子裹住他的腿,上面的雨直砸着他的头与背,横扫着他的脸"①。我真不知道那些敢于去修改原文的人是怎么想的,但至少他们修改后的文字或语句,不但没有显示出他们的高明之处,相反却让人真正理解了老舍为什么是语言大师。

从连环画到话剧再到影视,这是《骆驼祥子》在普通读者心目中的"经典化"过程;从连环画到中学教材再到大学教材,这是《骆驼祥子》在精英读者心目中的"经典化"过程。两者之间看似不同,但在"经典"的认同方面,却有着极其相似之处——他们对于所谓"经典",最初并没有统一的辨认标准,然而经过连续不断的强制性阐释,却达成了完全一致的思想共识。尤其是精英化的大学教育,由于意识形态的主导性作用,中国现代文学史教材对于《骆驼祥子》都做了近乎一致的主观描述。比如王瑶的《中国新文学史稿》,便将老舍的创作动机直接定性为"通过祥子的悲剧,作者深刻地揭露了那个社会的罪恶,这就使这部作品具有强烈的批判精神"②。即便是到了20世纪80年代后期,他仍然坚持这种看法绝不动摇:"老舍先生在描绘下层人民的命运时,是浸注了他的全部感情的;从某种意义讲,也就是在写他自己。用作者的话说,就是'同病相怜'……老舍先生和他的祥子……为着不能掌握自己的命

---

① 本文关于《骆驼祥子》中学教育部分的文献资料,主要是参考华中师范大学2010级研究生雷圣艳的硕士论文。

② 王瑶:《中国新文学史稿》,上海文艺出版社1982年版,第270—271页。

运，发出了同样的充满惶惑、愤激的声音。"①大学期间的思想训练，必定又会使学生们将这种观念传承下去，只要我们去看一看当下青年学子对于《骆驼祥子》的最新评价，那才真正是让人感到无话可说："20世纪二三十年代，当许多人翘首企盼现代文明之时，老舍已经预见了资本主义所将带来的社会问题和灾难，他站在更高的人道主义立场上揭露现代都市的阴暗面、资本主义的社会弊病以及文明进步的负面作用，为沉浸在现代神话中的人们敲响警钟，也为被侮辱被损害者掬一杯同情的泪水。这便是《骆驼祥子》的文化意义。"②我们必须清醒地意识到：绝大多数中文系的毕业生都将走上中学语文教育的课堂讲台，故他们仍用政治思维去诠释《骆驼祥子》，怎能不令人对"经典"的异化而感到担忧呢？

南帆在谈到文学经典的形成机制时，曾一语道破天机：如果"没有教科书、文学史或者批评家的青睐，流传或者阐释几乎是一句空话。……换言之，文学经典的标志不是保存于文本内部，而是显现于文本的外部位置———即一部文学作品在文化场域之中赢得的位置"③。《骆驼祥子》的经典化过程，恰恰就是一个极好的例证。

结语：新文学经典化的历史启示

《骆驼祥子》的经典化过程，绝不是一种孤立不群的个例现象，而是中国现代文学经典化的历史缩影。其实无论是《狂人日记》《子夜》还是《家》《雷雨》，其经典性的最终确立都与这一运作模式有关。杜卫·佛克马曾说，"所有的经典都由一组知名的文本构成———一些在一个机构或者一群有影响的个人支持下而选出的文本。这些文本的选择是建立在由特定的世界观、哲学观

---

① 王瑶：《老舍对现代文学的贡献》，载《社会科学辑刊》1987年第1期。
② 林朝霞：《从〈骆驼祥子〉看老舍批判资本主义的文化意义》，载《文艺理论与批评》2008年第5期。
③ 南帆：《文学经典、审美与文化权力博弈》，载《学术月刊》2012年第1期。

和社会政治实践而产生的未必言明的评价标准的基础上的"①。既然"经典"的产生受制于"世界观、哲学观和社会政治实践",那么它的外部价值,就一定会大于其内部价值。如此一来,"经典"自身的文学意义被忽略,也几乎成为了中国现代文学的一种常态。

我们不妨以鲁迅的《狂人日记》为例,去简要说明一下现代文学经典的"去文学化"过程。1918年5月,《新青年》杂志发表了《狂人日记》,中国新文学才算真正开始运行,因为是它让中国文学有了足以堪称"现代"的骄傲资本。近十几年来,那些把中国新文学的历史源头追溯到晚清甚至于晚明的做法,完全是哗众取宠的无稽之谈。我个人认为,当今的学界,都人为地回避了这样一个命题,即:究竟是鲁迅拯救了《新青年》,还是《新青年》拯救了鲁迅?研究者往往认为是后者。他们全部的理由,不外乎是鲁迅在《呐喊》自序里,早已有过明确的说明。其实,把鲁迅的自谦之词,当做是历史事实,这本身就不是一种严肃的治学态度。重读《新青年》杂志1918年第4卷第5号,有一个非常奇特的现象,应引起我们的密切关注。在这一期杂志的整体格局中,无论是语言风格还是思想倾向,《狂人日记》都明显与众不同——当胡适等人还在那里大谈什么是白话文时,《狂人日记》则不露声色地完成了汉语写作的现代转型——简洁而流畅的文字,自由而随意的句式,去除了白话口语中的"俗"性杂质,与其他文章的文字风格形成了鲜明的对照;当胡适等人还在那里介绍小说创作技巧时,《狂人日记》却悄无声息地给出了新文学的成熟范本——象征与意识流手法的大胆运用,使几千年来的中国古典文学,实现了一种大跨度的历史超越,即便把《狂人日记》放在现在的中国文坛,也是当之无愧的"先锋小说";当吴虞等人在那里奋臂高喊打倒"孔家店"时,《狂人日记》也含蓄婉转地表达了它批判理性的深度思考——一个问号(?)和一个省略号(……),从文化基因的遗传性出发,否定了"救救孩子"的可能性,进而对于《新青年》反传统的非理性情绪发出了强烈的质疑之声。我敢大胆断言,如果没有《狂人日记》给《新青年》增色以及它对社会所产生的轰

---

① 杜卫·佛克马:《所有的经典都是平等的,但有一些比其它更平等》,见《文学经典的建构、解构和重构》,北京大学出版社2007年版,第18页。

动效应，《新青年》又怎么能够借助文学，去扩大它自己的影响力呢？我们千万不要忘记，1918年初，《新青年》正面临着发行上的巨大困境，"以不能广行，书肆拟中止；独秀辈与之交涉，已允续刊"。①发行量的低下，表明社会并不认同它的启蒙主张，要不是鲁迅的小说和杂感及时介入，《新青年》的结局还不知道会是怎样的呢。当今学界认定《狂人日记》的经典地位，实际上仍是在认同它思想启蒙的社会价值，很少有人从文学审美的切入角度，去全面理解这部作品的经典意义。即便是谈到象征主义或意识流，最后还是要归结为思想上的启蒙主义。这显然是很不公平的。巴金《家》的经典性塑造，流程也是如此。说实话，《家》写得非常一般，语言拉杂、情节散漫，很难抓牢读者的眼球；同后期的《寒夜》相比较，无论是思想内涵还是可阅读性，两者根本就不是一个档次。若按审美标准去评判，《家》根本就达不到文学经典的艺术水准。然而，学界仍旧是以启蒙话语找到了为《家》树碑立传的充足理由：研究者之所以看重《家》，不是看中了它的艺术价值，而是看中了它"反传统"的强大冲击力。但高觉慧的反抗与叛逆，其主要原因还是一种青春期的心理问题，而不是文化学或社会学问题；仅仅是形而上学地去大谈其反封建的思想意义，那么我们又该怎样去理解巴金借曾树生之口，去呼唤"家"的温暖呢？

其实，中国现代文学的经典化问题，关系到一个现实主义的典型化问题。经典化必须与典型化同构，这是近百年来中国文学批评的理论基础。典型化表面观之是来自于西方的文学观念，但说穿了它就是中国经世致用文化传统的现代演绎。中国古代并没有"文学"这一概念，而是以"文章"代之；直到中古时期，"文学"才和"文章"分家。但文学"独立"以后，却始终都难以走出"文章"的阴影；故"经国之大业、不朽之盛事"也一直都是中国文学的使命意识。新文学推崇现实主义，其实推崇的是"现实"而非"主义"；由于"现实"与"务实"的词义相通性，因此又回到了以前"文"的范畴。现实主义的核心因素，是"反映论"与"典型论"。"反映"是世界观，"典型"是方法论，"典型"只有服务于"反映"，才能体现出它的"有用性"价值。在

---

① 鲁迅：《致许寿裳》，《鲁迅全集》第11卷，人民文学出版社1981年版，第345页。

中国现代文学的具体实践中,"有用性"几乎就是衡量文学"经典"的唯一标准。比如,《子夜》可以成为"经典"《边城》却不行,原因就在于《子夜》"反映"了中国革命的历史大趋势,而《边城》则脱离了现实社会的"典型"环境;《阿Q正传》可以成为"经典"《死水微澜》却不行,原因也是阿Q代表着国民的劣根性,而罗歪嘴与蔡大嫂等都不具有"典型"人物的辐射作用。"反映论"与"典型论"最大的理论缺陷,是文学应该如何去正确地"反映"生活,完全取决于体制内批评家的主观意志;"反映"一旦被限制在"实用"与"功利"的狭小领域,文学创作也会因外界因素的强劲干预失去了它灵活自由的生命活力。"典型"的概念更是值得商榷,"杂取种种,合成一个",然后便希望将其放诸四海而皆准,这是一种不切实际的理论空想。就拿阿Q来说吧,他是鲁迅杂取合成的一个艺术形象,似乎每个中国人都能从他身上发现自己人格的某些弱点;阿Q性格可以从中国人的身上抽象出来,却不能整体性地被置放回现实生活当中去——如果真被置放了回去,他也只能是一种"个例",而不是什么"典型"了,因为没有一个中国人会承认,他自己就是阿Q。这充分证明了一个事实:"典型"只具有文学审美的观赏性,但却不具有现实生活的验证性;若想把文学审美的观赏性转换成改造社会的实用性,那么文学也就不再是文学了。阿Q的命运是如此,祥子的命运也是如此。

老舍20世纪30年代在青岛大学教书时,曾以一个作家的身份,谈了他对当时文学批评的几点看法:一、批评应以作品文本为主,而不是凭空想象或意气用事,"指点毛病是很容易的事,越是没有经验的人越敢下断语,这在事实上确是如此";二、批评应表现出热爱文学的生命热情,而不能将其变成一种理论的游戏,"对它有友谊的喜爱,而后才能欣赏";三、一部作品的好坏,话语权在作家而不是批评家,"艺术家自己明白自家艺术的底细,自然,他假如乐意,会写出最有价值的批评来,因为他是内行";四、创作与批评,属于两种不同的思维方式,"创作家的自傲,与批评者的示威,往往是不易调处的"。老舍的这番话,虽然表达了他对批评的诸多不满,但他却并没有否定批评的存在价值,在他本人看来,只有具备了"天才,审美心,训练,知识,公平，精细，忍耐，同情，真诚……这么些个条件才能作成个批评家"①。如果按照老舍制定的这一标准，不要说是过去，即便是现在，又有多少批评家是合格的呢？答案恐怕并不是很乐观。

（原文刊发于《东吴学术》2018年第1期）

---

① 老舍：《文学的批评》，载《中国现代文学研究丛刊》1983年第4期。

第十二章　《呼兰河传》与萧红的生命绝唱

　　《呼兰河传》是萧红在读者当中最有影响力的一部代表性作品。然而近些年来，伴随着"萧红热"的不断升温，有关《呼兰河传》的"经典"性问题，学界内部也一直争论不休。肯定者如孟悦、戴锦华等人认为，《呼兰河传》是萧红"以自己女性的目光一次次透视历史，之后，终于同鲁迅站在同一地平线上，达到了同一种对历史、对文明、对国民灵魂的过去、现在、未来的大彻悟"。与之相辅相成的是，作品文本所呈现出的"夺人心魄的美——那种如风土画、如诗如谣的叙事风格"，更是足以使其成为"经典"而不容置疑。①反对者如王彬彬等人则驳斥说，"孟、戴两位极力拔高萧红的文学价值，自然让许多人相信萧红真是杰出的作家"。但"在文学创作上，萧红始终是没有真正成熟的……《呼兰河传》比起《生死场》，成熟得多，但仍然有着明显的稚拙。"在他看来，"《呼兰河传》是有缺憾的。这种缺憾仍然体现为艺术上的不无拙涩。其实，《呼兰河传》仍给人以'略图'和草稿的感觉"。故将其视为"文学经典"，显然有点牵强附会、名不副实。②

　　《呼兰河传》究竟是不是一部"文学经典"？学界的争论固然具有理论上的指导意义，但主要还是看读者和市场对它的认同感如何。作为我个人而言，通过《呼兰河传》去读懂萧红的内心世界，要比关注它的"经典"性问题更为迫切；因为自从这部作品问世以来，学界一方面赞美其如诗如画的抒情风格，另一方面又质疑其"苦闷"与"消极"的颓唐情绪。比如茅盾在《呼兰河传·序》中就曾直言不讳明确地指出："作者所写的人物都缺乏积极性……在

---

　　① 孟悦、戴锦华：《浮出历史地表——现代妇女文学研究》，中国人民大学出版社2004年版，第190—191页。

　　② 王彬彬：《关于萧红的评价问题》，载《中国现代文学研究丛刊》2011年第8期。

这里，我们看不见封建的剥削和压迫，也看不见日本帝国主义那种血腥的侵略。"茅盾认为《呼兰河传》之所以会出现这种致命的"思想的弱点"，应是萧红脱离伟大的革命时代和脱离"农工劳苦大众"的必然结果。①胡风的观点大致相同，他非常不理解萧红"为什么要离开当时抗日的大后方？她为什么要离开这儿许多熟悉的朋友和人民群众，而到一个她不熟悉的、陌生的、言语不通的地方去"。胡风认为，正是由于萧红脱离了人民大众和革命群体，"她就和内地远离了"，因此他闭口不谈《呼兰河传》。②萧红在生命的最后时刻，很反感胡风等人对她的误解，她曾写信对朋友说："想当年胡兄也受到过人家的辱陷，那时是还活着的周先生把那辱陷者给击退了。现在事情也不过三五年，他就出来用同样的手段对待他的同伙了。呜呼哀哉！"③由此我们可以解开一个谜团，萧红重病期间，除了柳亚子先生等少数名流对她表示关切并施以援手之外，茅盾与胡风等萧红曾经的朋友或战友虽然也人在香港，却都形同路人、不闻不问，④原因无非是萧红"远离"了他们，而不是他们"远离"了萧红。难怪萧红会在诗中写道："从前是和孤独来斗争/而现在是体验着这孤独/一样的孤独/两样的滋味。"（《沙粒》之七）萧红为何会感叹"一样的孤独/两样的滋味"？恐怕答案还是在她的诗句里："什么是痛苦/说不出的痛苦最痛苦。"（《沙粒》之三十四）尽管现在的学术界已经将《呼兰河传》中的"孤独"与"痛苦"重新释义为"是以生命为核心，质疑历史、文明与人生、人性"，并使其具有了"伦理诗学的独特情感矢量"⑤以及"哲学和美学意

---

① 茅盾：《呼兰河传·序》，见《萧红全集》（下），哈尔滨出版社1991年版，第705—706页。
② 胡风：《悼萧红》，《百年诞辰忆萧红》，北方文艺出版社2011年版，第340页。
③ 萧红：《萧红全集》（下），北方文艺出版社2011年版，第1310页。
④ 钟桂松在《茅盾与萧红》一文中，曾说1941年茅盾到香港以后，"美国女作家史沫特莱偕早于茅盾而来港的萧红突然来到茅盾住处——几位挚友相见，便纵谈时事，议论形势战局。"（见《百年诞辰忆萧红》第122页），然而，这段文字记载是不准确的。因为无论是端木蕻良还是骆宾基，他们在回忆萧红的香港生活时，都没有谈到萧红与茅盾或胡风见过面，更没有谈到在萧红病重期间，茅盾与胡风去探望过她。见茅盾只是端木蕻良一个人去的，此事可参见《百年诞辰忆萧红》第281页钟耀群的《端木与萧红》一文。
⑤ 季红真：《永不陨落的文学星辰——萧红文学创作综论》，载《山东师范大学学报》2012年第4期。

蕴"上的"普遍意义"与"审美效果";①但是这种对于《呼兰河传》现代版的强制阐释,貌似坚持真理且又拨乱反正,却从一个极端走向了另一个极端,同样背离了萧红本人的创作意图和作品文本的客观实际。《呼兰河传》所要讲述的故事,其实就是一个灵魂漂泊者的思乡情怀;渴望"回家"却又有家难回的矛盾纠葛,才是萧红"孤独"和"痛苦"的真正原因。

一、时间的定格——刻骨铭心的小城记忆

我用"时间的定格"这一概念去诠释《呼兰河传》的创作意图,无非就是要去说明萧红在预感到死亡来临之际,"小城记忆"所给予她精神世界上的巨大支撑作用。虽然萧红的小说大多都是以黑土地文化为叙事背景的,但是《呼兰河传》对于小城呼兰细致入微的追忆性描写,早已消解了作者先前那种乡土批判的启蒙热情,而变成了对故乡文化的理解宽容与情感认同。小说的第一章和第二章,作者用了洋洋数万言描写小城呼兰的自然景观与风俗民情,记忆精确之程度令人感到震撼,足以证明萧红虽然身陷香港,却执意要将自己的灵魂融入故乡,以实现其生前无法"回家"的人生遗憾。

《呼兰河传》的艺术形式,无疑是属于一种"自传体记忆"小说。"自传体记忆"是一个心理学术语,意指"关于个人所经历的生活事件的记忆。"由于"自传体记忆"中包含了大量"个人生活的情景记忆",故"自传体记忆为自我的建立提供了基础,并维持着自我的连续感",同时还会"影响着已经形成的自我"。②萧红在《呼兰河传》中的"自传体记忆",既包括她童年时代的"碎片"记忆,也包括她成年时代的"经验"记忆;由于"经验"记忆的准确度极高,故它对"自我"成长的人生历程,具有不可忽视的潜在影响。如《呼兰河传》开篇写道:"呼兰河就是这样的小城,这小城并不怎样繁华,只有两条大街,一条从南到北,一条从东到西,而最有名的算是十字街了……大概五六里长。"这与20世纪30年代版《呼兰县志》里的描述,是完全一致的,

---

① 赵德鸿、张冬梅:《萧红〈呼兰河传〉的文化阐释》,载《学术交流》2007年第5期。
② 杨红升:《自传体记忆研究的若干新进展》,载《北京大学学报》2004年第6期。

城"中为十字大街,南北长五里又二分里之一"。①不仅如此,萧红记忆中的呼兰街市,也都能够得到历史资料的直接印证。比如:

> 十字街上有金银首饰店、布庄、油盐店、茶庄、药店,也有拔牙的洋医生。那医生的门前,挂着很大的招牌,那招牌上画着特别大的有量米的斗那么大的一排牙齿。这广告在这小城里边无乃太不相当,使人们看了竟不知道那是什么东西,因为油店、布店和盐店,他们都没有什么广告,也不过是盐店门前写个"盐"字,布店门前挂了两张怕是自古亦有之的两张布幌子。其余的如药店的招牌,也不过是:把那戴着花镜的伸出手去在小枕头上号着妇女们的脉管的医生的名字挂在门外就是了。

目前已有学者对呼兰街市的店铺"幌子",做过十分详细的考证研究,与萧红的记忆高度吻合。其中"镶牙铺的门前挂着的幌子是用一块木板制作的人的牙床模型,在上面画着一个大牙床。模型高40厘米,宽60厘米"。②同萧红说的一模一样。萧红是20岁时离开呼兰小城的,20岁的记忆已不再是"碎片化"了;成年生活的经验记忆,才是她创作《呼兰河传》的精神源泉。所以,我不赞成学界把《呼兰河传》看成是萧红以"童年视角"去讲述她记忆中的小城故事,这显然是一种违背科学定律的主观臆断。但有一点却是值得肯定的,即萧红背井离乡十年之后,她还能精准地回忆起小城街市的细微末节,可见故乡记忆对于萧红"已经形成的自我",始终都存在着一种强大的内在影响力。

《呼兰河传》里的"自传体记忆",明显带有作者本人魂归故里的复杂心情。只要我们稍加关注便能发现,"生"与"死"的对话模式是《呼兰河传》在第一章中就已经设计好了的审美基调。曾有学者认为,"死亡一开始就是萧红写作的重要母题,和生殖一起反复变奏,驱动着她艺术思维的内在

---

① 廖飞鹏编:《中国地方志集成·民国呼兰县志》,凤凰出版社2006年影印版,第78页。
② 王连喜、彭德:《30年代呼兰店铺的幌子》,载《北方文物》2000年第4期。

情绪。"这话本来是不错的，但是如果一定要将《呼兰河传》的"死亡"母题同"阶级意识、民族意识、文明意识和性别意识"捆绑在一起，①那就真是有点微言大义了。第一章的前五节，几乎都是死亡叙事；死亡叙事与"自传体记忆"相结合，又是为了去表现呼兰人的自然天命观：东二街上那个大泥坑，"淹死过小猪，用泥浆闷死过狗，闷死过猫，鸡和鸭也常常死在这泥坑里边"，人们早已习以为常了，没有一个人想过要去把它填平；王寡妇的独子掉进河里淹死了，然而"哭过了之后，她还是平平静静地活着"，照样去大街上卖豆芽；染缸里淹死过伙计，但"那淹死人的大缸也许至今还在那儿使用着。从那染缸房发卖出来的布匹，仍旧是远近的乡镇都流通着。"萧红之所以要如此描写，无非是在告诉读者，在小城呼兰，生活本身就是这样的平淡无奇，"生、老、病、死，都没有什么表示。生了就任其自然的长去；长大就长大，长不大也就算了。"人死"埋了之后，那活着的仍旧得回家照旧地过着日子。该吃饭，吃饭。该睡觉，睡觉"。仿佛什么也没有发生过似的。在萧红本人看来，呼兰人把生死之事看得很淡，"人活着是为吃饭穿衣"，人死了灵魂到了阴间，"凡好的一律都有，坏的不必有。"既然呼兰人已经看淡了生死，那么他们也就变得不再惧怕死亡，更没有怨天尤人的悲悯或痛感。不过，有一个问题我曾百思不得其解，呼兰小城可供回忆的场景众多，萧红为什么却偏偏钟情于为常人所忌讳的"扎彩铺"，而且还写得精彩纷呈美不胜收呢？从死亡叙事的角度出发，我终于明白了萧红内心世界的真正诉求：纸做的院房，贴着"金色的琉璃瓦"；厨房里的厨子头戴白帽身扎白裙，"比真的厨子真是干净到一千倍"；纸糊的阿拉伯马，特别高大且英姿挺立；"丫鬟、使女、车夫、马童"等，琳琅满目、应有尽有。虽然这一切，都属于悄无声息的阴间世界，可是在萧红的眼里，却"真是万分的好看"。我总觉得这些羡慕与赞誉之词，其背后隐藏着萧红本人的某种期待，因为她知道自己的病体已无药可救，人归故乡恐怕是难以实现，所以可怜的萧红，只能遥想着记忆中的"扎彩铺"，并给予未来的死亡一个美丽的想象，以完成她"魂归故里"的最后愿望。这一奇特

---

① 季红真：《永不陨落的文学星辰——萧红文学创作综论》，载《山东师范大学学报》2012年第4期。

的艺术构思是十分耐人寻味的。众所周知,萧红受鲁迅的影响很深,而这段文字描写,就很有点《女吊》的味道。鲁迅在辞世的前一个月,曾写下《女吊》一文,说他尽管看过许多地方的"女吊"戏,然而"不是我袒护故乡,我以为还是没有(故乡的)好",尤其是那个身穿红衣的"女吊",也装扮得"比别的一切鬼魂更美"。①鲁迅为什么会写《女吊》?我们已经不可得而知。我个人曾做过这样一种推论:"也许是冥冥之中,他已预感到了大限将至,意识到突然降临的红衣'女吊',就是来带他魂归故里的引路使者"。②如果这种推论能够成立的话,那么"扎彩铺"的强烈诱惑,同样也是萧红本人"魂归"意象的生动写照。

《呼兰河传》的第二章,几乎全部都是描写呼兰小城的风俗人情,故蒋锡金先生认为,《呼兰河传》"着力刻画了的,是故乡的风俗画"③。所谓"风俗",是指特定区域与特定人群在历史中沿革下来的生活习惯的总和。"风俗"既是民族传统文化的核心因素,同时也是区域文化的重要标志,因为每一个人"从他出生之时起,他生于其中的风俗就在塑造着他的经验与行为"④。萧红生长在呼兰河畔,那么黑土地风俗文化自然也塑造了她的"经验与行为"。换言之,萧红是带着呼兰河赋予她的"经验与行为"离开故乡的,故她不可能切断或清除这种"经验与行为"对她的深刻影响。因此,在《呼兰河传》的第二章里,"跳大神""放河灯""野台子戏""四月十八娘娘庙大会"等民俗文化活动,不仅被作者描写得绘声绘色、别有一番情趣,并且还构成了萧红认知社会、理解人生和敬畏天命的原始"经验"。我们注意到,萧红在其讲述民俗风情故事时,文化的认同感明显要大于批判意识,这与她"魂归故里"的愿望诉求,有着不可分割的必然联系。比如,"跳大神"是因为"大神是会治病的","那鼓声就好像故意招惹那般不幸的人,打得有急有慢,好

---

① 鲁迅:《鲁迅全集》第6卷,人民文学出版社1981年版,第614—618页。
② 可参见拙作:《"鲁镇"意象:一个破解鲁迅思想的重要符号》,载《山东社会科学》2017年第9期。
③ 蒋锡金:《萧红和她的〈呼兰河传〉》,见《百年诞辰忆萧红》,北方文艺出版社2011年版,第112—113页。
④ 露丝·本尼迪克:《文化模式》,华夏出版社1987年版,第2页。

像一个迷路的人在夜里诉说着他的迷惘,又好像不幸的老人在回想着他幸福的短短的幼年。又好像慈爱的母亲送着她的儿子远行。又好像是生离死别,万分地难舍"。而"七月十五日是个鬼节",人们"放河灯",是为了给地狱中的冤魂野鬼托生去照明引路,"所以放河灯这件事情是件善举"。尤其是"盂兰会"的"放河灯",孩子们"拍手叫绝,跳脚欢迎。大人则都看出了神了,一声不响,陶醉在灯光河色之中"。这段描写,怎么看都有鲁迅《五猖会》和《无常》的影子。《呼兰河传》的风俗叙事,充满着虔诚与敬畏之意,即便是对于亡灵的祭奠仪式都描写得美轮美奂、亲切感人。我个人始终认为,《呼兰河传》的风俗叙事,其主旨并非是萧红与社会或历史对话的一种方式,而是她本人借助于乡俗文化去实现其"魂归故里"的意愿表达。理由十分简单,黑土地上的民俗文化,丰姿多彩不胜枚举,像"二人转""大秧歌"等民间艺术形式,其实更具有东北区域文化的地方特色,可为什么《呼兰河传》却闭口不谈呢?也许,只有萧红本人能够回答这一问题。她说自己所描写的"这些盛举,都是为鬼而做的,并非为人而做的","只是跳秧歌,是为活人而不是为鬼预备的"。放着"为活人"的"跳秧歌"不写,而专去写"为鬼而做"的那些"盛举",所反映的恰恰是萧红与死亡对话的一种心态。"我将与蓝天碧水永处",这是萧红临终前的一句遗言。肉体的消亡意味着灵魂的升天,她不想成为孤魂野鬼漂浮于空中,而是渴望故乡的"鼓声"和"河灯"能够把她的灵魂引上"回家"之路。因此,从故乡"为鬼而做"的空前"盛举"中,她既看到了自己的生命归宿,又看到了灵魂的再生希望,这才是《呼兰河传》风俗叙事的真正意图。

《呼兰河传》的"自传体记忆"不是全景式的整体关照,而是一种有选择的记忆攫取,这一点在作品中表现得十分明显。据20世纪30年代版《呼兰县志》记载,呼兰镇上有寺庙、道观、清真寺、天主教堂、公园等众多的人文景观,还有不计其数的民俗文化、风土人情,可《呼兰河传》却只写"死亡"的"大坑"与"鬼节"的"盛举",这种残缺不全的"自传体记忆",显然是一种萧红有意为之的表达方式:即描写死亡,是为了要超越肉体;描写"鬼节",是渴望灵魂的再生。诚如马尔库塞所言那样,"人类生存在任何时候都是一个由人自由设计、自由展开的、尚待完成的'构想'。或者说,人的生存就是他自身的基本构想"。①对于人生不如意的萧红来说，曾经设计的人生构想并没有实现，"'长大'是'长大'了，而没有'好'"②。那么她重新选择的人生构想，无疑就是去面对"死亡"，并通过"鬼节"的招魂仪式，使自己在故乡的土地上，寻找到"再生"之希望。如果说《生死场》所表现的是"生的坚强"与"死的挣扎"，那么我宁愿相信《呼兰河传》所表现的是"生的挣扎"和"死的坚强"，因为《呼兰河传》其本身就呈现出一种"自悼文"的浓重意味，故"来世"说在萧红笔下也因乡俗叙事而具有了一种重塑自我的经验意义。

二、思想的沉淀——回归理性的故乡叙事

萧红创作《呼兰河传》时，早已度过了她的青春叛逆期，经过坎坷人生的思想沉淀，她对故乡的认识也更加趋于理性。严格地说起来，除了"祖父"之外，《呼兰河传》只描写了三个主要人物：小团圆、有二伯和冯歪嘴子。而这三个人物都属于社会下层，故有学者便言辞凿凿地认为，《呼兰河传》"以'五四'新文化为坐标，对民间思想进行了深入的辨析，在批判的认同中完成精神的自我确立"，并去同情"那些被命运挤到边缘的文化弃儿"③。从启蒙思维或女性视角去解读《呼兰河传》，人们无疑都会找到验证自己判断的诸多证据；然而《呼兰河传》故乡叙事的"民间"意义，恐怕至今仍未被研究者所真正理解。萧红自己就曾说过，"我开始也悲悯我的人物，他们都是自然的奴隶，一切主子的奴隶。但写来写去，我的感觉变了。我觉得我不配悲悯他们，恐怕他们倒应该悲悯我咧！悲悯只能从上到下，不能从下到上，也不能施之于同辈之间。我的人物比我高"④。这倒并不是萧红的谦虚或揶揄，一个没有绅

---

① 马尔库塞：《现代文明与人的困境——马尔库塞文集》，上海三联书店1989年版，第12页。
② 萧红：《萧红全集》（下），北方文艺出版社2011年版，第1044页。
③ 季红真：《萧红小说的文化信仰与泛文本的知识谱系》，载《中国现代文学研究丛刊》2011年第6期。
④ 参见聂绀弩：《回忆我与萧红的一次谈话》，见《高山仰止》，人民文学出版社1984年版。

士人物的底层世界,既是真实生活的原初形态,更是她想要摆脱"孤独"的唯一办法——尤其是当过去的"朋友们"误解了她,"被自己的狭小的私生活的圈子所束缚,和广阔的进行着生死搏斗的大天地完全隔绝了"①,萧红清醒地意识到,她已经被社会精英阶层所抛弃了,能够对她怜悯与宽容的人,也只能是呼兰小城的父老乡亲了。"我的人物比我高",表明萧红对于"下等人"的生活经验,开始有了重新的认识:他们经历了太多苦难的打击与磨练,早已形成了一种应对自然和社会的平和心态;他们坦然去面对一切困境的健康心理,是知识阶层所不具备的精神素质。因此认同故乡"下等人"的生存经验,这是萧红受鲁迅影响的又一表现。②

小团圆的悲惨故事,历来都是萧红研究中不可逾越的一道障碍,人们一直都认为,小团圆"仅仅因为发育早、走路快、吃得多和不害羞,而无意识地触犯了千百年来文化禁忌的天条,而被虐待致死,而且是当众赤身裸体地用开水烫",她的悲剧实际上就是中国女性受迫害的一个缩影。③因此,通过小团圆的悲剧,"萧红从女性立场和女性意识出发,以强烈的女性觉醒意识关注和揭示女性个人和群体的苦难命运,向读者展示了一幅幅女性苦难生存的现实图画,表达了她对可怜可悲的女性人生命运的深切体验和对造成女性苦难命运背后潜在的巨大社会毒害力量的批判"④。我个人也曾非常赞同这种说法,并且还口诛笔伐过封建传统文化对于女性身心的摧残与虐杀。但是重读《呼兰河传》以后,我的思想发生了巨大变化。单一性地看待小团圆的悲剧的确令人感到有些毛骨悚然,"大缸里满是热水,是滚热的热水",小团圆"在大缸里边,叫着、跳着,好像她要逃命似的狂喊"。我们当然可以把小团圆的死,理

---

① 茅盾:《呼兰河传·序》,《萧红全集》(下),哈尔滨出版社1991年版,第705页。

② 鲁迅在《无常》一文中,明确地表示了他认同故乡"下等人"的生存经验,而对"正人君子"的奇妙高论却嗤之以鼻。关于这一问题的解读,可参见拙作《百年新文学的"新"之释义》,载《中国社会科学》2016年第12期。

③ 季红真:《永不陨落的文学星辰——萧红文学创作综论》,载《山东师范大学学报》2012年第4期。

④ 赵德鸿、张冬梅:《萧红〈呼兰河传〉的文化阐释》,载《学术交流》2007年第5期。

解为"儒家妇道、萨满巫术、道家妖言、与江湖野郎中等混融一体的愚昧信仰，民族政治迫害的集体无意识场景，以多种意识形态的邪恶力量呈现"。① 但小团圆悲剧的真正原因，则是个人与"规矩"之间的矛盾冲突；而这种"规矩"的构成因素，也未必就是男尊女卑的儒家观念（"祖父"作为儒学的代表性人物，他对小团圆的同情就很能说明问题）。毫无疑问，"规矩"就是一种传统，是民间文化的约定俗成，它对人们的社会行为起着非常重要的制约作用。小团圆的悲剧，是她不懂"规矩"的悲剧。一进入呼兰镇，周三奶奶便嘲讽她，"见人一点也不知道羞"。而杨老太太也附和说，"那才不怕羞呢！头一天来到婆家，吃饭就吃三碗。"小团圆不懂呼兰人的"规矩"，这并不是她的过错；婆婆教训她要守"规矩"，其本身也没有过错。正是因为如此，萧红才没有像学界那样，对小团圆的婆婆去兴师问罪，反倒是替她一再地开脱："她一生没有做过恶事，面软、心慈，凡事都是自己吃亏，让着别人。虽然没有吃斋念佛，但是初一十五的素口也自幼就吃着。虽然不怎样拜庙烧香，但四月十八的庙会，也没有拉下过。"不仅如此，萧红还告诉读者，为了给小团圆治病，她从和尚那里求签消灾，请大神到家里作法驱鬼，先后花了五千吊大钱，几乎到了倾家荡产的地步。另外，第五章共有两万多字，描写小团圆"受难"，只不过两千多字，其他都是在描写一个穷婆婆，持家生活的不容易，这种轻重有别的艺术构思，也能说明作者的主观倾向性。小团圆最终还是死了，呼兰人不仅很快把她遗忘了，就连老胡家也"不大被人记得了"，唯独"规矩"却永恒地存在。在萧红本人看来，"规矩"既是呼兰人的天命观，也是呼兰人的生存法则，没有"规矩"不成方圆，这是她一生中最为深刻的经验教训。因为萧红当年曾是呼兰"规矩"的叛逆者，但叛逆却并没有使她获得自由和幸福，相反倒是在情感一再受伤的孤独寂寞中，发现了自己"灵魂的偏缺"。（《沙粒·十九》）所以，她没有把小团圆的悲剧提升到文化批判的高度去加以认识，与其说是一种精神意志的衰退，还不如说是一种大彻大悟：小团圆因不懂"规矩"而死，的确是死得有点冤枉；可"我"是在"规矩"里长

---

① 季红真：《萧红小说的文化信仰与泛文本的知识谱系》，载《中国现代文学研究丛刊》2011年第6期。

大的,最终竟因拒绝"规矩"而无家可归。等她想明白了这一切,却发现为时已晚;故萧红除了感叹,还有自我救赎——想要"魂归故里",就必须去认同故乡的"规矩",否则她将永远会被排除在族群文化之外,成为一个四处漂泊的无根之萍。

有二伯是《呼兰河传》第六章中所重点描写的一个人物,同时也是萧红故乡叙事中最容易被误解的一个人物。作为呼兰镇上的"下等人",有二伯孤身一人无牵无挂,他常年住在张家做勤杂工,除了一套铺盖其他一无所有。故学界便有人认为,孤独无家的有二伯,其实就"是大半生漂泊流浪的萧红的映影"[1],因为她从"有二伯身上发现了自己的相似处境",并"把自我置于与故乡底层男人的关联中,寻找自己的认同之路"[2]。这话说得十分含混,萧红到底是在认同"故乡",还是要去认同"底层男人"?简直就是一派胡言。以有二伯去影射萧红自己的生活轨迹,这固然有助于萧红研究的走向深入,但仅仅用"孤独"和"无家"去推论两者间的相似性,恐怕还并不足以解释有二伯形象的存在意义。我个人的看法则是,有二伯与小团圆一样,都是作者解读"规矩"的艺术符号,萧红本人对于这一人物的情感也极其复杂。"我"和有二伯的对话,至少包含有三层意思:首先,有二伯是个"孤独"之人,他既没有家更没有亲人,除了"我"和老厨子之外,他连个说话的人都没有。萧红笔下的有二伯,很像鲁迅笔下的孔乙己,他也非常喜欢孩子,并只有同孩子们在一起时,才会感到快乐和有尊严。比如,孩子们叫他"有二爷、有二东家、有二掌柜的、有二伯",他立刻就会心满意足的"笑逐颜开"。这绝不是什么虚荣心,而是一个孤独者的存在感。在整个呼兰镇上,只有"我"同情和理解有二伯的"孤独"与"寂寞",所以一个小顽童终于读懂了老顽童"介个年头是啥年头"的满腹牢骚,同时更是深深地体会到了"穷人不观天象"的内心痛苦——认命而不是抗命的自然天命观。其次,有二伯又是个"另类"之人,他之所以会被呼兰人歧视,与他的"性情真古怪"不无关系。有二伯又有点像阿Q,都是客居身份的外乡人,因此他不仅蔑视呼兰人的"规矩",而且

---

[1] 赵聪:《呼兰晓影——现代作家对社会的批判和自我解剖》,载《科教文汇》2010年8月(中旬刊)。

[2] 卢建红:《"故乡"与萧红的自我认同》,载《黑龙江社会科学》2010年第4期。

还公然去对抗这种"规矩"。比如，有二伯好喝酒，但却没什么钱，故时常从东家的屋里偷些东西去变卖，像"铜酒壶""锡火锅、大铜钱、烟袋嘴"，甚至于"大澡盆"，有二伯都敢偷了去卖，然后拿钱去买酒喝。又如，有二伯爱骂人，看着谁不顺眼便大骂一通，无论谁跟他开句玩笑，他就脏话连篇且"越骂声音越大"。将有二伯的"偷窃"和"骂人"视为"抗议人间的冷暖"以及"社会制度与阶级偏见"，①这无疑是一种最无知的文本解读。萧红的本意是要去表明，有二伯的"另类"行为，完全打破了呼兰人的正常"规矩"，更破坏了呼兰镇的道德"秩序"，因此他才会受到呼兰人的歧视与排斥。再者，有二伯还是个"忧郁"之人，"忧郁"虽然与"孤独"有关，但却隐藏着更深刻的"忧虑"，这是萧红非常关注的一个现象。有二伯无家无业没有亲人，表面上活得十分"潇洒"，一人吃饱全家不饿，可是在他的骨子里，却充满着一种莫名其妙的"绝后"恐惧："可不是么！死了连个添坟上土的人也没有。人活一辈子是个白活，到了归终是一场空……无家无业，死了连个打灵头幡的人也没有。"（阿Q也讲过类似的话）"另类"的有二伯此时突然变得很"传统"，他似乎开始想去认同"规矩"了，可是一场"跳井""上吊"的人为"闹剧"杜绝了呼兰人接纳他的最后希望。如果我们把有二伯的三个特征联系起来，萧红塑造这一人物形象的主观意图，也就一目了然了：有二伯的"孤独"感引起了"我"对他的同情心，毕竟"我"与他"同病相怜"，"我们"的命运具有相通性；有二伯的"另类"性引起了"我"的高度警觉，因为"另类"也是"我"的秉性，从他身上我看到了"另类"的悲剧结局；有二伯的"忧郁"症引起了"我"的强烈反思，曾经有家的"我"，为什么会变得像他一样无家可归呢？实际上有二伯作为萧红本人的人生启示录，是她灵魂自我救赎的一个重要环节。

《呼兰河传》的第七章，是描写磨倌儿冯歪嘴子；故事尽管有些平淡无奇，却能给人留下深刻的印象。有人说"《呼兰河传》中唯一一个健康的人生与人性的故事，就是磨倌儿冯歪嘴子与王大姐的生活命运。他们因为没有媒

---

① 季红真：《萧红小说的文化信仰与泛文本的知识谱系》，载《中国现代文学研究丛刊》2011年第6期。

妁之言、父母之命与正式婚礼而受到邻人文化偏见的舆论压迫。虽然贫穷，虽然受到歧视，却满怀希望坚韧不拔地活着，以相濡以沫的真爱维系着艰难困苦的生存"①。这话只说对了一半。从生生不息的天命观去看待冯歪嘴子的逆境生存，的确体现了呼兰人对命运的强大抗压力以及自我修复人生苦难的惊人能量；但冯歪嘴子究竟是谁？他为什么会在呼兰镇上受难？如果不去回答这一问题，那么"苦难"叙事本身也就变得毫无意义了。在《呼兰河传》中，萧红并没有交待冯歪嘴子的家庭身世，只是告诉读者他孤身一人住在磨坊里，靠着为主人推磨维持生计。"孤身"使他与有二伯属于同类，即都是客居呼兰的外乡人，关于这一点，我们可以从《后花园》里得到证实："刚来的那年，母亲来看过他一次。"②因为《后花园》中的冯二成和王寡妇与《呼兰河传》中的冯歪嘴子和王大姑娘，其实就是同一故事的两个版本，只不过是故事的侧重点不同罢了。同有二伯相比较，冯歪嘴子更受呼兰人的欢迎，他既不偷窃也不骂人，本本分分地过着自己的清净生活："冯歪嘴子喝酒了，冯歪嘴子睡觉了，冯歪嘴子打梆子了。冯歪嘴子拉胡琴了，冯歪嘴子唱唱本了，冯歪嘴子摇风车了。"除了干好自己的本职工作和自娱自乐之外，他绝不违反呼兰人的"规矩"。冯歪嘴子唯一受到呼兰人指责的"过错"，则是他同"白虎"女人王大姐的自由同居。长得像个男人的王大姐，在呼兰人的眼里，根本就不像个女人，故她很受乡邻的情感排斥（我们最多只能理解为是呼兰人的思想迂腐）。但这却并非是萧红所关注的重心，呼兰人对于冯歪嘴子的理解和宽容，才是作者故事叙事的本意所在。由于冯歪嘴子在呼兰镇的口碑不错，所以当他有难时人们都愿伸出援手。比如，雇主嫌王大姑娘"晦气"，把冯歪嘴子一家赶出了磨坊，是"爷爷"给了他"草棚"，才使他们一家有了御寒的居所；冯歪嘴子替别人家做事，每次雇主都让他多带几个馒头，或肉丸子、红烧肉之类的食物给他那可怜的儿子；即便是王大姑娘因难产而死，人们也顾不得什么"晦气"不"晦气"，都愿意看在他的面子上，主动前来帮忙料理后事。"大家觉得这回冯歪嘴子算完了"，可冯歪嘴子却带着两个幼小的孩子，坚强而乐观地活了

---

① 季红真：《萧红小说的文化信仰与泛文本的知识谱系》，载《中国现代文学研究丛刊》2011年第6期。

② 萧红：《后花园》，《萧红全集》（上），哈尔滨出版社1991年版，第641页。

下来，看着"孩子是一天比一天大"。萧红赋予冯歪嘴子以顽强的生命力，并使其在生活困境中充满了希望，这不仅是萧红同情劳苦大众的思想体现，同时更是她重新理解故乡人生的情感表达。冯歪嘴子要比有二伯幸运的多，他因遵守"规矩"而有了"家"和儿子；有了"家"和儿子，他就在呼兰镇扎下了根，并成为了真正的呼兰人。从冯歪嘴子的故事叙事中，我们发现萧红早已不再像《生死场》那样，以启蒙或革命的批判话语去强化现实人生的平凡意义；而是回归到呼兰小城的生活底层，将人物与人文环境结合起来加以考察，并通过环境对于人的约束性去阐释两者之间和谐共处的辩证关系。这无疑是萧红思想的一大转变。

小团圆、有二伯和冯歪嘴子的客居身份，暗示着萧红本人对于故乡文化的透彻理解：客居是需要去适应人文环境的，而人文环境无疑就是"规矩"。如果不懂"规矩"（如小团圆）或破坏"规矩"（如有二伯），都会受到呼兰人的排斥；只有遵守"规矩"（如冯歪嘴子），才会被呼兰人所接纳——这便是呼兰人的生活信念。在《呼兰河传》中，"萧红对故乡的想象与呈现"，都在"故乡农民的生存图式之间得到了相互的诠释与印证"，[①]这不仅使萧红重新去认识和评价故乡，更为其"魂归故里"铺平了道路。

三、精神的守望——无地彷徨的文化寻根

《呼兰河传》是萧红怀念故乡的故事叙事，同时也表达了她想要"回家"的强烈愿望。其实自从离家出走之后，萧红就没有断过"想家"的念头，尤其是在感情一再受伤以及民族危亡之际，她的思乡之情也变得愈加地浓烈："有点烦恼……也许这又是想家了吧！不，不能说是想家，应该说所思念的是乡土。"[②]我们注意到，"又是想家了吧"，说明她一直都在"想家"；不过当她用"乡土"去替代"家"时，其文化寻根的意图，也就一览无余了。

---

① 王昉：《论萧红创作对主流文学话语的反思》，载《中国现代文学研究丛刊》2014年第8期。

② 萧红：《八月之日记一》（上），载汉口《大公报·战线》1937年10月28日第36号。

若想理解萧红为什么要"回家",就必须先了解她为什么要"离家"。

萧红的离家出走,与家庭和婚姻有关。在萧红本人的自述回忆中,除了祖父之外,她对家里的每一个长辈似乎都充满着敌意。比如"在我三岁的时候,我记得我的祖母用针刺过我的手指,所以我不喜欢她"。(《呼兰河传》)在"我"的印象里,"母亲并不十分喜欢我。"① 而父亲更是一个残暴之人,"常常为着贪婪而失掉了人性。他对待仆人,对待自己的儿女,以及对待我的祖父都是同样的吝啬而疏远,甚至于无情。"② 研究者对于萧红的这些言说,几乎不加思辨就拿来作为她反对家庭专制的史料证据,认为"叛逆者萧红为其家庭所不容……因此她毅然走出了父亲的家门"③。父亲反对她读书,只希望她做个循规蹈矩的大家闺秀,故最终导致了萧红的离家出走,这完全是研究者启蒙思维的理论套话。如果父亲真是一个"暴君",那么为什么萧红的两个弟弟都对此说法缄口不言呢?这显然只是萧红本人的一面之词。萧红的父亲张廷举其实是个开明绅士,他不仅对人谦虚有礼,而且"在家庭生活也曾倡导过民主开化的作风,子女可以争论问题,随便请教于父亲"。他并没有阻止萧红去读书,相反还说"张家不管小子姑娘,一样同等看待。谁能出人才,我们就供他读书,女孩子有本事更要抬举,在我们张家不讲男尊女卑"④。故将其父张廷举视为专制"暴君"完全不符合历史事实。萧红说她三岁时,曾被祖母用针扎过,所以她非常不喜欢祖母,这话我们更不能轻易地相信。因为心理学研究早已证明,人从三岁起才开始具有记忆功能,但是这种功能只是一种碎片化的模糊"痕迹","随着时间的增加及错误暗示的影响,痕迹的各种特征的结合就有可能会松动直到几乎完全分离,但是在提取阶段,这些特征有可能被重新聚合,所以在编码与提取阶段记忆都有可能被歪曲"。因此"小于7岁或8岁这使得儿童很难将先前事件的记忆与他头脑中的幻想相区别即他们很难区分

---

① 萧红:《萧红全集》(下),北方文艺出版社2011年版,第1045页。
② 同上,第1043页。
③ 王维国:《"无家情结"与萧红的生活和创作》,载《河北学刊》1994年第3期。
④ 韩耀旗:《血统的困惑——萧红与她的父亲张廷举》,载《作家》1995年第9期。

真事与假事"①。至于她为什么不喜欢母亲，恐怕是由于母亲去世的过早，使她失去了本应具有的母爱与呵护，故在其潜意识中产生了一种怨恨心理罢了。

　　萧红同汪恩甲解除婚约的那场风波是导致萧红离家出走的直接原因。学界至今仍有人认为，"汪恩甲是萧红父亲为萧红自幼订婚的未婚夫。萧红不满婚姻包办，15岁时离家出逃至北京读书，后被父亲抓回呼兰，禁闭在家。汪家与之解除婚约"，汪恩甲也把怀孕的萧红抛弃在了旅馆不闻不问。②这段短短的文字叙事，竟有三处史料错误：一、萧红是18岁而不是幼时订的婚；二、萧红去北京求学是20岁而不是15岁；三、萧红不是被父亲"抓回呼兰"而是自己回家的。萧红与汪恩甲很早就认识，并且对他的印象也不坏，故双方家庭才从中撮合，萧红自己也没有表示过反对。不仅如此，汪恩甲的父亲去世时，萧红还"在继母梁亚兰的带领下，以未婚儿媳的身份带重孝参加汪父丧礼，得到婆家200元赏钱。萧红为汪恩甲打毛衣，两个人来往频繁，不久汪恩甲根据萧红的意愿，入法政大学夜校读书"③。这充分说明，萧红本人对于她和汪恩甲的订婚是愿意和认同的，否则她也不会以"未婚儿媳的身份"参加未来公公的丧礼，更不可能与汪恩甲"来往频繁"了。萧红与汪恩甲的最终分手，责任在萧而不在汪，现有的历史资料都能证明这一点。在哈尔滨上中学时，她受已婚表哥陆哲舜的诱惑前往北京，名为求学实则是逃婚，后因陆家反对，不得已只好回到哈尔滨去找汪恩甲同居，后来萧红发现自己怀孕了。由于萧与陆去京之事传遍了整个呼兰小城，汪家坚决反对这门婚事，并断绝了他们的经济供给。"汪恩甲回家取钱，也被扣住。迺莹赶去汪家，也被骂出。于是她去法院，告汪恩甲的哥哥代弟休妻。汪恩甲为了保全哥哥汪大澄的名声，在法院不得不承认是自己要离婚，于是法院判了离婚。虽然堂下汪恩甲再三向迺莹解释，这个离婚不算，但迺莹是倔强的，一气之下，便与他家永远分开了。"④萧

---

　　①　周丽华、刘爱伦：《儿童记忆受暗示性影响的研究综述》，载《心理科学进展》2003年第5期。

　　②　王澄霞：《从〈呼兰河传〉看萧红性格特点及其人生悲剧》，载《中国现代文学研究丛刊》2014年第12期。

　　③　季红真：《萧红年谱（上）》，载《新文学史料》2014年第3期。

　　④　刘俊民：《我的同学萧红》，见《百年诞辰忆萧红》，北方文艺出版社2011年版，第30页。

红同学的这段追述，说得十分明白，萧汪分手不是汪抛弃了萧，而是萧自己主动离开了汪。萧红当年与陆哲舜去北京已经"闹得呼兰满城沸沸扬扬，给汪家带来极大的羞辱。为了平息事端，萧红的父亲大摆酒宴，当众赔礼方算了结"①。另外，其父张廷举自觉教女无方，"他颇有自知之明地辞去了呼兰县教育局局长的职务，到邻县巴彦屈尊当了一名督学"②。由此我们不难看出，青春叛逆期萧红的所作所为，对其父亲乃至家庭的伤害都是很大的。

排除了萧红离家出走的客观因素，我们就只能从萧红的性格方面去寻找原因了。萧红的两个弟弟在回忆他们的姐姐时，表面上都是非常地敬佩和仰慕，但是在那些光彩夺目的文字背后，却隐藏着他们与萧红的严重隔膜："在我记事以后，萧红给我的印象并不太亲密，这主要是因为她常年在外读书很少接近的缘故……随着我们年龄的增长，所受的熏陶教育不同，思想上逐渐产生了距离。"③"我家生活状况是比较优越的，从某种意义上讲，对姐姐也算得上娇惯了。但她不喜欢这种生活，不喜欢这个家。她在《呼兰河传》里写了和家人的关系。除祖父外，和别人似乎都没有什么感情。"④我个人宁愿相信萧红亲人的话，而不相信学界那种八卦似的理论推断。萧红的离家出走，完全是她个人的率性所为：娇生惯养的生活环境助长了她随心所欲的叛逆个性；"不太亲密"的家庭关系又导致她同家人产生了严重的疏离感——所以执意要离家出走去闯荡社会，是萧红青春期叛逆心理的一种表现，而不是她反封建、反传统的意志决绝。

正是抱着闯世界的美好理想，萧红在没有做好充分思想准备的前提下，开始了她艰难曲折的人生旅程；并在经历了残酷命运的磨难之后，终于怀念起了故乡的"后花园"以及她唯一的亲人"祖父"。《呼兰河传》的"后花园"意象，是萧红童年快乐的象征，它给了萧红在人生不如意时以最美好的情感记忆和最强大的精神支撑：

---

① 王维国：《"无家情结"与萧红的生活和创作》，载《河北学刊》1994年第3期。
② 韩耀旗：《血统的困惑——萧红与她的父亲张廷举》，载《作家》1995年第9期。
③ 张秀珂：《回忆我的姐姐——萧红》，见《百年诞辰忆萧红》，北方文艺出版社2011年版，第9页。
④ 张秀琢：《重读〈呼兰河传〉回忆姐姐萧红》，同上，第14页。

> 我家有一个大花园，这花园里蜂子、蝴蝶、蜻蜓、蚂蚱，样样都有。蝴蝶有白蝴蝶、黄蝴蝶。这种蝴蝶极小，不太好看。好看的是大红蝴蝶，满身带着金粉。
>
> 蜻蜓是金的，蚂蚱是绿的，蜂子则嗡嗡地飞着，满身绒毛，落到一朵花上，胖圆圆地就和一个小毛球似的不动了。
>
> 花园里边明晃晃的，红的红，绿的绿，新鲜漂亮。

单独看这段文字描写，很像鲁迅笔下的"百草园"，既充满着纯真的童心童趣，更充满着浓浓的思乡之情。然而，"后花园"的意象，其背后有三层意思，是我们研究萧红思想时必须去加以注意的：首先，"后花园"既陪伴着"我"的童年成长，也造就了"我"的自由个性。"一到后园里，我就没有对象地奔了出去，好像我是看准了什么而奔去的似的，好像有什么在那儿等着我似的。其实我是什么目的也没有。只觉得这园子里边无论什么东西都是活的，好像我的腿也非跳不可了。"在"后花园"中，"我"与大自然亲密接触，尽情享受着无拘无束的童年乐趣。比如，在院子里摘黄瓜、捉蚂蚱，整个院子就是"我"一个人的世界，"我笑的声音不知有多大，自己都感到震耳了。"其次，"后花园"里的"我"并不"孤独"，一个大家族的热闹场景，总是令"我"难以忘却。"我"不仅有姑姑，还有一大群表哥表弟。祖母的丧礼，"我们"这些孩子并没有什么悲伤感，看着一群和尚在做法事，"我也觉得好玩，所以就特别高兴起来。又加上从前我没有小同伴，而现在有了。比我大的，比我小的，共有四五个。我们上树爬墙，几乎连房顶也要上去了。""他们带我到小门洞子顶上去捉鸽子，搬了梯子到房檐头上去捉家雀。"在他们的陪伴下，"我"的童年是快乐的。再者，"后花园"也是"我"精神葬礼的最佳之地，《呼兰河传》的第一章是描写"死亡"的"大坑"，第二章是描写"鬼节"的"招魂"，这些都是萧红有意为之的巧妙设计——在生命走到尽头的弥留之际，萧红意识到了死亡的即将来临，她渴望闻着跳大神的"鼓声"，并在"河灯"之光的引导下，顺利地去实现"魂归故里"的最后梦想。那么她把"来世"再生的全部希望，自然而然都投射到了"后花园"里——重新回到自己的出生地,重新去寻找童年的快乐,重新去塑造一个不再叛逆的自我,这无疑是"后花园"意象的真实内涵。

描写"后花园",就不能没有"后花园"的园主——"祖父"。用萧红本人的话来说,在《呼兰河传》中,"祖父、后园、我,这三样是一样也不可缺少"的。"祖父"意象既是萧红的"护花使者",更是故乡文化的象征符号,他在《呼兰河传》的故事叙事中具有着揭示主题的重要意义。在萧红的生命世界里,不能没有"祖父",因为"祖父非常地爱我。使我觉得在这世界上,有了祖父就够了,还怕什么呢?"所以她不能失去自己唯一的亲人。萧红曾在《祖父死了的时候》一文里,痛苦地叙述了她第一次离开"祖父"的情形:"祖父睡着的时候,我就躺在他的旁边哭,好像祖父已经离开我死去似的,一面哭着一面抬头看他凹陷的嘴唇。我若死掉祖父,就死掉我一生最重要的一个人,好像他死了就把人间一切'爱'和'温暖'带得空空虚虚。我的心被丝线扎住或铁丝绞住了。"[1]萧红一再强调她离不开"祖父",表面观之是她怕失去了保护神;但实际上"祖父"作为她故乡文化的崇拜偶像,在《呼兰河传》中表现得异常突出。第三章中有一段祖孙二人的精彩对话,便精确地表达了这部作品的创作意图:

> 祖母死了,我就跟祖父学诗。因为祖父的屋子空着,我就闹着一定要睡在祖父那屋。
>
> 早晨念诗,晚上念诗,半夜醒了也是念诗。念了一阵,念困了再睡去。
>
> 祖父教我的有《千家诗》,并没有课本,全凭口头传诵,祖父念一句,我就念一句。
>
> 祖父说:"少小离家老大回……"
>
> 我也说:"少小离家老大回……"
>
> 都是些什么字,什么意思,我不知道,只觉得念起来那声音很好听。所以很高兴地跟着喊。我喊的声音,比祖父的声音更大。

---

[1] 萧红:《萧红全集》(下),北方文艺出版社2011年版,第927页。

……"少小离家老大回,乡音无改鬓毛衰。"

祖父说:"这是说小时候离开了家到外边去,老了回来了。乡音无改鬓毛衰,这是说家乡的口音还没有改变,胡子可白了。"

我问祖父:"为什么小的时候离家?离家到哪里去?"

祖父说:"好比爷像你那么大离家,现在老了回来了,谁还认识呢?儿童相见不相识,笑问客从何处来。小孩子见了就招呼着说:你这个白胡老头,是从哪里来的?"

我一听觉得不大好,赶快就问祖父:"我也要离家的吗?等我胡子白了回来,爷爷你也不认识我了吗?"

心里很恐惧。

众所周知,《千家诗》里所收录的古诗有近两百首,可为什么萧红却偏偏只记住了贺知章的《回乡偶书》,并把它融入到了"后花园"的记忆当中了呢?答案恐怕仅有一个,那就是萧红真的想家了。《呼兰河传》如此去描写,无非是要表达萧红的忏悔之意:"祖父"对她最大的人生教诲,就是不要忘记了自己的家和故乡;但是直到她临终前,才终于明白了"祖父"教她《回乡偶书》的真正意义。明白是明白了,可是已经太晚了!所以,回乡无望的萧红,只能遥望着故乡的"后花园",并重温着"祖父"的谆谆教诲,在生命挣扎的最后关头,渴望去寻找"魂归故里"的回家之路。

《呼兰河传》的第四章,几乎在每一节的开头,都有一句"我家是荒凉的"内心独白,以感叹"后花园"的萧条与衰落。因为"从前那后花园的主人,而今不见了。老主人死了,小主人逃荒去了"。这话所表达的意思非常清楚,那就是既有自责更有悔恨:"我"本应接替"祖父"去守望着"后花园",可是由于"我"的任性与自负放弃了守望而"逃荒去了",所以"我"才会深深地感到自责,并以永远"忘却不了,难以忘却"故乡的"后花园"来作为小说结尾的收束之语,去纾解她永远也抹不掉的心头之痛。这就是萧红在《呼兰河传》里所讲述的一个令人倍感辛酸的凄美故事。

(原文刊发于《中国文学研究》2018年第2期)

第十三章　重识《死水微澜》的艺术价值

　　《死水微澜》是李劼人"大河三部曲"中，写得最好的一部长篇小说。作者以其巴蜀人的独特视角，讲述了一个又麻又辣的成都故事，惹得那些远离故乡的川籍作家们都异口同声地大呼过瘾。郭沫若不仅将其称之为"小说的近代《华阳国志》"，更认为《死水微澜》是中国现代文学史上的"伟大的作品"；①巴金也赞叹不已地说，"只有他才是成都的历史家，过去的成都活在他的笔下"，历史绝无理由去忽略"这样一位大作家"。②

　　按理说，有郭沫若、巴金等文坛巨匠的鼎力推荐，《死水微澜》早就应该进入到中国现代文学史，成为研究者所热烈追捧的经典文本；然而，事实却恰恰相反，人们对于这优秀部作品一直都视而不见、置若罔闻。从1936年《死水微澜》问世一直到1981年总共就出现过两篇评论文章，一篇是郭沫若的《中国左拉之待望》，另一篇则是羊路由的《谈李劼人的〈死水微澜〉》。对此，许多都人感到有些困惑不解。新时期以来，有识之士从文学自身的审美角度，发现了《死水微澜》不可替代的艺术价值以及李劼人书写川西风俗民情的文化意义；所以，力主恢复《死水微澜》的经典地位，重估李劼人文学史地位的社会呼声也此起彼伏、不绝于耳。比如，刘再复便曾忿忿不平地说，"在中国现代小说史上，如果说《阿Q正传》《边城》《金锁记》《生死场》是最精彩的中篇的话，那么，李劼人的《死水微澜》应当是最精致、最完美的长篇了。也许以后的时间会证明，《死水微澜》的文学总价值完全超过《子夜》《骆驼祥

---

①　郭沫若：《中国左拉之待望》，载《中国文艺》1937年第1卷第2期。
②　参见《巴金同志的一封信》，刊于《成都晚报》1985年5月23日。

子》《家》等。"①而刘心武更是仗义执言道,"李劼人的文学成就,长期以来并未得到足够的重视,其价值和地位被严重低估了。是时候捡起来了,他不能再被埋没了!"②但主流学术界却无视这种社会呼声,他们对《死水微澜》仍旧是不冷不热、漠不关心。这绝不是我在哗众取宠、危言耸听,仅以中国知网所统计的数字为例,研究李劼人作品的全部文章,迄今为止只有400篇左右。这个数字,不仅与郭沫若、巴金研究有着天壤之别,即使是同沙汀和艾芜研究相比较,也不过是研究他们文章的一个零头(研究沙汀的文章有1566篇,研究艾芜的文章有1345篇)。如此看来,李劼人及其作品的被忽视,一定有其十分复杂的历史原因,只不过是学界不愿道破罢了。

一、《死水微澜》空间叙事的典型性问题

《死水微澜》的空间叙事是描写成都,而巴金《家》的空间叙事也是成都;可为什么《家》能够得到学术界的广泛认可,《死水微澜》却一直都被研究者所漠视了呢?若要正确地回答这一问题,如何看待环境背景的典型化问题,是我们无法绕开的第一个障碍。

长期以来,空间叙事作为一种背景场域,始终都是我们评价一部作品优劣好坏的前提条件;因为评论家们坚信,空间叙事的场景设计绝不是一种简单的景物描写,而是一个事关"典型环境"的重大命题。众所周知,20世纪的中国文学,无论是理论还是创作,一直都在遵循现实主义的创作原则;而现实主义的核心要素,又被集中概括为"典型环境"与"典型人物"这两大要素,没有"典型环境"就不可能塑造出"典型人物"。所以,运用"启蒙"或"革命"的话语标准衡量《死水微澜》的空间叙事,它明显缺乏宏大叙事的"典型环境",故这部优秀作品备受冷落也就不足为奇了。

那么,《死水微澜》的故事叙事究竟是要展示一种什么样的空间环境

---

① 刘再复:《百年诺贝尔文学奖和中国作家的缺席》,载《北京文学》1999年第8期。

② 许雯:《刘心武:李劼人的文学成就被严重低估了》,参见中国社会科学网2017年4月5日。

呢？我觉得巴金的评价还是非常准确的，他说李劼人是一个"成都的历史家"，而《死水微澜》也是一部"成都的风俗志"。①凡是读过《死水微澜》的人，几乎都认同巴金的这种说法。小说情节的空间叙事是从天回镇到成都府，即通过一个"大成都"的文化写意，去表现巴蜀人那种真实而自然的人生态度。作品正文的开端曾交待说："在成都与新都之间，刚好二十里处，在锦田绣错的广野中，位置了一个不算大也不算小的镇市"——天回镇。我们注意到，作者特别强调天回镇是"在成都与新都之间"，且先去描写天回镇，然后再去描写成都府，这恰恰正是李劼人的过人之处。因为作者于无意之中，向读者揭示了这样一个秘密：现代中国的历史演变，无疑是从城市化开始的；而中国城市化的渐变过程，又与小城镇之间保持着千丝万缕的血缘关系。所以，在现代中国的发展史上，小城镇既是大都市的最初原型，又是连接城乡文化的重要纽带，它集中体现着中国现代社会的都市化进程，始终都保持着异常鲜明的乡土特色。正如著名社会学家费孝通先生所说的那样，研究中国现代社会的历史变迁，小城镇是一个绝不可忽视的重要环节。他认为"'城镇'这个名词用来指作为农村中心的社区，从字义上看，它似乎应当属于城的一方，而实际却是乡的中心。为了避免这种因望文生义而可能产生的误解，不如称这种社区为'集镇'。……我主张把农村的中心归到乡的一边。"②费孝通先生主张将"城镇"的文化属性"归到乡的一边"，那是因为他非常清楚20世纪中国社会由"镇"到"城"的演进脉络，虽然具有西方经验的外来因素，但其本质上仍保留着农耕文明的历史痕迹。李劼人只是一个作家，他虽然没有从理论上去阐述中国小城镇的文化意义，但却在《死水微澜》当中，以生动形象的故事叙事，表达了同费孝通完全一致的思想看法。比如小说的第二章，作者对于天回镇的外景勾勒，就是大有深意的，他不露声色地信笔写道：

> 镇上的街，自然是石板铺的，自然是着鸡公车的独轮碾出很多的深槽，以显示交通频繁的成绩，更无论乎驼畜的粪，与行人所弃

---

① 巴金：《巴金全集》第25卷，人民文学出版社1993年版，第198页。
② 费孝通：《小城镇四记》，新华出版社1985年版，第48—49页。

的甘蔗渣子。镇的两头,不能例外没有极脏极陋的穷人草房,没有将土地与石板盖满的秽草猪粪,狗矢人便。而臭气必然扑鼻,而褴褛的孩子们必然在这里嬉戏,而穷人妇女必然设出一些摊子,售卖水果与便宜的糕饼,自家便安坐在摊后,共邻居们谈话做活。

这段描写的绝妙之处就在于,你说天回镇是"城"吧,可是它却保留着"乡"的原始状态:满街的"驼畜的粪"以及"秽草猪粪,狗矢人便",其"脏、乱、差"的程度,与中国农村社会的自然场景并无二样。如果你说天回镇是"乡"吧,可是它又有着"城"的繁荣和热闹:"外国来的竹布,洋布"应有尽有,"男子戴的瓜皮帽,女子戴的苏缎帽条"也一样不缺,成都市场上流行的"香肥皂,白胰子,桃圆粉,朱红头绳,胭脂片"更是一应俱全,大老表罗歪嘴的鼻梁上,甚至还架着一副颇为时髦的"大墨晶眼镜";成百上千的农民,从四面八方涌到镇上赶场,"货物的流动,钱的流动,人的流动,同时也是声音的流动。声音,完全是人的,虽然家禽家畜,也会发声,但在赶场时,你们却一点听不见,所能到耳的,全是人声!"

然而,与天回镇相比较,李劼人笔下的成都府,情形又会是怎样的呢?我们从蔡大嫂和招弟进城后的视角去观察,成都府无非是比天回镇的街面更大、人口更多而已:青羊宫的赶庙会,"四乡的人,自然要不远百里而来,买他们要用的东西。"乡下人买"农具"和"竹器"等实用之物,城里人买"字画"或"玉器"等小玩意儿,"三清殿上,黑压压全是人",摩肩接踵、熙熙攘攘,与天回镇上的"赶场",没有什么本质差别。大街上也是石板铺路,人们出行也是靠"轿子"和"鸡公车";马匹穿城而过,一路上尘土飞扬;"活猪市"设在城里面,同样是污水横流、臭气熏天。房屋建筑古老而压抑,丝毫没有现代感,比如赫赫有名的郝公馆,里面不过"到处都是房子,四面全是几丈高的砖墙;算来只有从二门轿厅一个天井,有两株不大的玉兰花树,从轿厅进来到堂屋,有一个院坝,地下全铺的大方石板,……从堂屋的倒坐厅到后面围房,也只有一个光天井,没有草而有青苔。"在招弟看来,郝公馆虽然很大,但却不如天回镇上的"云集栈"气派,"门口是一片连三开间的饭铺,进去是一片空坝,全铺的大石板,两边是很大的马房。再进去,一片广大的轿厅,可以架上十几乘大轿。穿过轿厅,东厢六大间客房,西厢六大间客房,上面是五开间的上官房。"成都府唯一比天回镇"现代"或"洋气"的地方,就是那些有钱人,已经用上了"一般人尚少用的牙刷、牙膏、洋葛巾、洋胰子、花露水等日常小东西"以及钟表、八音琴等洋玩意儿。曾经受韩二奶奶的深刻影响,"总想将来得到成都去住"的蔡大嫂,去了一趟成都之后,也没有觉得成都有多么得好;而招弟更是认为成都不如天回镇,"乡下的天多宽,地多大,树木茂盛,草多长,气息多清!"李劼人之所以如此去描写成都的城市面貌,绝不是什么旨在建构"成都想象",更不是为了要去表现"'成都'作为'都市'空间和乡村、小镇所构成的空间分割",或者"社会权力结构的不均衡分配"。[①]作者本人的真实意图,无非是在告诉读者,天回镇其实就是成都的前世缩影,而成都也只不过是放大版的天回镇,中国近现代城市化进程的历史足迹,都摆脱不了由"乡"到"镇"再到"城"的基本模式。在这种发展模式当中,中国现代社会的城市化建设必然会呈现出"城乡一体化"的明显特征,其浓郁的乡土气息也在就所难免了。比如,《死水微澜》所描写的"城乡一体化",除了天回镇与成都府房屋街道的外形相似性,还有"乡民"同"市民"身份的自由转换,即"乡民"可以转变成现代"市民","市民"也可以转变成现代"乡民"。社会人群如此频繁的流动和迁徙,又直接造成了20世纪中国城乡文化的错综复杂性。可以毫不夸张地说,作者在《死水微澜》中,正是通过招弟和韩二奶奶的身份互换,深刻地揭示了"乡"与"城"之间的微妙关系。因逛庙会而"走失"了的招弟,无论多么不喜欢成都这个地方,她都必须尽快地去适应新的生活环境,成为一个未来的成都人;韩二奶奶虽然曾是成都府上大户人家的千金小姐,即便她嫁到天回镇四年仍"过不惯乡下生活",可是她心里却十分明白,自己已经变成了一个地地道道的"乡下人"。通过天回镇与成都府这两个空间背景的反复切换,李劼人隐喻性地表达了《死水微澜》的创作主题:"死水"即是指由"城乡一体化"所导致的中国传统文化的超稳定性结构,而"微澜"则是指这种文化超稳定性结构对于一切不稳定性因

[①] 吴雪丽:《"空间"视域下的晚清成都想象——以李劼人"大河"三部曲为考察对象》,载《社会科学研究》2016年第6期。

素的消解能量。这无疑是一种大胆而又睿智的艺术构图。

从纯粹文学审美的切入角度去阅读《死水微澜》，其空间叙事应该是极具艺术欣赏价值的，因为李劼人凭借着他"几十年来所生活过，所切感过，所体验过"（《死水微澜·前记》）的情绪记忆，把一个古老的成都描写得活灵活现，所以沙汀才会无比感叹地说，李劼人的《死水微澜》"将永远为他的读者津津乐道"①。但从现实主义的"典型论"原则出发，《死水微澜》中的天回镇与成都府却又明显背离了宏大叙事的"典型环境"，人们对其冷眼相观也就不足为奇了。"五四"新文学的启蒙话语是要求作家"必须是'为人生'，而且要改良这人生"，其"意思是在揭出病苦，引起疗救的注意"。②"尤其在我们这时代，我们希望文学能够担当唤醒民众而给他们力量的重大责任"。③如果我们按照"揭出病苦"与"唤醒民众"的评价标准去比较《死水微澜》和巴金的《家》，两者的空间叙事虽然都是描写成都，但《家》中的环境背景，明显要比《死水微澜》更具有现实主义的"典型"意义。阅读小说《家》我们不难发现，尽管巴金将"高公馆"置于成都这一空间背景，但是他致力所描写的是"高家"而不是"成都"，故"成都"这一区域性文化符号，其实并没有空间叙事的实际意义；而"高家"的亭台楼阁、高墙深院，在江南一带比比皆是，你就是把它放在苏州或杭州，读者都会认可与接受。正是由于封建大家庭在中国社会极具代表性，故《家》也因其"放之四海而皆准"，被启蒙精英赋予了反封建的神圣使命。《死水微澜》则完全不同，无论是天回镇还是"郝公馆"，李劼人的创作宗旨都是要去描写大成都的文化氛围："袍哥"人家与四川"辣女"增添了天回镇故事的无穷魅力；青羊宫和科甲巷的全力衬托，更突显着巴蜀人"逛庙会"时的幽默感。"郝公馆"并非是《死水微澜》的叙事中心，如果去除了从人到物的浓浓川味，它将成为另一个"高公馆"，同样可以"放之四海而皆准"。以张扬区域文化而不是批判封建家庭为重心，这与启蒙精英对于新文学的思想预期相去甚远，故中国现代文学史重视

---

① 沙汀：《怀念李劼老》，载《新文学史料》1992年第2期。
② 鲁迅：《鲁迅全集》第4卷，人民文学出版社1981年版，第512页。
③ 沈雁冰：《"大转变时期"何时来呢？》，载《时事新报》附刊《文学》周报1923年第103期。

《家》而轻视《死水微澜》，也便有了充足的理由和自己的说法。20世纪30年代的革命话语则要求新文学从思想启蒙转变为以阶级斗争为纲，"描写地主资本家的形成和没落，描写工人对于资本家的斗争，描写广大的失业，描写广大的贫民社会，等等。"并敢于对旧世界敲响丧钟，为中国人指明"人类新社会的实现即在目前！"①如果我们以昭示"人类新社会的实现"为评价标准去比较《死水微澜》和茅盾的《子夜》，《子夜》的政治社会学意义更是远大于《死水微澜》的文化民俗学意义。《子夜》虽然也把大都市上海作为空间叙事的环境背景，且从全视角去艺术化地再现了它的畸形繁荣，然而茅盾本人的主观用意却并不是赞美大上海的现代与时髦，而是要"以大都市做中心"去辐射"中国的全社会"，进而通过揭示各种错综复杂的阶级关系与社会矛盾，去表现无产阶级革命最终将取得彻底胜利的历史必然性。②《死水微澜》则完全不同，李劼人笔下的成都，无非老街道、古建筑、杀猪巷、鸡公车，除了一种厚重历史的沧桑感之外，城市建设没有丝毫的现代气息，更不要说什么阶级矛盾与阶级斗争的新观念了。对此，郭沫若曾认为李劼人的笔调"稍嫌旧式"，似乎与20世纪30年代的中国社会相脱节。③也许被郭沫若不幸而言中，正是因为笔调的"稍嫌旧式"，《死水微澜》的成都叙事才不被革命话语所待见。

对于现实主义的典型化理论，我个人始终都存有一个疑问：文学作品的经典性，是否就一定要具有典型性？恐怕没有人能够精确地回答这一问题。就拿学界所无限敬仰的鲁迅来说吧，他早年曾赞同现实主义典型化原则的普遍性意义，但是到了晚年，他却更加推崇文学创作个性化原则的特殊性意义。比如他在写给陈烟桥的信中就明确地说过，文学创作"有地方色彩的，倒容易成为世界的"，只可惜中国年轻的文学艺术家们却对此"大抵不以为然"。他还进一步指出，这个"地方色彩"就是"各地的风俗，街头风景"，④即空间叙事的基本范畴。如果我们以此去推论，《死水微澜》的"地方色彩"虽然由于种种主客观因素，没有使其"成为世界的"；然而将它视为文学经典并问鼎中国

---

① 《中国无产阶级革命文学的新任务》，载《文学导报》1931年10月第1卷第8期。
② 乐雯：《〈子夜〉和国货年》，载《学术月刊》1984年第4期。
③ 郭沫若：《中国左拉之待望》，载《中国文艺》1937年第1卷第2期。
④ 鲁迅：《鲁迅全集》第12卷，人民文学出版社1981年版，第391页。

现代文坛，却应该是当之无愧的。

二、《死水微澜》人物叙事的典型性问题

　　罗歪嘴和蔡大嫂是《死水微澜》中的两个关键性人物，他们一个是放荡不羁的"袍哥"人家，一个是随意任性的四川"辣女"，如果没有他们在天回镇上演的那场惊天地、泣鬼神的爱情故事，恐怕《死水微澜》也就失去了它的文学看点和艺术魅力了。李劼人之所以要塑造罗歪嘴和蔡大嫂这两个人物形象，其用意并不是要表现巴蜀人因"地处僻陋不遵礼法"所养成的叛逆精神，[①]更不是"借天回镇的芸芸众生"去"竭力描绘'东亚病夫'的整体形象"[②]，作者只不过是以他对巴蜀人习性的透彻理解去表现他们那种豁然达观的人生态度。故正确评价《死水微澜》的经典意义，如何看待人物形象的典型化问题，是我们无法绕开的第二个障碍。

　　若要准确地解析罗歪嘴和蔡大嫂这两个人物，我们首先必须去打破这样一种传统而教条的思想偏见，即"'成都'因地处中国西南而交通不便，且因距离政治中心遥远而信息闭塞，生活在这里的也是一群'老中国'的儿女们"[③]。成都虽然居于中国西南腹地且远离政治中心，但它却既不封闭也不保守，相反巴蜀文化又因其多元性的构成因素表现出了包容与开明的内在特征。许多研究者由于并不真正了解近代成都的历史，他们往往把成都人看做世代相传的"川蛮子"，但清人傅崇矩在其《成都通览》一书中，早已对此谬误做出过纠正。他说"现在之成都人，皆非原有之成都人，明末张献忠入川，已屠戮殆尽。国初乱平，各省客民相率入川，插站地土，故现今之成都人，原籍皆外省也。外省人以湖广占其多数，陕西人次之，余皆从军入川，及游幕、游宦入

---

　　① 邓经武：《论李劼人创作的巴蜀文化因子》，载《四川师范大学学报》1994年第4期。

　　② 杨亦军：《〈死水微澜〉的历史"反叙述"——对作品"历史真实"的思考》，载《当代文坛》2011年第5期。

　　③ 吴雪丽：《"空间"视域下的晚清成都想象——以李劼人"大河"三部曲为考察对象》，载《社会科学研究》2016年第6期。

川，置田宅而为土著者"①。而在《死水微澜》的第5章第11节，李劼人也特别提到了这一点：

> 至于成都府属十六县的人民，顶早都是康熙雍正时代，从湖北、湖南、江西、广东等处，招募而来。其后凡到四川来做官的，行商的，日子一久，有了钱，陆行有褒、斜之险，水行有三峡之阻，既打断了衣锦还乡之念；而又因成都平原，寒燠适中，风物清华，彼此都是外籍，又无聚族而居的积习，自然不会发生嫉视异乡的心理。加之，锦城荣乐，且住为佳，只要你买有土地，建有居宅，坟墓再一封树于此，自然就算你是某一县的本籍。

李劼人说得十分清楚，由于成都人"彼此都是外籍"，他们相互不问"家世出身"，所以也就不存在"嫉视异乡"的社会现象，故形成于康熙雍正以后的巴蜀文化呈现出了为中国其它地域所没有的巨大包容性。四川所特有的"袍哥"文化，也是一个来自五湖四海的帮派组织。虽然它最早源于"啯噜"，但到了清代道光咸丰年间，因川江航运迅速发展，上水船用人多而下水船用人少，两湖等地大量纤夫和水手滞留川地，"以十日总计，河岸之逗留不能行者三四千人，月积万余也"。其生计匮乏时，"弱则为乞丐，强则入啯匪伙党"，"袍哥"将自己的地盘称之为"码头"，正是由此而得名。②外地游民的大量加入使"袍哥"组织呈现出了两大特色：一是它的文化包容性，即"普天下皆兄弟也"，只要加入"袍哥"组织信奉江湖道义，无论你是哪里人都会得到他者的帮助与照应；二是它的文化特殊性，正是由于"袍哥"成员来自全国各地，他们必须要形成一种为所有人都能接受的文化秩序去替代成员间各自不同的文化信仰和风俗习惯。包容性使巴蜀之人相敬如宾，特殊性则又使"袍哥"人家独立不群，只有了解了巴蜀文化的这一特性，我们才能读懂罗歪嘴、蔡大嫂这两人的川人秉性。

---

① 傅崇矩：《成都通览》（上），巴蜀书社1987年版，第109页。
② 王纯五：《袍哥探秘》，巴蜀书社1993年版，第12页。

对于罗歪嘴这一人物形象，研究者的评价几近一致："他身上有着鲜明的匪气和霸气，又有着江湖人特有的义气、豪侠"[1]，虽然身染帮派社会的各种恶习，但"他毕竟是一个不受现存秩序拘束的人，不认为洋人、皇帝和官府神圣不可侵犯的人，也就是带着民主因素的人"[2]。其实，这些堂而皇之的学术话语都过于形而上学、微言大义。李劼人笔下的罗歪嘴，既"匪气"又"邪性"，用四川方言来讲，他就是一个"歪人"。作者并没有把他简单地描写成一个"袍哥"人家，而是将他与巴蜀文化的社会环境结合在一起，进而真实地反映了地处大西南的四川人那种追求自由惬意的人生价值观。罗歪嘴是"本码头舵把子朱大爷的大管事"，"纵横四五十里，只要以罗五爷一张名片，尽可通吃，至于本码头天回镇，更勿庸说了"。《死水微澜》开篇对于罗歪嘴身份的这一交待，客观上揭示了晚清与民初中国社会的真实状态：乡镇一级并不设官府机构，"袍哥"顺势填补了权力真空，他们不仅直接干预平民百姓的日常生活，同时更是深刻地影响了天回镇的社会风气。由于四川"袍哥"的势力异常强大，甚至渗透到了成都、重庆等大城市的军政部门，因此"川人"习性与"袍哥"文化之间，也便具有了不可分割的内在关联性。李劼人在《死水微澜》中所要告诉读者的，无非就是近现代巴蜀文化的这一特征。罗歪嘴虽然是一个"袍哥"人家，但却又是一个地地道道的四川人，他不受任何清规戒律的外在约束，更是不把"袍哥"帮规当回事儿。比如"帮规"规定"同人学得修身法""宣淫好色要揸刀"[3]，罗歪嘴却对此视而不见。他包养妓女刘三金，除了供自己去宣淫泄欲外，还非常大度地对她说，"你仍可以做点零碎生意的，只是夜里不准离开我"。罗歪嘴身上所表现出的这种"大气"，很有点"兄弟如手足，女人如衣服"的豪爽气概，如果没有巴蜀文化的切身体验，人们是很难去理解这一奇特现象的。又如"帮规"规定"若逢弟媳与兄嫂，俯首潜身莫乱瞧"[4]，罗歪嘴也全然不去理会。他公开与表弟媳蔡大嫂私通，"不

---

[1] 罗维：《论李劼人小说中的民国蜀地匪盗想象》，载《中南大学学报》2011年第3期。
[2] 李士文：《李劼人的生平和创作》，四川省社会科学院出版社1986年版，第149页。
[3] 同上。
[4] 同上。

再作假,有人问着,他竟老实承认他爱蔡大嫂;并且甚为得意地说,枉自嫖了二十年,到如今,才真正尝着了妇人的情爱"。更令人哭笑不得的是,蔡傻子知趣地躲开之后,罗歪嘴又感到有些愧疚:"你放心,她还是你的人,我断不把她抢走的。"像如此荒唐之事,除了李劼人笔下的巴蜀之地,读者恐怕从新文学作品当中再也找不出第二个范本来。再如"帮规"规定,"暗箭伤人斩为要,丢人卖客罪不饶"①,就是要求"袍哥"人家应诚实守信,可罗歪嘴更是背道而驰。经营赌场是"袍哥"组织的生财之道,尽管罗歪嘴"平日自持,都很谨饬",但一见到土财主顾天成那装满银子的"鞘马"便完全忘记了江湖道义——他同张占魁和刘三金联手作弊,耍奸使诈把顾天成搞得倾家荡产,结果迫使他去"入教"复仇,罗歪嘴本人也被官府通缉外逃他乡。实际上,《死水微澜》里的主要人物都同罗歪嘴一样地放纵自我。不是"袍哥"的顾天成在对待女人的态度上也与罗歪嘴的看法一致,根本就不在乎什么人伦道德或贞操观念。蔡大嫂更是一个"奇葩",为了救蔡傻子出狱,虽然她既有丈夫又有情人,但还是爽快地答应带着儿子嫁给顾天成。问题是面对因"入教"而得势的顾天成,她竟敢开出这样的苛刻条件:"仍然要六礼三聘,花红酒果,像娶黄花姑娘一样,坐花轿,拜堂,撒帐,吃交杯,一句话说完,要办得热热闹闹的!"我敢说只有四川的"辣女",才能如此地放肆;也只有四川的耙耳朵男人,才会如此地顺从。一部《死水微澜》把川人描写得活灵活现,却又丝毫没有贬斥之意,读罢真是令人拍案叫绝。因为在李劼人看来,四川人的骨子里天生就具有一种叛逆性;而这种叛逆天性,又于无意识之中,解脱了某些传统文化因素对于他们的思想束缚。

《死水微澜》中的蔡大嫂,无疑是学界最为关注的研究对象,人们对于她那种敢想敢做的鲜明个性都充分发挥着自己的想象力去加以解读。有学者说她是中国现代女性解放运动的先驱者,比如"蔡大嫂同蔡兴顺的婚事,无需多说是封建秩序造成的悲剧",那么她与罗歪嘴的婚外恋情也应被视为一种对儒家礼教的"特殊反抗形式"。②还有学者说她是中国传统文化"仁义礼智信"

---

① 周育民、邵雍:《中国帮会史》,上海人民出版社1993年版,第233页。
② 李士文:《李劼人的生平和创作》,四川省社会科学院出版社1986年版,第102—103页。

的完美化身,"当她为拯救遭遇危难的丈夫和情人,不惜再嫁为他人妇成为顾太太(顾天成之妻)时,侠义精神与自我牺牲精神使得她的形象伟岸光辉起来"[1]。从反封建的现代性和传统文化的侠义精神,似乎都不能准确解读这一人物形象的美学意义,故又有学者认为蔡大嫂对于婚姻爱情的向往与追求,"并不源于个性解放的自觉意识,这种自觉意识在她身上还是不曾有的,这种追求只是源于'川辣子'气质的遗传因子……巴蜀古风"[2]。后一种见解表面观之不无道理,但却犯了一个不可饶恕的常识性错误:《死水微澜》描写的是近代成都,即重新组合而成的社会文化,与移民以前的"巴蜀古风"没有必然性的血缘关系。蔡大嫂作为近代巴蜀文化包容性与开放性的象征符号,她和罗歪嘴一道共同负载着李劼人川人写意的创作意图。除了性别上的差异之外,蔡大嫂的"野性"与罗歪嘴的"邪性"气质同构,他们都是以自己张扬而强悍的独立人格向世人诉说着近代巴蜀人的我行我素、卓尔不群。如何从蔡大嫂这一艺术形象,去看待川人思想的开放性特征呢?我个人以为,有以下三个看点:首先,是蔡大嫂绝不安于现状的躁动心态。蔡大嫂出嫁之前叫邓幺姑,"母亲自然是爱的,后父也爱如己出"。她从小就听韩二奶奶讲成都,"尤其令邓幺姑神往的,就是讲到成都一般大户人家的生活,以及妇女们争奇斗艳的打扮"。"所以邓幺姑对于成都的想象,始终被韩二奶奶支配着在。总想将来得到成都去住,并在大户人家去住,尝一尝韩二奶奶所描画的滋味,也不算枉生一世。"后来韩二奶奶死了,邓幺姑成了天回镇上的蔡大嫂,可她从未放弃进城之梦,不仅跟着罗歪嘴去了一回成都府,最终还嫁给了顾天成,住进了"大户人家"。其次,是蔡大嫂绝不恪守传统的人生态度。嫁给蔡傻子她始终都不甘心,遇到大老表罗歪嘴之后,她更是心猿意马魂不守舍。与蔡傻子相比较,她觉得罗歪嘴走南闯北、见多识广,"到底是个男子汉,有出息的人"。所以当罗歪嘴表达爱意时,"她不但不躲闪",并且还主动地投怀送抱,甚至发誓要"带起金娃子,同罗歪嘴一起逃走,逃到外州府县恩恩爱爱的去过生活"。用她自己的话来说,就是"人生一辈子,这样狂荡欢喜一下子,死了也值

---

[1] 彭超:《从不同视野下的"蔡大嫂"们看女性意识变迁》,载《当代文坛》2016年第3期。

[2] 索晓海:《浅析蔡大嫂的"川辣子"气质》,载《江汉大学学报》2000年第1期。

得!"再者,是蔡大嫂绝不委屈自己的务实性格。蔡傻子被抓、罗歪嘴逃走,她没有像中国传统的女性那样苦苦等待着自己的男人回来,而是选择了再嫁他人、另谋生存。面对父母的埋怨和质疑,她语出惊人地回答道:"你两位老人家真老糊涂了!……难道愿意你们的女儿受穷受困,拖衣落薄吗?难道愿意你们的外孙儿一辈子当放牛娃儿,当长年吗?放着一个大粮户,又是吃教的,有钱有势的人,为啥子不嫁?"我相信蔡大嫂的"再嫁"有为了救蔡傻子的因素,然而后面那几句话才应是她的真实心声。蔡大嫂与罗歪嘴一道,尽情演绎着四川人的自我个性:他们率性而为、蔑视一切,他们敢爱敢恨、逍遥快活。近代巴蜀文化这种未经启蒙便具有的"现代性",足以令那些大谈启蒙的知识精英们大跌眼镜、唏嘘不已。

读者喜欢罗歪嘴和蔡大嫂这两个人物,但批评家却未见得喜欢这两个人物;因为无论是启蒙话语还是革命话语,都会觉得他们缺乏理论意义上的"典型"性。启蒙话语中的"典型人物"应是"阿Q"或"华老栓"式的愚民形象,只有让他们表现得麻木不仁、昏庸不堪,"启蒙"才会具有现代性的社会价值。可是罗歪嘴与蔡大嫂既不愚昧也不守旧,相反都个性鲜明、活得自在;"启蒙"所推崇的独立人格,在他们身上失去了用武之地,所以也只能是将其视而不见了。革命话语中的"典型人物"应是"多多头"或"立秋"式的贫苦农民,只有让他们一贫如洗、苦大仇深,"革命"才能找到反抗社会的客观理由。可是罗歪嘴和蔡大嫂都不是贫苦出身,一个是奸诈刁滑的流氓恶霸,另一个是不守妇道的妖冶浪女;"革命"所推崇的阶级觉悟,不可能在他们身上发生,他们不被视为革命的对象就已经很不错了。从目前的情况来看,革命话语固然已经不再时髦;可是维护思想启蒙的合法地位,却仍旧是学界不可动摇的坚定信念。如果这一理论思维不发生彻底地转变,我个人总觉得,恢复《死水微澜》的经典地位,恐怕仍没有那么乐观。

三、《死水微澜》历史叙事的典型性问题

新时期以来,学界为了给《死水微澜》正名,纷纷以宏大叙事的理论思维重新去阐释其反映真实"历史"的艺术价值。比如,有研究者便认为,《死

水微澜》就是一部中国近代史；①还有研究者认为，《死水微澜》与当时的国际大背景是完全一致的。②学界之所以突然间强调《死水微澜》的"历史"真实性，其目的无非就是想把这部作品纳入到现实主义的理论框架，去赋予其中的环境、人物和事件以"典型论"的合法性，进而实现大幅度提升《死水微澜》经典意义的主观目的。这种矫枉过正的偏执做法，其实完全是徒劳无益的。我很赞同郜元宝的看法："许多文学史教科书提到《死水微澜》，一般都说是反映义和团运动前后四川社会'袍哥'和'教民'的摩擦，其实那只是故事的外部结构，并无什么实质性内容。"而《死水微澜》的最大看点并不是它对重大历史事件的复述或再现，"乃是义和团运动前后成都地区完整的社会各阶层众生相，他们共同的特点是沉溺在各自尘俗生活与欲望中，没有一点宗教超越的因素"③。故《死水微澜》能否成为现代文学经典，如何看待历史叙事的真实性问题，是我们无法绕开的第三个障碍。

我并不否认《死水微澜》中有历史大事件的影子存在，且李劼人也的确曾经说过，《死水微澜》所要表现的，是"1894年到1901年，即甲午中国和日本第一次战争以后，到《辛丑条约》订定时的这一段时间。内容以成都城外一个小乡镇为主要背景，具体写出那时内地社会上两种恶势力（教民与袍哥）的相激相荡。这两种恶势力的消长，又系于国际形势的变化，而帝国主义侵略的手段是那样厉害"④。但这是李劼人20世纪50年代的说法，而不是他30年代的想法，他说当时只想去写自己记忆中的一个世界，即他生长于此的天回镇和成都府，而并没有什么其它的非分之想。这就决定了《死水微澜》的历史叙事，带有明显的生活化特征，即通过顾天成与罗歪嘴两人的矛盾冲突以及顾天成同自己家族的内部结怨，间接性地去反映重大历史事件的社会影响。

---

① 钱林森：《"东方的福楼拜"与"中国的左拉"——李劼人与法国现实主义文学》，载《南京师范大学文学院学报》2011年第2期。
② 杨亦军：《〈死水微澜〉的历史"反叙述"——对作品"历史真实"的思考》，载《当代文坛》2011年第5期。
③ 郜元宝：《影响与偏离——略谈〈死水微澜〉与〈包法利夫人〉及其他》，载《中国比较文学》2005年第1期。
④ 李劼人：《死水微澜·前序》，《死水微澜》，人民文学出版社2000年版，第2页。

土财主顾天成的"入教",在"死水"一般的天回镇,引起了一波小小的"微澜",但却与四川的"教案"无关。曾有学者这样认为,"在《死水微澜》中,顾天成是一个具有强烈批判色彩的人物形象,他反动至极,集封建地主的腐朽和帝国主义的凶悍于一身,突出反映了这两者相互勾结、危害国家民族和人民群众的大罪极恶"①。言下之意,顾天成"入教"的目的,是为了去给洋人当帮凶,这种说法简直是荒谬之极。顾天成既不知道基督教为何物,同时也不相信有什么上帝,比如他经常质疑"耶稣几时才能显灵"就是一个很好的例证。顾天成的"入教",完全是出于一种功利目的,即想借助洋人的力量向罗歪嘴复仇罢了。因为在"云集栈"他被刘三金色诱,总共输掉了一千多两银子,还被罗歪嘴痛扁了一顿,于是两人便结下了梁子。在成都府看花灯时,顾天成约了"一个不知利害的四浑小伙子",当着罗歪嘴的面去"臊皮"蔡大嫂,未曾想被罗歪嘴"劈脸一个耳光,又结实,又响,顾天成半边脸都红了"。更令他感到绝望的是,自己光顾着撒野打架,把小女儿招弟也给走丢了,故两人的梁子也越结越深。是钟幺嫂给顾天成出主意,告诉他"入教"有诸多好处,曾师母不但可以帮他报仇雪恨,还不用去还那几百两银子的欠账。梳理一下故事所提供的线索,我们发现顾天成在天回镇也是一个招摇过市的"歪人",他向罗歪嘴去复仇,完全是两人"歪人"之间的恩恩怨怨,与"国家民族和人民群众"有何干系呢?还有一种说法认为,李劼人对于基督教"恐怕更多还是持否定态度",②我看未必果真是如此。曾师母这一人物的"教会"背景,很值得我们去仔细琢磨。她原本是个"孤女",被一个洋婆子买了下来,收养在教堂里。长大成人之后,她与一个姓史的洋人偷情,被史夫人发现并大闹了一场,史先生没办法只好把她嫁给了曾先生。就算《死水微澜》把曾师母和史先生写得都很烂,那也只能说明他们个人的修养有问题,没能够严格遵守《圣经》教义的道德戒律,根本谈不上李劼人对基督教"持否定态度"。我们换一个角度去观察,顾天成与罗歪嘴之间的矛盾冲突更是与"教案"事件没有瓜葛。顾天成"入教"以后,罗歪嘴果然遭到了报应,"制台派

---

① 李仕文:《李劼人的生平和创作》,四川省社会科学院出版社1986年版,第154页。
② 郜元宝:《影响与偏离——略谈〈死水微澜〉与〈包法利夫人〉及其他》,载《中国比较文学》2005年第1期。

了一营巡防兵"来捉拿他和张占魁等九人,害得他们仓皇出逃去躲避风头。官府派兵抓捕罗歪嘴等人,究竟是不是洋人史先生使的主意,作者没有交待我们也无从得知;但至少有一点是十分清楚的,那就是罗歪嘴本人并没有参加任何反洋教的实际活动。在官兵到达之前,罗歪嘴同蔡大嫂两人正"酽"得很:

> 他们如此的酽!酽到彼此都发了狂!本不是甚么正经夫妇,而竟能毫无顾忌的在人跟前亲热。有时高兴起来,公然不管蔡兴顺是否在房间里,也不顾他看见了作何寻思,难不难过,而相搂到没有一点缝隙;还要风魔了,好像洪醉以后,全然没有理智的相扑,相打,狂咬,狂笑,狂喊!

罗歪嘴本来就不关心社会政治,如今又有蔡大嫂整日缠身,他哪里有时间去反洋教呢?成都府也是一样,人们也不关心"义和团"的造反,比如"说到红灯照,郝达三有点弄不大清楚",而姑太太更是满腹牢骚,"又是北京城的事!听厌了,听厌了"。由此我们不难看出,《死水微澜》中零碎散乱的历史叙事,完全不具有展现中西方文明冲突的实质性内容,而只是一种揭示社会众生相的辅助手段。

顾天成因"入教"而同家族发生冲突,同样与历史大事件没有直接的关系;其故事情节倒是与《阿Q正传》颇有几分相似,两者都是以批判国民的劣根性为己任。首先,顾天成奉"洋教"与假洋鬼子剪辫子,都遭到了来自于传统文化的强大阻力。对于顾天成的奉"洋教",幺伯父幺伯母很是想不通:"第一个理由,他不是吃不起饭的,俗话说的,饿不得了才奉教,他是饿不得的人吗?第二个理由,奉了洋教,就没有祖宗……他能忍心当一个没祖宗的人吗?第三个理由,奉了洋教,只能供洋人的神……'连菩萨都不要了,还活得成吗?'"所以他们才会去拼命反对。阿Q也认为,假洋鬼子剪了辫子,就是违背祖制、里通外国,"就是没有了做人的资格,他的老婆不跳第四回井,也不是好女人。"其次,曾师母与阿Q都渴望依靠他者的力量满足自己不可能实现的人生欲望。八国联军就要打到北京了,曾师母异常兴奋地对顾天成说:等到洋人"把西太后与光绪捉住……史先生就是四川制台了,很大的官,是不是呢？如果史先生做了制台，我们全是他的人，不再是清朝百姓，是不是呢？我们教会里的人，全是官，做了官，要甚么有甚么，要怎样便怎样，是不是呢？"而阿Q"革命"的全部理想，也是"我要什么就是什么，我喜欢谁就是谁"。至于未庄那些"鸟男女"，全部杀头一个不留。再者，人们对待顾天成和阿Q前后不同的态度转变，更是反映出了中国人无节操的人格特征。顾天成刚"入教"时，其处境是十分凄惨的："葬在祖坟埂子外的老婆的棺材，也着幺伯父叫人破土取出，抛在水沟边，说是有碍风水。并且四处向人说，天成是不肖子孙，辱没了祖宗的子孙，撵出祠堂，把田屋充公。"阿Q因调戏吴妈被赵家父子打了一顿，他从此也被未庄人逼上了生存的绝境："其一，酒店不肯赊欠了；其二，管土谷祠的老头子说些废话，似乎叫他走；其三，他虽然记不清多少日，但确乎有许多日，没有一个人来叫他做短工。"然而，顾天成与阿Q"发迹"之后，人们的嘴脸立刻就变了——听说洋人要来，幺伯父幺伯母大惊失色，不但马上把顾天成的田屋奉还给了他，"幺伯母又格外捧出一张红契，良田五十亩，又是与他连界的，说是送给他老婆做祭田。他老婆的棺材哩，已端端正正葬在祖坟埂子里，垒得很大，只是没有树碑，说不敢自专，要等他自己拿主意"。听说革命党要来，阿Q在未庄也受到了前所未有过的敬重，赵太爷喊他"老Q"，老尼姑哭丧着一张脸，"人见他也客气，店铺也不说要现钱"，"未庄人都用了惊惧的眼光对他看"，"他舒服得如六月里喝了雪水"。无论是巴蜀人还是浙东人，他们毕竟都是中国人，故表现出相同的国民性特征，并不是一件值得称奇的事情。但是细细比较一下，我们发现李劼人笔下的巴蜀之人却更为狡黠善变且工于心计。比如说吧，天回镇人之"愚"，同未庄人之"愚"，并不完全一样——阿Q看不惯假洋鬼子剪辫子，那是因为他观念陈旧，而表现出来了的真"愚"；幺伯父反对顾天成"入教"虽然也有传统的因素，但其真正目的却是要去吞并顾天成的家产，这说明他是假"愚"而真"阴"。阿Q幻想以"造反"获取他人的不义之财，到头来却落得个杀头的罪名，他是真傻而不是装傻；曾师母虽然也不着边际地为教民封官许愿，但她却是站在教会的立场上吸引和诱惑更多的人"入教"，这说明她骨子里面透着"精"。另外，赵太爷与幺伯父都"做贼心虚"，但赵太爷只是改称"老Q"却没有一点实惠，幺伯父则陪送了顾天成五十亩良田，做人谁更圆滑也就一目了然了。清人傅崇矩曾用"人情狡诈,千变万化"去形容近代社会的巴蜀民风,①而《死水微澜》的创作意图则正是对这种民风的艺术诠释。否则的话,《死水微澜》充其量就是放大版的《阿Q正传》,不仅不会令读者着迷,更会失去它在中国现代文学史上的存在价值。

《死水微澜》在其碎片化的历史叙事中,把巴蜀文化描写得鬼马精灵、风趣幽默,比起其他川籍作家的小说创作,毫无疑问它才是真正具有区域文化意味的文学经典。但为什么人们却把它给遗忘了呢?我个人认为,这其中既有学术成见,更有历史的原因。我们先来说说学术成见:启蒙话语强调历史事件的本身价值,直接决定着历史叙事的典型性与真实性,如果一个作家不能立体化地去表现社会生活,不能从人物与历史的联系中把握住时代发展的必然规律,那么他的作品也就失去了干预生活的现实意义。鲁迅的小说之所以能够被视为"中国反封建思想革命的一面镜子",就在于它紧紧地扣住了重大历史事件,"从政治革命和思想革命的关系中,从思想革命对政治革命的制约作用上,独特地、创造性地总结了辛亥革命的失败教训"②。无论我们怎样去人为地提升,《死水微澜》都达不到这样的思想高度,因为它的主体结构,人物不是为历史服务的,而是历史为人物服务的,不以历史叙事为重点,当然也就不可能去总结什么"经验教训"了。革命话语强调历史叙事的"当下"价值,即文学应服从"救亡图存"的时代背景,"题材"必须与"历史"具有一致性,是否"反对帝国主义并且反对中国地主阶级"也便成为了衡量文学反映历史真实性的唯一标准。③《死水微澜》既没有描写辛亥革命,又没有描写"五四"新文化运动,更没有描写波澜壮阔的无产阶级革命,缺乏"历史"的现代感无疑就是脱离"历史"的当下性,这就直接决定了《死水微澜》遭受排斥的悲剧命运。我们再来说说历史原因:《死水微澜》写于1935年7月,次年7月由上海中华书局出版发行。众所周知,1935年是个多事之秋,中日矛盾已开始激化,尤其是"一二·九"运动的爆发,全民族上下都群情激昂,借用当年清华大学

---

① 傅崇矩:《成都通览》(上),巴蜀书社1987年版,第271页。
② 王富仁:《中国反封建思想革命的一面镜子:〈呐喊〉〈彷徨〉综论》,北京师范大学出版社1986年版,第23页。
③ 瞿秋白:《瞿秋白文集》第3卷,人民文学出版社1998年版,第10页。

救国会《告全国民众书》里的一句话，"华北之大，已经安放不下一张平静的书桌了！"实际上何止是华北，整个中国都是如此，人们哪里还有心情去研读什么小说呢？《死水微澜》的生不逢时，我们也就可以理解了。曹禺的《原野》和老舍的《骆驼祥子》都是写于同一时期，这两部作品在当时也曾受到过冷遇，只不过由于它们的作者早已是名家，故后来出版的中国现代文学史才对其进行了重新的阐释和解读，它们的经典地位也是由学界后来所追加确认的。李劼人却没有那么幸运了，写《死水微澜》时，他还没有在文坛上出名，再加上这部作品诞生于一个动荡的年代，它只能静静地躺在尘封的历史中，等待着有识之士去发现它的文学价值了。

我们不必为《死水微澜》去叫屈，历史上被遮蔽了的文学经典，还不知道有多少呢；但是我们必须明白，文学的本质就是"审美"，而"审美"的前提就是"好看"！早在1902年，梁启超就明确地指出，"熏""浸""刺""提"是文学审美的四大要素；若要充分发挥好这四大要素，文学作品当然首先要做到"好看"，即"以赏心乐事为目的"。①我个人认为，梁启超之本意是在强调文学"好看"的基础上负载一定的社会功能。然而"五四"以后，文学的"好看"性逐渐被"实用"性所代替，中国现代文学的评价标准也逐渐回到了对传统"文章"的概念认同。像《死水微澜》这样的优秀作品，并不缺乏"熏""浸""刺""提"的感人力量，无非是不符合研究者的条条框框，所以它的经典性才会受到质疑。我很想问一句：海明威的《老人与海》既没有"经国之大业"，又没有"不朽之盛事"，可是大家为什么都异口同声地说，它就是世界文学的经典之作呢？关键就在于读者认为它"好看"且"感人"。所以，"好看"又"感人"的《死水微澜》，究竟是不是一部经典之作，不应该由那些"玩文学"的批评家们来决定，而是应该由广大读者的审美趣味来决定。

（原文刊发于《山东师范大学学报》2017年第6期）

---

① 梁启超：《论小说与群治之关系》，载《新小说》1902年第1期。

第十四章 《围城》与现代知识精英的神话破灭

《围城》是中国现代文学的经典之作，同时也是钱钟书"忧世伤生"的沉思之作。作者自己声称他的主观用意就是"想写现代中国某一部分社会、某一类人物"①，那么《围城》是有为而作自然毋庸置疑。由于《围城》所描写的主要人物多是些披蒙着"西化"色彩的知识分子，而故事所描写的基本内容又都是些社会精英的种种丑态，故学界往往将其视为一部现代版的"新儒林外史"。②但是，有一个问题我们必须加以澄清：钱钟书以现代精英为题材去进行创作，其目的决非仅仅是对他们之中那些沽名钓誉之辈的辛辣嘲讽，而是对"五四"以来中国文人趋之若鹜"西化"追求的理性反思。因为"现代中国某一部分社会、某一类人物"是一种"泛指"概念，所以无论是教育界的"南郭先生"还是思想界的"泰山北斗"，实际上统统都被作者以隐喻叙事的遮蔽方式，十分巧妙地纳入到了批判否定的解构对象，对此我们学界应该给予足够的思想重视。在作品文本的结构当中，"围城"是个具有扩张性与散朴性的审美意象，它虽然借用于法国民间戏谑婚姻的流行谚语，但却揭示了留洋求学"围城"、现代教育"围城"、女性解放"围城"等怪诞现象。钱钟书先生的聪明过人之处，就在于他以一个看似滑稽可笑的荒谬故事，既剥开了精英知识分子的神秘面纱，又戳穿了现代思想启蒙的人为神话。这种"玩世不恭"与"痴呆执著"③的叛逆性格，其实却正是作者忧患意识与批判理性的另类表现——从《围

---

① 参见钱钟书：《〈围城〉序》，《钱钟书文集》，江西高校出版社1999年版。
② 温儒敏：《〈围城〉的三层意蕴》，载《中国现代文学研究丛刊》1989年第1期。
③ 参见钱钟书：《钱钟书自传》，《钱钟书文集》，江西高校出版社1999年版。

城》幽默诙谐的语言背后,我们可以强烈地感觉到作者思想的睿智与深刻。

一、《围城》:留洋文化的真相还原

在《围城》故事的篇首开端,作者为我们精心设计了一个"归来"场景:一艘航行在公海上的法国邮船,正运载着一群中国留学生从欧洲"学成"回国。"公海"意象精妙绝伦,它无国界无专属的疆域空间,似乎是在暗示着这群知识精英极为复杂而又难以确定的思想背景。众所周知,出国留洋曾作为中华民族"救亡图存"的时代标志,往往被学界归结为是一种爱国主义的悲壮之举——广大莘莘学子远离故土寄居他乡发奋读书报效祖国,几乎成为了全体国人心目中顶礼膜拜的仰望偶像。然而,"归来"场景却以轻松调侃的诙谐语言,直接戳破了这种"皇帝新装"式的神话寓言。

> 照例每年夏天有一批中国留学生学成回国,这船上也有十来人。……他们天涯相遇,一见如故,谈起外患内乱的祖国,都恨不得立刻回去为他服务。船走得这样慢,大家一片乡心,正愁无处寄托,不知哪里忽来了两付麻将牌。麻将当然是国技,又听说在美国风行;打牌不但有故乡风味,并且适合世界潮流。妙得很,人数可凑成两桌而有余,所以除掉吃饭睡觉以外,他们天天赌钱消遣。

这是一段寓意深刻的描写文字,作者将"搓麻"与"爱国"扯在一起,使两个完全相悖的逻辑概念,形成了一种非理性的必然关系——"麻将"是"国粹",爱"麻"就等于爱"国",这自然是作者的主观讽喻;然而,"麻将"在"美国风行"且正成为"世界潮流",则是一种不容置疑的客观推论:国粹"麻将"之所以会兴盛于海外,其真正原因自然与欧美人无关,而是留学生精神空虚的真实写照。邮船上那些留学生西装革履风度翩翩一派西方绅士风度,可他们对国粹"麻将"的"熟练"与"痴情"则又充分显示着传统文化的强大亲和力;他们风流偶傥打情骂俏全然一副西洋骑士的神气派头,但其勾心斗角相互排斥的嫉妒心理同样也暴露着无处不在的愚顽"国民性"。毫无疑问，钱钟书先生如此去构思作品文本的故事开局，其目的无非就是要还原一个历史真相——广大青年出外留洋的真实目的并非是为了"救亡图存"，而是为了获取更大荣誉和个人利益而采取的应对策略。其实关注留学生的精神生态，《围城》并非中国现代文学史上的第一部作品；早在20世纪20年代中期，鲁迅在其散文《藤野先生》当中就已经有所涉及。他曾这样写道："东京无非也这样。上野的樱花烂漫的时节望去确也像绯云，但花下也确少不了成群结队的'清国留学生'的速成班，头上顶着大辫子，顶得学生制帽的顶上高高耸起，形成一座富士山。……到傍晚，有一间的地板便不免要咚咚地响得震天，兼以满房的烟尘斗乱；问问精通时事的人，答道，'那是在学跳舞'。"两者所关注的社会视点无疑是高度一致的，只不过《围城》的嘲讽对象是西洋留学生，而《藤野先生》的抨击对象则是东洋留学生。如果我们将钱钟书与鲁迅的批判指向合二而一，"西洋"与"东洋"恰恰构成了中国近现代留学制度的社会弊端。所以，"归来"场景是一种否定性结构，它以对世界的"虚无化"，深刻反映了现代中国人为自己"完满观念"所制造的"纯粹的虚构"。①理由非常简单，方鸿渐与他那些同类们茫然而去又空手而归的人生追求，并没有像人们所预期的那样完成他们思想的现代转型，而是如方鸿渐本人直言不讳的表白那样："我们出过洋，也算了了一桩心愿，灵魂健全，见了博士硕士们这些微生虫，有抵抗能力来自卫。"正是由于《围城》对留洋文化的深刻反思，它才会以强烈的批判理性，具有他者所不可取代的思想价值和艺术价值。

我个人认为，若要真正理解《围城》的创作意图，简单回顾一下留洋文化的历史背景，应是一个十分必要的先决条件。中国从1872年开始向海外派遣第一批留学生，但那时人数极少且又仅限于美国；而1896年以后大量中国青年东渡扶桑西去欧美，才真正形成了一种前赴后继蔚为壮观的社会景象。②在20

---

① 萨特：《存在与虚无》，三联书店1987年版，第31页。
② 我的朋友周棉教授在其《留学生与中国社会发展》（中国矿业大学出版社1997年版）、《留学生与中外文化交流》（南京大学出版社2000年版）等专门研究中国近现代留学生与留学制度的学术专著中，不仅对此问题论述得十分透彻，而且还将每年出国留学的具体人数也都做了精确统计，这对我们了解与研究出国留洋文化现象，提供了极好的学术参考价值。

世纪初叶，为什么出国留洋会得到中国人普遍的心理认同呢？熟知中国历史的学者当然知道，它是与张之洞所写的《劝学篇》以及科举制度的最终废除，有着直接而必然的内在联系。1898年4月，历来趋于保守的张之洞，写就了他轰动一时的《劝学篇》，正式提出了"旧学为本，新学为用，不使偏废"（《劝学篇·外篇·设学第三》）的救世主张。尤其是他在《劝学篇·游学》当中，力陈出国留洋与富民强国的诸多好处，这对于那些科举无望转求变法的年轻人来说，无疑是指明了一条通往理想人生的全新出路。与此同时，从19世纪末到20世纪初，中国传统的科举制度，遭到了众多有识之士和外国传教士的质疑与攻击；尤其是外国传教士以上海《万国公报》为阵地，持之以恒地暴露科举制度误国害民的种种弊端，并以其顽强的韧性和毅力直接促成了它被宣布废除，①这又从根本上断绝了中国知识分子的仕途之路。所以，出国留洋作为莘莘学子追求功名的唯一选择以及中国家庭"望子成龙""望女成凤"的梦想延续，加速了人们对留洋文化的高度认同和盲目攀比。胡适出国之前在写给母亲的家书中便曾写道："现在时势，科举既停，上进之阶惟有出洋留学之途。"②由此可见，出国"留洋"在中国人的现代生活当中，作为有志青年寻求"上进之阶"的全新途径，实际上已成为了广大国人的社会时尚。

《围城》文本的前四章，主要是描写一群"学业有成"的留学生，他们在现实生活中的"虚无"表现，作者以"蒙"与"骗"这两个字，生动揭示了他们"出去"与"归来"的精神状态：方鸿渐本是个"无用之人"，他并没有明确的出国目的，只是因为"岳丈"大人为了装点家族脸面不得已而"留洋"，故他"四年中倒换了三个大学。伦敦、巴黎、柏林；随便听几门课，兴趣颇广，心得全无"，最后只好花三十美元从爱尔兰骗子手里买来一张"克莱登大学"的假博士文凭，满足了"岳丈"大人渴望"贤婿"跻身"洋进士"之列的虚荣心理。苏文纨在里昂大学是学法国文学的，但人们除了知道她所做的博士论文题目为《中国十八家白话诗人》之外，其他有关法国文学的基本知识

---

① 有关这一问题，可参见孙邦华的论文《晚清来华新教传教士对中国科举制度的批判——以〈万国公报〉为舆论中心》，载《学术月刊》2004年第6期。
② 罗志田：《近代中国社会权势的转移——知识分子的边缘化与边缘知识分子的兴起》，见《20世纪中国知识分子史论》，新星出版社2005年版，第133页。

似乎一概都不甚了解。赵辛楣在美国攻读的是政治学硕士学位，但他对国际政治关系学的精髓所得，也只是模仿着"墨索里尼与希特勒接见小国外交代表开谈判时"的傲慢"态度"，周旋于情场与情敌之间展开着争风吃醋的"魅力"角逐。曹元朗在剑桥大学也是学文学的，他那几首用十四行诗体写成的白话诗《拼盘姘伴》，虽然趣味低下不堪入目令人作呕，但其夹着"皮包"奔走于官场大做生意却轻车熟路游刃有余。自以为是的褚慎明，"小学、中学、大学都不肯毕业，因为他觉得没有先生配教他考他"，但凭借他与外国哲学"大师"的相互吹捧而四处吹嘘自己是"中国哲学创始人"。董斜川是"一个英年洋派的人"，他精通洋文却推崇"家学"，因其反对新诗而主张"同光体"，言谈举止活像封建"遗少"。从这些留洋归来的知识精英身上，我们发现其留学经历都具有高度一致的相似性：到国外去学习中国文学。至于中国人为什么要到国外去学习中国文学这一怪诞现象，作者借用方鸿渐之口一语道破了天机："事实上，惟有学中国文学的人非到国外留学不可。因为一切其他科目像数学、物理、哲学、心理、经济、法律等等都是从外国灌输进来的，早已洋气扑鼻；只有国文是国货土产，还需要外国招牌，方可维持地位，正好像中国官吏、商人在本国剥削来的钱要换外汇，才能保持国币的原来价值。"在《围城》文本故事的叙事当中，外国人"骗"中国人与中国人"蒙"外国人，是一个意义完全相同的逻辑结构：那个爱尔兰人卖假文凭给方鸿渐等人，是外国人在"骗"中国人；苏文纨能以《中国十八家白话诗人》得到博士学位，则是中国人在"蒙"外国人——白话新诗在中国国内才刚刚兴起，法国人究竟对其能了解多少？作者对于我们那些可爱同胞"自欺"行为的大胆披露，显然是带有一种存在主义哲学的揭秘意味："为了逃避人们不能逃避的东西，为了逃避人们所是的东西。"①

杨绛女士曾说《围城》中的苏小姐、褚慎明、董斜川等艺术形象，都是具有真实生活原型的"实在"人物（《〈围城〉附录》）。我们固然可以对其进行"大胆的假设"，但却难以进行"小心的求证"。不过有些历史趣闻，则应引起我们注意。比如，清华大学国学院的"四大导师"王国维、梁启超、

---

① 萨特：《存在与虚无》，三联书店1987年版，第111页。

赵元任、陈寅恪，他们虽然学的都是"国学"且能被遴选为学生"导师"，其真正理由是他们完全符合清华大学"对西方的科学研究方法有所了解""熟知欧美、日本学者研究东方语言、中国文化的成绩"的遴选标准。[①]另外，胡适在美国哥伦比亚大学所做的博士论文，题目就是《先秦名学史》；而陈学昭在法国巴莱蒙大学所做的博士论文，题目也是《中国的词》。这些"相似性"的客观事实，似乎都与《围城》故事的批判指向，存在着一种或明或暗的影射关系。我们研究者在解读《围城》时，应对此给予必要的关注。

二、《围城》：高等教育的内幕揭秘

《围城》文本故事的第五章至第七章是以国立"三闾大学"为叙事场景，生动而深刻地再现了中国现代高等教育的真实内幕。首先我们注意到"三闾大学"的"国立"性质，既然是"国立"，自然也就象征着"国家"教育。以高松年、韩学愈、赵辛楣、方鸿渐等人为代表的留洋派"精英"，固然是些不学无术的"假洋货"；而以李梅亭、汪处厚、陆子潇、刘东方等人为代表的本土派"精英"，同样也是些坑蒙拐骗的"假道学"。然而，正是由这群乌合之众所组成的师资队伍，实际上构成了中国现代高等教育的精神"脊梁"。作者如此去描写，看似有点玩世不恭，但在其轻松幽默的文字背后，我们更可以感受到作者深沉压抑的忧患意识：启蒙精英自身的思想素质尚且是如此，那么被启蒙者所接受的现代教育又能好到哪儿去呢？

现代高等教育的核心思想，是强调"以人为本"的办学理念，推崇"科学研究"的创新能力，进而为人类社会的发展进步培养有用人才。可是《围城》中那些道貌岸然的教育"精英"们，根本就不去承载任何献身教育的神圣感和使命感。读者从他们那灰色灵魂世界里所看到的教授形象，并非是为了传播"人类极为重视的真理和智慧"，只不过是为了"挣钱"和"名望"而"装腔作势、夸夸其谈"，[②]"教授"这一至高无上的荣誉称号，也被他们龌龊卑

[①] 唐杰：《财富清华》，清华大学出版社2006年版，第200页。
[②] 叔本华：《叔本华论说文集》，商务印书馆2004年版，第339页。

鄙的行为所玷污。《围城》对于中国现代高等教育体制的大胆揭秘，主要是表现为作者对于"官本位"思想的深刻认知——传统"科举"制度虽然早已从形式上被废除，但文人"仕途"观念却依然根深蒂固，"学而优则仕"的国人心理仍旧在主导着"现代"高等教育的中枢神经。方鸿渐刚一接到高松年邀请他去"三闾大学"任教的电报文稿，"点金银行"的王主任便连连恭维他说这是"宝至名归"，"还说什么三年国立大学教授就等于简任官的资格。"王主任将当"教授"与当"官"相提并论，固然不无肉麻吹捧之意，可方鸿渐却"听得开心"非常舒服，仿佛他赴"三闾大学"去任教与古代举人赴外地去"候补"，并没有什么本质上的根本区别。而赵辛楣那番解释则更是绝妙透顶无与伦比："教书也可以干政治，你看现在许多中国大政客，都是教授出身……干政治的人先去教书，一可以把握青年心理；二可以训练自己的干部人才。"国立"三闾大学"校长高松年"政客"与"教授"的双重身份，便集中反映了中国现代大学的"官场"性质。高松年曾就读于欧洲某小国学习昆虫学，但其"研究人情的学问"要远远大于其研究昆虫的学问，"外国科学进步，中国科学家进爵"的戏谑之言，显然是作者批判理性的直接折射。高松年深谙"治国平天下在于大学之道"的人生哲理，故他最为得意的至理名言就是："我是研究生物学的，学校也是个机体，教职员之于学校，应该像细胞之于机体"。他以政治权谋去获得下属的崇拜与拥戴，而不是以学术贡献去赢得同事的景仰和信任；他老谋深算工于心计结党营私"家国天下"，苦心经营着"三闾大学"这一政治资本。

高松年研究生物学，知道"适者生存"是天经地义。他自负最能适应环境，对什么人，在什么场合，说什么话。旧小说里提起"二十万禁军教头"，总说他"十八般武艺，件件都精"：高松年身为校长，对学校三院十系的学问，样样都精通——这个"通"就像"火车畅通"的"通"，"肠胃通顺"的"通"，几句门面话从耳朵里进去直通到嘴里出来，一点不在脑子里停留。今天政治系开成立会，恭请演讲，他会畅论国际形势，把法西斯主义跟共产主义比较，归根结底是中国现行的政治制度最好。明天文学研究会举行联欢会，他训话里除掉说诗歌是"民族的灵魂"，文学是"心理建设的工具"以外，还要勉励在座诸位做"印度的泰戈尔，英国的莎士比亚，法国——呃——法国的罗素（声音又像"罗嗦"，意思是卢梭），德国的歌德，美国的——美国的文学家太多了。"后天物理学会迎新会上，他那时候没有原子弹可讲，只可以呼唤几声相对论，害得隔了大西洋的爱因斯坦由耳朵发烧，连打喷嚏。此外他还会跟军事教官闲谈，说一两句"他妈的！"那教官惊喜得刮目相看，引为同道。

在《围城》当中，高松年自然因其是"官府"委派，所以才会满嘴"官腔"满身"官气"；然而综观整个"三闾大学"，则更是盘根错节派别林立——不仅有隶属于高松年的"从龙派"，还有什么"粤派""少壮派""留日派"等帮派势力。这些人物同类组合沉瀣一气，把一所国立大学搞得乌烟瘴气。他们之所以能够为所欲为，关键就在于他们都与"官场"政治有着极为复杂的人事关系。比如，中文系主任汪处厚原是"在本省督军署当秘书"，只因"给人弹劾，官做不成"了，才仰仗任教育部次长侄子的鼎立推荐，来到"三闾大学"滥竽充数。又如，永远"年轻"不老的陆子潇，学问做得虽然不怎么样，可却因其有"行政院"和"外交部"的"官方"朋友，同样受到高松年的器重和礼遇。另外还有那个"淫亵之相"的李梅亭，其"纸质坚致，字体古雅"的名片上，也赫然印有"什么县党部的前任秘书"头衔。大学"官场"化直接导致了中国高等教育的腐败与堕落：属于西方现代文明的"导师制"竟被一帮官僚式的学究理解为"男女之大防"，其结论是"未婚的先生不得做女学生的导师"，这完全符合于"新生活运动"的道德规范；属于西方人文精神的"人本"思想，也被传统文化的人情观念所彻底取代，因此韩学愈与刘东方之流才有可能相互利用以权谋私，"你"安插"我"妹妹、"我"接收"你"夫人。难怪赵辛楣慨然长叹道："不知怎么，外国一切好东西到中国没有不走样的……中国真厉害，天下无敌手，外国东西来一件，毁一件。"其实这话尽管是出自于赵辛楣之口，但却明显传达着作者本人的主观意志——作为人类现代文明的精神摇篮，大学教育在中国却是"金玉其外而败絮其内"，"形而上"

的"现代"盛装,终究难掩其"形而下"的"传统"实质!

《围城》对于国立"三闾大学"的真相揭秘,的确是令广大读者深感震撼唏嘘不已。因为在一般中国人的心目当中,"大学"无疑就是传播文明的神圣"净土",而"教授"也应是学识渊博的思想导师;但我们从作者笔下所看到的实际情况却是另外一番大相径庭的昏暗景象:同样是从爱尔兰骗子手中买了"克莱登大学"假博士文凭的韩学愈,虽然结结巴巴连一句完整的话都讲不清楚,但却因其能够将"骗"坚持到底而成为历史系主任,结果害得还有点"良知"的方鸿渐,跺脚顿足仰天长叹后悔莫及,"撒谎还要讲良心,真是大傻瓜"。而原本在一所私立学校任教并兼"县党部秘书"的"冷血动物"李梅亭,其全部知识就是一箱抄写工整的资料卡片,他甚至还不无得意地炫耀说,"这是我的随身法宝。只要有它,中国书全烧完了,我还能照样在中国文学系开课程"。不过,卡片之下却摆放着五花八门的满满西药,最后由于高松年没有兑现当初的封"官"许愿,学校无奈只好以"天价"将其悉数买下。国立"三闾大学"那些令人"尊敬"的教授们,永远都是凭借着一本程式化的教科书去"灌输知识,宣扬文化";他们从不印发课堂讲义,目的就是故意"让学生们莫测高深",以便维持他们"满腹经纶"的"教授"尊严。《围城》对于国立"三闾大学"的"教"与"学"两个方面都给予了毫不留情的猛烈抨击:首先是"教授"群体的"不学无术"——学"国文"出身的方鸿渐去教"伦理","下课铃还有好一会才会打"可他话已说完;学"国文"出身的孙柔嘉去教"外语",最终被男学生哄闹着赶下了讲台;"不会讲英文"的刘东方居然能靠编几本"中学教科书"成了英文系主任;而韩学愈那位白俄夫人尽管"英文都不会讲",却因其"夫贵妻荣"照样被聘为英语教授。其次是学生群体的"不学无知"——"缺课"是一种司空见惯的正常现象,方鸿渐第一节课就"有七八个缺席",到后来教室里便"空着第二排,第三排孤零零地坐着一个男生";学生们学习的热情虽不高,但和女老师调情的兴致却不减,一句"I am your husband"(我是你丈夫)的轻薄语言,气得孙小姐愤然发怒拂袖而去;学生与老师之间形成了朋党关系,经常在一起吃吃喝喝狼狈为奸,挖空心思去排挤异己暗算他人,结果"今天在韩家吃坏了","一晚上泻了好几次"。老师"不学无术",所以只好"把讲义哄过自己的学生";而学生"不学无知",则又只好"把论文哄过自己的先生"。作者本人的这段"妙论",既是对国立"三闾大学"校园风气的有感而发,同时也是对中国高教体制现实困境的倍感沮丧。因为"三闾大学"既然是"国立",那么它就绝不可能只是一种个例现象,而是具有普遍性的象征意义。《围城》里孙柔嘉曾说过这样一句话:"这学校像个大家庭",此话看似玩笑但却大有深意。众所周知,在中国传统文化观念当中,"国"与"家"概念一致词义相同,"国"是大"家"而"家"是小"国",所以"家长制"管理模式从个体单位延伸到群体单位,便建构起了中国封建专制政体的牢固根基。"学校像个大家庭"的批判指向,是在暗示中国现代高等教育的封闭性质——从高松年对"三闾大学"的"家长"行政,到汪处厚、韩学愈、刘东方等人对各院系的"家长"掌控,根本就体现不出半点现代大学的人文气息。这不禁使我联想起叔本华有关"假发"的一段议论:"假发"使光秃的脑袋"蒙上一层浓密的毛发,然而这毛发却不是他自己的脑袋生长的";尽管"假发"本身做得形象逼真完美无缺,但却"并不能把原来是光秃的脑袋装饰的美丽自然、天衣无缝"[①]。国立"三闾大学"虽然把西方大学形式这一"假发"戴在自己光秃的脑袋之上,可是它只能起到掩饰传统的"遮蔽"作用,而并没有起到文化再生的"移植"作用,作者对此显然是认识清醒焦虑万般。"传统"教育的"秃头"披戴着"西方"教育的"假发",而向世人去充分展示其所谓的"现代"性质,应该说这正是《围城》思想主题的深刻之处。

三、《围城》:现代女性的灵魂剖析

婚姻"围城"作为《围城》故事的叙事"要点",几乎得到了学界同人的一致肯定与反复论说,但是我个人却对于这种传统观点存有异议。方鸿渐与唐晓芙、苏文纨、孙柔嘉三人的情感纠葛,固然从开篇到结尾贯穿始终并构成了《围城》叙事的中心话语;然而我们必须注意到婚姻烦恼的内在结构,并非反映男性群体的生存困境,而是揭示现代女性的传统负荷。众所周知,所谓

---

① 叔本华著《叔本华论说文集》,商务印书馆2004年版,第340页。

"现代女性"的基本含义，就是指受过现代高等教育且具有独立人格意识的女性群体。"五四"新文化运动所赋予这一概念的完美解释，则是敢于"叛逆"自我"解放"寻求"独立"，它曾被视为中国现代文明的重要标志，得到了国内思想界与学术界的高度赞誉。不过，《围城》却以众多现代女性的形象写真，从本质上彻底戳穿了启蒙时代的"解放"神话——尽管她们都在极力地用"现代"色彩来伪装自己，但"传统"底蕴却一尘不染始终不变——渴望"婚姻"的"归属"意识，几乎成了她们唯一性的精神"家园"。

正确理解《围城》对于现代女性的批判与解构，我们绝不能忽略故事开端那个"鲍小姐"的象征意义："鲍小姐"虽然并不是作品文本的主要人物，甚至转瞬即逝完全可以忽略不计，但其一半"西方"血统（母亲）一半"中国"血统（父亲）的隐喻性交代，起始便定下了"新女性"既"现代"又"传统"、"现代"是外表而"传统"是内涵的书写格调。其实，"鲍小姐"身体形态的混血特征在《围城》故事的后续描写当中，明显被演绎成是一种"新女性"的精神气质：从苏文纨的"高雅"与"俗气"、唐晓芙的"洋派"与"无知"，到孙柔嘉的"单纯"与"心计"、汪夫人的"钢琴"与"国画"，无一不暴露着"新女性"自诩"现代"的虚伪面孔。仅就这一文本立意而言，苏文纨与孙柔嘉二人的精彩表演，无疑是最具有颠覆性的震撼效果。

苏文纨在作者笔下的身份定位，无疑是一个留洋归来的"大家闺秀"："留洋"使她在法国里昂大学混到了一张博士文凭，"大家"自然是指其家庭经济状况非常优越，而"闺秀"则是暗示其品貌出众的长相特征。苏文纨"求爱"故事的构思法则，实际上就是在现代色彩的遮蔽之下，传统小说中大家闺秀"求爱"情节的现代翻版。如果我们仔细去分辨便不难发现，接受过西方现代文明教育的"苏小姐"，她婚姻择偶的标准却并不是志同道合的神圣爱情，而是始终都坚守着"门当户对"的传统教条。她纠缠方鸿渐的原因与"爱"无关，只不过对其"家世略有所知，见他人不讨厌，似乎钱也充足，颇有意利用这航行期间，给他一个亲近的机会"。可是方鸿渐却并不在意苏文纨的秋波频传，所以一场由"新女性"取代传统"佳人"来主演的古老言情叙事，便以一种中西合璧不伦不类的表现方式得以呈现。首先我们应高度重视苏文纨"求爱"场所的荒诞性："苏公馆"原本是座洋楼，可却被改造成了中式园林布局，"桃花、梨花、丁香花都开得正好"；西式客厅摆着"书画古玩"，墙壁上挂着"黄山谷诗"，上面写着"花气薰人欲破禅"等。这种环境设计显然是大有深意的，西洋小楼与富宅豪院合二而一，不知不觉之中便营造出了古典言情的现代氛围。其次我们应高度重视苏文纨"求爱"方式的荒诞性："苏家花园"是以门户开放的"招婿"形式向人们展示中国传统爱情模式的"现代"转型——"新女性"不再是"深闺未识"，而是"引郎入室"；一群"洋派"青年情场狂欢的浪漫角逐，仿佛也预示着"红娘传书"时代的历史终结。然而，打开门户并一定就意味着是现代女性的自我解放，"苏公馆"里所聚集的那些留洋精英，他们围拢在"苏小姐"身旁吟"诗"颂"赋"，纷纷向现代"佳人"邀宠献媚大表殷勤；而那位现代"佳人"苏文纨则周旋于其中，含蓄矜持眉目传情娇声细语待价而沽，就像是在抛绣球选郎君一样，坐在一旁静候着理想情人的脱颖而出。现代"才子"与现代"佳人"在不"中"不"西"的"苏公馆"内，为我们表演了一出"似曾相识"的古典言情故事，既讽喻了"现代"精英的陈腐之气，又揭去了"现代"女性的神秘面纱。这无疑是《围城》反讽叙事的高妙之处。再次我们应高度重视苏文纨"求爱"心理的荒诞性：因"一心留学"而耽搁了自己婚姻大事的苏文纨，主动追求她个人一生的家庭幸福，这完全是合情合理无可厚非的人性要求；但是她这种"主动"并不是西方现代女性的"大胆"与"执著"，而是中国传统女性的"精明"与"智慧"，因而其"大家闺秀"对于"留洋博士"的身份颠覆则实属必然。苏文纨"爱"方鸿渐自己却决不轻易说出，而是一直都在以"暗示"方式希望由方鸿渐首开其口。"羞于启齿"或"深藏不露"是中国传统女性婚姻追求的"葵花宝典"，似乎由女性主动去追求男性，那么女性便会失去自身的价值与尊严。尤其是当她得知方鸿渐"爱"的是表妹唐晓芙而不是自己时，她所表现出的那种"玉石俱焚"的决绝心理，更是中国女性自私欲望的强烈表现——"我"得不到的心爱之物，即便是将其毁灭也不能让别人得到！作为"大家闺秀"的苏文纨，其"斯文扫地"的反常行为，完全不像一个受过现代教育的知识女性，倒是与中国传统的悍妇文化比较贴近。萨特在《存在与虚无》中曾写过这样一句名言："爱情是永远被一些别人相对化的绝对。应该单独和被爱者在世界上以便爱情保持它绝对归属轴心的特性。"①以婚姻作为自己命运"归属"的唯一性原则,是女性社会群体所共同拥有的心理倾向。但中西方女性在如何实现其"归属"意识方面,仍然存在着一种认识上的巨大差别:信奉耶稣基督的西方女性,她们因具有"上帝"神谕而变得相对"宽容";缺乏宗教信仰的中国女性,她们因没有"救赎"理念而又趋于相对"狭隘"。所以,无论苏文纨将自己装扮得有多么"现代",她潜意识里"狭隘"对于"宽容"的本能拒绝,始终都在释放着传统女性的人格气质。

与苏文纨"大家闺秀"的高雅外表相比较,孙柔嘉显然只能算是一种"小家碧玉"的现代女性。她大学毕业但却没有留过学,故其"新女性"的外在身份只能是"土产"而非"洋货";"小家"是指她父亲曾做过某报馆的"主任会计",故其家境一般,"毫无势力",绝非"豪门";而"碧玉"则是隐喻她相貌平平,缺乏诱惑男性眼球的出众姿色。但正是这样一个受过大学高等教育、浑身上下却又充满着小市民习气的平庸女性,孙柔嘉几乎以其中国传统女性所特有的阴柔性格与诡秘心理,不动声色地演绎了现代女性将婚姻"归属"作为人生价值的全部追求。在整个《围城》故事的叙事当中,作者对于孙柔嘉艺术形象的精心塑造,大致是采取了"欲擒故纵"的三个阶段:与方鸿渐等人一同前往"三闾大学"时,她表现出"小鸟依人"式的天真与纯洁,"打扮甚为素净,怕生得一句话也不敢讲,脸上滚滚不断的红晕",并经常努嘴做些可爱又顽皮的孩童动作。到了国立"三闾大学",她表现出"小家碧玉"式的谨慎与警觉,沉默寡言从不多嘴却颇有心计,不仅使自己能够在派系林立的同事中间左右逢源,而且还能略施些手腕便让那帮男教员们争风吃醋神魂颠倒。离开"三闾大学"以后,她又表现出"市井妇人"式的强悍与泼野,传统女性驾驭丈夫的"相夫之道"在她身上发挥得淋漓尽致一览无余,害得方鸿渐终于发现"她不但很有主见,而且主见很牢固"。《围城》作品文本的最后两章,主要是描写孙柔嘉与方鸿渐二人的婚后矛盾。从方鸿渐这一方面来说,他对孙柔嘉似乎根本就谈不上"爱"与"不爱",只是一时中了孙柔嘉自己编造的"家书"谎言,才误入了这桩本不情愿的婚姻陷阱而难以自拔。但

---

① 萨特:《存在与虚无》,三联书店1987年版,第487页。

从孙柔嘉这一方面来说，她对方鸿渐是经过多方考察后的托付终身，婚姻"围城"是她梦寐以求的人生向往，掌控"夫君"是她处心积虑的得意杰作。两人对于婚姻的不同理解，是他们最终分野的悲剧根源：在方鸿渐看来，婚姻就是必须去牺牲自己的"自由"而去迁就他人的"自由"，所以他才会在委曲求全中去独自去承担内心世界的无限痛苦；而在孙柔嘉看来，婚姻就是"占有一个作为自由的自由"并力图通过"控制他人"而独享"自由"，[①]所以她决不会因为方鸿渐的挣扎与反抗而失去征服的精神快感。婚后的孙柔嘉成天忙于同公婆、妯娌、丈夫之间的明争暗斗乐此不疲，传统女性那种沉湎琐事斤斤计较的灰色心理也随处可见暴露无遗。孙柔嘉固然是一个受过现代高等教育的时尚女性，但其身边那个佣人"李妈"和洋派"姑妈"，却又是向她传输以古老方式去管教丈夫的良师益友。现代女性最终以传统婚姻家庭为命运归宿，她们"把一切都仅仅看作征服男人的手段"，进而去实现"通过男人来控制事物"的人生目的。[②]这恰如方鸿渐自身所体会的那样："女人原本是天生的政治动物，虚虚实实，以退为进，这些政治手腕，女人天生下来全有。"实际上，孙柔嘉由"现代"女性回归"传统"女性的种种表现，集中体现了作者本人对于现代女权主义理论的高度怀疑以及男权话语对于时代"新女性"的深刻反省与理性解读。

不可否认，《围城》故事所揭示的"出国留洋"现象、"高等教育"现象和"现代女性"现象，都与中国近现代社会的文化启蒙运动有着必然性的直接关系。从纯粹理论意义上来讲，"出国留洋"是现代人文精神的思想源头，"高等教育"则是现代人文精神的传播渠道，而"现代女性"又是现代人文精神的客观结果。但是，《围城》却以其辛辣讽刺的否定性语言，既颠覆了中国现代知识精英的人为神话，也颠覆了人们对于启蒙现代性的固有自信。那么，我们究竟应该如何去看待《围城》的思想意义与审美价值呢？我个人认为：钱钟书在《围城》中所表现出的启蒙忧患意识，与鲁迅在《狂人日记》中所表现

---

① 萨特：《存在与虚无》，三联书店1987年版，第475页。
② 叔本华著《叔本华论说文集》，商务印书馆2004年版，第483页。

出的启蒙忧患意识，显然具有高度一致的主题相似性。[①]我们应该特别注意到作品故事的最后结尾，方鸿渐父亲给他"那只祖传的老钟从容自在地打起来，仿佛积蓄了半天的时间，等夜深人静，搬出来一一细数：'嗡、嗡、嗡、嗡、嗡、嗡'响了六下。六点钟是五个钟头以前……这个时间落伍的计时机无意之中包含对人生的讽刺和忧伤，深于一切语言、一切啼笑。"其实，《围城》对于现代中国社会的深刻理解，正犹如那座永远都跟不上时代步伐的祖传老钟，既充满着"讽刺"意味又充满着"忧伤"感觉。

（原文刊发于《晋阳学刊》2009年第5期）

[①] 我曾在《"狂人"的觉醒与鲁迅的"绝望"：论〈狂人日记〉的反讽叙事与文本释义》一文中已明确指出，"狂人"最终"病愈"且去"候补"以及"孩子"因传统母体文化关系而不可救药，都在集中传达着鲁迅本人"启蒙无效论"的悲凉思想。可参见拙文。

后　记

　　编辑这本文集时，我检点了一下30多年来所发表的文章，共有230篇左右，还出过13本书，加起来大概有400多万字。现在我仍没有停下研究的脚步，似乎对一切问题都有兴趣。好友何锡章教授曾劝我说，都60岁的人了，干嘛还那么拼命写？我回答道："干我们这一行的，不写又能做些什么呢？总不能天天坐在那里慢慢消耗生命吧，脑子长久不用会变痴呆的。"其实，我很爱玩，每年暑期我都会和夫人开上车还带着一条狗，周游全国、好不惬意，现在已经跑了20多万公里了。正是因为每年都到处跑，回来以后精力充沛，故再拿起笔来写东西，头脑显得十分清醒。从某种意义上来讲，我的勤奋笔耕，不仅仅是为了学术，而且也是身先士卒，给我的博士和硕士们看，老师都锲而不舍，年轻人又怎么敢偷懒呢？20多年来，我先后招收过20多名博士和100多名硕士，有许多人现在都已成为各大学的学术骨干，为此我感到很欣慰。因为在他们读书的日子里，我们几乎都在谈学问，即便是吃饭喝酒也不例外，所以学生把我们相聚的时光，亲切地称之为"第二课堂"。我怀念同弟子们在一起时那种无拘无束的放纵感觉，是他们让我感到永远都是那么的朝气勃勃充满活力。同时我更感谢那些在我的学术成长的道路上一直都鼓励我和支持我的师长与朋友们——老一辈学者有吴奔星先生、钱谷融先生、田本相先生、陆耀东先生、黄曼君先生、钱理群先生、吴福辉先生、凌宇先生等等；我的同辈有陈剑晖先生、郭小东先生、龙泉明先生、高旭东先生、王兆胜先生、邢少涛先生、何锡章先生、乔以钢先生、谭桂林先生、张燕玲先生、高翔先生、王维国先生等等；还有些"小兄弟"诸如洪治纲、张清华、李怡、王本朝、贺仲明、高玉、方长安、李遇春、赵歌东、姜异新、曹振华、韩冷等等。无以回报，只能将他们的名字铭刻于心中。

后　记

　　我相信这本集子不是我的学术终结，而是一个新起点的开始。我将尽职尽责地不懈努力，令知我者和爱我者宽慰。

宋剑华

2018年1月20日于暨南大学明湖苑

粤派批评丛书

大家文存

《康有为集》 郑力民 编
《梁启超集》 付祥喜 陈淑婷 编
《黄遵宪集》 龙扬志 编

名家文丛·第一辑

《黄药眠集》 刘红娟 编
《钟敬文集》 包 莹 编
《萧殷集》 傅修海 编
《梁宗岱集》 付祥喜 编
《黄秋耘集》 吴 琪 编

名家文丛·第二辑

《刘斯奋集》 刘斯奋 著
《饶芃子集》 饶芃子 著
《黄树森集》 黄树森 著
《黄修己集》 黄修己 著
《黄伟宗集》 黄伟宗 著
《谢望新集》 谢望新 著
《李钟声集》 李钟声 著

名家文丛·第三辑

《蒋述卓集》 蒋述卓 著
《程文超集》 程文超 著
《林岗集》 林 岗 著
《陈剑晖集》 陈剑晖 著
《郭小东集》 郭小东 著
《金岱集》 金 岱 著
《宋剑华集》 宋剑华 著
《江冰集》 江 冰 著
《徐肖楠集》 徐肖楠 著

专题研究·第一辑

《"粤派评论"视野中的『打工文学』》 柳冬妩 著
《中外粤籍文学批评史》 古远清 著
《粤派网络文学评论》 西 篱 主编

专题研究·第二辑

《"粤派批评"与港澳台及海外华文文学研究史》 贺仲明 主编
《粤派传媒批评》 陈桥生 著
《"粤派批评"与现当代文学史研究》 宋剑华 主编